Dea
I'n
and
tou
Co
Io
I
fe
If
so,
sh
translation of The Benefactor

I am grateful for all your work and loyalty — helping to make my books known to Chinese readers.

Very cordially,
Susan Sontag

上海出版资金项目
Shanghai Publishing Funds

SUSAN SONTAG

苏珊·桑塔格全集

死亡匣子

Death Kit

〔美〕苏珊·桑塔格 著　刘国枝 译

上海译文出版社

怀着爱与感激

献给戴安娜·科米妮

“好人迪迪”正出差在外。迪迪是他家里用的小名，（现在）只有他弟弟以及几位儿时的朋友还这么叫他。保罗每次进城，往往事先也不打个招呼，就径直闯进他的办公室或在凌晨三点来到他的住处，高声嚷着：“喂，迪迪！”“好人”是迪迪偶尔自封的雅号，带有几分自嘲的意味。类似的称呼还有：“好心肠的迪迪”，“好说话的迪迪”，“好好先生”。对于除他自己和儿时朋友之外的人来说，他的大名叫道尔顿。

全名是道尔顿·哈伦：为人温厚，在宾夕法尼亚州一座中等城市长大，有良好的教养，上过收费昂贵的学校。性情随和，是家里的长子，双亲温文尔雅，已经不声不响地去世了。道尔顿（现在）已经三十三岁，看上去一表人才。比以往更文静了。也许有几分挑剔；有些喜欢说教。当他礼貌地跟别人说话时，总是习惯于得到对方的回答，对他（现在）生活其中的都市里的无礼行为决不姑息迁就。但是也不怀恨。他属于这样一种人：不会虐待妇女，从不丢失信用卡，洗碗时决不会失手打碎盘子，对工作尽心尽责，对朋友慷慨大方，不管多么累，每天半夜都要出去遛遛狗。这种人很难不讨人喜欢，连灾难也会避他三分。

迪迪并非真正地活着，而只是有一条生命。这两者不是一回事。有些人就是自己的生命本身。还有些人，比如迪迪，只是栖身于生命之中。他们就像没有安全感的房客，总是不清楚哪些东西是自己的财产或租约什么时候到期。或者像拙劣的绘图员，为某个异国他乡一遍遍地描绘着错误百出的地图。

对这种人而言，到头来注定一切都会耗尽。墙壁凹陷下去，物体之间的空隙凸现出来。物体表面渐渐渗出水分，进而干瘪，变形。藏在物体核心的歇斯底里的恐惧之流从缝隙里缓缓冒出。调整物体的位置和在物体之间穿行变得很艰难。费了九牛二虎之力才从厨房绕到客厅，准备一点饮料，打开音响，装出高兴的样子。但就算是再努力，迪迪的难题也无从解决。就算是再努力，也无法排遣他内心的无助之感，这种无助源于一种如梦似幻的感觉，仿佛现在在变为过去的同时，也被一笔勾销。迪迪需要的不仅仅是努力，他还需要信心。而他（现在）就缺乏信心。这使得一切都难以预料。迪迪一边每周五次地在十点钟准时到达位于列克星顿大街的瓦特金斯公司的办公室，一边却又每天早上疑心重重，觉得自己从未准时到达过。他每天早上都能准时到达。这简直是奇迹。不过，由于缺乏信心，迪迪无法确定奇迹的发生就能证明这个发生奇迹的世界的存在。相反，他所能确定的只是，干成自己计划要干的事情其实算不上什么奇迹。更像是在事物的静止、易破、黏糊糊的表层撕开一道裂口。或者像一次愚蠢的意外，正如有人不小心用剪刀在表层戳出一个难看的窟窿，或者失手用烟头在上面烧出一个洞眼。

一切在渐渐耗尽，迪迪按部就班的生活的方方面面都是如此。犹如一座房子，由地下室里一台大型发电机提供电源。迪迪几乎真真切切地感觉到发电机的能量正越来越小。或者说感觉到发电机出了严重故障，在“噗噗”乱叫。喷出一股污物，渗进迪迪的生活，占满他地上的空间，弄脏了他的漂亮家具，于是他不得不寻求藏身之处。蜷缩在一个小角落里。但是，就算迪迪试图为自己保留的地方再小，也难保安全。如果固体的东西无法闯入，那台能量即将耗尽或爱捣乱的发电机所释放的污物就会变成液体，然后四处蔓延，像一张皮似的铺展开来。发电机会喷出一股油污，脏乎乎的，刺鼻难闻，将所有的一切——不管是人还是物，是粗鄙还是珍贵，是丑陋还是尚存几分美质——都笼罩其中。污染了迪迪的世界，使它变得无法使用。无法栖身。

一切在无声无息地耗尽，随之耗尽的还有迪迪全部的意识，这损害了他最基本的行为能力。起床是一件令人绝望的痛苦之事，就像被抛上岸的鱼儿在徒劳地挣扎，企图从毫无意义的空气中吸吮生命的甘泉。仅仅是“有一条生命”的人往往是在浑水中活动。正是因为这样，他们才得以苟延残喘。他们生存的诀窍就在于视而不见。但是，一旦这团浑水蒸发之后，他们生命中那低下、不可告人的隐秘一面就会暴露无遗。迷失的大陆得以重现，上面还有被毁灭的城池的废墟，以及定格于死前的痛苦的古生物骨骼，骨骼上还依稀附着一些残肉，这是一幅空前蛮荒的景象。人们可以修复骨骼，可以重建废弃的城池，但无法补救它们失落的、祛除了人性的本质。由于多少个世纪以来都远离人类的目光，远离人类的关注和渴望，第勒尼亚的贫瘠山峦无法与地球上任何已知的山峦相提并论。它们一定在那稀薄的空气中不寒而栗，冷汗涔涔。

自从他习以为常的混浊介质开始流失之后，迪迪的生活也是如此。原本柔软而紧密相连的绵纸般的日子彼此断裂开来。里面的水分日益丧失，凸显出参差不齐、死气沉沉的部分。介质不断蒸发，被迅速抽干营养。死去了。只留下一些毫不相关、令人费解的东西。包括人类的话语，它已经沦为纯粹的发音。但是迪迪注意到，还没有人发现或起码有胆量公开承认，水位在急剧下降，至关重要的润滑剂在变干，人的感觉的海岸在遭受侵蚀。迪迪要不要成为公布这一发现的第一人？“自命不凡的迪迪”。虽然他一直尽力诚实做人，却从来没有自认聪明。在所有人挂在嘴边的关于生活的谎言里，也许隐含着某种迪迪（现在）无法理解——就算他以前曾经理解过——的智慧。因此，迪迪继续说话，就像所有的人一样。词语像呛人的灰白色方块一般从旋转的笼子里跳出来。迪迪将这些不可思议的词语捞起来，逐一排列成句子的模样。表达平常的意图、诺言、观点、要求和拒绝、赞同和反对等。尽管他已经不明白这样做目的何在。尽管为了省下用来说话的一点力气，他连呼吸都十分艰难。

随着水位线的下降，纯粹的事件浮出水面——它们奇形怪状，彼此没有联系。迪迪喘不过气来，稍一挪动就会碰伤自己。迪迪，一事无成的两栖人。对他而言，所有的工作都已失去意义，所有的地方都不再友好，几乎所有的人都面目狰狞，所有的气候都不再宜人，所有的情形都危机四伏。

> 对他而言，所有的工作都已失去意义。迪迪做起事来花的时间越来越长，但好像总也不能令人满意。
>
> 对他而言，所有的地方似乎都不再友好。而且越来越难以穿越。迪迪把身体从一个地方挪到另一个地方，却痛

苦地觉得自己不曾挪动一步。即使有事实表明他的确有所挪动，也无从知道挪动了多少。比如有人说，到那边去。或者婉转一点说，如果您不介意的话，请到那边去。那边是哪儿？迪迪怎么知道自己到了该到的地方？他的同伴也许会说，就是那儿。很好！呆在那儿别动。但是，也许说这些话的人其实错了，或者有意要骗他呢。

对他而言，几乎所有的人都显得越来越狰狞、丑陋。一天比一天严重。迪迪看着人们那变形、浮肿、苍白、长满脓疱的外表。除了这大人国般的巨眼，迪迪（现在）还被施以魔咒般地具有了透视功能；他能透过任何两条腿直立的动物的肉体，一眼看清他们所隐藏的巨大痛苦。另外，他的听觉也异常敏锐。只要世间受难者默默诉求的声音稍稍提高，也许仅仅是为了送达遥远的神灵的耳中，迪迪就会听见。对于那些引发他怜悯之心的人和事的超常感觉，让迪迪不堪重负，伤心欲裂。

对他而言，所有的气候都不再宜人。在去年冬季的雪天里，他热燥难耐，常常觉得穿不住棉衣，而在刚刚过去的夏天里，即使是烈日之下，他也感到冷飕飕的，不管穿多少衣服也无法暖和起来。（现在）秋天到了。又一个半人造的曼哈顿之冬即将即位。让人司空见惯的季节变换。眼看着九月将去，十月将临，迪迪知道随之而来的是什么。是令人不快的事。也许他在准备自卫。是不是因为这样，迪迪的双手才不像从前那样听使唤呢？在最糟糕的时候（现在），他的双手仿佛被鬼魂所附，想做不该做的事情。

对他而言，所有的情形都危机四伏。无论迪迪干什么都无济于事，也没有不好不坏的情形。他要么因为恐惧而无法动弹，要么在竭力压抑神经质的慌乱，这要根据他具体的情绪而定。最糟糕的时候又来了。

最糟糕的时候之一是夜深人静之际。他遛完冉[①]，买一份最新一期的《时报》[②]，返回家中，拿着报纸上了床。他的手指不由自主地想塞进嘴里。他不像保罗，那家伙从小就喜欢啃指甲，而迪迪从来没有这种坏毛病，而且对它嗤之以鼻。可是（现在），每天晚上看报纸或看电影的时候，他总是迫不及待地想把指甲伸进牙齿之间，因此不得不极力控制着自己。直到疲惫不堪，他才把报纸扔在地上；睡觉；做梦……令人紧张的嘈杂的音乐钻进迪迪的耳朵。他睁开眼睛，于是又来了，因为清晨是另一个最糟糕的时候。他站在敞开的窗户前，拉下百叶窗以便更衣。几分钟之后，他站在卫生间的镜子前刮脸。窗户和镜子发出致命的召唤。

极力控制住自己有力的双手。因为这两种时候开始对迪迪产生不祥而莫名的诱惑。

最后，诱惑发话了。对语言一无所知的双手需要大脑的同意，而大脑由词语所滋养。这是一堆十分郑重的词语。迪迪郑重其事地打算自尽，有天晚上便吞了半瓶安眠药；他已经遛过狗了，冉（现在）就躺在客厅的壁炉前。时间是十二点半；迪迪走进卧室，关上房门，躺到床上，闭上眼睛。开始飘了起来，软绵绵的，十分安详。随后陷入一片黑暗，也不知道过了多久，只觉得难以呼吸。他能听到呻吟，有人在发出驴叫般的

---

① 狗的名字。——本书所有注释均为译者注。

② 指《纽约时报》。

声音。胃里翻江倒海。他一头从床上栽下来，落在一种硬邦邦的东西上。坚实的地板上，有什么东西湿漉漉的，发出难闻的气味。冉在狂吠，他对门的邻居——那位漂亮的外百老汇女演员——在对着他大喊。他被抬进一辆卡车的车斗里。接着，有位年轻的黑人在按摩他僵硬的四肢，并将一台洗胃机推到他的新床边，那黑人看上去整洁清爽，穿着白衣白裤，但身上有呕吐物的气味。迪迪羞愧难当，胃里被抽洗一空。三天后，他出院了，体重减了二十磅。因为只有那些自知不过是看管或租用着自己生命的人才会进入图谋自杀者的名单。正是由于知道自己有一条生命，才诱使人放弃生命。虽生犹死。所以希望死去。同样，也希望再生。

由于再生的愿望与死去的愿望一样强烈，迪迪一向都很珍视内心里作为孩子的那个自己。玛丽的宝贝摔倒了，碰着了脑袋。亲一下！没事儿了！一个单纯活泼、有着可笑外号的孩童透过迪迪那双温和的、欲哭无泪的眼睛，凝望着坐在书桌前勤奋工作、任劳任怨的成年人：查阅参考书，抄写文件，设计版面，口述信件，起草部门间的备忘录。不过从道义上说，他似乎无法放下没有做完的事情。“好好先生迪迪”。死神拒绝了他狂热而不当的请求。话说回来，迪迪也怕死。狠狠地自嘲一番之后，迪迪决心将人生之路接着一步步地走下去。他还得喂狗，作为保罗唯一的亲人，还得继续扮演有求必应的兄长的角色，另外还得给琼付赡养费。他将履行应尽的义务。

也许死期暂缓了，果真如此的话，应该归之于自己的生命力，也可能是纯粹的意外。于是迪迪接受了这个事实：他仍然是自己生命的房客，他手头的租约还要延续一段时间。他似乎天生就是一位绅士，所以打算好好维护住处的财产。如果他的感觉能够迟钝一些，能够活得超然一些，该有多好。难道没有这种可能吗？从此刻开始吧。死过一次的人拥有某些新的资源，新的优势。迪迪的厌恶感和恐惧感不是有所减弱了吗？消退了，因为他的确有过勇气，郑重其事地做出了毁灭自己之举，还因为他捡回了生命。

重新上班后的三周里，一切似乎真的不再那么痛苦难受了。周末时，他呆在家里看看书，听听音乐。几乎不吃什么东西。在周五或周六的晚上，他只是打打盹，而没有想要一觉睡到天亮。不过到星期天的晚上，他会尽量按正常时间上床。工作日期间，他像以往那样八点钟起床。闹钟的声音太过刺耳；他用来叫醒自己的是一台调到调频 WOR 音乐台[①]的定时收音机，播放的永远是热门乐曲榜前四十名曲子的排名升降。接着做早晨该做的事情，但往往不包括早餐。遛遛狗，回来之后，简单清理一下。家里收拾得井然有序；所有的东西看上去既不是太潮湿，也不是太干燥；室内的空隙既不太大，也不太小，走动起来很方便。然后到达办公室。他那位板着面孔、毛孔很粗的上司迈克尔·C. 杜瓦拿着一沓信件走了过来，这是需要迪迪处理的瓦特金斯公司与《科学仪器评论》杂志社之间的往来信件。杜瓦说话时为什么要向左歪着脑袋？他为什么露出了笑容？为什么让那些唾沫堆在嘴角？迪迪强压住恶心之感，手指抚摸着桌子上磨损的铝边，迫切地盯着饮水机。他那位呆头呆脑的秘书正坐在自己的位置上，偷偷地拉扯着长筒袜。迪迪不介意处理文件。不过，他一贯喜欢洁净，所以讨厌更换打字机的色带。而在制作新版面时，如果用墨汁描绘的细线突然变

① 纽约著名的类型音乐电台。

粗或形成墨团，他会沮丧得几乎要哭出来。迪迪一度为自己的讲究而自豪，觉得讲究洁净是举手之劳。但最近以来，他怀疑那一切全是装模作样。鄙视自己的穷讲究和神经过敏。“鄙视自己的人将自己视为自鄙者。”“可鄙的迪迪”。不过他就是这样。就是这样。不要发笑。

而且还是“文弱的迪迪”。小时候，迪迪对自己的身体比较自信。起码他记得是这样。当时，保罗将放学后的时间全部用来练钢琴，对于刚刚发育时那种难以启齿的痛苦，他比迪迪有着更为深切的感受；他羡慕仅仅大他一岁的哥哥，羡慕哥哥肌肉十分发达的胳膊和厚实宽阔的胸膛。保罗一向不喜欢体育，而“音乐盲迪迪”上中学时就热衷于体育运动，并且小有名气。由于体育方面的特长，迪迪在很长一段时间里都对弟弟表现出一种保护性的姿态——尽管他暗地里很佩服保罗的独立性格，他知道，这种性格远比单纯的体力更有力量。不过，迪迪还是很健壮。他自己也明白这一点。他对于身体的自信是什么时候开始消退的呢？是与琼在一起的那不快的最后几年吗？但女人们都喜欢他，一直都喜欢。她们的判断说明了一定的问题。可迪迪不想自欺欺人。他每天的活动只限于从出租车到办公室的转椅再到餐馆的椅子到剧院或音乐厅的座位然后到客厅的沙发最后到床上，唯一的运动就是遛狗，所以，他的身体不可能永远肌肉发达，充满活力。真相总会显露。因为总会感觉到的。而且不管别人能否看出来，他自己也的确感到不如以前那么壮实了。他那头开始花白的头发总是剪得很短，下面的瘦脑袋似乎不堪一击。那十根指甲修剪得很整齐的细手指和两条瘦腿也一样。

直到最后，迪迪的外表开始对这种了无生气、一成不变的生活做出了证明。随之而来的是无法抵御的眩晕，这种眩晕在九月份的煎熬中达到顶点，终而引发九月三十日的决定，接着是住院，然后是足不出户，独自一人度过诚惶诚恐的四天。他（现在）真的是骨瘦如柴了。带在身上的钥匙、钱包、香烟、硬币、小刀、袖珍手电筒以及优等生徽章都变得沉甸甸的。他每天晚上只睡两三个小时，而一旦睡着，也总是梦魇不断，直到筋疲力尽地醒来。另外他吃得也很少。瘦下去的肉是心灵的脂肪，很难再长回来。迪迪得去一趟裁缝店了，因为他（现在）发现自己的衣服与冒着虚汗的皮肤之间空荡荡的。他意识到自己从脖子到脚踝已经衣带渐宽，除非是走动时口袋里的东西撞上肋骨和大腿，他不能永远有这种感觉吧？但是有什么东西在膨胀，有一堵墙在越变越宽。

公司在位于州北的总厂召开了为期一周的会议。来自国外的竞争愈演愈烈，使纽约办事处忧心忡忡。老字号公司不能躺在功劳簿上睡大觉。要从研发、生产、广告和销售等部门集思广益。迪迪是广告部的副主任，被邀请全程参加会议。杜瓦可能会在星期三来参加，也可能不会。

迪迪觉得这是一桩荣幸的差事。而且带有度假的意味。十月二十六日——也就是星期六——的晚上，迪迪收拾好行李，然后上了床，这一觉睡得比往常要好，其间做了一个梦。保罗和他藏在树林里捡木柴，把它们码成堆；突然，不知是脚下绊了一下还是被人推了一把，他掉进一个洞里。接着呢？一阵愚蠢的难过。保罗在大喊：“我帮不上你！”迪迪一边往下坠落，一边暗暗想着：真见鬼，我居然这么弱不禁风。保罗将脑袋探到洞口，对着下面大叫：“迪迪！迪迪！”他吓坏了，哭了起来。迪迪既不能安慰保罗，也无法救出自己。琼在洞底等着他。她回来了吗？不过那一部分梦境模糊了。

迪迪醒得很晚。把不情不愿的狗牵到地下室，交给管理员十美元，请他帮忙照看一个星期。管理员的小公寓的地上铺满绿色的油毡。冉的表现与带它去看病时一样，一边呜呜叫着，一边在油毡上拖着爪子。迪迪连哄带吓地把它拉进厨房。管理员的孩子们马上就想跟它玩耍，而做父亲的则顿时显出想反悔的神色。“没事儿的，托里斯先生，”迪迪对他说，“我一走它就安静了。”如果迪迪能像自己假装的那么自信就好了。冉的哀号让他胃里一阵翻涌。

随后他乘出租车到了火车站，登上星期天下午的“私掠船”号列车，进入倒数第三节车厢。这是一列崭新而豪华的特快专车，每节车厢都按照欧洲风格被隔成数间可容纳六人的包厢。通过复古而实现了创新。

正点发车。我们离开城里，朝西北方向驶去。迪迪占据靠窗的位置，在硬邦邦的座椅上尽量让自己的瘦屁股坐得舒服一些。在头一个小时里，迪迪翻阅着在火车站买来的厚厚一沓《时报》。没必要东张西望。再说，他经常走这条线，当我们从市郊疾驰而过时，对车窗外的有限景象他早就了如指掌。如果每一座工厂都有一尊烟囱，如果所有的屋舍都是未加装饰的青砖瓦房，如果发电厂就是发电厂，而监狱总是关押犯人的地方——那还有什么好看的呢？要寻找差异，关注细节，那是第一次看的人的所为。在以往的行程中，迪迪总是能随遇而安，因而常常能透过车窗观看外面的房屋——对那些房屋，他可以像做白日梦一般接受或者拒绝，尽管他从没有在里面居住过。但这一次，迪迪拒绝了车窗所提供的经过安排的景色。

下面该干什么呢？所有应当考虑的问题都已经打印在标准规格的黄色纸张上，并用夹子夹好，此刻正放在头顶行李架上的公文包里。其他的就没法去想了。迪迪把报纸挡在面前，庆幸能用这堵墙将自己与同行的旅客隔开。包厢是一处公共场所，对所有的人开放。不过也有某种亲密的氛围。最多六个人被关在一起，暂时与外面的所有人隔绝。旅途中的小隔间。不由自主地共处一室，倒是增加了秩序的力量。

迪迪（现在）感到无聊了。报纸已经看完。肚子也饿了。只要坐火车，迪迪就会产生饥饿感。坐立不安。乘务员来查票了。谁的票呢？我们的票。特快列车从许多千篇一律的车站疾速驶过，中途没有停车，而迪迪与任意几位旅客关在一起。不过，作为生命的同路人，迪迪尽管心灰意冷，却又本性难移地抱着希望，所以，他要努力找出人与人之间的区别。他抬起目光，缓缓地、随意地朝包厢里的人看去——目不转睛地打量未免显得失礼。

对面的靠窗位置上坐的是一个女人，她穿着褪了色的羊毛套装，灰白的头发乱蓬蓬的，一双小眼睛很锐利，她的脚边有两只鼓鼓囊囊的购物袋。袋子里也许装着食品。可这趟旅程并不是太长。是带给吵闹而又淡漠的孙子们的礼物吧？迪迪猜想，不管包里装的是什么，她准是一个喜欢费力却总是难得讨好的女人。

她正满脸迫切地对坐在她右边的姑娘悄悄说着什么，那姑娘长相十分清秀，看上去似乎在听，但是好像有什么东西——也许是脸上的那副大墨镜——使她可以不用答话。那镜片颜色很深，黑中泛绿，完全遮住了姑娘的眼睛，迪迪不禁想到，不知道她戴着墨镜能否看得清楚。你碰到一堵墙了！

在那姑娘的另一边，也就是迪迪对面的外侧座位上，是一位大腹便便的牧师；火车刚一开动，他就把那张胖脸埋进自己的祈祷书里，一边读，下嘴唇一边有节奏地颤动。祈祷书不像报纸一样看完就完，而是可以一遍又一遍地反复阅读。这是什么机制啊！“好人迪迪”有没有可能成为牧师，总是阅读某种一成不变却值得阅读的东西呢？这样的好事也许不适合他。对“好好先生”来说实在是勉为其难。

紧挨着迪迪的左边，坐着一个穿着粗花呢西服的男人，他面色红润，身材魁梧，脸上的胡子刮得干干净净，身上有股廉价护肤液或古龙水的气味。他与迪迪年龄相仿。火车刚一开动，他就把一本大杂志摊开在膝头上，但是并没有拿起来看，而是从口袋里掏出一条手帕，轻轻地朝里面吐了一口痰，然后一直坐在那儿，闷声不响地看着手帕。即使在火车转弯，车身侧斜时，杂志也没有从他膝上掉下来。

最先开口说话的是花白头发的女人，问大家是否介意她打开车窗。天气不错。很暖和。“好人迪迪”帮她开了车窗，弄脏了自己的手指。“不要把头伸出窗外。”我们由此谈论起来：自从换了新车之后，这条线路的服务也随之改善，旅行条件也好多了，六个人一个包厢，而不是一对对、一排排地坐在共用的车厢里。穿粗花呢西服的男人说，虽然早就有关于这条铁路其实已经破产的传闻，但他听说铁路公司正在摆脱困境。迪迪觉得自己的大脑开始迷糊起来，口里像生了锈一般。对于热爱真相的人来说，谈话永远是个陷阱，对吧？但常识告诉他别心烦，不要把这种随口的闲聊太当真。这是一条硬规则。谁会在乎铁路公司的现状，以及它的改革或经济情况呢？这里有谁会真的关心吗？哦，不过对人还是要有怜悯之心，这都是些舌根很软的可怜虫，他们本该去亲吻花朵，却发现口里跳出了毒菌。虽然不满于那家伙说话神经兮兮的样子，但迪迪有怜悯之心。他口里也跳出了毒菌。迪迪说，既然火车（现在）都能正点了，清-洁-就-应-该-做-得-更-勤-些。他朝污迹斑斑的玻璃窗、落满灰尘的行李架以及地上被踩烂的烟头做了个鬼脸。花白头发的女人从自己的一只购物袋里找出一张餐巾纸——这么说，的确是食品袋了——交给迪迪擦手。迪迪觉着那女人看起来很久没有洗浴。也许根本就不脏，但是蒙上了岁月的尘埃。

穿粗花呢西服的男人将手帕塞回口袋，清了清喉咙，拿起杂志。我们（现在）可以看到封面了。《集邮年鉴》。

“我猜是位收藏家。”我们没有看到牧师抬起头。他的嘴巴动了动，传出温和的声音，但嘴巴周围仍然毫无表情。这是一张精神分析师在接受初期训练时的面孔。蒙着面纱，表情木然，基本上不动声色。

“没错，我是。而且也做这一行的生意。”穿粗花呢西服的男人似乎又要咳嗽或者吐痰。

“你见过这套邮票吗？”牧师问，“我想是珍稀品。”牧师从背心口袋里掏出一把镊子，又从外衣内侧的另一个黑色口袋里掏出一只钱包状的盒子，把它打开，用拇指和食指掀起里面的盖层，然后小心翼翼地用镊子取出一沓蓝色邮票。

原来牧师和穿粗花呢西服的男人都是集邮爱好者，喜欢收藏印有国家、国王、建筑、树木或人像的珍贵小纸片；两人都拿出各自最近所得的邮品比较起来。隔着镊子一般短的距离，分享着志趣相投的快乐。迪迪如果想说话，剩下的对象就只有花白头发的女人以及与她同行的漂亮姑娘；那姑娘一直没有开口，迪迪更希望与她交谈。老太太倒是很主动。她解释说，她所陪同的姑娘是她的侄女，要去北部一家著名的医疗中心做眼科手术。这姑娘是双目失明吗？迪迪心里想着。这么问似乎很无礼。老太太滔滔不绝地讲起了侄女即将接受的手术，得花多少钱，有多大的风险，成功率是多少等等。她一遍又一遍地使用“角膜”、“眼科”、“脉络膜”之类的字眼，但总是发音不准。迪迪烦躁起来。当别人表述不准或词不达意时，他就会烦躁不安。

“对吧，海丝特？医生是这么说的吧？”

直到现在，那姑娘对一切都不置可否。也许是觉得难堪，也许是很生气。也许是对婶婶的喋喋不休早已司空见惯？那位婶婶一边唠叨，一边不停地抚摸着姑娘的脸颊、肩膀和胳膊，一副财产拥有者的愚蠢模样。迪迪恨不得把老太太的双手捆起来。可他又不愿意让她住口，不愿意截断这信息之流。自从一个月前发生的事件以来，对那些喜欢反复诉说自己的疾病和手术的人，他比过去多了几分耐心。不，还不仅如此。他听任某种自己尚未意识到的更为大胆的欲望所驱使，在老太太的话语之河中漂流。他一边与那位婶婶交谈，一边把目光停留在盲姑娘的身上。眼睛失明的人看不到迪迪，看不到他因为自杀未遂以及吃医院里的配餐而变得憔悴不堪。但这姑娘如果愿意的话，可以开口讲话；而迪迪觉得她讲起话来肯定不会像她婶婶，而是会干净利落。迪迪也想抚摸她。

就在这时，突然一片漆黑。我们的谈话也戛然而止。迪迪想起这里有条隧道，离城里约有两小时的车程。但包厢和过道里的灯为什么也熄了？这是为什么？别管它吧。从包厢陷入黑暗的那一刻起，大家都住了口。我们想等待，想进入黑暗和沉默。然后，经过一段可以忍受的间歇，在隧道尽头再度捡起刚才被打断的话题，漫无边际地聊下去。火车在黑暗中疾驰，似乎越来越快，犹如水平方向的降落，让大家的心都提到了嗓子眼上。就在迪迪根据自己的印象觉得隧道应该已经被甩在后面时，火车突然一个急刹，发出刺耳的声音，然后停住了。叹息，惊叫，无数只手在乱动。伤着什么人了吗？大家顿时你一言我一语地说起话来。如果说黑暗让我们住了口，那么黑暗加上停车则让我们重新打开了话匣子。面对新的情况，做出新的举动。哦，也不算太新。我们并不担心。火车很可靠。迪迪看了看自己的夜光表。我们在隧道里至少呆上七分钟了。接着，我们看到过道里摇摇晃晃地出现了一束灯光，听见隔壁包厢的门被拉开了。有个低沉的声音说了句什么，我们听不清楚。门“咣当”一声关上之后，迪迪竖起耳朵，等待一种更近、更刺耳的声响。这些人有明显的官僚作风，总是重手重脚，大模大样。而迪迪算得上是一位见多识广的旅客。(现在）的情形很像是过去发生在可笑的欧洲的边防检查，可这儿是一个大国，太大了；我们不是在边境线上，而是在隧道中间。果然，我们包厢的门被拉开了。门口出现了一束手电光，后面印出一个男人的模糊身影。“女士们，先生们，我代表列车长向你们表示歉意。”

“出什么事了吗？”邮票贩子问道。简直是明知故问，显然是出事了。

“年轻人，你干吗不呆在驾驶室或别的你该呆的地方，尽快让火车开起来？”那位婶婶说。

“我不是司机，女士，”那家伙回答。自以为是的癞蛤蟆。“我只是代为致歉。您可以接受，也可以不接受。”

“大概是什么问题？”牧师问。

“我们不得不在隧道里停车。”

“这还用你说！”婶婶抢白道。

手电光晃了晃，然后落在老太太的脸上。“女士，您让我把话说完好吗？”她倒抽一口气，抬起了胳膊；手电光又垂了下去。“我们不得不停车，是因为铁轨上有东西。前方，嗯，有什么东西挡道了。”

“是在修路吗？”迪迪问。

“就我们所知，没有接到关于隧道施工的通知。”

“这样的蠢事我真是前所未闻，”老太太说，“听见了吗，海丝特？”难道她还是聋子不成？迪迪暗暗想着。

“放心吧，女士。我们会很快开车的。”

“只管压过去好了，”姑娘轻轻地说。原来不是聋子。不爱讲话而已。

“别担心，亲爱的。你瞧，年轻人，这儿还有病人呢。”

“我不是病人，”姑娘说，“刚才只是开个玩笑。”

“还有什么情况？”迪迪问。

“哦，”乘务员（暂且不管他是不是乘务员）说，“一旦他们弄清这里到底是隧道的中段还是快到尽头……我是说，因为我们可能进错了隧道。”

“进错了隧道！”迪迪惊叫道。

“但隧道无疑给堵住了，”乘务员扼要地说。

“难道该走的隧道就不会堵吗？”牧师问。

“听着，各位，别为难我好吗？我只是奉命来传个话，告诉大家，司机和列车长这会儿正在商讨——”

“商讨！”女人嘟哝道。

“他们要么可以清除障碍，也许并不是太难，你知道，可能只是个恶作剧。要么还可以把车倒回去。”

迪迪听到邮票贩子急促而粗重的呼吸——即使还没有说话，就暴露出了他的惊慌。（现在）他开口说话了。“你的意思是说，我们碰上了大麻烦。不管我们是坐在这里不动，还是清除障碍往前走，或者从隧道里退回去，这条线上的下一趟火车都可能一头撞在我们这趟的屁股上。”

他比迪迪还要惊慌吗？眼下确实如此。迪迪对恐慌的反应一向很慢。他总是喜欢思考。他的脑子不错。迪迪想起邮票贩子此前盯着自己手帕的情景。大概是位疑病症患者。显然是杞人忧天的类型。喜欢收集那种珍贵的小纸片。而且很痴迷。

“这条线上的下一趟车什么时候到？”迪迪口里问着，希望自己能帮上什么忙。他的肩膀紧张得隐隐发痛。

“要不了多久。差不多一个小时吧，”乘务员回答，他的声音越来越小。他（现在）正在退开，一边随手开始关包厢门。

“年轻人，你跟我们讲的都是实话吗？”婶婶问。

“我马上就回来，”乘务员说。“咣当”一声。我们听见左边隔壁的包厢门被拉开了。人跟牛没有两样，迪迪想。为什么没有人尖叫？或者哭泣？或者祈祷？为什么他们反而那么迫不及待地相信一切都会平安无事？

我们默默地坐着，侧耳倾听透过迪迪和邮票贩子背后的隔板所传来的模糊话语。是同样的谈话吗？迪迪想，不知道那个包厢的乘客是否听信了乘务员闪烁其词的解释。或者是否正连珠炮地向乘务员提出各种急切的问题，如果他们有胆量感到惊慌的话。邮票贩子划着了一根火柴。我们一个个都显得模糊而忧郁。那人已经把香烟夹在唇间了。当火苗凑近他的下巴时，迪迪以为会颤抖，却没有看到颤抖的迹象。

“我想，不会有人带了手电筒吧，”牧师轻声说。

“我有支袖珍手电筒，”“乐于助人的迪迪”回答，“不知道管不管用。”

“恐怕没用，”婶婶阴沉着脸说。

迪迪盯着邮票贩子那时亮时暗的烟头，渐渐有些撑不住了。他的身体原本是个还算统一的王国，此刻却要闹分裂，想造反。他的肚子犹如一个满是砖头的箱子，胸口就像装着泥鳅的水桶。耳朵里有血液涌动的声音；一道道灰白的微光像黯淡的闪电一样，在弯弯曲曲地从左到右晃动。隔壁包厢的门“咣当”一声关上了。接着，过道里亮起昏暗的光，可能是那位闪烁其辞的传话人在走进下一节车厢之前打开的、专备应急之用的手提电灯。眼下是紧急状态吗？至少（现在）还没有漆黑一片。

“这事儿你们怎么看？”邮票贩子大声说。

我们似乎都没有打算接话。

“真是糟透了！”他又说了一句。听起来很愤然。

迪迪（现在）恐慌起来。而其他人却保持镇静。死的念头不请自到，像大石块一样压在他的胸口上。

“你看我们真的有危险吗？”姑娘开口问道，迪迪不知道她在问谁。也不知道她是否像其他人一样觉得情势很危急，因为她毕竟什么也看不见。

“没有，”牧师说。

“没有，亲爱的，”婶婶说。

迪迪想，死亡就像平版印刷用的石版。一块摸起来清凉光滑的石版能印出许多次死亡。除非在行家的眼睛看来，这些死亡会一模一样。一块稍加描刻的石版可以不断地重复使用。

“告诉你们吧，我再也不会坐这条线上的火车了，”邮票贩子说。他清了清嗓子。

迪迪起身离座，想把石块从胸口移开。他得活动活动。“嗯，”他说，“我想去看看是怎么回事。也许能找到什么人进一步了解些情况。”

“好呀，”老太太说。“好心肠的迪迪”。

迪迪（现在）的感觉只能用“恐慌”二字来形容。

他站起身，感到头晕目眩，只好抓住行李架，在跨过几双黑色的鞋子、老太太的包裹以及邮票贩子脚边廉价的公文包时，只是一直扶着那儿才没摔倒。拉开门，走了出来。过道里的窗户与包厢里的一样，也是黑蒙蒙的，什么都看不见。他解开领口，转身向右，顺着过道，朝与应急灯相反的方向走去。他尽量不去看每个包厢里那些东倒西歪、相互倚靠的模糊身影。为什么大家说话时都压低嗓门？哪个包厢里有婴儿在啼哭。迪迪远远地看到，前面有个人在抽烟，那是唯一跟他一样逃到过道里的人。走近后他才发现，那是个穿着宽松休闲裤的胖女人。迪迪缩胸收腹，一边从她身旁侧身而过，一边说着“对不起”。

“喂，你知道几点了吗？”

“五点十九分，”迪迪回答。他的声音清楚了一些。他咬紧牙关，感觉到那女人的忧虑像触须一样缠绕着他的脚踝。她似乎想触摸他。

“天啊，但愿他们知道自己在干什么。”

“是呀。”迪迪往前走去。他可不想束手就擒。

“喂，请等一等！”

“我去看看是怎么回事。”迪迪如果停下脚步，转回身去，就会同情她，就会在承载着石块之外，再加上她这个负担。“好说话的迪迪”给了自己一项不同的、不太有骑士精神的任务。但是应该更有用处。

迪迪来到这节车厢的尽头后，面临着一个选择。

> 要么打开沉重的隔门，穿过车厢之间的连接处，进入下一节车厢；那里也有一盏手提电灯发出昏黄的亮光，那里也坐着安安静静的乘客，他们规规矩矩地守在各自的旅行包厢里——那节车厢跟我们的一模一样，只是过道上并没有人。
>
> 要么就干脆下车，去查个究竟，弄清楚是什么挡住了去路，并亲眼看看在采取什么措施。如果紧急状态已经结束了怎么办？尽管乘务员还没有带回好消息。如果工作人员正在各就各位，司机正要拉动手柄，开动火车，那该怎么办？

他站在那里犹豫不决。不，不用怕。就算火车没等他回来就已经开动，开始时也一定会很慢。还来得及抓住扶手爬上来。迪迪想清楚后，拿定了主意。他用力扭开我们车厢尽头的火车门，放下铁踏板。

他下了火车。

隧道里凉飕飕的，但是很潮湿，满是油污和湿岩石的气味。迪迪一接触到这里的空气，就打了个寒噤。不过他至少有活动的空间。他将双手猛地伸进潮湿的空气里，然后小心地伸出一条胳膊；隧道的墙壁在他的一臂之外。它有多宽呢？他打开袖珍手电筒，发现离墙壁大约还有十英尺。隧道里有两条宽轨铁路；迪迪踏上那条空铁路。转身向右。用昏暗的灯光在自己精心擦拭过的皮鞋前面照出一个小亮点，抬脚朝车头方向走去。很累，累极了。继续走。没有累得趴下的时间。有好一会儿，他只听见自己的脚步落在隧道里坚实地面上的闷响。但走过几节车厢之后，他渐渐听到了别的声音：很重，一下一下的很有规律，像是斧头在劈东西。迪迪要去的正是发出那声音的方向。

“喂，有人吗？”他喊道。

隧道里的声音往往有些失真。是回音的缘故。

迪迪虽然一直走在空铁路的中央，却觉得自己在不断地偏向右边。他停下脚步。用小手电查看两节车厢的连接处；发现前一节车厢与后一节车厢形成了小小的角度。随后的两节车厢之间也是这样，再下去还是如此。原来铁路并不是笔直向前，隧道本身有一定的弯度；也就是说，火车的沉重车身不仅在隧道里陷入瘫痪，而且在车厢之间的每个连接处都有规律地有所弯曲。这会使情况更复杂吗？会使事态更严峻吗？迪迪沿着蜿蜒的铁轨往前走去，前面的声音更响了，接着他看见了亮光。继续往前。隧道更亮了。

到达了目的地。迪迪气喘吁吁地站在火车头那油腻腻的巨大前轮旁。在火车前面，有个皮肤黝黑的男人，身穿汗衫和牛仔工装裤，脚上是一双防滑靴。像医生或矿工一样，他的额头上有一盏小灯，以补充亮光；在隧道壁的铁钩上挂着一块小木板，上面安装有一组共五只灯泡，构成主要的光源。那人的确在挥动斧头，用力劈向横在铁轨上的一道障碍物。障碍物约四英尺高，犹如一堵用厚木板钉成的墙，立在几根斜顶着隧道壁的枕木上。

“天啊，这到底是谁干的？”“友好的迪迪”问道。他嘘了口气。障碍物像是临时搭建而成。而且材料是木头，而不是石头。

那人弯下腰。从地上的一只大木箱里拿起另一件工具，是一把大铁锤。

此刻对付的是一根枕木。那人用铁锤每砸一次，枕木就弹跳一下。终于渐渐松动了。声音响得出奇。接着，那人放下铁锤，从工具箱里抄起一根撬杠。于是响起了另一种声音，一种持久而尖厉的声音。“怎么样了？”迪迪问。看上去效果不错。斜顶着隧道壁的厚重的枕木一根根地松动了。

工人停了片刻。也许他没有听到迪迪的话。只是换了一种节奏。（现在）正抡起大铁锤朝木墙砸去，掀起一片尘雾。很显然，那堵颤抖的墙并非坚不可摧。

“挡路的就是这个吗？我是说，没有别的问题了吧？”迪迪（现在）几乎到了他的身旁，近得都能闻到那男人身上常有的汗味和隐约的酒气。他又看了一会儿，感到自己口里也有尘土味。

“如果找人帮帮你，不是会更快吗？”工人可能哼了一声，也可能没有理睬。只是继续用铁锤猛砸那堵矮墙，一副不为所动却颇有效率的样子。不只是要将木墙整体推倒，而且要把它敲成一块块参差不齐的木头。每敲下一大块时，工人就把它放到左侧隧道壁的一个凹槽里，那儿已经有不小的一堆木头了。

迪迪感到不安起来。“喂，我在跟你说话呢。”

工人继续抡着铁锤。接着，他把锤子扔进工具箱，重新拿起斧头。迪迪已经退开了两步，想弄清这人在干什么。他心里想，这家伙像个矿工。这该死的火车闯进了一座矿井。迪迪脑海中依稀闪过一个念头，预感到一种可怕的危险。也许这家伙是破坏分子，也许他想毁坏隧道，也许……

不，迪迪一定得相信障碍物的另一边仍然只是铁路。是另一段隧道。而不是什么大坑之类的东西。

“喂，你能告诉我列车长在哪儿吗？”

工人抬起头。“你他妈的干吗要打扰我？没看见我正在干活吗？再说了，你跑到这儿来干什么？”说完又埋头干了起来。

“只管告诉我列车长在哪儿就行。”

“走开，伙计，”工人又停下手头的活儿，扭头吼道，“别浪费我的时间。”

“听着，”迪迪说，“我有权知道是怎么回事。其他的乘客也许是一群绵羊，可以任人摆布，但我不相信你们这些家伙会干好分内的事儿，所以不会坐视不管。”

“伙计，你到底回不回车上去？”

“不。”

工人一斧头劈在木墙上，同时转过头来。“如果你五秒钟之内不离开这儿，就会后悔的。”不管他是在干什么，活儿差不多快干完了。

“你才会后悔呢，”迪迪口里喊着，脚下向前跨了一步，“你以为自己是谁呀？”

斧头劈木柴的声音停了。工人拾起最后两块木板，扔到木头堆上。接着，他用前臂擦了一把脸，又提了提裤子，朝地上吐了一口唾沫。他（现在）望着迪迪。再一次拿起斧头。“瞧见我手里是什么了吗？别把我逼急了，先生。”

“斧头吗？”迪迪说，“哦，去它的吧！你是怎么回事？我只是在客客气气地问你问题，你完全可以花点时间回答我。”

那人一步步朝他逼近，他额头上的灯光直照进迪迪的眼中。“我给你五秒钟，快他妈的从这里滚开。快滚！”

“我才不走呢，”迪迪说，他的声音里有了怒气，“我要向列车长投诉你。”他朝火车驾驶室瞥了一眼：一片漆黑。倒不是说他一个人对付不了这头蠢猪。不过，看在上帝的分上，这列超现代火车上的工作人员都去哪儿了？安抚旅客去了吗？也许有些人是这样，没错。但如果说全都去了，就不太可能了吧？

“五秒钟！”那人一边说，一边举起斧头，“一！”

“你最好呆着别动，”迪迪吼道，并握紧了拳头。

那人一步步向他逼来。“二！”

“你还真想动手，对吧？”迪迪恨恨地说。

迪迪（现在）闻到了自己身上的汗味。他心里怕极了；但是比起刚才在火车里与那些行尸走肉般的人挤在一起时的感受，眼下的恐惧更干净，更容易接受。他深吸一口气；鼻孔颤栗着，吸进难闻的空气。他敏捷地弯下腰，一把抓起脚旁的撬杠。直起身后，发现那工人脸上露出惊恐的神情。工人挠了挠脑袋，显出不知所措的样子，接着咧嘴笑了。

四！肯定已经到四了。

迪迪绷紧胳膊上的肌肉，举起冰冷的武器。“来呀，你这王八蛋！”

“我想，你大概以为我怕了，”那家伙说。

这简直是小儿科。他想耍花样，想趁我不注意时从我手里夺走撬杠。然后用斧头劈了我。

“得了，伙计！我可不想打架，”工人又咧嘴一笑。

“你少来这一套，”迪迪喘着粗气说。

“好了，放松点儿。我只是闹着玩儿的，别太较真了。”

“我才不信。”迪迪进一步握紧撬杠，并舔了舔嘴唇。他为什么不数四呢？

那人笑了起来。“好吧，你赢了，行吗？”他朝迪迪眨了眨眼睛。“瞧见了？”他垂下握着斧头的胳膊。“我要回去干活了，伙计。好吗？你想干什么都行。”他转过身去，背对着迪迪。往前走了一步，停住。马上就要偷袭了。

迪迪看见那人正在摆弄着斧头。知道那人会马上一个转身，把他劈开花。五！“不，不要！”迪迪大叫一声，举起撬杠砸在那人的后脑勺上。迪迪呻吟着，那人也呻吟着。刚才那一下震得迪迪双手发麻。他扔掉撬杠，想活动一下发痛的手指。但手指不听使唤。只好用左手掰开右手的手指，再用右手掰开左手的手指。可怜的手指，火辣辣地痛。他恨不得哭上一场，只不过哭也没有用。

那工人一头栽倒，横在铁路上，脖子搭在对面的铁轨上。迪迪跪了下来，看看自己干了些什么。只见一股黑血从那人的头发里涌出，流进他的耳朵，淌下他的面颊。戴在他头上的灯仍然亮着。迪迪摸索着那盏灯，想把它关掉。有好几个小按钮，但没有一个管用。这该死的东西关不掉！也许把这家伙翻过身来，让他仰卧着才行。

这家伙的身体很壮，很沉，不肯合作。（现在）发出一股新的怪味：冷冰冰的，像冻肉一样；迪迪差点吐了出来，胃里胀鼓鼓的。迪迪强忍住恶心和恐惧，蹲在旁边，两手抓住那人的腋窝。感觉湿漉漉的，是汗，还是血？慢慢地让他侧身向右。还是很别扭，太大了，很难对付。如果迪迪把这家伙拖后几步，让他以坐姿靠在火车头前，会怎么样？就这么办吧。但是他穿着汗衫的上半身总是往前扑。当心，这家伙要来个嘴啃泥了！迪迪及时地一把抓住，让他重新靠稳。托着他松弛的下巴，让他耷拉着的脑袋仰起来，再往后靠，歪向一边，终于稳稳地停在左前轮和发动机之间。

（现在）他能想办法关掉这盏该死的灯了。叭！迪迪退开两步。这家伙额头上干扰迪迪视线的第三只眼没有了，迪迪就能看见了。先确定这家伙是死是活。自从横卧在铁轨上的那一刻起，这家伙就再也没有动弹，也没有声息。他（现在）真的死了吗？再试最后一次。迪迪就像从来不曾碰过他一样，小心地靠近前去，戳了戳他赤裸的肩膀。湿乎乎的。那人哼了一声，并微微动了动。哦天啊，不！迪迪后退两步，喉咙因为恐惧而发痛。

恐惧之后，是假装的坚强。你这是活该，王八蛋！但是，迪迪虽然想硬起心肠，自我辩护，可连他自己都无法相信。

假装的坚强之后，是一种放逐之感。“伤心的迪迪”想起自己打倒那人之前的时光：他全部的生活。他觉得痛苦而难捱的生活。但是（现在），从刚刚展开的新视角来看，那种生活却幸运得令人难以置信。一直以来他是那么幸运。却浑然不知。他根本就不曾想到自己会冲向刚才那一刻。(现在)他被抛到了那可怕一刻的另一边，带着远不只是怀旧的心情回首往昔；带着痛苦的向往回首抛在身后、渐行渐远的岁月。都过去了，像被切断一般。再也无从返回。

放逐感之后，是惊慌。我会去坐牢吗？迪迪难过地想。就为这一刻吗？没有可以从宽的理由吗？仅仅为这一刻吗？此前的一切不是更能说明问题吗？

惊慌之后，是负罪感。“愧疚的迪迪”想，我内心有一个凶手。为什么我以前会认为自己是个和善的人呢？一直以来，我还以为我内心携带的只是自己的死亡。就像怀孕一样，尽管漫长，但总有一天会骤然结束。可眼下发生的却不是我的死亡，而是别人的。我一直害怕的就是这样的“好好先生”。

负罪感之后，是更强烈的惊慌。我陷在这里了。中了圈套。鬼使神差地来到这里行凶。迪迪在一条黑暗的隧道里杀了一个皮肤黑黝的人。“麻木的迪迪”从来没有像现在这样清醒。

抬头朝暗影中的火车头望去。没有人看到他吗？此时此刻没有人跑来抓他吗？旁观者在哪儿？目击者在哪儿？睡着了？喝糊涂了？麻醉了？还是中邪了？快灭掉那些灯光。迪迪一把扯下装有无罩灯泡的木板，砸在隧道壁上。(现在)真的是一团漆黑了。迪迪仍然站在这里。

迪迪能在被杀的工人尸体旁站多久呢？没有太久，来不及细细体味自己的感受。不如还是回车上去吧。

双手和衣服上有干了的血迹吗？用小手电仔细检查了一遍，只发现裤子上沾有几处白灰。

拍掉裤子上的灰尘后，“爱整洁的迪迪”开始往回走；他没有用手电筒；他不想被正在过道的窗口往外张望的什么人发现。只要知道了路线，在黑暗中行走并不像瞎子那么艰难。再说这段路迪迪已经走过一遍了。在回程中，感觉正好相反。能感觉到身体右侧近在咫尺的隧道壁，左侧则是火车庞大的金属车体，脏乎乎的窗户里透出淡淡的亮光。

他顺着原路返回；走到倒数第三节车厢时，他登上火车，穿过过道，回到了包厢。他的包厢。我们的包厢。坐到座位上时，他听见牧师和那姑娘正在小声交谈。但是由于心脏怦怦直跳，耳朵里的空气也在咝咝作响，迪迪听不清那温和的男声和姑娘轻柔的女声到底在谈些什么。

对其他人来说，我们的情况并无变化。只是对迪迪有所不同。他交叉着双臂抱在胸前。等待那位婶婶或别的什么人问一声“怎么样”。等待什么人问他是否打听到了关于我们处境的其他情况。迪迪在心里编着谎言，准备说他谁也没有找到，根本就没有下车。但是没有人问他。

牧师和那姑娘在谈论什么？谈论他吗？他们知道了吗？不，这太荒唐了。他们不可能知道任何东西。那他们在谈什么呢？显然不会是集邮，因为那姑娘是瞎子。也许牧师在安慰那姑娘，而姑娘在接受他的安慰吧。为她的失明。还可能是为她——还有我们大家——被陷在这列昏暗而停止不动的火车里。

火车往前抖动了一下。“终于动了！”婶婶叫道，“要开车了。”

“不，”迪迪近乎呜咽地说。火车其实并没有启动。只是试了试。这庞然大物先是斗胆迈出一小步。所有的障碍都清除了吗?

“也该开车了！”邮票贩子说。

随着又一下颠簸，火车似乎“嘎吱嘎吱”地往后猛退了几英尺。

“哎呀！”姑娘惊叫出声。她肯定是糊涂了。

迪迪糊涂了。他希望那道障碍无法逾越，希望保留一种静止的记忆。那工人的头骨，被砸开了花。人，直立的动物，倒下了。

火车（现在）真的开动了。摇摇晃晃、一颠一簸地很不平稳。但真的开动了。在包厢里，头顶的日光灯亮了，起初闪了几下，然后完全亮了。大家异口同声地“啊”了一声。迪迪感到刺眼，便用手蒙住了眼睛。他是一块没有眼睛的石头。他把那只沉甸甸、血淋淋的动物斜靠在火车上，如果有什么东西能挡住那个形象就好了。火车虽然仍然在隧道里，但（现在）在平稳地行驶。它只能往前开，在惊心动魄的“咣当”声中飞驰。迪迪被关在碾压着工人身体的火车里。当火车的前轮从那家伙身上碾过时，迪迪居然愚蠢地以为能感觉到车身的起伏。以火车的重量和速度，碾过血肉之躯无异于从一摊水上驶过。

也许情况就是这样。那工人身体的最终结局已非迪迪所能控制。它也可能倒在两条铁轨之间，从而避免了被车轮肢解和碾碎的厄运。

火车是在逃离甩在身后的尸体吗？是不是正因如此，才在不断加速?

“现在好多了！”我们当中不知是谁说话了，并如释重负地哼了一声。这话可能出自任何人之口——当然那姑娘的可能性最小。火车冲出了隧道，正在乡间穿行。红色的鸟儿跟在窗外飞翔，空气中泛着紫色的亮光，远处的小山上竖着一座蓝色的大青贮塔①，组合怪异的树丛在地上投下动物般的树影。电话线像过山车的轨道一样耷拉着，路标和广告牌上的内容模糊难辨。是这景象奇特吗？还是迪迪已经懊悔不迭，因而产生了幻象？那块石头，石头。迪迪喘不过气来。他再一次用手蒙住面孔，不敢看任何东西。火车（现在）在疾速行驶。迪迪想，不知道铁黑色的车轮是否染上了鲜血。如果是这样的话，在铁道旁的坡地上玩耍并观看火车经过的农家孩子一定会报警。

迪迪重新抬起头来的时候，邮票贩子正在一个小笔记本上写着什么；牧师正捧着祈祷书咕咕哝哝；婶婶手里拿着一只褐色的梨子，靠在侄女身上睡着了。那姑娘直视着前方。也许是望着迪迪，他不得而知。

迪迪一定得找人谈谈。唯一的对象只能是这位目光呆滞、视而不见的姑娘。但是他不想让别人听见。他探身向前，把手搭在姑娘套着长筒袜的膝盖上。“怎么了？”姑娘小声问道，那声调已经有了同谋的意味。

“我有件事情要告诉你，”迪迪声音沙哑地说，“你出来一下好吗？”

牧师抬头看了一眼，接着又埋首于自己的祈祷书中。迪迪向姑娘微微示意，仿佛她能看见一般。姑娘将自己的肩膀从婶婶沉甸甸的脑袋下轻轻抽开；头发花白的老太太闭着眼睛，动了动，让脑袋重新找到可以倚靠之处，蹙了蹙眉，然后重新安

---

① 贮藏牲畜冬季用饲料的塔形建筑。

静下来。姑娘站起身，取下可以水洗的仿麂皮手套，放在座位上。她的身高与迪迪相近。他牵住她温暖的手，领着她迈过牧师和邮票贩子的脚，绕过邮票贩子的公文包和婶婶的那些购物袋。拉开包厢的门，出来后随手关上，下一步怎么办？迪迪茫然地望着姑娘，松开她的手。尽管过道上没有别人，他还是觉得不安全，觉得在众目睽睽之下。

“到车厢尽头去吧。”她有些犹豫。“走吧！”

姑娘又向迪迪伸出手去，让他领路。这信任之举让他感动得眼睛刺痛。当然，一个人如果瞎了，就不得不相信所有人。或者不相信任何人。迪迪真希望自己像这位盲姑娘一样，没有太多的选择。

他们站在接近车厢尾部的洗手间旁，这里是一个拐角，即使有人来到过道上也不会看到他们。他们的身体随着火车的颠簸而摇晃着。

“说吧，”姑娘说。

“发生了……一件事情。”

“是火车吗？刚才我还很害怕。”

“不，不是，”迪迪说，“是在火车外面发生的。是我。我干了一件可怕的事儿。”

“什么时候？”

“我离开包厢之后。”

“你是说刚才吗？”

“不，是之前。”

“你之前什么时候离开过包厢？”

“什么时候？你怎么会这么问？”迪迪小声嚷道，“我知道你没法……没有看到我。可是你一定听见我说要出去。去看看为什么停车，还记得吗？当时我……我也很害怕。”

“不记得。”

“那你一定听到我起身离开！”

“我没听到你离开。”

“可是你并没有睡觉呀，”迪迪恳求似的说，心里的惊恐有增无减。“我一直在观察你。你难道不记得了？想想看。求求你了！我当时说要出去了解一些情况。为我们大家。去找找车上的工作人员，看他们知不知道是怎么回事。”

“我不记得这些。很抱歉。”

“可是，如果你不相信我，”迪迪说着，急得眼泪都快出来了，“我又怎么能告诉你发生在火车外面的事情呢？”

“我并没有说我不相信你离开过包厢，”姑娘宽慰他说。她将迪迪的手握得更紧了。“我只是说我不记得你离开过。”

“这样还不够，”迪迪咕哝道。

“请告诉我吧，”她一边说，一边伸出手去抚摸着他的脸，“请不要哭。”

“哦，不用可怜我！”迪迪推开她的手，可它马上又回来了。“我受不了别人的怜悯。但愿你能知道，我最讨厌别人为我难过。”

“我没有为你难过。我发誓。告诉我出什么事了。”

“好吧。”迪迪深吸一口气，把脸从她的手指旁稍稍挪开。就连空气也有负罪的味道。“我——”他无法启齿。为什么说不出来呢？“我原本打算自杀。所以才下了火车。我想躺在铁轨上等火车重新开动。”姑娘一言不发，她的手掌停留在迪迪的脸上。他恳切地望着她。他说的不是实话，但感觉像是事实。

“你干吗要让我知道这些？”姑娘小声问道，“你觉得我能帮上你吗？”

“我也不知道，”迪迪说着，双眼闭了片刻，“我想我一定得跟人说说。否则就太不真实了。”

“可是这对我同样不真实，”姑娘的声音更小了，“因为你并没有自杀。因为你站在这里。跟我在一起。”

“我对你来说真实吗？”迪迪的眼球隐隐发痛。

“很真实。”她继续抚摸着他的面孔。

“但是你无法……无法……看到我。”

听到这话，她将身体靠到他的胸前。有片刻时间，迪迪还以为是火车晃动所致；接着，他意识到她是想吻他。他迫切而感激地张开双臂接住她，摩挲着她丰满、温软、简直是柔弱无骨的身体。仿佛她赤裸着身子。廉价混纺布料做成的褐色印花裙子犹如她的另一层皮肤，他的手仿佛黏在了上面。手指尖在吮吸着，欲望温暖着他的腹部。“我想跟你做爱，”他低语着。她听懂了吗？“有件事情我还没有告诉你。我是说，有件事情你还没有问过我。”

“是什么？”

“我为什么没有自杀。在火车外面的时候。”

“因为你害怕了？”

“嗯，也有这个原因。不过还因为我想——想到了你，”迪迪说着，把一只手放到姑娘的胸脯上。“引诱者迪迪”。“自从火车开动之后，我就一直在看着你。我想抚摸你，想跟你做爱。所以我才回来了。”

“我很高兴。”

“引诱者迪迪”此刻的行为错了吗？又错了吗？是对信任

的犯罪和污辱吗?

“我想跟你做爱,”他坚定地重复着。一次幽会,一次休战。

她点点头,双手垂向他的腰间,同时让自己的脸孔摩挲着他的面颊。一时间,他们一动不动地站在那里;一幅欲望的图景。犹如一尊石雕。

就在这时,一股干涩、萎靡的痛苦袭向迪迪,他因为不堪重负而全身发软。姑娘似乎消失了;只有汽笛在鸣叫的火车,而迪迪则无助地想保持站立姿势,让姑娘支撑着自己。“我是在干什么?”他呻吟道。感觉到脚下的火车在不顾一切地吞噬铁轨。它的速度带有淫邪的意味,嘲弄着此刻侵入迪迪虚弱身体的倦怠之感。“我想我是在自欺欺人。”他所感觉到的不仅仅是欲望的倦怠。而是一种对于休息或者某种更强烈的东西的渴望。迪迪但愿能独自屈服于这种渴望。在进入隧道时他就感觉到了这种疲惫,却一直不肯承认。迪迪抓住姑娘。“也许我不想跟你做爱。也许我只是想睡觉。”

“来吧,”她说,并拉了拉他的手。

“也许我想死。”

“来吧。”

姑娘伸出手,在墙上摸索着,终于找到一个门把手。“这是什么?”

“洗手间。”

“没有人,对吧?”

“对,”迪迪说。

“我们进去好吗?”

迪迪跟在姑娘后面。进了洗手间,锁上门。木已成舟了。

木将成舟。在洗手间里，满是消毒液和小便的气味。一个秘密的所在，一个藏匿之处；不算大雅之堂，但是很安全。迪迪朝金属洗手池上方的镜子看了一眼。然后有所期待地望着姑娘。“把你的眼镜取下来，”他小声说。她取下眼镜，递给他，让他放在一个稳当的地方；他把眼镜放在洗手池里。搂住她，让她紧紧地贴着自己的胸膛。久久地吻着她，最后粗鲁地吻住她的嘴巴。

迪迪的脸（现在）与姑娘的只有几英寸之隔。她的眼睛不是完美的蓝色，而是呈细微颗粒状，像乳白玻璃。迪迪盯着这双眼睛，寻找着某种情绪的变化。但是尽管它们可以转动，可以眨眼，却像装饰品一样单调不变。如果非要推测一种眼神的话，也只是忧伤无奈的眼神。毫无用处，无法用视线来吸引他人的注意。

发白的眼睛。

蒙着薄纱的玻璃眼睛。

牙齿般的眼睛。

煮熟的鸡蛋白似的眼睛。

供显微镜下观察的发干的鸡蛋白般的眼睛。

郁金香球茎般的眼睛。

电钻般的眼睛。

有洞察力的眼睛。

负罪的眼睛。

金属眼。

流星眼。

青豆眼。

纸眼睛。

腐坏的眼睛。

退过火的眼睛。

潮湿的眼睛。

水灵灵的眼睛：装着液体的精致的小瓶。

易脆的眼睛，浸了水的眼睛。

丑陋的眼睛，秀美的眼睛。

混浊的眼睛，干净的眼睛。

多皱的眼睛，光滑的眼睛。

烂掉的眼睛，新鲜的眼睛。

聚光眼，散光眼。

凹眼睛，凸眼睛。

预订的眼睛，现货的眼睛。

呆滞的眼睛，灵活的眼睛。

单瓣的眼睛，双瓣的眼睛。

单一的眼睛，多重的眼睛。

有外眼皮和没有外眼皮的眼睛。

空荡荡的眼窝。

眼球的白膜。

“你什么都看不见吗？”他柔声问道。谁能说得清呢。也许眼中有眼。也即传说中的盲人的视力。她摇摇头。不过，正如视力不仅仅存在于看之中，眼睛也不仅仅是看的工具；就像口和手一样，它们还是受难的器官。“你有没有哭过？”他小声问。

姑娘已经拉开裙子背后的拉链。迪迪帮她从头上脱下来。

“我的眼睛怎么让你这么感兴趣？”她（现在）穿着胸罩和短衬裙站着。

她婶婶曾叫她海丝特。“不是你的眼睛。是你，海丝特，”迪迪说。不完全是实话。“你有没有哭过？”

姑娘脱下衬裙，交给迪迪。（现在）她只穿着低跟软皮鞋，长筒袜由环在臀部的一根细小的吊袜带吊着，另外还有胸罩。没有内裤。突然之间，她真的一丝不挂了，这让迪迪既惊讶又兴奋。是因为看不到别人在看她，她才这么轻易地在陌生人面前脱光衣服吗？是因为对她而言，在一位陌生人面前袒露自己的身体，就跟在所有看不见的陌生人面前展现自己的面孔一样吗？

海丝特脱衣服时显得冷静而老练。不过，迪迪几乎还是不敢承认自己的勃起。很显然，她不是处女。但是，这姑娘知道自己在干什么吗？从某种意义上说，他看不透她，正如她看不见他一样。“你有没有哭过？”迪迪站着不动，口里追问着。

“你是想问，我的眼睛是不是哭瞎的吧？”姑娘说。

一个人真能让自己哭瞎吗？或者说，能有意让自己变瞎吗？迪迪所想的也许就是这个问题。“我不知道，”他说，“可能我只是感到好奇，想知道你怎么会这样。当然，也许你不愿谈这个话题。不过……是不是……我是说，你的眼睛为什么——”

“也许吧，”姑娘说。她把手放在他的皮带上。“你为什么还不脱衣服？”

不能再等了。姑娘正在解开胸罩。迪迪觉得自己全身再度虚弱无力，下体软了下来。“你真的想这样吗，海丝特？你看不见我。也不了解我。”“好好先生”的羞辱感缠结着他的下腹。

“我了解你。”姑娘伸出双臂搂住他的脖子。她身上有咸水的味道，海水的味道。迪迪搂住她的腰，轻舔她闭着的双眼和耳朵。她在宽恕他吗？通过接受他的抚触，她是想证明这可以是爱抚，而不只是致命的打击？一个人不可能宽恕自己。必须有宽恕者和被宽恕者双方才行。

他解开领带，脱掉衬衣、汗衫、鞋子和裤子。然后是内裤。迪迪把两人的衣服堆在洗手池里。她将手伸向他的私处，他也伸向她的私处。这些动作简直是轻而易举，轻飘飘的。一个没有东西可庆祝的秘密节日。迪迪觉得有些委顿。他用自己瘦削的身体将她轻轻地顶在墙上，但一时间几乎无所作为。不过接着就有了起色。开始时比较软弱，但随着他的动作而力量渐长。他的下体再次坚挺。火车的节奏助了他一臂之力；每一次颠簸都让两人的身体更为猛烈地碰撞在一起；他感激地就势接受火车的力度和引导，与她分享自己高涨的精力。迪迪低下头去吻她的乳房，想象自己置身于阴冷的隧道里。距离变了，就显得更小，更亲密。但洗手间的地板似乎非常遥远，仿佛是经由一种放大的视角所见。地板上矗立着两个巨人，正纠缠于生命的行为。

迪迪一定得放弃自己的想象，并且欣然这么做了。他进入姑娘的身体后，空间缩小了。亲密的空间，温暖而不是阴冷，已知而不是未知。他此前是在外面，而（现在）是在里面。两人都在里面。

迪迪盲目的身体满足地栖于姑娘的身体内，活动起来无拘无束。她（现在）肯定知道眼下是怎么回事。但是，生命的行为能够抵消他的罪责吗？不要看，不要听——甚至不要听窗玻璃咔哒作响的声音。姑娘引导着迪迪的身体在她体内进出，时迎时退。她轻柔而无声地达到了高潮。她难以站立；迪迪不得不架住她。他弯曲的胳膊勾在她的腋下，前臂和手掌抵住墙壁，向她的深处发起看不见的最后冲击，终于让自己的身体屈服于哭泣的欲望。有小溪在流淌；而不是环扣相接的链条。他把头靠在她的肩膀上。他们依偎在一起，进入了忘我之境。迪迪紧闭双眼站在黑暗中，犹如站在一池水的水底。他睁开眼睛。火车的声音立刻有了一种不同的音调，显得更加刺耳。该醒了。他叹了一口气。

伸手从洗手池的衣服堆里找出自己的汗衫。在姑娘面前弯下身去，轻轻地擦拭她的大腿。迪迪第一次注意到姑娘的臀部和大腿上有不少青紫的瘀伤，显然是摔倒或碰撞所致。接着他擦干净自己，然后把脏汗衫扔进洗手池下面的垃圾筒里。他转过身来吻她。“你还好吧？”迪迪耳语道。她满足地“唔”了一声，微微一笑。迪迪开始把姑娘的衣服一件件地递给她，并不时搭个手帮她穿好。接着匆匆地穿上自己的衣服。洗了洗手。又问她要不要洗手。她要洗手，还要梳头。

“我的眼镜呢？”迪迪给她戴好眼镜，并叹了口气。

“怎么了？”姑娘小声问。

“这样没用！”迪迪（现在）会把事情弄成一团糟。

“什么？”

“不是说你。”他一只胳膊搂住她。“是我。我刚才骗了你。”

“关于火车吗？”

“不，关于发生的事情。我在外面铁路上的时候。”肌肤的接触没有消抹用言语坦白的愿望。迪迪并没有解脱之感。

“关于你想自杀的事情不是真的？”

“不，那是真的。可那是四个星期前的事情。”他顿住了，不敢接着说下去。后面的话一句接一句地往前涌。砰！“刚才在隧道里发生的不是这个。”

“告诉我吧。我喜欢真相。”勇敢的话语，表现出迪迪很赞赏的一种准则。但是她真的想听他坦白吗？就像刚才在肉体上真的想要他那样？肉体不会撒谎。他仍然扶着姑娘，后退一步，坐到马桶盖上，然后拉着她坐在自己的腿上。她柔软的身体十分顺从。迪迪深吸一口气，由于姑娘的身体靠在他的胸前，他呼吸有些费力。

“在外面铁路上的时候，我跟别人打了一架。我本来只是想去看看是怎么回事…… 不，我不该给自己找借口。”他想尽量说得简明扼要。“我想我杀了他。”

姑娘倒抽一口冷气，似乎想打断他，但是迪迪假装没有察觉。真相像砖块一样掉落下来。

“就算我没有真的杀死他，他反正也已经死了，而我该为此负责。我用撬杠砸了他，他一下子倒在火车面前，所以，火车重新启动的时候——”

“可是，”姑娘打断了他，“你根本就没有下车呀。”她从他的怀抱里挣脱出来。“我刚才就想告诉你这一点。你根本就没有出过包厢，相信我。我的听觉很灵敏。”该相信感官的作证吗？不。

“听着，你一定得明白……”当然，迪迪（现在）什么也没有解释。他只是一遍又一遍地重复着。她则摇着头。一遍又一遍地打断他。

他们（现在）相隔是多么遥远，虽然同处于洗手间的狭小空间里。忘记了缠绵的爱抚，还有潮湿的头发、甜蜜的摩挲以及彼此的融合。迪迪把它们当作平常之事而弃之不顾，只是站在自己那堆话语的背后。

“我们该回去了，”姑娘柔声说道，“我婶婶会担心的。”

迪迪叹了口气。当然了。打开门。他们手牵着手，往右拐，再往右拐，上了过道。走了几步。海丝特又理了理头发，迪迪等在一旁。一边悄悄地打量她的衣服，看看有没有什么破绽或污迹；接着也把自己的衣服检查了一遍。他再一次把脸贴到姑娘的面颊上，感觉到她眼镜上那硬邦邦的镜架隔在两人之间。然后，迪迪拉开包厢的门。她的婶婶还在酣睡，正歪着嘴轻微地打鼾；牧师和邮票贩子仍在看书。

迪迪坐在包厢里，凝神望着海丝特。她（现在）似乎跟在过道或洗手间里的时候不一样了。她的头靠在椅背上；他无法确定她是否闭着眼睛。

迪迪自己闭上了眼睛。这姑娘为什么那么固执呢？她一定记得的！不过，如果她不记得呢？迪迪敢问牧师或邮票贩子自己之前离开过包厢吗？姑娘会不会是对的呢？也许那个工人老粗是他胡思乱想出来的；趴在铁轨上的残缺不全的男尸完全是他的想象。也许他把刚才发生在洗手间窄小空间里的激情一刻位移到了隧道里那个空旷、潮湿、子宫般的昏暗世界？与他以为之前发生在隧道里的事情一样，那激情一刻也正是他的期望。迪迪可能犯下这么荒唐的错误吗？把男女偷欢与暴力冲突相混淆，把信任与恐惧相混淆。把失明与封闭这两个不同的层面搅为一团。

迪迪开始——仅仅是开始——怀疑自己的记忆了。但这样的事情经常发生，对吧？所有的往事，不管是真实的，还是幻想的，都得交付于人的想象力托管。不管杀死工人一事是幻想，还是事实，迪迪（现在）只有通过想象才能知晓。过去必须重新想象；记忆不像家具，不是你可以拥有的看得见摸得着的东西。

怎样才能记住。当务之急是记住，与此相比，就连让自己得到宽恕之事都要退居其次。不过真是这样吗？迪迪怀疑自己在选择一条相对容易的出路，好让自己脱身。

眼下除了尽力保持镇静之外，他什么也干不了。到达目的地之后，他可以进行调查。哦，也许没有这个必要。如果隧道里真有工人被杀，消息就会在广播、电视和报纸上报道。从总体上说，迪迪确实相信自己杀了人。但相信的程度有了变化。火车无情的速度正将迪迪带离现场，驶向远方。视角拉长了，过去成为一种以纯物质的、距离和比例已被改变的方式而存在的过去。火车不断地向前疾驰，工人魁梧的身形变得越来越小，尽管正因为小而愈发珍贵。迪迪必须全神贯注才能继续看到他。仿佛迪迪（现在）也需要眼镜了。工人变成了一条小隧道里面的一个小身影，一件玩具般的东西，几乎成了迪迪游移的意愿所偏好的对象。就像一枚为集邮爱好者所苦心搜寻的珍稀邮票，上面印有因为被并入一个新成立的大国而不复存在的国家的国旗，或者印着一个早已下台或被废黜的国王的趾高气扬的头像。

迪迪坐在包厢里，思考着物体大小这个奇怪的问题。暗淡的暮色正在降临。迪迪漫不经心地往窗外望去，正好看到远处一座农舍里的灯亮了。也许是守夜的灯。对着仍然坐在拖拉机上、完成了一天辛苦劳作的疲惫的丈夫和父亲说：回家吧，为你准备好了热乎乎的晚饭；回到你的孩子们身边，他们会爬上你的膝头；回到你妻子那张宽大的床上。迪迪虽然没有一个安稳的家，却为那个信号所触动。恨不得（现在）就出去，进入那份充实；趁着原野仍然宽敞空旷，马上下车。因为过不了多久，地上就会拥挤起来，一幢幢房屋你挨着我，我挨着你，一直挤到铁路边上，而且越往后情况越严重，最后变成一栋栋高楼大厦。火车很快会从一座小镇中间穿过。然后，再过一小段时间，会穿过另一座小镇。最后抵达城里，到时候，我们所有人都得从头顶的行李架上拖下行李，各自下车。

然后，困在即将抵达的城市里，迪迪将不得不面对自己所做的事情。也可能是没有做过的事情。这一切都成了疑问。他将其归咎于这姑娘，但事实上，这并非她的过错。是他自己把事情弄成了一团糟，是他自己想把事情复杂化。迪迪用更微妙的不确定的威胁取代了具体的被发现和受惩罚的威胁。他给自己的忧虑赋予了谜一般的形式。

不修边幅的婶婶醒过一次，但转身又睡了。迪迪和海丝特（现在）坐在玻璃车顶的餐车里，这是火车的最后一节车厢。迪迪背对车厢的后门坐着。不想看到铁轨在火车后面急速变小，也不想被另一张桌上打桥牌的两对男女所打扰。海丝特喝着一杯代克利酒，迪迪喝的是黑麦威士忌加水。

"我得问问你，关于刚才发生的事情……我们之间的事情。"迪迪感到不安而难堪。"你感觉怎么样？我是说现在。"

"很好，"她平静地说。

"你不后悔吧？"

“干吗要后悔？我喜欢做爱。”她语气中的刻薄意味刺痛了迪迪。她可能对他所讲的工人的故事生气了，她显然觉得那个故事太荒谬，再说，一开始他还对她撒过谎。也可能是对他现在这么问感到生气，觉得这样太自以为是或者太低级。迪迪宁愿相信是后者，于是自己也生起气来。

“你经常跟陌生人做爱吗？”“嫉妒的迪迪”问道。

“你呢？”

迪迪叹了口气。“我不该说这种蠢话。请原谅。”

“想干的事情没有必要不干，对吧？”海丝特说，“我是说，如果没有人拦你的话。”

迪迪又叹了一口气，握住姑娘的手。人是多么复杂啊！“给我讲讲你自己吧，除了要做手术之外。”

“没有多少可讲的。你一旦失明，就全部在于内心了。”

“你是从小就失明吗？”

海丝特没有回答这个问题，而是犹犹豫豫地继续回答前一个问题。“我该怎么向你描述我的生活呢？大家都伺候我，他们不得不这样。另外，我经常思考，也听音乐。我喜欢花儿，还——”

“你有时会哭吗？”

“你前面这么问过了。”

“我知道。可是你并没有回答我，记得吗？……请告诉我吧。也许我之所以想知道，是因为我自己经常哭，我觉得这没有什么见不得人的。”

“我的回答是，没错，我经常哭。”

“为什么？”

“也许跟你哭的原因不一样。”

“你怎么知道？说到底，有多少种原因呢？”

“嗯，我想不是因为不开心。如果你心里想的是这个的话。也许我的哭是因为无聊。”

“我敢肯定绝对不是这样，”迪迪说，“你干吗要这样说呢？是因为真相太私密吗？我是在打探你的隐私吗？”

“不，我倒是很愿意告诉你。可我唯一能想到的就是，我之所以哭，是因为有眼泪。”

迪迪不喜欢这种回答。他希望她是不开心，就像他一样。“你很孤独吗？”

“也说不上。但是我可以抚摸的东西不多。”

“东西？你指的是人吧？”

“对，也包括人。”

“你爱什么人吗？”“占有欲强的迪迪”问道。

“我想没有。至少没有你所指的那种情况。一旦你是个盲人，周围的人就在不断地变化。一个人决不会保持不变。他每次说话、走动或抚摸我的时候，都会不一样。”

“你爱你婶婶吗？”

“哦，不。不是爱。可我喜欢她做的事情。她总是喋喋不休，让人受不了，但是我喜欢她抚摸我。还给我读书。她是公共图书馆儿童部的管理员。”

迪迪如释重负，鼓起勇气问出他真正想问的问题。“你爱我吗？我是说现在。”惯于一厢情愿的迪迪。

“刚才是的。在那边的时候。”海丝特顿了顿。“至于现在我也说不清。对我来说，你现在不像刚才那么真实。”

迪迪有些恼怒。不过，他又指望什么呢？“起码你很坦诚。”

“尽量吧。难道你不是吗？”

“不，我也是！但是这无关紧要，对吧？在那边的时候，我告诉过你发生在隧道里的事情。我说的都是实话。可是你并不相信。”

“我怎么能相信呢？我得相信自己的耳朵。我没有听见你说要出去，也没有听见你离开包厢。”

这姑娘真是顽固不化。迪迪不想争吵。他想跟她融为一体，想跟她一样思路清晰。还想跟她一样双目失明。不过，他还需要说话；他觉得就算不能让她相信，也能得到她的同情。她肯定是被他所吸引，对他怀有同情，否则就不会跟他做爱，不会同意（现在）跟他在一起。

“我还是想把事情原原本本地给你讲一遍，”他说，“就算你认为我是在胡编乱造。”

“我并没有这么说。你讲吧。”她进一步握紧了他的手。“你真是太瘦了。你不爱吃东西吗？”

她诚挚的同情让迪迪几乎眼眶湿润，但他竭力控制着自己。想想那个工人吧！他开始从头道来。在隧道里穿行，奇怪的障碍物和那唯一的工人，身材出奇的高大，言行粗暴，犹如被武装的天使。接着，是不该发生的可怕的战斗，软绵绵的尸体倒在铁轨上。把尸体靠在火车前……

“你是在做白日梦，”姑娘肯定地说，“所以那个人才会显得那么高大。”

“在隧道里做白日梦？”

“为什么不可能呢？”

“可我知道事情发生了！我当时在场。”

“那就问问别人好了。”

“我不想问，”迪迪说，“你才是我的证人。”

姑娘默然。迪迪很想一把扯下她的眼镜，扇她几个耳光。仿佛这样就能让她重见光明。

“你总是叹气，”姑娘说，“你自己知道吗？”

“当然。这是因为我很生气。可又不知道怎么发泄。”

“跟我生气吗？”姑娘问。

“是的，非常生气。”

“为什么？”

“因为你太固执，”迪迪说。

“你的意思是说，因为我看不见。”

“不，我不是这个意思。”迪迪坐在这里，半垂着眼皮，不敢正视那姑娘。觉得跟她一起被困住了。那激情一刻已经过去。时间过得很慢。也许这趟旅行会没有止境，火车将在无尽的暮色中永远奔驰下去。火车获得了人体的生理和道德力量；它在审判迪迪。从姑娘这里不会得到赦免。任它去好了。

无奈之下，只能返回包厢，去凝望窗外寓意深远的大自然。从那景色的最深处，通过透视的行为本身，为所发生之事的深邃含义寻求一种参照。

回到了包厢。海丝特的婶婶完全醒了。发现侄女在行程中经常跟对面那位英俊青年在一起，她显然大感兴趣。

相互介绍了一番。内勃恩太太。我的侄女，海丝特·内勃恩小姐。不过话说回来，到了现在，你们两位年轻人早就不用介绍了。

迪迪忘了海丝特至此仍不知道他姓什名谁，只是对她婶婶自我介绍道：“道尔顿·哈伦。”

“哦，真是太好了……哈伦先生，你是干什么的？但愿我这么问不是太冒昧。”

迪迪无助地望了海丝特一眼，她正靠在自己的座位上。“我为一家生产显微镜的公司工作。”

“是大公司吗？”婶婶问。

“太有意思了，”牧师从祈祷书上抬起头来说，“能够那么细致地观察大自然的奥妙，真是一种享受。”

“哦，”迪迪连忙说道，“我所从事的不是看显微镜之类的事情。”牧师无异于说他是靠眼睛谋生，他不大自在地想在姑娘面前撇清这层意思。“它们是在州北的厂里生产，然后再运往各地。我在纽约办事处上班。负责设计用于邮购的小册子，以及刊登在科技和贸易杂志上的广告。”

显微镜部件名称及使用方法指南：

将显微镜面朝窗户置于稳固的台面上。

眼睛所接触的透镜称为目镜；另一端的透镜称为物镜。

放置载玻片的部分称为载物台。

载物台下面是光圈，可以控制反光镜通过载物台中心的圆孔所射入的光量。

反光镜用于聚光，以照亮载物台上的透明物体。

观察固体对象如苍蝇头部时，光源必须来自上方和载物台前方，因为来自反光镜的光线不能穿透固体。

“你干这份工作很久了吗？”婶婶问。

“是的，”迪迪回答。

婶婶不再说话，也许是一时想不起其他的问题。迪迪探究地望着姑娘。光学显微镜是一种古老而高贵的工具，多少个世纪以来，它基本上没有什么变化。但是，如果没有眼睛这种高贵得多、无疑也古老得多的工具，显微镜也就毫无用处。姑娘是先天失明吗？她婶婶没有主动提供这一根本信息。此前他问过海丝特她是否一直都是这样，她当时也没有回答。迪迪很想知道。不过（现在）几乎不可能再问了。

角膜不透明通常是从一出生就存在。但是也不完全如此。海丝特也可能是童年时失明的；比如得了严重的结膜炎而使眼睛重度受损。也许她一度能像常人那样看得见一切：肉体，鲜花，以及天空。甚至在八年级的科学课上还看过显微镜。

“什么样的显微镜？”邮票贩子问。他也感兴趣了吗？

迪迪的公司生产好几种标准型号的显微镜。另外还有一些不太常见的类型。

工具显微镜。

冶金显微镜。

比较显微镜。

投影显微镜。

眼底镜。

视网膜镜。

耳镜。

最后三种是为眼科和耳科专家所使用的医疗器械。

婶婶顿时来了精神。“也许华伦医院用的就是你们公司的显微镜。你们公司的产品也许正好符合医生们的需要，而这正好能帮上我的海丝特。”

“我希望如此，”迪迪口里说着，心里却对这种无所顾忌的谈话感到愈发不自在。因为眼睛看不见，姑娘便成了一样东西；成了任人谈论的对象，仿佛她根本就不在我们的包厢里。

“如果我能用仪器看东西的话，”姑娘突然开口道，“我会选择望远镜。我想看星星。特别是看死亡的星星所发出的光。那颗星星在一百万年前就已经死去，但是还在继续发光，好像不知道自己已经死去一样。”

“亲爱的，你的病态劲儿又来了！”婶婶靠在海丝特的肩膀上，海丝特没有反应。“我希望我的小宝贝一直都很勇敢。”

“对大东西而不是小东西更感兴趣，这可不是病态，”姑娘没好气地说。

迪迪再一次感受到两人之间的心有灵犀，以及思想上的神奇默契，不禁想道：由此看来，对死去的东西而不是活着的东西更感兴趣，也许同样不是病态。

至少他已经别无选择。那位工人就像海丝特渴望看到的一颗死亡的星星。虽然生命已经终止，却仍然越过遥远的距离投来一道光芒，犹如发自最活跃、最年轻的星星，看上去生机盎然，不容置疑。迪迪不得不提醒自己，那工人只存在于过去。不要被表面现象所蒙蔽。不管那工人向迪迪的脑海投来多么强烈的光芒，他其实已经死去。迪迪杀死了一颗黑色的太阳，那太阳现在正在他的脑海中燃烧。很显然，这姑娘能看见那黑色的太阳，只要她稍作努力。即使她双目失明。也许正是因为她双目失明。她是在考验他吗？不管他的感官所呈现的证据如何使他迷惑，对于死去的星星与活着的星星之间的差异，他一定得坚决区分。

还得区分大与小、远与近的差异。时间在一分一秒地流逝，火车载着他渐行渐远。而且夜幕正在降临，所有的光亮都变得虚假。是人力所为：是为抵御黑暗的恐惧而制造的勇敢谎言；是一种骗术。与所有能看见的人一样，迪迪需要具备辨别的能力。而那姑娘被迫长期生活在黑暗之中，因而不必承担区分差异的危险任务。不过，也许她跟大多数人不一样。非常不一样，以至于就算她没有失明或者视力（现在）得到恢复，她也不会混淆不清。所有的光亮，所有她能看到的东西，都会是真实的。迪迪不再生气。她所告诉他的是她所了解的真相。而且尽管海丝特在有些方面出了错，尽管她可能永远也不会相信自己出了错，她却明白一个巨大的真相。而“不完美的迪迪”希望懂得那个真相；希望拥有那个真相，让它与他自己的真相共存。谁也不应该冒险独自走进黑暗。

到达共同的目的地之后，热情满怀的迪迪拎着自己轻便的行李箱以及海丝特和她婶婶的行李箱和包裹下了火车。有几位旅客正在等候行李员来搬行李，迪迪挤到他们之前，半是客气半是强迫地让行李员先搬自己一行的行李。然后陪同两位女士穿过这座老式的火车站。候车大厅的天花板很高，非常气派。

墙面是大理石。新罗马式圆柱。有座第一次世界大战的纪念雕像：一位虚弱的伤员踉跄着，眼看就要倒下时，被“共和国”——一位神情严峻的高大妇女——搂进自己坚强的臂膀里，妇女坚毅的目光越过奄奄一息的年轻人的头顶，凝望着远方。火车站是公共场所，向所有的人开放。虽然迪迪此刻可能讨厌在形形色色的旅客中穿行，但是，他却非常喜欢那高高的天花板；空间越大越好。不过，正如近年来每次北上去工厂时一样，迪迪总是不由自主地发现，车站的设施和外貌在每况愈下。每次来的时候，地板、墙壁、圆柱、铜像、问讯处、挂钟、售票窗口、卖报亭、木椅等上面都比上一次多了些永久的污垢，显得更脏更乱。很显然，这不仅仅是疏忽所致。而是政策或原则的问题。过不了多久，车站就会被拆除，以便在原址上竖起一座小型建筑。不过，就算难逃此劫，也完全有理由对它妥善维护，让它干干净净吧？比如说，为了体面起见。特别是破坏之神的预期拜访已经表明会有所推迟。

行李员用小车推着他们的行李，领先他们约二十英尺，而迪迪和婶婶则走在海丝特的两边，带着她穿过人群。大门口有两根新罗马式圆柱，再往前就到了人行道。迪迪给行李员付了小费，然后站到人行道上，心里暗想，如果就这样呆着不动，不知道他们能否在几分钟之内叫到两辆出租车。不过，仅仅帮到这一步好像还不够，而且他也害怕让姑娘从他的生活中消失。姑娘站在人行道上，离路边隔着一段距离，耐着性子——至少迪迪这样认为——让她婶婶保护性地、虽然大可不必却很坚定地搂着她的一只胳膊。迪迪打量着姑娘，看她有什么反应，但一无所获。他也不知道自己想要什么反应。

另外，城里令人抑郁的景象也让他大为惊讶。阴沉沉、灰蒙蒙、乱糟糟的。而且特别吵闹。震耳欲聋的噪音，一概无从分辨。完全不同于火车那不变、响亮、威严的声音。姑娘介意那些她并不明白的噪音吗?

等了好一会儿。有辆出租车开了过来，迪迪与两位女士一起上了车，准备送她们去华伦医院——他自己都没有想到会这么做。“可这样你就绕道了，哈伦先生。我们不想给你添任何麻烦。”没关系，没关系。所有的街灯都亮了起来，但是一栋栋楼房看上去犹如平面图画。医院也不例外。“先别计价，司机，我马上就回来。好了，内勃恩太太，海丝特，请告诉我……”确信姑娘的房间已经安排就绪，而婶婶则在相隔三个街区的寄宿公寓预订了房间，迪迪才把她们的行李一直送到医院里的接待处。不太自在地彼此道了晚安。然后回到市中心的拉什兰酒店，外地的行政和营销人员来总公司时总是住在这里，费用由公司支付。好在他登记的时候，没有在酒店大堂里碰到从纽约来开会的其他人。

迪迪被带进自己的房间时，已经差不多十点半了。打开行李，冲了个澡，然后给前台打电话，询问地方晨报最早一期的情况。凌晨两点左右出来。他让服务员到时候给他打电话。(现在)是十一点：迪迪打开电视，找到自己想看的节目。一位表情淡漠的秃顶男人坐在播音台后，正在播报来自前线的公告——敌军损失惨重，具体数据已经统计，我军有少量伤亡——然后是几位政客的套话；接下来是某某人枪杀了自己的岳母，监狱暴动，一对好莱坞明星夫妇即将离婚；关于重量级冠军怎样在墨西哥城不出两个回合就把年轻的挑战者击倒在地的自命不凡的报道；天气情况：晴朗，较冷，有东北风。但没有提及当天下午铁路上有死亡事故。也许死这样一个人并不重要，或者算不上非常事件，因而不能进入《新闻》之列。迪迪关掉电视，打算尽量让自己睡一觉。虽然时间还早，但由于心神不宁，他不愿走向城市空旷的街道，那里可能有种种危险，或发生他无法左右的怪事。不过在这个房间里，在它清一色的表面和刻意中性化的气息里，似乎隐隐存在着同样的威胁。他将不得不进一步缩进自己的内心世界，逃离所有彼此关联的理性空间。也许他能睡着。屋里有两张单人床，迪迪选择了靠窗的那张床。但是他没有开窗，也没有打开空调。

可是他无法入睡；眼睛想多闭一会儿都很难。在他的眼皮之内，凸现出一张工人横在铁轨上的广角照片，尽管它（现在）是一幅静止的画面，其中不断地穿插进一组快速闪过的图像，这些图像是用便携式相机颤颤悠悠地拍摄的，正是迪迪刚才在《新闻》中所见：死去的士兵，魁梧的身体躺在担架上，一张粗劣的毯子或油布从头盖到脚，正被抬进等在一旁的直升机里；直升机降落在外国的一片稻田里，螺旋桨在旋转，发动机在轰鸣，机身在震动。死亡很可怕，一个人还不想死去却被剥夺了生命很可怕。而迪迪对别人的所为正是如此。惶恐之下，他扮演了可怕的房东的角色，租期还没有到就取消了别人的生命赎回权。他一遍遍地回想着与那位工人的冲突，只是现在没有了画面。当然，也许可以说迪迪的所作所为情有可原，甚至很合理，那家伙无缘无故地对他寻衅。带有莫名的威胁；还持有武器。尽管这样，迪迪还是无法相信自己的行为纯粹是出于自卫。如果是一场真正的审判，而迪迪自己是法官的话，他绝对不会接受这种辩解。那家伙很粗野，很无礼。没错。但是不能把无礼当成一种先兆，认为接着将不仅仅是进一步的无礼。再说，那家伙不是耸耸肩膀让步了吗？而且似乎想证明自己无意伤人，还转过身去背对着迪迪？当然，随后也有些可疑的动作。但他也许只是准备把斧头扔进那堆工具里，然后收拾起东西离开呢。去哪儿？上火车吗？有可能，除非他是典型的无政府主义者，喜欢独往独来，不守组织纪律，所以不可能成为火车上的工作人员。果真如此的话，他要去的就可能是独自当班的工人所呆的任何地方，就像随时要应对紧急情况或故障的信号工一样——也许是隧道旁的某个岗哨……此时此刻，迪迪倾向于姑且相信是这样。唯一可以确定的是："好人迪迪"将永远无法满足自己的愿望，弄清那家伙当时的真正意图了。在隧道里的时候他也无从知道，迪迪要么是机警地观察到对方将实施突袭，要么是主观地这么猜想，于是先下手为强。他的对手可能是个放松了警惕的凶残的坏蛋，也可能是个毫无防备的普通人。但无论如何，这都胜之不武，因为那工人尽管凶巴巴的，却根本没有机会出手。

迪迪一直让床头柜上的小灯亮着。他不想要黑暗。今天在黑暗中呆得太久，够他用一辈子了。不要黑暗！他必须保持警惕和敏感，好击退那些血淋淋的鬼魂，赶走那些随着光明的消失而大肆出现的生物。哪怕这意味着要赶走所有的生物。哪怕这意味着他将孤身一人。迪迪是孤身一人。这几乎不难忍受。在过去的三年里，自从琼离去之后，他多是孤身一人。但"孤身一人"似乎有失尊严，令人同情，显得脆弱。于是，他又像以往能自由选择时那样，尽力把孤寂转换成某种崇高的东西：孤独。"孤独"意味着坚强。但是，在漫无边际的空间里的孤独与在狭小空间里的孤独毕竟有天壤之别。迪迪被困住了。关在一个消过毒的小房间里，周围是色彩柔和的墙壁和枫木家具；墙上有一幅装裱精美的字："啊，美丽之乡，啊，迷人之乡。”孤独，无法向世人言说。他在小床上翻来覆去，不停地出汗，随着赤条条的身体每一次漫无目的的翻动，床单越来越乱，越来越皱。想给他弟弟打电话。可保罗正在巡回演出，而迪迪把保罗那封谈到音乐会时间安排的信留在了家里。他可以通过保罗在纽约的经纪人查到音乐大师今晚正在何处，可能这会儿还没有回到住处。再说，只要是在美丽迷人之乡演出，不管保罗身在何处，都会有崇拜者、音乐迷和追星族挤在后台，期待着可能得到的宠幸或职业上的快乐，以及参加音乐会后的聚会。恐怕要到午夜过后很久才能返回酒店。话说回来，就算联系上了保罗，他又能说什么呢？打这种电话是逃避男子汉的责任，是孩子般地乞求同情，向一个从来没有真正同情自己或与自己亲近的亲人乞求同情。迪迪想，如果真要打电话的话，他是不是该干脆把一切都说出来？迪迪考虑着是否向警方自首。

不过，别着急。哪怕迪迪只是有一点怀疑，认为杀害铁路工人之事可能只是一场噩梦，或者如海丝特·内勃恩所言是一场白日梦，那么，他也该弄个清楚。起码可以等到看过报纸再说。犯傻显然于事无补。在过去的这一个月里，他已经犯过多次傻了。如果这么晚了给警察打电话，他们一定会马上开着警车过来逮捕他，把他在阴冷的囚室里一直关到天亮，那儿可比这里还要小。如果到了早上，事实证明迪迪所自首的谋杀案原来是子虚乌有，要想走出牢房可就难了。警方一定会要求迪迪接受精神病检查。他会被带出牢房，送往当地的贝尔福精神病院，就会错过明天上午十点钟的会议开幕式，还可能错过明天一天的会议。大家会谈论他的缺席，会互相打听，而一旦公司发现他因何种原因被关在何种地方，他就会被解雇。很显然，瓦特金斯公司的人都还不知道迪迪上个月请假一周的理由。他对杜瓦说是病毒感染的老毛病又犯了，需要住院治疗。

迪迪决定再也不要慌张。他决定不给警察打电话，而是耐下心来，等待报纸的裁决。他还是无法入睡。不过（现在）也不指望睡着了。

两点钟时，电话响了。电话铃声猛烈刺激着他的神经。“到了吗？对！非常感谢。”迪迪让他们把报纸立即送上来。他连忙起床，穿好裤子，打开门，探头朝走廊看去。一位穿着红色制服的年轻人从铺着地毯的走廊上慢吞吞地过来了，手里正拿着那份珍贵的文件。

“这里！这里！”迪迪声音沙哑地喊道。他给了那孩子二十五美分小费，然后一把接过报纸，返身回屋，并随手锁上房门。这一沓即将决定他命运的报纸散发着潮湿的墨香，他该坐在什么地方看呢？

他盘腿坐在门边那张铺着缀有绒球的白床罩的床上，拿定主意开始看报。头版上什么也没有。第二版也是。第三版还是一样。尽管心急如焚，他却不允许自己把看过的令人失望的报纸随手乱扔；每一页仔仔细细地看完之后，都整齐地与前面的报纸放在一起。

国际灾难！

百货商店广告！

全国大选！

最新型家用电器！

地方债券发行，市政厅关于新文化中心的辩论，卫生部门的丑闻！

床单毛巾大甩卖！

关于空气污染的社论和有关种族灭绝的专栏文章！

社会版！

电影和巡回演出戏剧的广告！

妇女版！

电视和广播节目单！

体育版！

漫画版！

房地产！

翻到讣告栏时，迪迪的心一阵狂跳。但同样没有收获。最后是股市平均指数，报纸看完了。什么也没有。什么也没有！迪迪颤抖着双手折起报纸。恨不得把它们扔进废纸篓，不过……也许他应该从头到尾再看一遍。思想是一位邪恶的君主。它能做出安排，让你对自己最怕看的东西即使就在眼前也无法看到。哪怕用上放大镜或显微镜也不管用。

但是迪迪明白，这报纸他可以以后再看。再说也不想让自己过于沮丧。（现在）最好找一个新目标。他又给前台打电话。“这里是414房间。”等一等！千万不能让夜班职员察觉到迪迪正心烦意乱，不能让他听出自己声音里的急躁情绪。慢慢来！“你能告诉我下一期《信使公报》什么时候出来吗？”话问得很巧妙。

“只有一期了，先生。通常在七点左右送到酒店。我想，即使你到街上也不可能提前买到。卡车是直接从印刷厂开过来的。”

迪迪为对方不明就里而感到庆幸，感到万分庆幸。“你真是帮了大忙。谢谢。晚安。哦，请在六点五十分叫醒我。”

迪迪尽量把自己的注意力集中在这个毫无生气的房间里。现在所能做的只是等待。除非……他重新打开电视。有个频道正在播放午夜节目。另一个频道是全天节目结束后的简短布道。一位戴眼镜的牧师坐在扶手椅上，从屏幕里直视着“负罪的迪迪”。他是坐在演播间里，还是坐在真正的教堂的图书室里？牧师虔诚地祈求上帝护佑这片广阔的自由国土，护佑那些为了将自由传到全世界而在海外作战的孩子。接着，牧师渐渐隐去，终于消失了，取而代之的是波涛拍岸的大海，背景依稀响起了风琴演奏的乐曲。不过，牧师虽然人不见了，声音却还在继续，并且与刚才一样自信乐观。“护佑强者，愿他们英明地发挥自己的力量。”这是指总统，还是指美国？“护佑弱者，愿他们从更幸运的弟兄那里得到帮助和关爱。”海水继续拍打着沙滩，隐身的牧师在缓缓吟诵：“你会问，什么是人生？人生是我们所有人必须踏上的一次旅程……”旅程！“如果在一天的旅程中，你与邻居产生了分歧，就要记住，邻居是你的弟兄。”分歧！接着是最后的结束句：“愿你得到安宁。”随后是赞助公司的鼎鼎大名，那是个家族公司，由严厉的父亲、富有爱心的儿子和不可预测的原则所组成。单纯的天性不可能装饰出如此伟大的签名。大海不见了，取而代之的是一个轮廓鲜明的十字架——这个图像持续了大约一分钟，同时响起了教堂的钟声。

迪迪无法把视线从电视屏幕上移开。他为什么会看呢？是什么吸引了这位资深无神论者呢？他现在早已不像小时候那样，秘密地、断断续续地信仰禁欲主义了。十二岁的时候，他悄悄皈依了天主教，可到十五岁时，他就精疲力竭，被这类冠冕堂皇、自欺欺人的说辞耗尽了热情。（现在）又热情复发了吗？难道说这一天的打击让他太过心力交瘁，以至于可以从空洞的信仰中获得慰藉，或多少得到鼓励？不可能。

接着，迪迪恍然大悟。他把这位牧师与“私掠船”号列车上那位大腹便便的牧师联系了起来，那位牧师是迪迪第一次离开包厢的另一位证人。从隧道里回来后，他为什么没有向牧师坦白，而是找到那位姑娘？牧师惯于倾听各种骇人的忏悔，并发誓守口如瓶。而且牧师还会引导罪人如何重获清白之身，会对罪人说，去吧，你的罪被赦免了。倒不是说迪迪会真的相信牧师所说的“赦免”二字。但是，比起通过与那姑娘的云雨之欢来寻求的模糊而非正式的赦免或解脱，这样起码会更体面，更明确。他真是一个大傻瓜。重新爬回女人的怀抱，寻求那熟悉而温情的放纵。

一个多愁善感的傻瓜，没有丝毫的坚韧或起码的自尊。是牧师平板的声音和毫无生气的胖脸让迪迪对他敬而远之。然而，正是这些特点才使他具备了资格，才会让罪人相信他所做出的任何判决都会绝对公平公正。

随着这个令人烦恼的念头渐渐淡去，迪迪突然吃惊地发现，他的注意力早已离开了电视屏幕。有多久了？十字架已经被一个圆盘所取代，圆盘被频道的号码和联播网图标遮住了一半；教堂的钟声变成了恼人的嗡嗡声。图像和声音都固定不变。迪迪将频道调到午夜节目。虽然没有看到开头，故事却并不生疏：

> 生活平静的牧场主们正在被残酷的铁路开发商赶出自己的土地。是善与恶的冲突吗？既对也不对。铁路的到来

意味着进步，历史最终会表明这些残酷的人所做的是正确的事情。此时此刻，被开发商雇来吓唬牧场主的歹徒正朝着酒馆猛烈开火。镜头切换。与此同时，两名歹徒正在纵火焚烧最强硬的牧场主的房屋。有个孩子骑着小马沿着尘土飞扬的街道奔来，翻身下马，冲进酒馆大声报告了这个消息。“爸爸，他们在烧牧场！”打成一团的人们连忙住手；坏蛋们捧腹大笑，而牧场主和他们忠实的雇工们则像涌向排水管的水一样冲出酒馆，跃上马背……

迪迪关掉了电视。拜托，再也不想看邪恶的铁路了。（现在）所有的一切都串通起来对他讲话。如果隧道里的世界也这么能说会道就好了。如果铁路上那个皮肤黝黑的工人当时马上回答迪迪的问题就好了，不管用什么语气都行。但是他没有。而车上那位牧师也没怎么跟迪迪搭话。

牧师除了那虚胖的身体、古怪的声音以及毫无生气的面孔让迪迪敬而远之之外，还有别的地方不对劲。是什么呢？迪迪冥思苦想，终于想了起来。是集邮。他（现在）才意识到，他当时对此很厌烦。但至于为什么会厌烦他也说不清。穿粗花呢西服的男人也有这种爱好，可似乎并不令人反感。不过话说回来，那人是邮票贩子。那些被人为地赋予价值的彩色方形小纸片是他的生意，做这种生意是他的谋生手段。而一旦到了温文尔雅的牧师手里，那些纸片就有了古怪、轻浮和自我放纵的意味。牧师该担负起牧师的职责；他的全部精力都应该放在抚平创伤、安慰心灵、抵制不义和宽恕罪过之上。

电视早已关掉，已经悄无声息。迪迪猜想，那部西部片的情节（现在）差不多该以令人欣慰的方式接近尾声了，好人会大获全胜。没必要再打开电视，因为其他频道的节目也都结束了。嗯，迪迪已经尽力了。除了自尽——那样的话，他就会连一个减轻痛苦、挽回错误或错觉的机会都没有了——之外，他做了一个颇有头脑的人所能想到的一切。（现在）只能耐下心来。他决定等待早晨那一期《信使公报》。如果报上只字未提的话，迪迪就不得不承认他自己那迫切而明确的记忆出了大问题。当然，到上午晚些时候，他可以去一趟火车站，去打听打听情况。他一定得去。如果仍然不能确定那工人死亡之事，他还可以……

但是想那么远没有用。报纸上一定会有消息。肯定会有。事已至此，迪迪宁愿发现自己是个精神正常的罪犯，而不是个没有犯罪的疯子。

迪迪脱掉衣服，疲惫地重新躺到皱巴巴的床上，踢掉毯子，将被单拉到下巴底下。床头柜上的灯仍然亮着。他又是同样不停地翻来覆去，全身冒汗，唉声叹气。另一处亮光渐渐吸引了他的注意力，并终于使他烦躁起来。是窗外的一块黄色霓虹灯招牌在闪烁。迪迪的心跳不知不觉地与它实现了同步，他不由得产生了一种疯狂的念头——他知道这很疯狂——觉得到天亮的时候，随着霓虹灯招牌的熄灭，他的心跳也会停止。

这种怪异的念头使他又想起了下午的情景，当时他体内的欲望节奏与火车车轮毫不费力的前进节奏合二为一。两者的区别只是在于，火车的节奏不仅像钟表一样精确，它还支持着迪迪，助了他一臂之力，使他更加高涨。令迪迪感到迷惑的是，正是这同一列火车可能用它沉重粗蛮的车身从那工人身上碾过，从而终结了迪迪的偷袭。当这同一列火车刚刚重新开动然后冲出隧道进入外面的时候，迪迪曾真切而痛苦地感受到了它的重量和笨拙的速度，几乎可以感觉到它正在碾磨那工人的皮肉，蹂躏他的内脏，捣碎他的骨头。然而，当他和海丝特在洗手间里搂在一起的时候，这同一列火车似乎失去了重力，达到一种令人无比快意的速度，仿佛在飞翔，而不是在地面的铁轨上奔驰。他的身体，还有那姑娘的身体，也随之飞了起来。这是火车创造的奇迹。

（现在）迪迪不想让自己的心跳被那毫无感觉的黄色招牌的闪烁所控制。就算是胡思乱想吧，怎么说都行。“愚蠢的迪迪”可不想冒险。他掀开皱巴巴的汗湿了的被单，起身下床，重新穿好衣服，下了楼。也许可以找点吃的。他想起上一次来拉什兰酒店——那是几个月前，当时他已经患上失眠症了——的时候，曾发现沿这条街几个街区之外有个通宵营业的地方，叫迈阿密咖啡厅，货车司机和大学生们经常光顾。不过，等迪迪到了那里，坐进一个隔间之后，饥肠辘辘的他却发现菜单上提供的一切都让他倒胃口。哪怕是让自己想象出一份真正的鸡蛋沙拉三明治，或者一个真正的汉堡包，或者一份真正的熏肉加鸡蛋，他的胃里也会翻涌起来。但是他很渴，这个问题倒是不难解决。迪迪要了满满一壶咖啡。反正他显然无法入睡，不如干脆更清醒一些，好熬过明天而不至于倒下。喝了两杯热乎乎的淡咖啡之后，迪迪渐渐平静下来，也不再那么焦虑了。而且不可思议的是，还开始真正有了疲劳感。很累，想睡觉。使他感觉好一些的不只是咖啡。他还想起了那姑娘，怀着难以抑制的柔情在脑海中移动着她。如果全神贯注地去想的话，他依然能闻到她身体的芳香，口中依然能尝到她肌肤上的一丝咸味，手指依然能感受到她下体的气息。此时此刻，她一定是穿着宽松的全棉病号服，平躺在铺得很整齐的病床上，稳稳地盖着没有一丝皱纹的粗布被单，暖暖和和地睡着了；她乳白色的眼睛被薄薄的眼皮遮住，嘴唇微张，几缕金色的头发耷拉在脸上。迪迪可以肯定她（现在）正是这样躺在几英里之外那座凄凉的、救死扶伤的新型城堡里。他能看到她的床头柜，她叠放在一只皮眼镜盒里的墨镜就在上面，旁边也许还有一塑料壶水和几只纸杯。还有一盏为了方便护士而留下的台灯，护士可能在早晨六点就开始一天的护理工作。

迪迪渴望能拥抱那个姑娘。他喝完咖啡，回到了酒店。向那位态度热情的夜班职员又问了一个问题。职员正在看一本《社会学简介》，迪迪靠到服务台上时，他抬起头来。附近有通宵营业的花店吗？“这个时候？哎呀，我想没有，先生。现在是凌晨四点。不过沿这条街过去三个街区有一家。我想那儿开门很早，因为它的侧街上有一家大殡仪馆。大概七点半钟开门。”

迪迪笑了笑，道了晚安。他很欣赏这小伙子的彬彬有礼，跟纽约人形成很好的反差。迪迪不愿意认为这种行为在值夜班的职员中很少见，虽然要这么想很容易，因为这年轻人——其实是个孩子——显然是一位大学生，目前在这家酒店做兼职。

走到电梯口，他又回头喊道：“别忘了六点五十分叫醒我。”

“哦，不会忘的，先生。”

到达自己那层楼后，迪迪走出自助电梯。穿过宁静的走廊。进了自己的房间，反身锁好房门；重重地坐在自己那张（现在）已经一团糟的床上。他能睡着吗？好像不太可能。但房间太小，家具也很简陋，除了这张床，没有什么地方可以让他比较舒服地熬过后半夜。虽然没指望入睡，他还是再一次脱掉衣服，钻进（现在）已经熟悉了的被单之间。还是翻来覆去。伸展四肢趴在床上，头埋进枕头里。侧着身子，曲起双膝，抓过枕头抱在胸前。快天亮的时候，他可能睡着了。睡梦中，他可能梦见了小时候保姆送给他的一只布娃娃。

> 莱格迪·安迪[1]有一张粉红色的大脸，头上有一头胡萝卜色的长发；
>
> 纽扣做的眼睛，厚实而光滑，像两颗生青豆；
>
> 扁平的三角形红鼻子，黑红两色的弯嘴巴，
>
> 脖子又粗又硬，但是没有肩膀；
>
> 粉红色的棉布身子——迪迪马上解开它的衣服检查了一遍——两腿之间没有接缝，没有性别；
>
> 两只粉红色的棉布手从蓝红相间的印花衬衣里伸出来；
>
> 红色条纹的双腿在海军蓝裤子下晃荡着。

有很长一段时间，迪迪没有布娃娃就睡不着觉。刚开始时，一定要带上安迪才肯去幼儿园。吃晚饭的时候，安迪坐在迪迪的腿上，迪迪还拿自己盘子里的食物象征性地喂它。安迪陪着他上厕所。玛丽给迪迪洗澡时，安迪就坐在浴缸边沿。每逢父母带他们兄弟去郊游这样的隆重场合，安迪也一同前往，而他们非常听话，因为玛丽提醒过他们“别像傻孩子一样胡闹，总是让大人不高兴，大人们想开开心”。在迪迪得到的所

---

① 著名的玩偶。

有礼物中，他最喜欢那个布娃娃；而且任何人都不如安迪跟他这样亲。比迪迪的父母还要亲。但是这很容易理解，因为他害怕父母。比保罗还要亲。比玛丽还要亲。然而到头来，布娃娃还是被糟蹋得几乎面目全非，基本上是肢体不全了。有一次，迪迪从玛丽的钱包里偷了五美元给父亲买生日礼物，受罚后不出几分钟，他就把安迪鲜亮的头发扯下了一大把。接着是安迪的青豆眼：迪迪放学回家后，发现因为出麻疹而卧病在家的保罗正在床上拿安迪玩，让它从他曲起的膝盖翻到他的胸口，于是迪迪挖掉了安迪的眼睛。其实，迪迪这样做不外乎两种原因。要么是迪迪受到欺负，于是把怒火转移或发泄到他温顺的好友身上；要么是安迪自己受到欺负，这包括侵犯迪迪对布娃娃的独家所有权在内的一切行为，它们同样会以暴力的方式得到无情的证明。迪迪每生一次气，安迪的衣服或身体上就会多一道伤痕或破损。但是迪迪从没想到过他是在“毁掉”布娃娃，虽然玛丽——偶尔还有他妈妈——曾经生气地这么批评过他。迪迪知道自己是在做什么。安迪每添一道新伤，就会成为愈发珍贵的历史图腾，成为记载迪迪无望的忧伤的史册。安迪渐渐地瞎了眼，秃了头，四肢不全，浑身是灰，衣身破烂，但却因此而更加光荣。正是因为不断地惨遭损毁，这只布娃娃才变成了迪迪的宝贝。

总而言之，这只布娃娃在迪迪十一岁那年被扔进了万圣节的篝火，而多少年之后的此刻，作为成年人的迪迪所梦见的正是它，如果他真的睡着了的话。在梦中，他又找回了安迪，模样不像他印象中安迪在最后一段时期那么破烂。当然，那双青豆眼还是不在。不过没关系，因为安迪（现在）能说话了。那张像印上去的刀口般的嘴巴几乎不用动就能说话。说的那个词开头是 for-，要么是 forgive，要么是 forget[①]。不管迪迪听到的是哪个词，他都正处于似梦似醒之中，因而感觉自己同时还在看一部电影，也许是在电影院里，也可能是在电视上，所以画面更小，图像也不太清晰。这是一部关于安迪的电影，是一部纪录片；它十分珍贵，因为安迪已经不复存在，因为多年以前，迪迪出于一种难以启齿的想讨好其他孩子、想融入街区里一起打垒球却从来不曾彼此搭过腔的淘气鬼之中的愿望，而将安迪扔进了万圣节的火堆。他们很难想到，这位板着面孔但水平高超的游击手竟然会私下里玩布娃娃。

他必须创造一个“顽皮的迪迪”。为了让大家相信扔进篝火的牺牲品是从自己家里拿出来的，迪迪告诉他们说，这是住在他家里的一位表妹最喜欢的布娃娃。表妹当然是虚构的——迪迪既没有姐妹也没有表姐妹——但是有完整的名字、具体的长相，以及所有女孩子那种爱哭鼻子、不可救药的性格。伙伴们似乎很欣赏这种残忍的恶作剧，并且兴奋地设想着迪迪虚构的表妹在发现自己心爱的布娃娃被烧毁之后伤心不已的情景。他们谈论着安[②]会怎么说，还编出一套她泪流成河的故事。泪流不止。夜深了，安表妹还躺在床上伤心得难以入睡。她泪如泉涌，浸湿了棉睡衣的前襟，然后流向床单，将床单浸得透湿——你知道大人们早晨发现后会怎么想。她的眼泪继续流着，越积越多，然后淌下床去；一大摊泪水从她所住的客房的地板上漫过。接着，它流出门外，经过走廊，然后“哗”的一声冲下楼梯，形成一道势不可挡的瀑布。这股泪水之流将冲开

① forgive 意为“宽恕”，forget 意为“忘却”。

② 这里是虚构的表妹的名字。值得注意的是，布娃娃莱格迪 · 安迪有一位异性小伙伴，名字叫莱格迪 · 安。

前门，淹过小路，涌到街上，填满德拉奇曼街，并将沟里的垃圾席卷而过，使下水道形成堵塞；在德拉奇曼街与中心大街的交汇处，它咆哮着涌上中心大街，再右转进入第六大街，淹没了中学、教堂、图书馆、杂货店。然后通过高速公路冲出小镇，淹没了农民秋天的庄稼，推倒了整整齐齐地码在地里的干草堆，泡湿了等待收获的干草而使它们毁于一旦。这尼亚加拉瀑布般的泪水继续往前奔涌，冲垮了青贮塔，淹死了母牛，掀翻了在乡间公路上疾驰的大客车和小汽车，冲跑了高速公路旁的汽车旅馆，冲倒了电话线杆和发电站，冲垮了铁路桥，使火车坠入深谷。最后，这大雪崩般的泪水终于奔进波浪汹涌的无边大海。

伙伴们所想象的这种难以抑制的悲伤让迪迪得意洋洋。他在其中看到的是热情之美，而丝毫没有残忍的成分。他也不认为自己是一桩哪怕只是想象的残忍之举的同谋。他像鸟儿一般飞到那咸涩的浪涛之上，坐视那浪涛侵蚀和吞噬着小镇、土地及人们。犹如在梦中一样，他往前走去，离火越来越近。火焰开始炙烤着他的面孔，可他并不在乎。伙伴们远远地看着他。迪迪把布娃娃扔进火中，火焰并没有因为这新添的燃料而烧得更旺。于是伙伴们又笑又跳，高声叫着："迪迪烧了安迪！迪迪烧了安迪！"迪迪觉得自己那颗吓坏了的心变成了一只金属保险箱。（现在）明白了。他们其实一直都知道他还偷偷地保留着儿时的一只布娃娃；肯定是保罗出卖了他。等一等！快停下！安迪烧黑了的尸体清晰可见，四肢笨拙地伸展着，斜躺在一块熊熊燃烧的木板上。可是为时已晚。布娃娃已经无可挽回。"宽恕，"迪迪喃喃道，他双眼刺痛，仅仅是烟熏所致。虽然他恨不得能痛哭一场。跌跌撞撞地走回家的时候，他肯定还对自己轻轻地说出了“忘却”这个词，而不是大声责骂他的朋友们。他们的残忍和保罗的背叛对他伤害太大，他无从还击。迪迪想不出报复或补救的办法。

总而言之，在这个星期天的晚上，在酒店的客房里，迪迪（现在）梦见的就是这个安迪——被他无谓地牺牲的好友，只是身体被小化了。如果他真是在做梦的话。很显然，对于布娃娃及其被献祭的回忆这么准确清晰，根本就不可能是梦。而只是常见于似睡非睡状态的被放大的、栩栩如生的记忆。

之所以说这是梦，证据之一就在于他的回忆很像一部电影。迪迪独自一人坐在放映室里，惩罚自己一遍又一遍地观看儿时的他如何容易上当，于懵懂无知中做出了可怕的、毫无必要的事情。通过观看而尽量从这巨大的错误中吸取一些教训，好在将来引以为戒。

另外的证据还有：常常有不属于他记忆中的别的人或事出现。在安迪被烧事件不断重复的过程中。在由于作为电影观看而拉开距离的安迪被烧事件再三重现的过程中。经过剪辑的电影在放映多次之后，渐渐出现了一个新人物，仿佛浸在摄影师暗房的感光液中的另一卷胶卷被慢慢冲洗出来，然后牵强地拼接了上去。最初的演员表里只有迪迪和他的小伙伴们。与真实情况相符。后来，迪迪看到另一个隐隐约约的身影，是个陌生人，不过——迪迪猜想——却是那场景的真正主持者。是一位成年人，确切地说是一位上了年纪的女人，花白的头发乱蓬蓬的，五官轮廓分明，穿着粗麻布束腰外套，戴着头巾，正在用尖利的牙齿啃着一个褐色的梨子。一位可怕的老太太。万圣节的巫婆。在梦中，迪迪尽量不去看她。发现这样并不难。她虽然总是在熊熊燃烧的大火附近以及与迪迪齐眼的高度晃悠，但双脚一直没有完全落地。可每当迪迪尽量对她视而不见，而将视线越过她，去关注噼啪作响的火焰或是盯着自己的脚时，图像就变得模糊起来。整个画面在他的脑海中摇晃、变形；就像透过火焰周围炙热的空气所看到的比利、艾拉、克里斯和马克那样。

他（现在）的怀疑不可能成立。会让一切都乱套。但是他心里有个念头挥之不去，也就是说，他发现安迪根本就不是他的布娃娃，从来都不是。他嫉妒小表妹的宝贝，只是在假扮安迪的合法主人。所以，可怜的安真的会伤心一段时间了。等到发现“狡猾的迪迪”谋害了她心爱的、无助的安迪，她一定会痛哭流涕。不是淹没世界的尼亚加拉瀑布或红海。但仍然会有大量咸涩的泪水；她的双眼容纳不下。一旦发现迪迪偷走并烧毁了安迪，她会把眼睛哭瞎的。

该拿这笔糊涂账怎么办？面对自己的梦——如果真是梦的话——迪迪束手无策。他已经对伙伴们撒了谎——可能是一个谎，他但愿到头来还是一个谎，肯定是一个谎。关于布娃娃属于谁的谎言。所以他（现在）不能要求他们告诉他，他所说的是不是真话。对吧？他也不能向在他身旁热乎乎的空气中飘来飘去的巫婆发问：请问安迪到底是谁的，是他自己的还是他表妹的。巫婆面目丑陋，他很怕她。只有傻瓜才会指望这种令人讨厌的人会有一副热心肠。巫婆凭什么要大发善心，解开谜团，让他了解真相呢？迪迪必须自己去弄清谁是安迪的主人。让迪迪大喜过望的是，安迪帮了他，给了他建议，它奇迹般地复活了，（现在）正依偎在迪迪的怀抱里，而且会用印上去的嘴巴说话，发音还比较清晰。宽恕。忘却。迪迪不觉得各种事件之间有任何矛盾之处。他让安迪的预言性建议全盘占据自己的脑海，尽管这建议含糊、重叠、突兀而不确定。

不过，也许迪迪并不是梦见了那只布娃娃。也许只是想起了它。因为事情确实发生过：十一岁的时候，迪迪把安迪扔进了万圣节的篝火里。毫无意义的逞强之举，近来迪迪开始将它视为自己第一次的自杀企图。

六点五十分时，电话把他从某个很深的地方拉了回来。不完全是醒来。迪迪起了床，一边快速地沐浴、刮脸和穿衣，一边听着电视。几分钟的米老鼠；然后开始播送七点钟的新闻，仍然没有关于昨天下午铁路工人死亡的消息。还是战争，意大利的洪灾，印度的饥荒，中学生吸毒团伙东窗事发，本地新闻等等。迪迪打算再给传媒一次机会。他来到大堂，从服务台报架的最上面拿起一份新出的《信使公报》。那位值夜班的彬彬有礼的大学生下班了，接班的是一位四十多岁的胖女人，她戴着眼镜，身穿一件麻花图案的橘黄色羊毛衫，手里织着绿色的毛线活。迪迪拿着报纸，扫了一眼看上去空荡荡的大堂，希望不要看到公司里的什么人从哪根柱子背后闪出来，或看到哪位同事坐在盆栽植物另一边的高背椅里打盹。不过现在才七点一刻，时间太早，大家还没有下楼。除了他自己以及推着吸尘器在地毯上走来走去的门童和那位前台职员之外，大堂里空空如也。在右边靠墙处有一张软沙发，沙发上方挂着一幅装帧华丽的关于大海的油画。迪迪在沙发上坐下来，点了一支烟。把报纸放在腿上，迫不及待地从第一版开始仔细读了起来。迪迪全面细致的阅读是多此一举吗？“最新消息”似乎与他半夜在楼上仔细读过的“城市版”相同。两版的内容一模一样吗？是恶作剧还是故弄玄虚？一份地方小报学着大城市报纸的样子，以表明自己时效性强，信息量大，其实却没有或无法提供那么多的新闻。迪迪有些忿然。不屑地翻过一面又一面。且慢！迪迪错了。在第16版的第二栏出现了如下标题：

工人葬身快车之下

铁路方面正在调查

接着是一篇包含四个段落的报道。迪迪惊讶地发现，自己开始读时居然非常平静：

> 昨天下午，一名受雇于纽约-波士顿标准铁路公司十三年的铁路工人不幸遇难。安杰罗·尹卡多纳现年三十七岁，家住枫木大街1863号，出事时正在距此以南430英里处的哈德逊山隧道铁路进行检修工作，很显然，他是被新型超现代化快车“私掠船”号撞倒身亡，该车每日一趟从纽约开往布法罗。死者的遗体被随后穿过隧道的下一列火车——“萨默顿号”区间车——的司机发现。
>
> 铁路官员称，“私掠船”号于下午三点十分准时从纽约市中心火车站出发。行程中未有异常，九点十五分到达这里，然后于十点零五分准时抵达布法罗市。接受调查时，“私掠船”号列车长——来自奥尔巴尼的马丁·培尔蒂——说，在穿越哈德逊山隧道时，他和其他的工作人员都没有看到尹卡多纳先生，而且鉴于“私掠船”号的速度，即使撞了人，他们也不会有任何感觉。铁路官员强调，在铁路上施工的工人均掌握有列车时刻表。官员们无法解释尹卡多纳先生为何没能避开“私掠船”号。与该线路上的所有其他隧道一样，哈德逊山隧道也装有电子警报

系统。火车驶近时，会触发隧道里的响亮警报，从而让铁路上的任何人都有足够的时间离开，躲到一个七英尺高、五英尺深、七英尺宽的凹槽里。隧道两边的墙壁上有许多这样的凹槽。根据铁路安全规定，火车路过时，工人必须完全站进凹槽。

一位不愿透露姓名的铁路官员说，从尹卡多纳先生死亡的情况来看，不排除自杀的可能。本地警方对自杀之说不以为然，但宣称他们无意马上结案。由亚瑟 · G. 马洛里警长负责的新成立的事故调查组已对此案展开调查，以查明铁路方面是否负有责任。马洛里警长昨晚在家中接受《信使公报》采访时说："我并不是说肯定如此，但是，铁路部门为施工的铁路工人所制定的安全规程中也许存在着某些漏洞。"警长称，他计划对隧道里现有的照明设施、凹槽和储存间系统，以及电子警报系统的效果进行检查。纽约-波士顿标准公司的代表已经指出，他们的安全规程比联邦法律和州法律的最低标准还要严格得多。但他们向警方明确表示，将继续全力配合各方面的调查。

这位不署名的作者似乎隐约感觉到，本案的背后还有更大的新闻，相关调查可能会引出一桩渎职诉讼，把本州第二富有的铁路公司送上法庭，他不会是为此而得意忘形了吧？忘记了他原本的主题——那位微不足道的安杰罗 · 尹卡多纳。不过最后，这位热情的记者还是不得不回过头来交待了讣告中常见的内容；根据公共档案上的信息极为粗略地总结了死者的生平。也许编辑不得不删掉作者对铁路方面长篇大论的假设，让读者重新回到尹卡多纳身上来，了解他从这个世界突然消失之前的情况。起码是有所了解。可以交待的内容很有限，出现在第四段，也是最后一段：

> 尹卡多纳先生出生于尤蒂卡，但在十四岁那年迁居本市。他毕业于威廉·麦金利中学，高年级时是优秀的橄榄球四分卫。毕业后应征入伍，朝鲜战争期间上过战场。他是美国军团701分会、铁路工会以及美国劳联-产联的会员。他身后留下了妻子弥拉和一个十一岁的儿子托马斯·弗朗西斯。葬礼定于明天下午两点在舒尔勒大街303号的花园殡仪馆举行。

迪迪坐在那里，双手发颤，粗劣的报纸控制不住地抖动着。

所有疑问都消除了：昨天有人死了。真是无巧不成书，死者的家居然就在这里，在这座迪迪将不得不呆上一个星期的城市。

（现在）迪迪可悲地赢了海丝特。那乱麻般的、令人心绪不宁的不确定性已经告一段落，被报上这篇冗长但是准确的报道画了个句号。知道自己没有发疯，他无疑感到如释重负。如果说有谁头脑不正常的话，那就是海丝特。这时，他又想起《信使公报》上的标题，不禁对那位记者感到恼火。难道别人读不出来吗？那条标题非但不准确，还与报道的内容自相矛盾。对隧道里的事故进行或建议调查的是警方，而不是铁路部门。

由此看来，前面发生的一切（现在）都清楚了。但是迪迪该怎么办，在此时此刻？在今天上午？去向马洛里警长自首，告诉那位尽职尽责的警察，他所怀疑的渎职案其实是一桩谋杀吗？哦，从技术上说，也许不算是真正的谋杀。迪迪想，如果他马上坦白，也许会从轻判决。他是不是过分夸大自己的罪责了？就法律的角度而言，这不是一桩严格意义上的谋杀案。在“门外汉迪迪”看来，他对尹卡多纳的所作所为更像是过失杀人，因为攻击者与受害人素不相识，所以并不是有预谋的犯罪。而在谋杀案中，凶手了解受害者，因而能够事先进行策划。

迪迪的律师能让这种说法成立吗？如果能的话，他最多只会因为过失杀人或二级谋杀罪而受审。

不过等一等。迪迪想得太远了。已经在跟马洛里警长、火车站巡警以及地方检察官讨价还价了。未免为时太早，因为他还没有最终决定是否去自首呢。

他想让自己免受一种考验。被人嘲笑挖苦的考验。警察可能会不相信他。每年都有成百上千因为内心有愧而渴望受罚的人走进警察局，高声坦白自己犯下了在报上读过——也许希望自己犯过——的罪行；但这显然是无中生有；“精神错乱的迪迪”成了其中的一员。不行，他的坦白必须有证据支持。要有证人。与他同行的旅客会证明他离开过包厢，有足够的时间作案。其他人不会像海丝特那样不可思议地失忆。老天，他为什么没有记下他们的姓名和地址！肯定可以找到他们。而且别忘了，他用来击倒尹卡多纳的撬杠上肯定布满了他的指纹——除非哪位白痴工头已经把死者的工具又分给了别的工人，而这位工人（现在）正挥舞着那些工具，用新的汗水和灰尘清除了迪迪的指纹。最后还有尸检；它可能会证明，火车也许碾碎了尹卡多纳的身躯，但不可能还压破他的头骨。没时间耽搁了。不要等到牧师和邮票贩子像糖人一样融化，消失得无影无踪；不要等到尹卡多纳的尸体被殡仪馆的化妆师用骗人的技术重新整容，然后埋进泥土，开始腐烂。

但是等一等。不，不行。情况有些不对。报上说“私掠船”号在行程中未见异常，火车穿越隧道时根本就没有停留。迪迪知道世界是建立在谎言之上的。但他们干吗要编造这么弱智、这么容易露馅的谎言呢？铁路部门肯定是想拼命掩盖自己的错误，否认发生过故障或未曾预见的事故。不能让那些逃避责任的王八蛋官僚蒙混过关。“私掠船”号上的所有乘客都能证明，火车停了四十分钟左右。连海丝特也记得这一点。

那就赶快。行动起来。要么采取行动，要么干脆不动。“犹豫不决的迪迪”没有从酒店大堂的软沙发上起身。他不由自主地想，干吗要这样？既然没有人怀疑他是罪魁祸首，既然只要他愿意就完全可以逃脱受罚，他干吗一定要去自首呢？迪迪刚才还觉得行动的理由十分清楚，可片刻之后它就变了，变成了含糊不清的内心独白，声音小得听不见。但这并不是说，一旦做出决定之后，就不允许迪迪继续思考了。不是这样。那就想想吧。再想想。也许迪迪所期待的并不是审判或惩罚，而是澄清事实，消除疑虑。他一直满心盼望的就是如此，可付诸实现的希望却很渺茫，所以，他可能轻而易举地把这种期待误解成了对审判和惩罚的盼望。

但是他（现在）既澄清了事实，也消除了疑虑，两者都得到了，紧紧地攥在他的手心里。就像碎玻璃片一样，可奇怪的是并没有划破他的手掌。干吗还要追根究底呢？他不想活了吗？“心灰意冷的迪迪”。不，他想活下去。然而这算得上是在沙发上坐着不动的充分理由吗？

另外，那位住进医院的漂亮姑娘怎么样了？迪迪不是给自己制定了两项任务，要在星期一早上完成吗？其一是弄清自己是否是凶手，其二是给海丝特送花。他已经完成了一项任务。在自首之前，他得完成另一项任务。迪迪撕下《信使公报》第16版上的那篇报道，塞进钱包里。然后离开酒店，朝街上走去。他呼吸着早晨潮湿而清新的空气，心情出乎意料的轻松，只是正在形成的交通高峰——犹如对曼哈顿的微型模仿——让他有一丝不快。公共汽车里挤满了睡眼惺忪的上班族和购物狂。他穿过街道。花店老板右边胳膊下夹着一只褐色的小纸袋，正在拉起铁皮卷闸门、打开店铺门时，他的第一位顾客迪迪到了。迪迪在花店里转了两圈，这里又暗又潮，香气扑鼻。所有阴暗的地方都应该是这种气息。花店老板耐心而宽容地看着他，一边喝着纸杯里的咖啡。

真是个不错的早晨。

是呀，很不错。

为看不见花的人挑选鲜花不是一件容易之事。对他们而言，除了常人所重视的好看之外，花儿必须在所有其他方面都美丽怡人。迪迪挑选了清香诱人的紫丁香和手感柔和的褪色柳。还有六支形状非常奇特的安祖花。“我得提醒你，它们可都很贵。是从夏威夷直接空运来的。”迪迪说他知道，这没关系。

随花束还附了一张卡片。“希望今天能见到你，道尔顿。”做完这一切后，迪迪开始返回酒店。他（现在）走得更慢了。离开生命，返回死亡。的确，他几乎已经说服自己，到警察局自首并无益处。但最后一步还没有想明白。所以还不是确信无疑。所有的推理也都是徒劳无效。迪迪准备去坦白、受辱和蹲监狱。他将走进拉什兰酒店，回到自己的房间，给警察打电话。只要一步一步朝前走就行了。然而，当迪迪还没有完全穿过大堂，在距离电梯口还有二十步的时候，突然听见有人喊道：“喂，喂，道尔顿！”是销售部的吉姆 · 艾伦在喊他。迪迪知道吉姆是纽约选派来参加会议的人员之一。可吉姆在这里有多久了？可不可能早先就在大堂里，看着迪迪迫不及待地翻阅报纸，找到想要的东西，并把它撕下来藏进钱包，而迪迪却没有发现？“你是什么时候住进来的，道尔顿？”

“昨天快傍晚的时候，”迪迪一边回答，一边不安地转过身来，却发现吉姆就在他身后，不禁暗吃一惊。两人相隔很近，对方已经伸出手来准备握手。迪迪握了握他的手。“我乘坐的是‘私掠船’号，”他慢吞吞地接着说，心里不确定这么说是否太大意。于是，不容吉姆想起可能在早晨的报纸上看到的消息，他又连忙加上一句：“你是什么时候到的，吉姆？”

“几分钟之前。我搭的是早班飞机。我实在是没有耐心坐火车了。”

迪迪该怎么接话呢？

“我说，杜瓦会不会来开会？我从那家伙嘴里掏不出一句实话。简直是个老滑头。我真是不明白你怎么能跟他共事。”

迪迪说，杜瓦如果要来的话，将在星期三到。他无法相信这些话是出于自己之口。听起来这么若无其事。

吉姆“唔”了一声。心不在焉地看了看大堂，然后又望着迪迪。“吃早饭了吗？”

迪迪说还没有。

“那就一起吃吧！我也没吃呢。我们十点钟要赶到工厂。十点差一刻时，酒店会派车送我们和另外两个人……你知道，比尔·凯茨和弗雷德什么的。”

迪迪知道，而他的坚定目标也动摇了。他决定要做而且不得不做的事，还没有完成。“拖拖拉拉的迪迪”。可他该怎么回答吉姆呢？“对不起，我得上楼去给警察打个电话。”“是吗？为什么？”“去自首，因为我昨天下午杀了人。”“什么！别胡说了！”迪迪神情严肃地摇摇头。“得了，道尔顿，别想糊弄我了。”直到最后，用另一种语气说：“天啊，是在哪儿？”迪迪回答：“在火车上。不，是在火车外面。”然后自嘲地说：“很遗憾，我倒是有耐心坐火车。”“滑稽的迪迪”。

迪迪不能出这种愚蠢的、老一套的洋相。那就干点别的吧。他从电梯口退开一步，犹豫着。就在为人随和的、大果冻般的吉姆·艾伦身旁，迪迪的生命轨道在向前延伸。他只需继续前行，不要回头。就算这轨道有急转弯。但转弯是自然的。谁也不会知道。只有海丝特了解迪迪的底细，而她并不相信。她凭什么（现在）会相信呢？今天早晨在医院里，会有人从头到尾给她读本地的报纸吗？可能性微乎其微。只要没有哪个疯子跳出来，编出一个故事来增强它的趣味性的话，报纸对这件事迟早会不了了之。马洛里警长的热情也许会淡去，或者铁路部门会买通他，让他放弃调查。一旦《信使公报》不再报道，那姑娘就永远不会有机会听说此事了。不会有任何人把迪迪与一位名叫尹卡多纳的铁路工人的偶然死亡联系在一起。

这是迪迪的指令吗？与吉姆·艾伦一起穿过大堂时，迪迪将它视为生命的指令。向警方自首并不能让尹卡多纳复活。只是迪迪自杀的一种方式而已，这次会一举成功。而他（现在）不想死了。迪迪对自己变平和了。开始爱惜自己，甚至爱惜自己瘦削的身体，这身体自上个月的可悲决定之后已经变得苍白。随着这种意识的增强，所产生的热情给他的身体注入了一种少有的活力。迪迪（现在）甚至愿意呼吸城里有毒的空气了；能想象自己轻快地步行，还有跑步和游泳；迫切地希望工作。再身上缠结的毛需要梳理。他想继续给琼寄钱，好让她完成法律学院的学业。他想让吉姆·艾伦觉得他容易相处，他想跟海丝特关系更近。

“我饿了，”迪迪微笑着说，“昨天晚上我都没有吃饭。”

跟吉姆一起，迪迪胃口大开。两人各吃了一大份早餐。他们谈论着即将召开的会议，不知道会不会收到成效。

公司所取得的成就有可能会付之东流。长期以来，他们习惯了安守现状，而没有真正的外来竞争，所以毫无准备。一直生产显微记录仪，也就是备忘录和报表上常说的“21号显微仪”。它是公司的招牌产品和稳定的收入来源，创造的利润占公司总利润的一半。这种仪器约8英寸高，将高性能放大镜的特点与优质照相机的功能合二为一。是一种无与伦比的仪器。

但（现在）这一切都变了。

四年前，市场上出现了一种瑞典生产的显微照相机，在各方面都能与显微记录仪媲美。这有什么好奇怪的呢？两者的制造原理几乎完全相同。瑞典仪器平分了“21号显微仪”在欧洲的销售市场。但是，由于该仪器的价格高于“21号显微仪”，瑞典人没有打算进入美国市场。

今年有了大麻烦。贝尔格莱德的一家据说是法国人投资的公司生产出了一种性能很高的仪器，其制造原理与“21 号显微仪”有别，但它同样小巧、灵敏和高效。而且更便宜，即使算上关税。自从南斯拉夫人在纽约设立办事处之后，他们的显微照相设备已被本公司几家最好的客户所采用。比如，费城的一家大医院，芝加哥的生物研究所，还有东北部一所知名医学院的所有实验室。

（现在）又有了更糟的情况。日本货来了。

几个月以来，纽约办事处出现了各种传闻。有人说这根本就是无稽之谈。迪迪猜想，这也许正是公司高层散布的谣言，意在促使中层管理人员更加卖力，或让部分人为减薪和裁员做好心理准备。

“很难说，”吉姆说，“我倒不是认为他们太诚实，不至于耍弄这种伎俩。我怀疑他们是否有这么聪明。不，我相信日本佬造得出这种玩意儿。”

迪迪不敢肯定。要消除某种疑问，断然下结论说某种危险的东西是真是假，并不是一件容易的事。可这有什么关系呢？往最坏处想不是更好吗？

“你说的我很赞成，道尔顿，”吉姆说，“特别是当你以为事情已经糟得不能再糟时，没想到接着就是更糟的情形，这是常有的事。所以，让灾难到来吧，”他乐呵呵地说，“我们仍然会占领先机。”

迪迪说，他觉得瓦特金斯公司的形势不至于这么严峻。

“严峻！他们死定了，却还蒙在鼓里，”吉姆说，“你知道公司的问题出在哪儿吗？在那该死的经营理念。他们死要面子的那一套让我恶心。知道吗？口口声声都是科学和公众服务。

其实他们是一群又肥又懒的鸵鸟。软销售，品牌推广，这都说得过去。但生意终归是生意。现在可要完蛋了。”

公司有这么糟糕吗？迪迪以前没有注意到，也没有想到吉姆会这样牢骚满腹。

问题在于是否还有补救措施。“坦白地说，”吉姆继续说道，“我觉得瓦特金斯和里格尔根本就不知道公司面临的是什么局面。一看到销售额下降，他们就总是以为你我这种人会有办法，比如更加卖力地推销，然后就能使销售额回升。”

迪迪谈起自己关于新的广告宣传的想法。相关内容已经打印、分类，绘制在标准规格的黄色纸张上，然后装订起来放在迪迪的公文包里。

“得了吧，道尔顿！你真以为这样就能力挽狂澜吗？”

不是。

在对会议能否取得成效冷嘲热讽一番之后，吉姆转而又抱怨起公司老掉牙的经营方式，抱怨公司高层的位置上坐的全是公司创始人那帮无能的亲戚或平庸的后辈。

“我不知道，伙计，”吉姆说，“我想我真的陷在这儿了，你知道，被称为什么优秀员工。等到我为公司服务三十周年的时候，里格尔会送我一块手表，而做手表用的金子此时此刻正在玻利维亚的丘陵里由哪个可怜的笨蛋开采着呢。哦，我才不会为了那玩意儿而死熬下去。生命太短暂了。这话我只跟你说，可别传出去：如果在一年半的时间内形势还没有好转，没有根本好转的话，我就要跳槽了。我有硕士学位，应该不会太难。最好不是太难！我还有老婆和三个孩子呢。”

“你真幸运，”迪迪说，“但愿我也有老婆和三个孩子。”

“没错，我是很幸运。这个我知道。但是有时候，我还但愿不是这样！真的！看看你的情况吧，道尔顿。假如公司不彻底倒闭的话，你可能会挺过裁员关。也许我夸大其辞了，也许还不到那一步。但如果他们要我们勒紧裤带，你也不至于太窘迫。如果事情仅限于不马上提拔你，你也等得起。除非你得到机会另谋高就。”

迪迪耸了耸肩。

“再说了，”吉姆咧嘴一笑，“也可能到头来你会娶里格尔的女儿或他们家族别的哪个娘们儿。到时候你就苦尽甘来，用不着流臭汗了。”

“我倒是希望再婚，”迪迪若有所思地说，“不过艾薇·里格尔不是我心目中的类型。”

“你有意中人了？”

“也许吧。”

“不想谈论她，对吧？那好，我也就不打探了。”

迪迪（现在）的确觉得幸运。就连吉姆善意的无聊话也没有像以往那样令他反感。

“不管怎么说，道尔顿，你知道，我之所以发牢骚，不是因为公司待我刻薄。看到公司的经营状况，我恨不得要发疯。”

“哦，他们其实一直都是垄断。而现在将不得不放弃了。”

吉姆没有接话。

“我们来教他们怎么竞争吧，吉姆，”迪迪说着，笑了起来。“来自曼哈顿的年轻的商业天才身穿乙烯基宇航服，打入死气沉沉的北部城市，揪着那些老顽固的鼻子让他们退位，再坐上他们的摇椅。在接管自己选中的困难重重的老牌企业后，他们自上而下地进行整顿，提出一套新的——”

“你是在拿我开心吧，头儿？”吉姆好脾气地说。

“是呀，如果你想知道的话。也在拿我自己开心。”

“快看！”吉姆一边挥手，一边喊了起来：“在这边，伙计们！”凯茨和那位不知道叫什么的同事——也就是来自纽约办事处的另外两位代表——刚刚走进酒店的餐厅。他们来到迪迪和吉姆的餐桌，一道喝起了咖啡。迪迪说要告辞片刻。匆匆上楼拿起公文包。十点差一刻时，四个人一同来到酒店门前，有辆黑色豪华轿车正在这里等着我们，开车的是一位中年人模样的东方人，穿着一套深蓝色制服。司机座一侧的前门上有个小小的穹顶形标志，上面是天蓝和金黄两色；除此之外，车身全是黑色。像是灵车，迪迪心里想着。不过他并不介意。

“该怎么称呼你，小伙子？”吉姆问，同时将一只手搭在司机的肩膀上。

“老张，”那人回答。吉姆朝其他人眨了眨眼睛，然后在座位上坐好。

迪迪坐的是折叠式座位。不是很舒服。由于脊骨发痛，他花了好一会儿才找到合适的坐姿。侧着身子，面朝轿车的后门。他的两条长腿弯不过来。但是因为这个座位不一样，几乎像是后来加装的，迪迪觉得自己得到了某种特许。另外三个人并排坐在他的左边，正说着一大堆毫无意义的废话，而他不需要用更多的废话来应答；他的话肯定会像黏糊糊的太妃糖一样令人难受，或者像咀嚼过头的泡泡糖一样寡然无味。艾伦、凯茨和那位不知叫什么的同事并肩坐在柔软的灰色皮座椅上。三人之中，吉姆并没有什么明显的不同，也不比其他两人更有同情心；迪迪不喜欢另外两个人，也不喜欢吉姆。此前的好感都消失了。坐在折叠椅上的道尔顿·哈伦先生一如既往地保持着人际关系的严格标准，虽然生活不曾给他任何承诺。他知道，一对三的闲聊不可能完全是关于生意、文件和会议方面的话题，那个话题固然乏味，至少有其必要性或者合理性。但对方人数太多，已经算不上是真正意义上的谈话。一对三的交谈不会于任何人有益。这种谈话不可能带来真正的启发，只有一对一才存在着可能，在可能的情况下。只有一对一才行。

很准时。我们从西北方向驶离市区。几分钟之后，汽车就穿过了乱糟糟的闹市区——街上到处都是电车轨道，车辆拥堵不堪；不谐调的房屋和穿插其中的建筑工地构成一幅杂乱无章的景象。

这是十月下旬的一个星期一的上午，风和日丽。我们（现在）正沿着耗资不菲的平坦柏油路在宁静的住宅区行驶；放眼望去，既没有不规则的建筑，也没有不合理的空地。街道两旁是宽阔的坡状草坪，一幢幢房屋彼此间隔较远，它们已经有六十到八十年的历史，全都得到精心的维护，风格也大体相同，看上去赏心悦目，但最初的对称性遭到了破坏，因为每一幢房屋都加盖了一间可以停放两部车的车库。

“这就是本地四百首富的城堡了，”凯茨挖苦道。

“不知道这儿的中国城在哪里，”吉姆像在舞台上耳语般地说。

迪迪因为心情矛盾而几乎无精打采，所以没有介意吉姆令人不快的无礼之语。而且发现自己（现在）也可以容忍凯茨了，此前他还决定回纽约办事处后尽量少跟他来往。凯茨的挖苦暴露了他的性格，让人对他了解了几分。既然坐在舒适的第三个座位上，凯茨为什么还要不安地动来动去？是因为看到这些平常的小康住宅才坐立不安吗？凯茨可能是在布朗克斯贫民区的公寓楼里长大，除了围着高高的防风墙并标有“××号”的水泥场地之外，没有地方可以玩耍。也可能是在又脏又乱的街区的人行道上玩耍，得时刻担心球会砸破别人的窗户，招来主妇们——也包括他自己的母亲——的破口大骂。对嫉妒者不要苛求。庆幸你自己拥有——或曾经拥有——值得别人羡慕的东西。迪迪会很大度。他小时候很幸运，什么都不愁。有足够的空间——绿色的空间——可以玩耍。因为迪迪是在爬满常青藤的大宅里长大，就像他们（现在）路过的房屋一样，而且老家的街道也是这样的林荫路，城市也是这样不大不小。那都是战前的事了。后来，那些生活优裕的老街坊虽然看上去志得意满，却难掩他们忐忑不安的神情，因为他们知道，自己的老家终将躲不开被夷为平地的命运。取而代之的是清一色的公寓楼、经济住房和供人们打发生命的简易房。

不过眼前的这些房屋也许不会被推倒。在今天的迪迪看来，这些小城市中产阶级家庭的堡垒几乎坚不可摧。汽车从宽阔的、人车稀少的柏油路上驶过，马路两边就是那些房屋。它们（现在）很宁静，挣钱的父亲和上学的孩子都不在家中。只有身为母亲和妻子的主妇及其佣人在操持家务。已经十点差五分了。再过两个小时，孩子们就会放学回家，他们或者一路奔跑，或者大步流星，或者缓缓而行。会有像玛丽一样的什么人做好午饭，摆好餐具。有些做父亲的也可能会赶回家中。

“不介意我打开窗户吧？”迪迪问。天气不错，很暖和。迪迪渐渐觉得坐车走上这一趟也不错，可以透过车窗，看看那些自视清高的房屋和秋天里深红或黄褐色的树叶。

他不排斥那些房屋。怎么能排斥呢？那不等于排斥他自己吗？迪迪也不觉得住在里面的人有什么可笑。商人与商人的妻子。律师与律师的妻子。牧师与牧师的妻子。像他父亲一样的医生与像他母亲一样的医生的妻子。像约翰叔叔一样的当地中学校长与像艾丽丝婶婶一样的中学校长的妻子。即使在想象中，他也没有瞧不起他们那些娇生惯养、衣食无忧的孩子：骑着车轮又窄又坚实的闪光发亮的英国自行车，在唠唠叨叨忠心耿耿的爱尔兰保姆的照看下，去上每周一次的钢琴课。迪迪总不会瞧不起他自己吧？

我们在一个铁道口停了片刻，然后，随着一阵猛烈的颠簸，我们穿过铁路，驶入一片不太繁华的街区。映入眼帘的都是两三层楼的木屋，门前只有一个小院；还有些小杂货店和二手车停车场，以及位于城市周边的仓库。街面变得坑洼不平，路边能停车的地方都被占满了。迪迪瞥见一个天蓝和金黄两色的东西，但一转眼就消失了。这里的视野不开阔。除了小汽车之外，街上到处都是慢腾腾的大卡车；有的卡车为了卸货而与路边的车辆并排停靠，几乎挡住了我们的去路。黑色豪华轿车（现在）开慢了，但迪迪可看的东西也更少了。前方就是狭长而低矮的厂房。吉姆鼻子一哼。“我们到了！不管你是否做好了准备。”汽车进了大门，无须——反正也没有——停车等门卫放行；门卫一动不动地站在小岗亭里，就像假人一样。我们一溜烟地进去了，迪迪没来得及看清他的面孔。不过还是注意到，他身上的制服与我们司机穿的不一样。皱巴巴的，不怎么精神。迪迪上次来的时候，开车到拉什兰酒店接他的公司司机穿的不是和门卫一样的棕色制服吗？而今天的司机却穿着海军蓝制服。关于这一点，迪迪可以说也许是自己记错了。但是，他很肯定上次那位司机不是东方人。

我们驶上景色优美的长长的车道。在工厂的正门前停了下来。无法再往里开了。“谢谢你，老张，”吉姆说，仍然像先前那样想拿那人的名字开玩笑，不过也可能只是在套近乎。迪迪没有开玩笑。开灵车的东方人并不多，对吧？而这人开灵车的话肯定也会很不错。是一位谨慎而机灵的司机。无法想象他会撞上什么人；也不会发生任何事故，就算完全是别人的责任也不会。

下了车。眼前是一幢三十年来一直都不谐调的楼房。

> 曾经是一座砖混建筑，刺眼的深红色。共有四层楼，窗户又高又窄，深嵌在厚实的木窗框里。青灰色的坡状屋顶。
>
> 二十世纪四十年代后期，又加盖了两座长形的厢房或附楼，在它们的基本建筑材料钢筋混凝土之上，刷了一层薄薄的灰泥；在灰泥上面，又刻了一些难看的月牙形图案。灰泥原本是白色，（现在）变成了脏乎乎的黄白色，犹如被泥浆和小便弄脏的香草冰淇淋的颜色。附楼共有三层，每层都有一串低矮的玻璃窗。上面是平顶。

迪迪蹙了蹙眉。最早的主楼加上了两个难看的大括号。把大楼给毁了。但也许并没有全毁。取决于你怎么去看了。大多数情况下，只有认真细致地观察才能发掘美。难道不总是这样吗？缩小观察范围，只看局部。更容易辨别美与丑、生与死。

迪迪可以缩小自己的观察范围，只看大楼的中部。中部是非常典型而漂亮的维多利亚式工厂风格，公司的所有办公室、实验室和展示室（现在）都在这里。车间已经转移到了附楼。而最难看的建筑则是一栋自五十年代以来就被用作仓库和货运部的楼房，它位于工厂的后部，谢天谢地，此刻不在迪迪的视野之内。

有辆轿车在我们后面停了下来，吉姆正在跟从那儿下来的几个人打招呼。迪迪站在一旁。一边等着吉姆，一边抬头看去。不只是看万里无云的蓝天。

在老砖楼之上，有个天蓝和金黄两色的穹顶，那是工厂创始人引以自豪的创意。当年从波士顿请来的建筑师画好图纸之后，艾莫斯·瓦特金斯（1834—1909）却坚持要他重来，以便加进一座小教堂。每天中午和下午晚些时候，工厂的全体人员，从职位最低的门卫到公司的所有负责人，都要集中起来开祷告会。

到本世纪之初，他的儿子休伯特（死于 1931 年）拆除了教堂。将长凳和祭坛清除一空，但留下了绘有工业革命胜利故事的彩色玻璃窗，然后，艾莫斯的儿子让人添置了办公桌和文件柜，将公司不断扩大的财会部门的人员（多为女职员）安置在这里。1928 年，有人告诉休伯特，那巨大的拱形空间可以得到更巧妙的利用。于是财务部迁出，公司的研究与技术开发部的主要实验室迁入。而穹顶还在，永远暗示着一个恰巧缺少了的十字架。立于那座（现在）已不复存在的小教堂之上。

现任的瓦特金斯掌门人是休伯特的儿子（1914— ），他只知道实验室。他祖父的教堂是老辈稀奇古怪的荒唐之举。根本就不是真的。在方形大机器和技术员的长条工作台之间的狭小过道里，还能看出原先的地面，已经磨得很光滑了；固定长凳用的螺钉所留下的坑洞早已填平。彩色玻璃窗从里面闩住了，然后挂上一道厚重的茶色窗帘，以便使用那可靠的、始终如一的人造光源。

迪迪与三位来自纽约的同事一道，从老楼铺有地毯的大厅走过。时而跟自己认识的洛杉矶办事处的几位同行挥挥手，时而朝楼里的员工点点头。四人向接待员报了到，受到对方的笑脸相迎，然后朝电梯走去。电梯左侧有两扇宽大的木门，当年全体员工就是从那里进入过去的教堂。（现在）只有一部分人可以进入。也就是“研发部”。迪迪会像往常一样找个时间进去看看。

我们站在电梯门口，在迪迪看来，这部电梯犹如从大楼中央垂直穿过的钻孔。一个也许可以直达穹顶的钻孔。（现在）能上那儿去吗？这些年来，迪迪从来没有问过这个问题。现在是时候了。他有了一个小小的主意，一个借口。工厂每周三的十一点接受公众的参观，迪迪准备建议增加参观穹顶这一项。完全合情合理。因为穹顶已经成为一种公共关系资产。瓦特金斯的第三代掌门人早就注意到，穹顶（现在）只是一颗失去了身躯的脑袋，一种立于繁忙而世俗的大楼之上的毫无用处、装模作样的宗教饰物，他不愿听之任之。脑袋与身体很不相称。休伯特的儿子本想为大楼斩首，后来又决定缓期执行。让无用的穹顶发挥新的作用，一种绝对世俗的作用。穹顶四十年来第一次重新镀金，被确定为公司的象征。从那以后，瓦特金斯公司生产的所有显微镜上，公司所有的办公用品和业务报表上，公司所有车辆的车身上，零售品的包装盒以及运往经销商的装有仪器的集装箱上，全都印有一个彩色的穹顶图案，而在广告中则尤为突出。瞧！开电梯的女值班员的衬衣口袋上就绣着穹顶的图案。那位东方司机的制服上呢？迪迪没有注意。

电梯门关了。缓缓上行。会议室在三楼。

不过，赋予穹顶这种用途，也许是一种不敬呢？让死者安息，让被取代的东西安息吧。把穹顶改为公司的标志是四十年代中期的事情，当时的战时政府合同给公司带来了三倍的利润。在确定标志不久，公司才从大幅度增长的利润中拨出一部分用于修建（现在）位于老楼两翼的大型附楼。附楼很大，很难看，相形之下，穹顶似乎比过去小了许多，而且气势大减。（现在）成了一座微型穹顶，成了昔日荣光的小型遗迹。成了一种小摆设。

尽管因为不断粉刷而总是金碧辉煌。很远都能看见。

不过在迪迪看来，印在信笺抬头、显微镜以及整版广告上的小图案是一回事，而这个具有奇特历史的大型实物则完全是另一回事。迪迪一直信奉精神独立，虽然这种信仰也有摇摆的时候；在效力于公司的十年里，他对穹顶逐渐形成了自己的观点。

艾莫斯·瓦特金斯给建筑师最初的图纸所添加的创意表达了一种奇思妙想，迪迪所欣赏的就是这一点。就像当年，正是某种奇思妙想才有了独具创意的草图，才有了显微记录仪的诞生。

居然会想到将两种截然不同的装置同时融于一件小巧、高性能、易操作的工具之中。那是1900年前后，艾莫斯的这个主意真是大胆的构想。当时的照相机又大又笨，还是一种相对较新的装置：让人提心吊胆地置于高高的三脚架上。而十六世纪晚期就已存在的显微镜则是——

而且始终都是——小巧精致：稳稳地安装在马蹄形底座上，放在任何桌子甚至窗台上都可使用。瓦特金斯坚持认为，把这老贵族与暴发户联合起来有其可行性。一大一小。于是策划了一场古怪的联姻。

那光彩夺目的、有趣的穹顶很不和谐地矗立于朴素的砖混建筑之上，它是老艾莫斯的精神的体现。不是典型的老式新教徒那种不由自主的信仰。在迪迪的想象中，瓦特金斯是一位真正的虔信者。他的虔诚并不在于他一直是教会的中坚，从不拖欠宗教什一税，为在中国的传教活动慷慨捐赠，要求他的所有雇员既工作也祷告。甚至不是那种毫不费力的空洞虔诚：让贪婪的人相信致富是一项义务，会令神愉悦；为此必须向上帝感恩，就在他们劳作的场所感恩。而是一种更广泛意义上的虔诚。老艾莫斯一定是对自己也很虔诚，一定感到自己很幸运，有福气。这才是穹顶所表达的含义。生产有用的机器，牟取大量的利润，并固执地、光明正大地以此为乐。以身为自己而快乐：不仅是一位精明的美国商人、狂热的卫理公会教徒和共和党人，还是个功成名就的怪人。一个我行我素的人。

正是坚实的穹顶所纪念的那种自我欣赏的精神，才一直让迪迪感到着迷。在迪迪看来，爱自己不是一件容易的事。因此，对那些能爱自己的人，那些能肯定自己生命的人，他总是羡慕不已。迪迪对自己并不虔诚，但他敬仰单纯的幸福所留下的遗迹和线索。敬仰一个不是栖身于生命之中而恰恰是生命本身的人的远见。“虔诚的艾莫斯·瓦特金斯”有了自己的追随者。在这种经过调和的意义上，迪迪也成了“虔诚的迪迪”。

电梯里挤着六个人，（现在）正经过二楼。因为芝加哥办事处有个人与哈伦、艾伦、凯茨以及那位不知姓什么的同伴一起上了电梯。我们在大声聊天，但迪迪一言不发。困在这个狭小的空间里，让迪迪心中感到既踏实，又有些麻木。别无选择。将注意力主要集中于保持身体的笔直，不要碰到别人，也不要让别人碰到自己。

迪迪但愿电梯能一直上升，直达穹顶。并停在那里。他可以最先出去，然后粗暴地把其他人关在里面。如果不那么粗暴的话，他也可以让电梯不等自己就直接下到三楼。还有一种可能：电梯也许会卡在楼层之间。灯光熄灭了，原因不明。同行者中肯定会有人惊恐万状，但迪迪会保持镇静。他会主动要求去找人帮忙，于是让吉姆把他托起来，奋力推开电梯顶上的天窗。双手抓住缆绳往上爬是一件脏活，因为电梯的吊缆上满是厚厚的油污。但是，只要有必要，“爱干净的迪迪”就会在所不惜。直到他爬上穹顶。把电梯里那黑暗的方形小空间留在竖井的下方，电梯无法动弹，里面挤满紧张的乘客……不管哪一种情况都行，只要他能独自去穹顶。

一旦可以独自探索穹顶，谁知道迪迪会发现什么呢？一个由厚实的木板所遮蔽的宽敞凉爽的地方？或者它外面的一层薄板已经被阳光晒透，从而使里面密不透风，又闷又热？

也许迪迪会发现他并非独自一人。也许会碰到一位工人在维修穹顶内部；换掉破损和朽烂的木板，钉上新的支柱。也许迪迪起初并没有看到那位工人。所以会以为整个穹顶都属于自己。直到他注意到一个很小的出口，个子大的人可能很难钻过去；他朝穹顶外面望去，看到那工人十分危险地站在一个晃晃悠悠的脚手架上，脚边放着桶和刷子，他正在给穹顶外部重新刷上必要的天蓝和金黄两色。迪迪只想去看他干活，看他怎么干。不会打扰他或问他问题，也不会有突然的动作，以免吓着那工人，使他一失足摔下去。那可摔得不轻，相当于从六楼一直摔到地上。必死无疑。工人的尸体趴在下面的草地上。软绵绵的，血肉模糊。

迪迪知道自己是中了什么邪。知道工作时间不应该这样胡思乱想。因为他正与另外四位与会代表共同置身于这个小空间里，置身于（现在）正停在三楼的电梯里。迪迪已经向自己保证，不再想那位铁路工人满身血污的情景。在这儿不要想。

该出电梯了。“我们到了。”

但是，如果迪迪无法牢牢管住自己的思绪怎么办？虽然已经发誓不让尹卡多纳在自己的脑海中复活，但如果他不由自主怎么办？迪迪知道一种补救方法。可以去想别的事情，准确地说是别的人。当那个幽灵出现在迪迪的回想中时，她会走上前来抚摸他的面颊，亲吻他的眼睛。赶走那个工人，治好迪迪的心病。

她每次都会来。但总是晚了一步。工人先到。迪迪被纠缠着，挣扎着。

在三楼走出电梯，与其他人见面寒暄。心里想着什么能治好心病。谁能治好心病。但迪迪此前就已经想过她了。

与同事们刚刚钻进黑色轿车的时候，迪迪就马上想到，在去工厂的途中，我们可能得路过华伦医院。

迪迪急不可耐。他往车窗外望去；坚持要把车窗摇下来。很想开口问一问。不过，等那位老张驾车离开拉什兰酒店几分钟之后，迪迪就明白不会有这种可能了。迪迪从小就有极强的方向感。夏天到俄亥俄州的爱德华·道尔顿爷爷家的农场小住时，他和弟弟只要是夜间在树林里行走，保罗就总是会迷路，而迪迪的方位感总是能把他们安全带回家。爸爸也承认迪迪这方面的天赋。早在上小学之前，有时爸爸下午到病人家出诊也让他一起去。爸爸发动别克汽车，一边在车道上倒车，一边说出病人的地址，然后让孩子给他指路。迪迪对各种地方都记得很准，即使是只去过一次。这种天赋使"领航员迪迪"很快意识到，工厂与医院大致在同一方向。但是要去工厂，我们就得从市中心走一条稍稍不同的路线。

渐渐耐下心来。就算黑色轿车载着我们从那儿经过，迪迪也可以放弃原本会朝医院大楼投去的飞快一瞥。可以放弃能短暂地看上一眼、让目光落在墙上的满足感；那飞快而不由自主的一瞥，无异于一位在心爱的姑娘家那没有灯光的房屋前徘徊了几个小时的腼腆的追求者的凝望。

没关系。迪迪打算今天给海丝特打电话，告诉她，他将在晚上的探视时间去看她。

在工厂开会的第一天。

很准时。我们坐在一间天花板很高、镶有木装饰板的宽敞会议室里。高高的窗户上挂着栗色窗帘。墙上有公司历任总裁的画像。十九个人围坐在一张椭圆形的长桌旁；每个人的面前都有一只烟灰缸、一摞文件和两支削好的铅笔。有位速记员坐在远处的墙边做会议记录。

迪迪定下心来，很想证明自己在生命的表层能应付自如，而不会滑进黑洞。里格尔发表了慷慨激昂的欢迎辞。接着是瓦特金斯的长篇讲话，赞扬公司的民主决策体制，还不太含蓄地向与会者提及管理层的所有人员都很满意的分红方案。用过了咖啡和三明治；大家开始工作。备忘录和图表在长桌上传来传去，黑板上写满了数字。有人在窃窃私语，有人在交换笔记。然后分成小组，划定战线。我们都很开心。但是有一种彼此心照不宣的开始争论的信号。不满的情绪从口里发泄出来，像腻乎乎的冷咖啡。

只要不存在风险，迪迪也愿意争论。会议室这么干净，空间布局这么宽敞，一切都这么井然有序，会有什么风险呢？

比如想想看，如果会议代表只分成两方，对我们大家来说一定会容易得多。只分成两方。

> 一方坚持认为只要采取以下措施，就能在新的竞争中取胜：一、进一步加强广告宣传；二、彻底改进市场布局和销售程序。效率低的人员必须清除出去；经销商必须更加努力才能继续得到授权；针对人口的流动和购买力的变化，为销售人员重新划定区域，比如说，加利福尼亚的销售人员就应该翻一番。迪迪觉得这是高层所支持的路线。
>
> 另一方是年轻一派的管理人员，他们采纳了部分科研人员的意见而指出，面对南斯拉夫——也许还有日本——以更低的价格所提供的同类产品，要想在竞争中居于优势，就必须对21号显微仪的基本设计进行全面的改进。

日本人果真推出了能与本公司的仪器相抗衡的产品吗？迪

迪只有亲眼看到才会完全相信。但是等一等，就在那儿。日本人的产品。摆在椭圆形桌子的中央。负责此事的是一位开始秃顶的年轻科研人员，他解释说，我们所看到的也许只是他们的显微照相设备的暂定样品。这种仪器尚在试验阶段，还没有正式出厂，即使在日本也没有上市。但它已经很领先了。过不了多久，一定会进入美国市场。

迪迪有些纳闷，如果公司官员都像吉姆所说的那么平庸无能，不知道他们是怎么得到了这台仪器。也许是通过正常的渠道。也许不是。也许是从长崎的工厂里偷出来的，经由某位变节的员工或心怀不满的中层管理人员。就像吉姆，只不过是黄皮肤，斜眼睛，以及黑色的直发。也许那人就是“老张”，当时得到的报酬就是美国国籍、漂亮的制服和一份闲职，只要求他偶尔为公司充当一下司机，他的真名可能是山本什么的。

与迪迪隔着三个座位的代表开口道，我们可别欺骗自己，以为日本的新产品一定比我们的强。

这可不是头儿们想听的话。“戈尔伯格，把窗帘拉上好吗？光线太刺眼了，”里格尔烦躁地说。（现在）里格尔发言了。他说这个问题能够而且也应该由华盛顿来解决。政府不是有义务利用关税来保护国内的企业吗？我们在价格上怎么可能争得过外国的生产商呢？他们有用不完的廉价劳动力。尤其是那些南斯拉夫人和日本人！至于改进产品，诸位都知道，我们在这方面从来都是不惜代价。本公司有八十年的开拓性研究的历史。正是不遗余力的研究工作，才使得我们的显微记录仪在今天的世界同类产品中居于领先地位。

迪迪听腻了吹牛与谎言。受够了对自己信心的考验。如果里格尔把公司地位所面临的现实挑战转变成员工的信心危机，那可就太蠢了。谁也不愿相信无法置信的事情。尽管谁都希望相信点儿什么。

里格尔可能根本就不想召开这次会议。他的想法是：多一事不如少一事。生意一向都很顺利。谁能想象事情会跟今天不一样呢?

可时代在变化。老先生话音刚落，年轻一派的人马上就开始反驳。

谁是对的呢？每个人都对。迪迪觉得双方的观点都有道理。那么，到底该采纳哪一方的策略呢？两者都采纳。但没有这种可能，对吧？绝对不可能在为期仅仅一周的会议之后，公司就开始实施两套重大而彼此对立的发展计划。我们将只能选择其一。迪迪会怎么选择呢？他自己的建议是开展新的广告战，他将在下午宣读自己的设想，这是他前两周几乎每天晚上熬夜才完成的。这是明智之举。迪迪只谈自己负责的工作。但愿别人也能这样。他也知道，在大型的辩论中，他该站在里格尔和保守派一方。他们很容易形成多数——尽管瓦特金斯一直坐在椭圆形桌子的顶端吧嗒吧嗒地抽着烟斗，还没有开口发话。迪迪估计，其他的十八个人中，有五位会支持研发部的康明斯基和戈尔伯格。这样，如果算上迪迪自己的话，支持里格尔的就还有十个人。

但暂时还不该把自己算进去。今天他很想制造一点意外。少数派带来了用墨水精心绘制的各种图表，以及比经过改进的显微记录仪大一倍的模型，他们口里不断地冒出一些长长的、晦涩的词语，这让他刮目相看。还没有决定该支持哪一方。但（现在）觉得会是科研人员这一方。让里格尔大发雷霆好了。我懒得再讨好他。

到休会吃午饭的时候，已经是一点半了。今天我们在这里吃饭；身穿制服的女服务生已经把餐车推了进来。迪迪出了会议室，来到大厅的电话亭旁，给华伦医院打电话。得知海丝特的房间里还没有电话，便给负责该楼层的护士留了个口信。

回到会议室时，桌上开会用的东西都已经被收走，上面铺了一张巨大的白色塑料桌布，摆好了十九份午餐。迪迪现在才发现屋子里满是烟味。找到长杆，将一扇高大的窗户的上半截拉了下来，然后才坐下来吃饭。让他郁闷的也许不仅仅是烟味，还因为会议的拖拖拉拉。早上无所顾忌地饱餐一顿之后，不相信自己还能吃得进东西。更不用说那烤得很老的牛排和一大团玉米煮青豆了。不过迪迪还是吃了。吃得比自己预想的要多。

下午剩余的时间过得很慢，一分一秒都很难捱。迪迪站起来陈述了自己关于新的广告战的设想，但最后却表示了怀疑，认为这种战略在竞争中不一定能为公司扭转局面。到底是拨出资金加强广告宣传，还是增加投入进行科研开发，如果一定要选择的话——“如果那样的话，我建议将所有的经费都投入到研发之中。”迪迪坐下时，吉姆隔着桌子朝他半开玩笑地敬了个礼。

这番言论很可能让双方都不满意。但此时此刻，迪迪根本就不在乎。迪迪对自己满意吗？这才更重要。他一贯把工作当作镇静剂，这种镇静剂现在还能让他消除痛苦，忘却自我吗？还能把他仅仅变成因情势而产生的工具吗？也许过去的二十四小时里发生了太多的事情。不可能再像自己希望的那样高深莫测。再也不可能了。迪迪变透明了，就像浸透了油的纸张一样。

随后的讨论迪迪都没怎么细听。话语又开始变得模糊起来，听上去有一种奇怪的嗡嗡声，有点像是回音，这使得它们几乎成了某种物质，而其意义则容易被忽略。迪迪想忽略所有能够忽略的东西。到四点钟的时候，没有察觉到自己由于伏案太久，背部已经开始酸痛。身体坐在一把主要是木头的大椅子上，只有坐的位置有一层象征性的皮革。不管是好是坏，迪迪今天下午的观察力不很敏锐。迪迪进入了自我之中。对迪迪而言，这并不是说他在自己的身体之内。那么，是在他的思想里面吗?

忽略那无用的话语，忽略它们的高度物质化。迪迪所了解的理解这个世界的其他方式也在失效。感觉力本身在丧失。

除了能注意到天花板很高的房间里的温度和烟雾污染度的变化之外。

除了对坐在左边的公司财务部长安培戈特总是坐立不安、一支接一支地抽烟感到心烦之外。

除了看到瓦特金斯的侄子、出口部经理皮特·拉·赛勒避开众人的视线在巧妙地打盹之外。

除了稍稍有些恶心地注意到坐在右边的生产部的布坎南在一个劲地啃着手指尖的硬皮之外。

除了注意到透过会议室高大的窗户照进来的下午的阳光在一点一点地变暗之外。

一堆乱糟糟的令人不快的印象。除此之外，迪迪几乎不在这里。藏在自己内心深处的某个地方，想象晚上的情景。“浪漫的迪迪”再三提醒自己，要理性地看待海丝特。如今跟某个姑娘做一次爱往往说明不了什么，对你对她都一样。就算两人当时的幽会的确是很大胆、很刺激，也不要指望那种特别的感觉在今晚的见面中重现。换了一个房间，换了一个鬼地方。什么都不要指望。昨天是独特的一天。迪迪沉浸在迷惑、愧疚、恐惧和对于那能帮他治疗心病的抚摸的渴望之中。海丝特处于自己无尽的黑暗中，因为火车不明原因地停在隧道里而惊惶不安。他们在火车上的幽会过于紧张，过于迫切。如果是在平常的环境下，那种急切之感一定会被稀松平常的氛围所冲淡。

幸亏他有这样的思想准备。因为这次探视既寓意丰富，又空虚无聊，让他不堪其累。一开局就很糟糕。海丝特感谢迪迪送来的花，她的语气干巴巴的，犹如例行公事。他们又一次共处于一个封闭的空间。（现在）是在华伦医院主楼七楼的一个中型病房里。作为一间单人病房，已经够宽敞了。而且可以看到门罗公园的美景。迪迪真希望她能看得见窗外。他对盲姑娘极度的自我封闭感到一筹莫展。昨天他可不是这样。但是在这个房间里，海丝特似乎变小了，不那么确定了，而不像在火车包厢或走廊或洗手间或出租车里的时候那样。甚至不像昨天晚上迪迪辗转反侧时偶尔出现在他脑海中的样子。

等一等。也许并非海丝特本人有了什么变化。不是她的错，也不是他的错。是她婶婶的错吗？因为并非只有海丝特和迪迪两个人。迪迪进来的时候，内勃恩太太也在病房里；而且她就呆在这里，一直都呆在这里。从一开始就把注意力集中在他身上，全然无视她侄女的存在。那女人对他大加奉承，始终自以为是地喋喋不休，而海丝特则越来越深地陷入一种木然、被动的状态，就像昨天火车刚开动不久迪迪就注意到并为之感到沮丧的状态。

想想他们三个人唯一的另外一次共处于同一空间里的情景：昨天晚上他们坐出租车来到医院。当时也像（现在）这样难受吗？迪迪努力回想着。一片空白，起码关于这一点是一片空白。他能记得的就是在候诊室的时候，他想离开她们一会儿。去买一份报纸。说不准由于印刷术的某种奇迹，下午晚些时候发生的一起暴死事件能够迅速地被处理成文字，然后排版，于是晚报上出现了报道。接着他意识到这很荒唐……除了偶尔仍然希望自己在上出租车之前，在继续体会那忍受了几个小时的难以消除的焦虑和麻木感之前，就去买了报纸之外，关于坐出租车时的情形他什么也想不起来。

在病房里。婶婶正对迪迪问个没完，问他的家庭背景，上的什么大学，干什么工作等等。还有他住在哪里，公寓有多大。“哦，真是太好了！我在报纸上看到过，如今在纽约一定要特别谨慎，要住到一个好街区。白人现在好像在哪儿都不安全……”由于迪迪的公寓并不在一个“好街区”，他无法断定内勃恩太太除了不由自主的心地丑陋之外，对纽约到底是不了解才信口开河，还是完全有口无心。接着是更多的问题。当迪迪说她可能听说过他弟弟，他是位钢琴家时，她的声音顿时高了八度，尖叫起来：“天哪！别跟我说你弟弟就是保罗·哈伦吧？真的吗？太令人激动了！”她不只是听说过保罗，还保存有他演奏的柴可夫斯基钢琴协奏曲的唱片呢。她会要求迪迪帮她索要签名吗？迪迪这不是第一次后悔向新朋友或刚结识的人提起他弟弟。保罗的名字不是轻飘飘地从迪迪的嘴里平飞出来，而是“砰”的一声坠落在地。一提到弟弟就会让他的话显得有分量，有炫耀之嫌。迪迪担心那姑娘可能就是这么认为；她的沉默使他感到不安。但是他清楚，她婶婶不会也认为他是在炫耀。内勃恩太太的词汇中没有谦虚和缄默这两个词。对付这种女人，唯一的含蓄方式就是：干脆免开尊口。因为他说的每一句话似乎都让她感到高兴。

完全在意料之中的高潮到了，她有些扭捏地开口询问迪迪是否已经结婚。迪迪心里很生气，但尽量用平常的口气说出了“离婚”二字。这该死的八卦婆！她肯定是从今天早上那一大把名贵的鲜花送到海丝特病房的那一刻起，就把他确定为她残疾侄女的未来丈夫了。也许她对即将实施的手术没有什么信心。内勃恩太太对迪迪的过分关注和热情表明，海丝特没有其他的追求者；至少没有她婶婶所赞成——或所知道——的追求者。

对于不太努力就得到自己想要或可能想要的东西，由别人拱手相送的东西，迪迪还不习惯。虽然能讨女人们的喜欢，但迪迪从来不会完全相信她们的赞许。他对自己的男性魅力不太自信。自从保罗在精力和成就上赶上他，然后又超越他的时候起，自卑感便开始影响他的意志。对于尹卡多纳那类人的盲目而粗野的精力，他怀有一种羞于启齿的羡慕；虽然迪迪向来反感和讨厌那类人，而且为那类人所讨厌，他也害怕那类人。因此，迪迪如果想要海丝特，就必须克服各种几乎无法逾越的障碍。而她婶婶似乎表明，这种正常的事态（现在）并不存在；仿佛海丝特有待她的全权处理。内勃恩太太在无声地向他许诺，他不费吹灰之力就可以得到那姑娘。

没有竞争吗？尽管这姑娘美丽动人？

飘逸的金色长发，被遮挡起来的眼睛，小巧的弯钩鼻子，宽宽的嘴巴，纤细的脖子，圆润的肩膀，丰满的胸脯，微胖而柔软的腰身……海丝特很美，对吧？迪迪想尽量公正，想看到这姑娘（现在）的不同寻常、引人注目之处，就像他昨天所看到的一样。但她婶婶一直东扯西拉地滔滔不绝，而他又不得不机械地给予回答，这破坏了他的感觉力，压制了他的感情，凝固了主导他身体的神经。"麻木的迪迪"。打算站起来，向她们两人道晚安。就在这时，内勃恩太太也许意识到，自己呆在这里并不能对她所以为的侄女的利益有所促进，于是先站起身。"亲爱的，我刚刚想起来得去买点儿东西。"接着又对他说："你在这里陪海丝特一会儿，好吗……道尔顿？我可以叫你道尔顿吗？"

"当然，"道尔顿回答。

内勃恩太太拿起一个包裹，还有一个昨天那样的鼓鼓囊囊的购物袋，然后离开了病房。几乎是顷刻之间，空气变轻了。呼吸也不再那么艰难。迪迪开始觉得轻松和自在了。他的血液开始流动，神经开始搏动，视力变清晰了。（现在）真的能凝视那姑娘了。

她一层又一层地裹在睡袍、被单和毯子里；没有形状的身体直直地躺在床上，丝毫看不出迪迪所知道的那柔和的曲线。不变的只是海丝特那张为墨镜遮去四分之一的面孔。

海丝特似乎也在凝视他。

像昨天一样，她能朝他转过头来，显出一种明察秋毫般的神色。但绝不是真正意义上的凝视，即通过视觉传达思想，用眼神交流，用目光会意。盲人的面孔不会与作为面孔的其他面孔对话。只会与作为血肉意义上的其他面孔对话。触摸是会意的唯一方式。

自从内勃恩太太离开之后，她的表情没有明显的变化。

海丝特的面孔昨天也是这样毫无表情吗？迪迪当时迫不及待地想跟那面孔下面的身体结合在一起，所以没怎么注意。但是，说到“身体”之上的“面孔”，不是只有看得见的人才会这样形容自己或别人吗？对于盲人而言，面孔只是身体的一部分而已。

面孔的独立生命有赖于视觉。一旦没有了视觉，面孔在很大程度上就已死亡。或者说成为一种试验性、临时性的东西。成为面孔的画像——也许技艺很高；但不是真正的面孔。而是被物化的面孔。

盲人的面孔是置于他们身体之上的被调暗或熄灭了的灯。一张空有两只眼睛的面孔，因为失去视力而无从了解其他面孔的生动表情，所以永远无法独自创造那一整套相关的词汇。由于渴望遵从自己想象出来的一致的理想，盲人偶尔也会试着做出类似于常人的表情。然而，就算处理得当，没有视力的面孔仍然像手、脚或者胸脯一样，既没有理由也没有办法成为表情达意的工具。

没有表情的面孔会怎样变老呢？会缓慢一些，我们肯定会想。在正常的同龄人的面孔因为表情之累而平添皱纹的若干年之后，一张没有视力的面孔，没有通过观察别人而学会不断地表情达意的面孔，可能仍会光滑如旧。也许海丝特并不像看上去那么年轻。表情的使用频率不同，老化的速度也不一样。

迪迪是不是看得太细致了？使用了错误倍数的显微镜。退开一步，不借助任何仪器来观察。也许海丝特只是很安静，等他先开口。她脸上稍稍动了一下。在嘴角旁边，他就该看那儿。如果对常人来说主宰面孔的是眼睛，那么对盲人来说就一定是嘴巴了。那里有迪迪所寻求的会意。不是通过眼神和表情。而是通过嘴巴和触觉。

不过此时此刻，迪迪并不想吻海丝特。她似乎太被动，而他则太固执。病房里死气沉沉。跟昨天的火车包厢是多么不同啊，那里让人轻飘飘的，成了适于长途旅行的独立的运载工具。也不同于那封闭的、嗡嗡响的洗手间，他们当时紧紧相拥站在那里。

迪迪坐在床尾旁的椅子里，这时稍稍弯下腰，隐约又感觉到从下午四点在会议室里就已开始的背痛。“开始做检查了吗？”他不自然地问道。

“早上抽了血。做了心电图。取了尿样。就这些。”

“那只是手术前的例行检查。医生来看过你的眼睛了吗？”

“还没有。”

迪迪不知道下面该说什么了。两人似乎遥遥相隔。他往窗外望去，欣赏着海丝特无法欣赏的东西——景色。不同的色彩。移动的身形。各种东西来来去去，时“近”时“远”。

“想吃巧克力吗？杰茜婶婶给我买了一盒，但是我不喜欢。”

巧克力放在哪儿？在床头柜上。“不，谢谢。”

迪迪打量着海丝特的病房，仿佛它可能成为某种辅助记忆的装置。成为一个记忆库，也许将来的什么时候，迪迪可以在想象中再度寻访其中的许多地方；他可以在记忆库里踱来踱去，从各处提取他所储存的印象。但这个毫无特征的房间似乎不肯提供这种功能。

医院的所有设施都差不多是同一种颜色。墙壁是黄白色，棉布窗帘也一样。木衣柜和铁床被漆成亚白色，床上罩着一张白毯子，底下是常见的白床单。床边白色的铁床头柜上，有一层白色福米卡塑料贴面；台灯的白瓷底座闪闪发亮，与白色塑料桌面的淡光形成微弱的反差。两把椅子——是表明按规定最多只能有两位探视者吗？——上包着白色的木纹状人造革。如果不是早就了解的话，迪迪还会以为在眼科医生看来，白色比其他颜色对治疗眼疾更为有利。

装巧克力的栗金两色的纸盒，搭在海丝特床尾的黄色浴袍，床边地上的棕色皮拖鞋，迪迪送的鲜花——房间里只有这些东西不是白色。

“我喜欢你送的花，”海丝特说。仿佛能读懂他的思想。“我刚才说谢谢你的时候，你不相信我，对吧？我知道你为什么不相信。因为我婶婶在这儿。不过你该相信的，你也知道。我不是客套。当我说什么的时候，我都是真心的。”她嫣然一笑。迪迪终于看到了他暗暗渴望看到的东西。一张崭新的面孔，秀美而有生气。

已经漫步走进一个冷冰冰、灯光刺眼、由石头砌成的大地方的迪迪被拉了回来。很高兴被拉了回来，回到包围着姑娘的温馨的小房间。心中充溢着似水的柔情。一种感官上的、倦怠的幸福感猛然袭来。他从自己的座位上一跃而起，换到她婶婶刚腾出来的离海丝特更近的椅子上；并把它拖到床边。把自己的脸贴在姑娘的胳膊上。但接触的不是裸露的肌肤或薄如蝉翼的衣服。她穿着一件长袖法兰绒睡衣，粗糙的布料使他感受不到记忆中昨天所感受过的肌肤。迪迪的左脸无法让他进一步了解海丝特光滑结实的胳膊的形状。海丝特肯定也不喜欢这种布料贴在皮肤上的感觉。如果这件睡衣不是医院所发，而是内勃恩太太从廉价商店里掏来硬塞给海丝特的，那该多让人难受啊！他叹了口气。“嗯……说真的，你怎么样？”

“很难过。”

迪迪吃了一惊似的抬起头。海丝特开始抚摸他理得很短的头发，他又垂下头来。“为什么？”

“我对手术不抱什么希望。而且一想到你昨天想对自己做的事，就很为你担心。害怕你今天会后悔自己打了退堂鼓。”

迪迪极力控制着自己，没有从海丝特的臂弯里猛地挣脱出来坐直身子。“听着，海丝特！我再说一遍，那不是昨天在火车上发生的事情。而是我一个月前所干的傻事。”他竭力保持不动，蜷缩在那儿任她爱抚。继续接受她平静但不容抗拒的抚摸。“请相信我！你能原谅我起初对你说谎了吗？因为昨天真正发生的是另一件事情，一件完全不同的事情。就是我后来……告诉过你的。跟那工人打架……”

迪迪不知道是否该进一步说清楚。他不想掏出那份剪报大声读给海丝特听。同时还把这层楼的护士叫一位过来，让她站在一旁看着他读，好向海丝特证明他所读的确实是印在报纸上的消息。

既然这样决定了，迪迪还该这么解释吗？别忘了，犯糊涂的是海丝特，而不是他；是她的大脑出了问题，起码是短暂地出了问题。向她证明她的错误（现在）虽然轻而易举，但将是一种危险的胜利。还是谨慎一点，让这姑娘继续以为是迪迪产生了幻觉吧。“见鬼，我知道你根本就不相信这些话，对吧？”他接着说，“你不相信我出过包厢，更不用说下过火车了。”

迪迪希望自己（现在）掩住了破绽。倒不是说他刚才这番话能起多大作用。无论他费多少口舌，想让海丝特相信昨天的凶杀案，她还是不会信的——只要迪迪不出示他从早上就已掌握的白纸黑字无可辩驳的证据。她凭什么要相信呢？

但是，就算海丝特不相信他的坦白，不肯共享他的秘密，她可能仍然会有所反应，并因此而觉得痛心或烦恼。相信“清白的迪迪”，她可能就会害怕“自欺欺人的迪迪”。这是一种自然的自我保护反应：精神相对正常的人会害怕精神已经失常的人。但是迪迪不愿意这样。或者说，如果她不害怕的话，她也会担心。而当担心变得难以忍受时，她可能会把他的故事说给别的人听；也许是她的哪位医生。不是要出卖迪迪，因为海丝特相信他什么也没有干，而只是想得到专业人士的建议，了解一旦自己的某位神经病朋友又开始强调他的幻觉全是事实，那她该如何回答。而那第三位知情者也许会把迪迪的所谓错觉与今天《信使公报》上的报道联系起来。然后就会报警。

海丝特已经沉默好一会儿了。

“你在想什么？”迪迪问。（现在）可以移动脑袋了。不是因为生气，也不是想逃开。坐直身子，探过头去，用自己的嘴唇摩挲着海丝特温暖的面颊。对他的吻她没有明显的欢迎。“怎么了？海丝特？”

“我在想，你知道，我们不该谈论这件事。至少不该现在谈。关于隧道里发生的事……在这件事情上我帮不了你任何忙，道尔顿。反而可能给你带来危害。”

“危害？”迪迪重复着，一脸诧然。

“没错。相信我，并不是说我想伤害你。但是我有一种感觉，很难说得清楚，我觉得自己可能会给你带来某种不好的后果。别问我是怎么回事。我只是有一种模糊的感觉。但是你一定得相信我的判断。对此我可能知道得很少，而你则是毫不了解。”

迪迪听糊涂了，一时说不出话来。海丝特怎么能这么快就对关于他们两人的重要事情做出决定呢？他（现在）难道不该要求她解释吗？接着他又觉得沮丧，因为他不能这样要求。追问下去似乎有威逼的意味。同时也松了口气。不过，如果他们约定不再谈论那个说不完的话题，不再谈论隧道里的世界，那就没有多少可谈的了。跟海丝特交谈并不容易。但是他很想交谈。“张口结舌的迪迪”，尽管一贯讨厌说废话，却再一次不得不说些无关痛痒的话。问一堆空洞的问题，了解一些无用的信息。嗯，那就开始好了。

你舒服吗？

护士们对你好吗？

喜欢你的医生吗？

吃得怎么样?

什么时候做手术?

“别这样,”她摇着头毫不客气地说,“你自己明白,你并不想这样跟我讲话。我也不希望你这样。拜托!”

迪迪不禁讶然。这一点她也知道吗?但是对海丝特的打断,他不能仅仅是暗暗庆幸,不予置评就转向别的话题。他不得不做些解释:“天知道,我并不想问你一连串毫无意义的问题。但是我感到很难堪。不知道在这儿该说什么,或做什么。”

她抚摸着他的头发。“你该做的就是站起来,离开这儿。什么也不用说。”她把手拿开了。

迪迪久久地盯着海丝特,没有回答。当然,她说得对。比他更清醒,更勇敢。但是有个问题他不能不问,尽管可能会很愚蠢。“如果我离开……我是说,当我离开的时候,你会听得见,对吧?这一次你不会认为我还跟你一起在房间里吧?”

海丝特在床上坐起身,靠在枕头上;双手交叉放在腿上;转向迪迪。她点了点头,但没有说话。

迪迪不想起身。两人之间的沉默变得非常厚重——充满神奇而令人痛苦、兴奋、无助的感情。迪迪觉得无法动弹,接着是一阵眩晕。一种嗡嗡作响的眩晕。眩晕的外围是一层薄薄的恐慌。护士和探视者在走廊上的脚步声似乎特别响亮。也许迪迪会一直迷糊着坐在这里。尽管感到晕眩,他的一部分感觉却很平静。出奇的平静。

“我想,我有生以来第一次尝到了失明的滋味,”他说。

“是吗?”

“我知道那一定很不方便，别误会。而且是对正常的自由的无情剥夺。不过我想，其中也不乏益处。它能使那种难得的、令人羡慕的经历变得容易——而且必要。也就是始终全神贯注的经历，注意力从不放松，这样，所有的事情就会既十分清楚，又十分复杂。”

“有几分道理，”海丝特似乎有了一丝笑意。

“我还想到了别的事情，很难形容。”迪迪闭上眼睛。“盲人的世界……我是说你所看到的世界，还有我有时候沉浸在自己想象中的世界……非常不稳定。在你的脚前总是有一个坑。你知道有个坑，但是你不得不继续往前走。但是你一直都感到眩晕……同时还很自由。即使你……即使你摔倒，也没有多大关系，我是说就传统意义而言没有多大关系。”

“对，说得没错。”

迪迪用力睁开眼睛。感到羞愧。缺少同情、自我中心的迪迪。“我真希望自己能住口，”他说，神情有些怅然。

海丝特没有接话。也许是要帮他住口。一阵微风吹来，窗帘在轻轻飘动。尽管早已是晚上，但夜色似乎更浓了。迪迪又坐了一会儿，时而打量着姑娘，时而比较着深浅不同的白色，时而呆呆地出神。然后，他站起身，把外套搭在胳膊上，一言不发地走出门去。

迪迪乘出租车直接回到拉什兰酒店，发现吉姆正闷闷不乐地在大堂里走来走去，装着在等人的样子。快到八点半了。如果可以选择的话，迪迪（现在）可不想撞见吉姆。他更愿意独自一人打发晚上剩下的时光。担心平常的人际交往会使自己觉得在割断或淡化与海丝特的微妙联系。

不过他也不是太遗憾。遇见吉姆也许是一件好事，因为迪迪对自己独自一人信心不足。觉得自己还不具备享用那种崇高条件的资格。一旦上楼进入无人打扰的414房间，他会不会陷入新一轮的胡思乱想，陷入病态的犹豫不决之中呢？不向警方自首——至少不是（现在）——的决心还不是很坚定。那决心刚下不久，还不具有真正的约束力。虽然不是一时之念，却跟一时之念一样软绵绵，轻飘飘，随时可变。它缺乏真正的决心所应该有——并随着时间的推移而一定会有——的分量。就像一名早产儿，必须放在育婴箱里，直到长成正常大小。迪迪对生命刚刚产生的渴望还需要滋养。用特殊的食品。只有适者才能生存，而适者都是胖子。

他要跟吉姆一起在酒店里用餐。他要给他的决心提供营养，要让自己填饱肚子。好好地填饱肚子显然需要另一个人的陪伴。迪迪对自己在过去四周以来的习惯有了某种发现。特别是对他几乎停止进食的原因和方式。

在此之前，对自己不吃饭的原因他有两种猜测。要么是他的身体为一个月前自杀未遂而施加的无意识的自我惩罚；要么是在医院时不光彩的养生法所留下的可悲的后遗症。也许两者都很有道理。但是他忽略了一个关键的细节。他是在出院以后才开始一个人用餐的。拒绝所有的吃饭邀请。为了逃避吃工作餐，他编造借口，说约好了每天中午到医生那里打针，以防疾病复发。

说是恶心也好，说是节食也行。也许两者兼而有之。迪迪拿定了主意，不管是哪一种情况，都必须到此为止。迪迪今天已经吃了两顿。还要吃第三顿。吉姆吃晚餐了吗？没有。太好了。吉姆受到邀请似乎松了口气。迪迪为自己的好意而微微脸红。他要顺着吉姆的兴趣跟他聊天；他还要呼吸。呼气，吸气。他不能一个人独处。

迪迪虔诚地点了龙虾，还有其他的食物，发现自己的胃口吊了起来。可灵魂也能胖起来吗？能让肌肉长进没有分量的纯粹的意志里吗？能让感情那松松垮垮的框架周围长出皮肤，以免轻轻一碰就伤痕累累吗？哦，这才是更为艰难的任务。吸气，呼气——并非那么容易。今天吃早饭的时候，吉姆的玩笑犹如一个空洞、古怪却不无善意的庇护所，而今天晚上，它们却让迪迪心烦意乱。几乎无法凝神听吉姆讲话，而他自己的话也既乏味又勉强。连吉姆也注意到了，几次问他是否不舒服。迪迪不停地说没事儿，他感觉很好。但是接着，吉姆就又来了。“你知道，道尔顿，你最近真的看起来精神很不好。”于是建议他今年冬天去滑雪，或者开始打网球，或者每周去几次健身房。

迪迪不明白是出了什么问题。仍然想尽量通过这顿饭来调整自己。所以才细嚼慢咽地吃着那一大堆食物；不是因为无法吃完那一整盘东西。所以才又要了两杯咖啡，以及自己并不想喝的白兰地。迪迪磨磨蹭蹭，想看看效果如何。

后来迪迪还是放弃了。吉姆是个好人，迪迪对他既说不上喜欢也说不上讨厌，这样利用他连迪迪自己都感到惭愧。时钟在沉闷的气氛中一秒秒地往前走，吉姆一直硬撑着在陪他，而他实在不是吉姆的好同伴。迪迪知道，吉姆（现在）又来了精神，感觉精力充沛，很想出去——用他自己的话说——好好地乐它一乐；仅仅是为迪迪着想他才呆在这里，他知道面色苍白、无精打采的迪迪享受不了任何夜生活，可又不愿把迪迪一个人撇在这几乎空荡荡的酒店餐厅里。“松树厅”。迪迪显然该采取主动：解除礼节上的束缚，为吉姆敞开大门。他的确这么做了，先打了一个哈欠，然后对精力旺盛的吉姆谎称自己很累，准备上床睡觉了。

“我想，你还没有完全战胜上个月感染的病毒，”吉姆说，因为不用再陪迪迪而难掩喜悦之情。

两人站在大堂里。吉姆不自然地拍了拍迪迪的肩膀。“晚安，道尔顿，”他说，“好好地睡上一觉，听我的。我是说，别干什么出格的事儿，好吗？”走到旋转门前，他挥了挥手。迪迪在电梯口也朝他挥了挥手，然后转身上楼。

迪迪懊恼地盯着卫生间镜子里自己那张阴沉的脸。试图用纯粹的意志力让自己的情绪缓和下来。“愤愤不平的迪迪”真是一种负担，不管是对别人还是对自己。

冲过淋浴之后，迪迪立即上了床。虽然并不指望在经受一贯的长时间煎熬之前就能入睡，但是，在这间陈设简陋的小房间里，除了床，没有别的地方可以舒舒服服地呆上一会儿。不过迪迪并不像他所以为的那样了解自己。甚至没来得及将注意力集中到窗外闪烁的黄色广告牌上。“精疲力竭的迪迪”真是累坏了，不知不觉就睡着了，连一盏灯都没有关。

晚上迪迪做了个梦。不是他可能想象的那种令人不快的场面。没有被杀死的工人的狰狞面孔，也没有与海丝特做爱的模糊情景。是一个漫长的梦，一个精疲力竭的人所做的梦。星期天那趟火车上的两个人——穿粗花呢西服的邮票贩子和牧师——正在探讨他们的共同爱好。但并不是集邮。两人面对面地坐在包厢里，几乎头碰着头，正十分专心地传看一只漂亮的贝壳。那是一只精美的玫瑰色贝壳，迪迪认出它是 *Conus gloriamaris*，即“海洋之光”。那两人对贝壳赞不绝口，相互让对方注意贝壳上精致的螺纹和花纹。迪迪看不出谁是贝壳的主人。如果说它只属于其中的一人，另一个人却没有显出丝毫的嫉妒或贪念。如果说这珍贵的物品是他们两人所共有，似乎又没有引起两人的任何争议或摩擦。

迪迪一方面是梦中的旁观者，挨着穿粗花呢西服的男人坐在包厢里，另一方面又是局外人，置身于某个地方，或者不在任何地方。他妒火中烧。很想将贝壳据为己有，尽管他知道自己是被一种丑陋的心情所左右。因为迪迪既不喜欢这只贝壳，也不觉得它很美。如果他独自在一片空旷的海滩上漫步，看到“海洋之光”躺在潮湿的、浮着泡沫的黄沙上，他肯定会不屑一顾。除非是贝壳硌痛了他的脚趾；果真那样的话，他会一脚把它踢开，或者用更好的办法，用脚跟把它碾碎。“坏人迪迪”（现在）之所以贪图这只贝壳，仅仅是因为他注意到了穿粗花呢西服的男人和牧师给它所定的价值。

可他不具备拥有这只贝壳的资格。那两个人不可能考虑把自己的宝贝让给以集邮为爱好的迪迪。

两位收藏家你一言，我一语，显得兴奋不已，而迪迪却始终被排斥在外，这使他越来越沮丧。必须有所行动。他没有从他们手中一把抢过贝壳。出于某种说不清的原因，他知道自己不可能占有贝壳本身，至少（现在）不可能。但是他可以减少他们从中得到的乐趣。换句话说，就是在精神上占有它。

马上行动。不要等到良心开始哭哭啼啼地抗议；等到那些抗议形成生锈的、熟悉的镣铐。迪迪心一横，打断了他们。只是要发表一番演讲，一番由满腔的愤怒和失望凝聚而成的演讲，那愤怒和失望压得他喘不过气来。为了发表演讲，他从座位上优雅地纵身一跳，坐到了行李架上。上身前倾，因为空间太小，他直不起腰来；两脚悬在空中晃荡着。他俯视着那两个人，开始慷慨激昂地讲了起来。

第一点：贝壳学的伟大时代早已过去。试图返回过去的行为毫无意义，对吧？他望着下面，看自己的话对那两个人有什么影响。他们似乎已经不那么兴高采烈了。迪迪继续说道：这种爱好在十九世纪大为流行，那时还可以有真正意义上的新发现。而（现在）一切都已被探明和分类，对真正严谨的人来说，这些东西再也不足以引起他们的兴趣。正如人们可能预料的那样，收集贝壳的爱好已经落到那些多愁善感的业余人士之手了，他们满足于任意地取样和分类。而业余人士都出奇的轻信，很容易被假冒伪劣和张冠李戴的东西骗得团团转。由于没有人来维护贝壳学的传统标准，市场上充斥着经过磨砂、抛光和上彩的所谓贝壳。实际上只是经过美容的贝壳尸体。这样的贝壳满处都是，其后果之一就是，贝壳不再被当作一种纯天然之物而受到应有的尊重，人们对贝壳的鉴赏力也不可挽回地遭到败坏。迪迪提高嗓门，迫切地想阐明自己的观点：事实上，人们在所有领域的品位都变得低下了。告诉你们一个只有内行才了解的事实吧：改造自然的破坏性欲望正是始于第一个将贝壳变为艺术品的人。“任性的迪迪”唾沫横飞地对牧师说：这才是原罪的真正故事。

牧师一声不响地擦掉衣服前襟上的唾沫，而迪迪则继续大发宏论。如果内勃恩太太也在场的话，不等牧师自己掏出手帕，她就会把自己的手帕塞给他。

第二点：与曾经栖身其中的软体动物一样，可怜的贝壳本身毫无招架之力，无法阻止这每况愈下的变化。大多数很快就认输，少数做些徒劳的挣扎。由于没有眼睛，它们能怎么抵抗？更谈不上有获胜的希望了。因此，不仅贝壳的数量，就连其质量也发生了变化。它们变得粗糙，没有灵气。迪迪说：仔细看看你们爱不释手的那只贝壳吧。的确，“海洋之光”一度是最稀有、最昂贵的贝壳，真的是一贝难求。在十九世纪初，全世界已知的“海洋之光”只有两只，都是在新几内亚以东的海域发现的。可是到十九世纪末，这种贝壳的数量就已经多如牛毛。价格也一落千丈。（现在）任何人都能邮购一只贬值的现代版“海洋之光”。更不要说日本的几家工厂所生产的精工制作的仿制品。

“现在，让我们来看看你们手中的这只……”迪迪重重地打了一个响指。穿粗花呢西服的男人费力地站起身，恭恭敬敬地把贝壳递给坐在行李架上的迪迪。不必使用听诊器和反射锤。他说：这只贝壳的问题很明显，不需要仪器都能看出来。他用右手的食指随意地一点，让他们注意，这只贝壳上的螺纹与真品“海洋之光”在倾斜方向上刚好相反，螺纹的网状线也与真品背道而驰。他向下面那两位神情难堪的鉴赏家指出，这只贝壳的唇缘还严重破损，还有一处原本很薄的边缘现在却很厚。对方听着迪迪对他们的宝物的贬抑，果然显得很沮丧。迪迪没有心软，继续说道：“你们受骗了。这东西分文不值！”同时把贝壳漫不经心地朝他们一扔，也不管他们能否接住。“总而言之，先生们，”迪迪得意洋洋地总结道，“你们手里捧着的是一只被谋杀的、有损伤的贝壳。”

迪迪鄙夷地瞪着下面那两个人，而他们则忙不迭地拿着贝壳左瞧右看，希望能反驳迪迪有条有理的攻击。迪迪对自己的两位对手已经心中有数。牧师和贩子都身高体胖，所以尤其喜欢小玩意儿。邮票、贝壳、小玩偶、钥匙扣、火柴盒、微型杂志、录音机、小汽车、小宠物狗、小油画以及小优点。迪迪喜欢大优点；还喜欢大而有力的东西。精巧易脆的东西不符合他的口味。他宁可每天来一份杜松子酒，而不愿喝一碗源自北京的茉莉花茶。不过，对于纤弱、易受伤害的人和物，他还是有保护心理。比如（现在），迪迪就担心胖牧师占据了太多的座位，超出了自己的三分之一；担心他挤着了内勃恩太太和海丝特。需要迪迪的打抱不平才能改变牧师的无礼行为。内勃恩太太和海丝特也许太顾及面子而觉得不便抗议。

但是，金发姑娘和她婶婶已经不在包厢里了。也许厌烦了这儿的争争吵吵。这只是男人之间的事情。既然已经勇敢地采取了不讨人喜欢的立场，在随后的辩论中，迪迪只能坚持下去。

迪迪已经承认自己不是一位贝壳学家，所以，说话柔声细气的牧师便问迪迪，他这番话依据何在。迪迪知道自己说的完全是一派胡言。而且说的时候，良心没有丝毫的不安。是“无畏的迪迪”还是“邪恶的迪迪”？但是且慢，也许他说的真有其事。只是他自己并不知道而已。算他运气，也许他曾经保留过报纸上的一篇关于“海洋之光”的文章，上面有人们可能想了解的所有信息。

“洋洋自得的迪迪”引用那篇权威的、无可辩驳的文章，回答了牧师的问题。很显然，他还补充说，他总是把那份剪报放在钱包里随身携带。就是为了对付这类突如其来的质疑。那两个人要求迪迪允许他们看一看剪报。这未免可疑吧？“聪明的迪迪”从他们合理的要求中嗅到了危险。也许他们想没收剪报——要么把它撕毁，要么装进自己的口袋。如果失去这份无可替代的剪报，迪迪就失去了他所掌握的关于这起贝壳诈骗案的唯一铁证。于是，迪迪对他们说，他会另外找个时间拿出剪报；而（现在）他们只能相信他的话。接着又把刚才那番高谈阔论重复了一遍。

迪迪坐在行李架上，一方面对下面那两个人连蒙带唬，另一方面又担心自己做过了头。一个距真相十万八千里的论点到头来既无法令人信服，也欺骗不了任何人。为了不让自己的毁灭性意图过于明显，聪明的迪迪觉得现在该关注一下这只贝壳的优点了。外壳上的细腻颗粒，螺纹一圈圈直到边缘的精妙变化。但是迪迪刚刚开始赞美之词，就发现这些优点已经不复存在。这只贝壳（现在）正如他恶毒诋毁的那样，变得丑陋不堪。两位收藏家对此也像迪迪一样看得清清楚楚。他们失望地扔掉了贝壳。把它扔到了窗外。“不要将杂物扔到窗外。”

迪迪突然感到懊悔不迭。暗暗责备自己刚才太卑鄙，太不诚实。他诽谤了一件美丽的东西。并且由于不知道自己有这种力量，而把它变成了丑陋之物。在梦中的这个时刻，迪迪想起了被烧黑的安迪在火葬的柴堆上抽搐，而左邻右舍的伙伴们则站在一旁哄笑的情景。他想把贝壳找回来，希望自己能让它恢复原貌，让它再现原来的美，并重新唤醒那两位失望的、容易上当的前任主人的敬意。“等一等，”他朝那两个人喊道，“我马上回来。”话音刚落，迪迪就紧闭双眼，从高高的行李架上纵身一跃，跳出了飞驰的火车。不要将自己扔到窗外？

身体下坠并不难，只要你不去想它。落地的时候，迪迪的膝盖和手掌擦破了一点皮；像小孩子——像迪迪小时候——滑向第一垒时那样。开始有点痛，很快就好了。他站起身，拍掉身上的灰尘，发现自己正在一条黑暗的隧道里。尽管火车还在飞速地驰骋，而且已经驶出了迪迪的视线，（现在）开到了铁路前方很远的地方，迪迪却相信自己到头来能赶上火车，并重新爬上去。在找到贝壳之后。

如果有光亮的话，迪迪就可以使用显微镜了。目的：观看看不见之物。方法：将微小的对象放大。但如果没有适当的外部光源，光学显微镜就毫无用处。迪迪不能低估自己所要干的事情的难度。在黑暗中，不借助任何仪器，要找到一个约五英寸长的锥形小贝壳那样的小东西，可不是一件容易的事。迪迪的任务十分艰巨，其难度几乎无异于童话中诚实的小王子所承担的使命——这类使命在于考验王子的勇气和天真。不过，早在小王子心灰意冷之前，就总是会有一位好心的丑老太婆前来搭话，老太婆灰白的头发乱蓬蓬的，一双小眼睛很锐利，她会交给王子一件法力无边的魔物，助他完成任务。有时候，前来搭话的是一只会说话的热心快肠的小动物，它会教给王子某种暗号，或者给王子必要的指点。但是没有人帮助迪迪。

迪迪在潮湿的隧道里往前走了一段，再折转回来。然后又走同样的一个来回。由于看不清楚，他时刻担心会不小心把贝壳踩碎。那轻飘飘、瘦精精、没有生命的小家伙会流血吗？里面会不会还藏着一只细小的、吓坏了的软体动物？似乎好几个小时都过去了，迪迪一无所获。“垂头丧气的迪迪”。但就在这时，他搜寻之处的地形有了变化，将他的挫败感一扫而光；原来玄机在这里。迪迪那踏踏实实、条理清晰的头脑取得了又一次胜利。不错的头脑。尽管还有些模糊，迪迪却恍然明白为什么自己在黑暗的隧道里来来回回仔仔细细地寻找之后，却仍然没有找到红白相间的“海洋之光”。因为他（现在）已经身在其中了。那只被扔掉的贝壳不再细小，而是变得像隧道一样宽展空旷。隧道和贝壳可以相互替代，所以迪迪可以在两者之内随意漫步。

此时此刻，迪迪在贝壳内布有螺纹的光滑内壁上半走半爬，这多少减轻了他刚才在隧道里徒劳找寻时所感到的惶恐。之所以惶恐，是因为发现铁轨（现在）的弯度比此前见到的要急得多。迪迪对“此前”没有深究，觉得自己这样做情有可原，依据是一条众所周知的规律：在梦里没有时间，只有空间。然而，思想的规律是有待彻底思考，终而超越的。如果迪迪没有想到这个问题，那是因为他懒惰呢，还是想逃避？或者仅仅是因为他不够聪明？难道他不知道不但有时间，而且有不只一样的时间，有许多种时间？有的连续不断，有的时断时续，它们或者同时推进，或者互不相干？他依稀像是知道，真的。可迪迪根本就不想去思考他在隧道里的另一种时间。

星期二早晨六点五十分，前台职员按照预先吩咐给 414 房间打了电话。迪迪这时已经醒来，要求立刻给他的房间送一份《信使公报》。对这起玄奥的事件，他今天将能有更好的了解。首先，要看看昨天第 16 版上的报道是否有了下文。因为他估计会有，所以其次，要看看新报道的篇幅和所在版面：比昨天的四小段文章更长还是更短？在版面上是前移了还是后置了？这第二篇报道的重心是什么？有关尹卡多纳的更多情况吗？还是警方对铁路方面是否渎职的调查进展？

迪迪心里七上八下，最后却很失望。他像看昨天那两份报纸一样，认认真真地读了今天的报纸，但上面对工人之死只字未提。连讣告栏上都没有任何信息。也没有一句话涉及对铁路方面的调查。难道人们的兴趣会这么短暂，那份热度真的过去了吗？一桩突然发生的暴死事件居然可以轻飘飘地一带而过，用半个栏目的篇幅就打发掉了吗？

当然，迪迪没有忘记尹卡多纳的葬礼，据昨天报纸的“末版”称，葬礼将在今天下午两点钟举行。如果他去参加的话，不是为了去看尹卡多纳面目全非的尸体。还没想到要当“盗尸者迪迪”。那具尸体即使迪迪想看也不可能看到；通常情况下，如果尸体残缺不全，就会马上将棺材盖好密封。如果参加葬礼，他也不是为了去悼念尹卡多纳。坦率地说，对那工人之死他并不感到悲痛。仍然有点恐惧，但感觉遥远了一些。基本上仅此而已。

迪迪之所以考虑去殡仪馆参加葬礼——去墓地就太显眼了——主要是想去看看尹卡多纳留下的一对孤儿寡母。他们的真实存在必须牢牢地刻进他的经历。尽管《信使公报》的文章提供了无可争辩的证据，但是对于自己与那位皮肤黝黑的工人是否确实发生过那场冲突，他一直将信将疑，也许亲眼看到他们就能彻底消除这种疑虑。他尤其想见见十一岁的托马斯·弗朗西斯。如果那真是迪迪所杀的人的孩子，那么从他身上，迪迪至少可以看到他父亲的一点影子。这样，迪迪就能肯定，当“私掠船”号停在隧道里时，他确实下过车。袭击过一个人。而那个人就是已经死去的安杰罗·尹卡多纳。

还有一件事有待迪迪决定：今天要不要去看望海丝特。他早晨醒来的时候觉得自己不想去。昨天海丝特差不多是把他赶了出来。了解不够，举止别扭。他得等到对两人之间的隔膜有进一步了解之后再去。另外，他也不想以这样一连两次的拜访而让两位女士产生误会，以为他呆在这儿的一周里，每天晚上都会去看海丝特。

起码这件事情确定了。决定起来不是太难。只是往后推迟而已，因为他这一周随时都可以去看海丝特；如果愿意的话，明天晚上就行。而尹卡多纳的葬礼却只举行一次。

迪迪要给出的答案很简单：去，还是不去。他今天下午应该去吗？没有回答。迪迪将问题重复了一遍。该去吗？还是没有回答。一切都显得那么复杂。而且的确很复杂。这个计划里有些病态的色彩。“偷窥狂迪迪”。出于自己说不清道不明的动机而窥探他人的悲伤。更不要说那低级的趣味：一名凶手虔诚地——而不是幸灾乐祸地——出席自己受害人的葬礼。还有点仅仅是为了自取灭亡的意味。也许迪迪只是想让自己置身于一种情形，以便能突然跪倒在孤儿寡母的脚边，痛哭流涕地坦白真相。由于想到警察和法官的复杂介入，迪迪一直犹豫不决，也许正是急于坦白真相的欲望才使他想在两点钟赶到花园殡仪馆。不过……

电话铃响了。杜瓦发来了电报，说他不来参加会议了。特快专递信件随后就到。

电话铃响之前迪迪在想什么？嗯，他（现在）也记不清了。而且他还忽略了那没有争议的会议安排。暂且先对付这个吧。到楼下去，与吉姆和其他人一起吃早餐，再去工厂，参加上午的会议。一步一步地来。可以在午饭前再做决定。迪迪穿上外套，检查了一下公文包，看看是否带上了需要的一切。然后开始下楼。

在电梯里，吉姆小声对凯茨说："喂，这座城市真是开放。在过去的几个月里，这儿的变化太大了。我简直不敢相信。有许多夜间营业的店铺。还有帕克街上的那些地方。"

"在哪儿？"凯茨问。

"距离'拉屎难'[1]大约十五个街区，"吉姆对自己的玩笑总是忍俊不禁。

里格尔和迪迪同时走到会议室门口。里格尔淡淡地说了声"早上好，哈伦"，就先行进了会议室。这次出差我得抽个晚上见见那家人，迪迪心里想着；也许还要逛一逛夜店，在那儿吃顿饭。里格尔的冷淡对迪迪来说犹如一杯奎宁水，使他糊里糊涂的头脑顿时清晰起来。

昨天在圆桌旁一直都是如坐针毡。但今天不同。迪迪今天能集中思想开会了。在关于折扣政策的激烈讨论中，迪迪代表不受欢迎的一方慷慨陈词，最终居然让自己的观点赢得了大多数人的支持。然后，由于一心放在会议上，也没有看一下手表，就来到二楼的餐厅吃午饭。直到快吃完第二份奶油鸡茸汤时，他才注意到时间。已经两点差十分了。

这么说，还没有形成真正的决定。相反，迪迪把葬礼的事情完全抛到了脑后。不等迪迪从这里赶到殡仪馆，尹卡多纳太太和她儿子就已经在去墓地的路上了；也许已经抵达墓地，正

---

① 这是吉姆利用拉什兰酒店名称的谐音开的玩笑。

在往棺材上撒土。心慌意乱的迪迪暗骂自己心不在焉。他（现在）一口也吃不下去了。鸡茸汤看起来就像煮过的鼻涕。聪明、坚强、友好、积极、稍微有点自负的道尔顿·哈伦今天上午在同事面前的表现（现在）显得不可思议；就算是做做样子，就算是一个心里装着正事的人的出色表演，也不可原谅。到此时此刻还能这样若无其事，他究竟是个什么样的人呢？他马上想到了海丝特。迪迪不会改变今晚不去看她的决定。否则的话，连同他居然会忘记葬礼这码事，就会将他薄弱的意志暴露无遗。不过，在咖啡上来之前，他要给医院打个电话，问问她的情况。

这个傍晚，他要给自己一点小小的惩罚。要一个人呆着。不跟吉姆或其他同事一起心神不宁地吃晚餐。他要改变方式，带几块三明治回到房间，去好好地想一想。与自己的内心进行纯粹的交流。他一直疏忽了这件事情；（现在）正为此付出代价。所有的一切都改变了原来的分量。他对严肃的事情掉以轻心，对无所谓的事情却郑重其事。“大傻瓜迪迪”。他得尽力想一想。不是担心，不是焦虑，也不是自责。而是想一想。

尽管独自呆着并不是一件容易的事。他担心海丝特会盼望着他，虽然两点钟的时候他跟她通过电话——他们已经给她的房间装上了电话——并对她说他今晚不会过去。没有编任何借口。但是，想到她躺在那里，裹着家常的睡衣，既看不见，又动不了，不得不忍受她婶婶无休止的絮絮叨叨，他心里就觉得难受。如果不是下午打电话时觉得交谈很困难，他（现在）就会给她打电话。最好还是等到见面再说吧。

这时，他突然想起可以打另外一个电话。为什么没有尽早想到呢？虽然没有去参加葬礼，他仍然可以了解一些情况。如果以什么《铁路工会》杂志记者的名义给花园殡仪馆打电话，他就可以询问尹卡多纳葬礼的情况，而不至于引起任何怀疑。如果他仍然想去看看那对孤儿寡母的话，用类似的借口去也不是难事。

您好，这里是花园殡仪馆。

迪迪报了一个假名字，自称是那家工会杂志的记者。“关于尹卡多纳的文章差不多快写完了，”迪迪小心翼翼地说道，“但我还需要了解一点情况。”电话另一端的人说会尽力帮忙。“让我看看。哦，对了，我需要知道”——迪迪想先问一个无关紧要的问题——“他是埋在哪一处墓地。”

“您完全弄错了。他根本就不是土葬。他是火化的。”

“火化！那……那他的骨灰存放在哪儿？”

“送到他母亲那儿去了，他母亲住在——我想想——住在得克萨斯。没错，就是那儿。是死者的要求，都写在遗嘱里。”

这消息让迪迪大惊失色，他一个字也说不出来，更不用谈再问什么问题了。他无言以对，尽力让迟钝的头脑吸收听到的信息。

“您还想了解别的情况吗，道格拉斯先生？”

“哦，是的……是的，”迪迪回答，“我是说，不，我想没什么了。没什么了……对了，我只是想知道……骨灰是不是已经送走了？”

“今天下午晚些时候运走了，一等航空邮件，特快专递，挂了号，保了险。我不介意告诉您，山姆大叔的邮局对这类邮件收费可不便宜。花园殡仪馆没赚到什么，除了火化本身所收的钱之外。而火化又不是太贵。”

迪迪觉得自己再也无法说下去或听下去，于是感谢了对方，挂了电话。

尹卡多纳被火化而不是土葬这件事为什么让迪迪如此惊慌失措呢？因为这样一来，那工人又被扔回了虚幻的世界。一具已经入土并渐渐腐烂的尸体是真实的东西。与死者的生前仍然有相像之处：还是结实、粗壮的身体。在相当一段时间内它会保持原样。即使尹卡多纳的尸体可能已经面目全非，在几个月甚至几年之后，仍然有挖出来的价值；仍然可以进行尸检以确认他杀这一事实。但火化就不同了！骨灰可什么都不是。没有身体，没有重量。没有任何东西可以挖掘。没有任何东西可以与死者的生前发生联系，没有任何东西可以检查。

迪迪让一切乱套了。发生了一件神秘的事情。尹卡多纳为什么会要求火化呢？花园殡仪馆的人提到遗嘱里有说明，但也许是他弄错了。一个名叫尹卡多纳的人不是一位天主教徒吗？而他的信仰不是禁止火化吗？也许殡仪馆的那个人——是殡仪员吗？——在说谎。也可能他根本就不知情。还有可能是纽约-波士顿标准铁路公司希望将尸体不留痕迹地处理掉。甚至有可能是尹卡多纳的妻子。他们或者她想隐瞒什么，而保存下来的尸体也许会让真相大白。

就算电话里的人没有说谎或弄错吧。不过，一位只受过中学教育、年纪也不大的工人居然会写遗嘱，这仍然很奇怪。除非尹卡多纳预感到自已活不长。而火葬似乎尤其不合情理。尹卡多纳居然会这样处理自己的后事，像他这样的莽汉怎么会有这种故作超然的念头呢？

迪迪的头脑虽然很乱，但有一点已经确定无疑：不能因为相信电话里的声音或标题含混的报道而任事情发展下去。“轻信的迪迪”得自己去做些调查。得去见见死者的妻子、铁路官员、火车上的工作人员，还要尽量多找一些同车的旅客。仅仅是弄清所发生的事情，就需要找一连串的人面谈，而即使这样，迪迪仍然无法准确判断自己到底是有罪还是无罪。但好歹是个开头。迪迪焦虑的心情（现在）渐渐平静下来。似乎有了一点能控制事态的感觉。难道是受挫感才使他觉得少了几分惰性，多了几分活力吗？

可以肯定的是：刚才听到的消息确实让迪迪大为受挫。尽管在向警方自首的问题上一直犹疑不决，但他始终认为，最终一定会对尹卡多纳之死展开调查；而要进行调查，就需要有完整的——或者勉强还算完整的——尸体。因此以为尹卡多纳的葬礼会是常见的土葬。肯定会是这样。那工人的尸体被保存起来。留作将来之用，会有某种作用。

总有一天，如果不是（现在）或最近的话，一定会进行尸检。迪迪始终都这么认为；还清楚地想象过那一幕。解剖室里的难闻气味。一张长长的钢制解剖台。铁柜里的玻璃架上，摆满一排排加了塞的瓶子，瓶子上贴着紫色墨水写的标签，里面是泡在福尔马林里的各种人体组织，有的是残留物，有的是战利品。死于帮派混战的几个臭名昭著的罪犯的布满弹孔的器官。过去十年里几起大型飞机失事所留下的残肢碎片。几排被切成截面的喉管展示出不同的死因：一只虾子，一枚图钉，一块牛排，一枚五角硬币。几排处于不同发育阶段的胎儿。中毒的大脑，被麻醉致死的神经系统，服镇静剂而停止跳动的心脏，煤气熏过的肺，玻璃碴划烂的胃壁。

迪迪等待着。一位白衣白裤、身上散发着呕吐物气味的黑人用一辆有轮子的担架车将一具尸体推了进来，并掀开上面的毯子。四个人等在一旁，他们是主验尸官和三位副手。主验尸官戴上半透明的褐色弹性橡皮手套，拿起一只亮闪闪的金属工具，在尹卡多纳的躯体上竖着切了一刀，从锁骨一直拉到耻骨，然后又在他的肚子上横切了一刀。（现在）他放下工具，站在那儿，双手伸进尸体的内腔，礼貌地移开了自己的视线。其他人都凝神观看着。

任何没有医生在场或没有医疗监护的突发性死亡，任何创伤性死亡，任何可疑的死亡，都应该由尸检部门进行调查。法律上不是这样规定的吗？请继续检查。请大家看看。怎么不看了呢？不要匆忙得出“正常死亡”的结论。迪迪知道，在纽约市，所有提出的火葬要求都还必须有尸检部门出具的证明。他们对尹卡多纳进行过尸检吗？不过，这座城市也许没有这样的规定。正如许多城市的验尸官甚至不需要有医学博士学位一样。

有经验的验尸官据说是凭本能工作。他能嗅出一桩凶杀案。另外也是一个推理的问题，正确的推理。一位验尸官应该是出色的病理学家，有六层楼的实验室作后盾，分别涉及生物组织学、化学、血清学、X光学、粒子物理学和毒物学。但证据实在太多，让人无法对付。通过尸检，可以找出几种可能的死因。除了迪迪那慌张的一击所造成的损伤外，除了被“私掠船”号轧过之外，尹卡多纳还可能有心脏病、肝硬化、没有检查出来的溃疡、梅毒等。哪一种才是真正的死因呢？也许他的死看上去像是谋杀，但其实不然。还可能看上去不像谋杀，但其实是的。如果有人被火车撞死，算是谁的过错呢？人们一致认为不能起诉那钢铁身躯的庞然大物，它只是履行了职责，完全按人类所设计的那样行动，依靠自己致命的车轮在铁轨上疾速行驶。可话说回来，人们也常常用类似的方式来谈论自己，仿佛他们也是由人按要求设计和制作而成；他们也有同样的无需担责的理由。列车长是否多少有几分责任呢？或者说哪一位工作人员？如果死亡的确是谋杀所致，就应该查出并逮捕凶手——除了这个依稀可以确定的问题之外，还有其他方面也受到影响。死者的遗孀和儿子所获得的保险金和抚恤金会因尹卡多纳死因的不同而不同。暂且不说另外一种涉及面更广的情形：查出铁路方面为保护工人而制订的安全规定中存在着疏漏。

谋杀总会留下蛛丝马迹。验尸官移开了视线，是出于怎样一种本不该有的恻隐之心呢？对于职业上的恐怖场面，他不是早就炼成了铁石心肠吗？如果说有人什么都敢看的话，那就非这种人莫属。

不过，眼前的情景看起来很难受。

尹卡多纳躺在那里，脑袋后仰。他已经被开膛破肚，所有的脏器都被小心地掏了出来。他身上的肉掉在金属解剖台的两边，形成两大块棕红色的垂悬物；他的脊骨露了出来，从脖子一直到骨盆。验尸官挥动着亮闪闪的解剖刀……

星期三下午晚些时候，迪迪离开工厂后直接去看海丝特。与她短暂地见上一面，然后再开始晚上的调查。他来的时候两手空空。因为迫不及待而没有买任何东西，只是在医院大厅的小花店里匆匆地随意买了一束花；除了花之外，他不知道该带什么才好。所幸内勃恩太太不在病房。他进门时，海丝特抬起头来。她从墨镜后面能看到什么吗？医生让她接受了哪些可恶的、没有人性的检查呢？她看上去心平气和，但肯定只是表面现象。像他一样，海丝特肯定也是因为希望而微微颤栗，或者因为绝望而懒得动弹。

他把外套搭在床尾旁的椅子上。

“别说话。我知道是你。”海丝特说着，微微一笑。迪迪（现在）心花怒放。快步上前拥抱她，然后将另一把椅子拉到床边，挨近她坐了下来。左手握住海丝特的左手，右手伸向前去抚摸她的面颊。她把他的手移到唇边，亲吻他的手指。他弯下腰去吻着她的头发和嘴唇。

两个人一直这样亲亲热热，即使在他们开始说话之后。海丝特似乎不那么戒备和神秘了。她（现在）坐了起来；曲起膝盖，两腿靠拢，脊背弯得像一张弓。他们似乎在进行一次很平常的交谈，迪迪通常会觉得这种交谈难以忍受，而（现在）却觉得很宽慰，很踏实。他简单介绍了瓦特金斯公司的历史；谈了谈公司目前的形势，既引用吉姆的观点也发表了自己的看法；描述了工厂的样子；回顾了本周头三天的会议，包括各种发言及其潜台词，无聊的圆桌讨论和几乎听不清的勾心斗角的开小会。公司难以预测的命运以及迪迪所干的这份体面的苦差中，有什么能引起海丝特的兴趣呢？

那份由行业发言人起草并于今天上午在会议上散发的关于工艺标准的颇有争议的备忘录吗？

第三季度的财务报表吗？

公司律师加斯·赖克的滑稽动作吗？

里格尔昨天兴高采烈地展示的那份关于军方生物战实验室将使用专用仪器的新的政府合同吗？——迪迪心里现

在还想着那件事。

瓦特金斯与里格尔之间的新矛盾吗?

向利马大学出售三十台21号显微仪的生意所出的差错吗?

但就算海丝特只是为了迎合他才认真倾听，才装出感兴趣的样子，他也为她的善解人意，为她想让他高兴的愿望而感到温暖。迪迪多么希望自己安排的今晚离开医院后的计划不要实施；因为它在从中作梗，使他今天下午无法全心全意地与海丝特在一起。向她敞开心扉，并得到她的抚慰。迪迪想让自己全身心地呆在这个房间里，但是他做不到。在内心深处某个隐蔽的角落，他已经在设想怎样进入下一个空间。

快到六点钟了。

“你今天来得早些，是因为晚上有约会吗?”

迪迪的心思被发现了。他的心不在焉似乎总是瞒不过海丝特。“是的，”他回答道。

“是公事吗?”

“不，是私事。要见一位我以前从没见过的人。”

迪迪的回答既神秘又有所暗示，难道他是想让海丝特继续追问下去吗?这是他的意图吗?没错。那么，当海丝特非常坚定而明显地不再发问时，他是不是感到失望?

迪迪开始不安起来。病房里到处都是白色，让人很受拘束；这里笼罩着静寂和停滞的气氛，虽然迪迪明白自己是自由的。他可以离开这儿，对吧?衣冠楚楚的身体走在大街上，眼睛注视着前进的方向。而这个房间却是静止的，是一间隐秘的牢房，是死亡的军械库。星期一送来的鲜花知道这一点：它们开始凋谢了。海丝特能感觉到他的花儿在枯萎、在缓缓地走向死亡吗？死亡到了什么时候才能让人有所察觉？在香味消失、花朵变干发黑之前，这些花儿得走多远的路程才能到达死亡？它的界限在哪儿呢？

六点了。海丝特一定能感觉到迪迪在白色人造革椅子里如坐针毡，一定能领会他汗津津的手心所传达出的无奈——他的手握在海丝特的手里。不过，海丝特能清楚地了解他有多么焦虑、多么烦恼吗？在各个方面都能了解吗？他不知道今天晚上晚些时候该如何行事，而这种惶惑的心理在他搭配混乱的穿戴上反映了出来；因为她看不见他，所以无法观察到这一切。迪迪的领带与衬衣不相配，衬衣与外套不相配，鞋子与裤子也不相配。除了袜子没有穿成一样一只之外，几乎所有可以想象的不当装束都集中到了他的身上。今天感觉什么都不对劲。

因为孤独，也因为（现在）对他有了明显的依恋，海丝特希望他多呆一会儿。迪迪不想让自己今晚难以控制的魂不守舍引发她更多的亲热举动。他不是那种通过装“酷”来摆布自己想要的女人的男人。迪迪倒是很愿意表达自己对海丝特的感情。但现在还不是时候。也许这种感情还只是潜在的，还没有成熟，也许情势要求他往后推延。最好还是离开医院。去实施自己的计划。

迪迪走在一条破败的小街上，手里拿着一张纸条，上面有他从放在钱包里的剪报上抄下来的地址。走过一排排几乎千篇一律的两层楼的木屋。就像透过列车车窗所看到的房子，一看就令人生厌，即使没有看到它们的内部，即使从来没有在里面居住过。迪迪在这样的一所房子前停下脚步，门牌号是1836。就是这一家，（现在）找到了。门铃响后，一个又矮又胖的女人前来开门。她穿着金黄色的拖鞋，色彩鲜亮的花喇叭裤，宽松的黄色锦缎衬衫，手里夹着一支烟。

“是尹卡多纳太太吗？”

“你有何贵干？”女人显然心存戒备。看得见她身后的门厅，从那儿传来一股浓烈的烟雾和油煎食品的味道。

“您是弥拉·尹卡多纳吗？”

“跟你有什么相干？”

“我是铁路公司的，”迪迪取下搭配不当的帽子。“很抱歉打扰您，需要再问您几个问题，关于您……已故的丈夫……”

“哦……”女人松弛的面颊上顿时堆满笑容，露出一口坏牙。“进来吧。”她似乎很高兴。在迪迪之前有多少人来调查过呢？“托米！”她用另一种沙哑的声音喊道，“关上那该死的电视。铁路公司来人了。”然后又转向迪迪说，“好了，你不想脱下外套吗？”迪迪把外套和帽子递给她，她接过去搭在楼梯的扶手上，楼梯通往二楼，没有铺地毯。迪迪跟着她来到摆满家具的客厅。这里乌烟瘴气。难闻的气味似乎把空气分成了三层，可以分辨出香烟味、鱼腥味和食用油的气味。在客厅的另一边，在那最低一层的鱼腥味下面，迪迪看见那孩子跪在图像正在消失的电视机前。如果像《信使公报》上所说，那孩子真的有十一岁的话，那么他看上去比实际年龄要小。鉴于他父母的体型，他显然是太瘦小了。“这位是——”

“道尔顿先生，”迪迪说。

“问先生好，托米。”孩子抬头望了一眼，又马上低下头去，没有跟迪迪打招呼，也许在期待某种清晰的图像奇迹般地重现在小小的电视屏幕上。“他现在应该上床或者是做作业了。你听见了吗？托米？”

"铁路公司会给我们钱吗，妈妈？"

"我的孩子非常难过，道尔顿先生。因为昨天才刚刚举行葬礼。你别在意。"

"当然……没关系。"迪迪有些慌乱地说。这孩子长得不像他父亲，起码不像迪迪记忆中的那个人。他矮小瘦弱，皮肤白净，V字形的长脸上长有雀斑，淡褐色的眼睛明亮有神。而尹卡多纳则体型粗壮，皮肤很黑，厚厚的方下巴，眼睛和头发都是黑色。孩子的母亲看起来是典型的苏格兰和爱尔兰人的后裔，眼睛的颜色很浅，不过她的头发是很抢眼的铜红色，肯定是染出来的；无法判断它原来的颜色。迪迪四下打量着这脏乎乎的房间，希望在什么地方能找到一张已故丈夫和父亲的照片。也许在墙上，遮住了一片花墙纸？没有。也许在壁炉架上，与从世博会上买来的纪念品摆在一起？没有。甚至也不在电视机顶上，与那座名为"布拉格之子"的小石膏像并排放置。

"你如果能闭嘴的话，就可以呆在这儿，"女人说。她朝迪迪一笑。"请坐。"她用被尼古丁熏黑的食指指了指迪迪面前的矮桌。"喂，来点儿草莓冰淇淋怎么样？我的冰箱里还有一些。"迪迪摇了摇头。"真的吗？那行。好吧，我能帮你什么忙？"

女人的友善使迪迪勇气顿失。他恨不得转身就跑。但是还有些问题要问。迪迪必须问得很巧妙。"谨慎的迪迪"。

"嗯，"他开口了，"您也知道，我们的调查快结束了。恐怕我还得问您几个私人问题。"他顿了顿，朝那孩子瞥了一眼。女人的脸上显出恍然大悟的神情。

"托米，上床睡觉去。"

“哎呀，妈妈……”

“你听见我的话了。快去。”

孩子拖着脚，懒洋洋地走出房间，还顺手在旁边的一把椅子上捶了一拳。

“这孩子！”尹卡多纳太太重重地坐了下来。“他会把我气死的。”

迪迪觉得难以继续问下去。这女人的语气、声音以及用词都令人不快又似曾相识。难道他以前见过她吗？

“尹卡多纳太太，我知道您丈夫的工作时间没有规律，而且经常离家在外做工。您经常见到他吗？我是说，当他不上班的时候。”迪迪干吗要这么问呢？想看看尹卡多纳是否真有其人吗？最后一线荒唐的希望。也许这位红发女人只是想象自己嫁给了一位名叫尹卡多纳的铁路工人；而实际上已经多年没见到他了。

“嗯，乔不完全是那种居家男人——”

迪迪迫不及待地打断了她的话。“等一等！您说您丈夫叫什么？”顿时又生出了新的希望。是他弄错了。找错了地方。

“什么？”

“您丈夫的名字！您称他为乔。可是我……我们的档案显示他叫安杰罗。”

是一个错误。于迪迪有利的错误吗？不是。

“哦，他从不用那个意大利名字。只有他妈妈那样叫他。他说他的同伴们总是拿这名字取笑他，因为他的记工卡和工资单上是这个名字。我们从来都只叫他乔。大概是安杰罗的简称吧，我想。”

“我明白了，”迪迪说着，身子又靠回椅背上。这希望来得快去得也快，让他很是疲惫。“抱歉打断您了。请接着说。”

“我刚才说到哪儿了，狄龙先生？这几天我的脑子不管用，总是记不住东西。”

“是道尔顿，”迪迪说，“您刚才说，您已故的丈夫不是，您说，不大算得上是一个居家男人。”

“哦，没错。的确是这样的。我想铁路工人都是这样。否则就不会当铁路工人了。对吧？嗯，你贵姓……”

“道尔顿，”迪迪阴沉着脸回答。的确，这女人真是糊涂透顶。能相信她说的任何话吗？

尹卡多纳太太还在追问：“我说得对吧？你说。”

“我明白您的意思。”迪迪不想被迫就范。

“你问我他不上班的时候是不是总回家。我想你知道他不是的。当然，我清楚是怎么回事。以前也总跟他大吵大闹。可是有什么办法呢？男人跟女人不一样。明白我的意思吗？没有别的办法。”

迪迪叹了口气。尹卡多纳是真有其人，即使用的是另一个名字。“感谢您的配合，”他说。

“哦，我干吗该不配合呢？你倒是说说看，狄龙先生。不配合对我有什么好处？乔已经走了，这是没办法的事儿。哦，我跟你说，我哭过的。你如果昨天来参加葬礼就会看到了。可接着我就擦干了眼泪，我对自己说，弥拉，你得振作起来。乔已经回不来了，我对自己说。事情就是这样。”

女人每次一说到“乔”，迪迪就禁不住哆嗦一下。他很清楚许多人用的名字都与出生证上的不同。但是，眼下的改名难道只是那种毫无用心、司空见惯的情形吗？而且这女人的声音和举止让他有一种奇怪的似曾相识之感，由此带来的惊愕简直不亚于听说尹卡多纳有个新名字，这又是怎么回事呢？

“我哭过的，”那女人重复道。

她在期待他的表扬。“疲惫的迪迪”愿意满足她的期望。“您真是有勇气，”他说。

“麦奎尔神父就是这么跟我说的。他是‘完美心灵’教堂的神父。弥拉，他跟我说，弥拉，你是个勇敢的女人。”

“我很高兴，”迪迪喃喃着，似乎陷入了沉思之中。在某个遥远的地方或很久很久以前，有个像弥拉·尹卡多纳的大块头女人。但（现在）变得很小了。

“嗯，我还能怎么办呢，狄龙先生？我是说道尔顿先生。不活了吗？我才不会呢！我还有孩子得养……而且实不相瞒，说一句仅限于你知我知的话吧，乔就这样离开了我们，未必不是一件好事。尽管我讨厌这么说。”她凑近迪迪，一副推心置腹的样子。迪迪抽出一支烟塞进嘴里，然后划着了火柴；他的手在发抖。但愿那女人没有看出火苗靠近他的下巴时在颤抖。“你知道我想说的意思吧？乔不是个好丈夫。如果我说的不是实话，就让天打五雷劈好了。他似乎根本就不顾家。经常拿着一个木衣架把孩子揍得半死。我的心都碎了。可是我拦不住他。即使我尽力想拦。”

“疲惫的迪迪”意识到这女人的话他一个字也没有听进去。他的大脑一片空白，就像全天节目结束后的电视屏幕：只有一堵闪烁不定的灰白色玻璃墙，发出轻微的嗡嗡声。他必须强迫自己在脑海中把这女人说的最后几个字回放一遍，然后用自己的思想把前后串连起来。想一想她刚才说了什么。她承认不喜欢自己的丈夫。也许是一种动机；能解释那工人被火化的原因。谁也没有掩盖或隐瞒任何东西。只是一种简单的报复行为。是这位怨妇的报复。仅仅是死了还不够。要真正地、一劳永逸地除掉他。不过，迪迪尽管可能真的了解这女人当时的感受，却不知道怎样才能证实自己的最新推断。

她在目不转睛地望着他。不会是看他的衣服，对吧？迪迪（现在）为什么觉得开口说话有那么难呢？

“你真的不想来点儿冰淇淋吗？味道很好的。”她是想让他别那么局促吗？想让他觉得自在一些？

“不用了，谢谢。”迪迪用力吸了一大口烟。他得克服这种无精打采的状态。“尹卡多纳太太，”迪迪决定直截了当地问出来，“我想知道您丈夫为什么会火化。这有点儿不寻常，对吧？”

“哦，看在圣彼得和圣保罗的分上！”女人扬起双手。“狄龙先生，别跟我提这个！乔的遗嘱里写着，所以才会这样。这跟我毫不相干。你现在明白我是跟一个什么样的蠢货生活在一起了吧？哎呀！简直是白白地瞎烧钱！我是说，那么折腾来折腾去又能怎么样呢？只不过是穷显摆罢了。可完事儿之后，你还是活不回来。现在我可明白了，等到我死的时候，才不管人家怎么处理我呢。把我扔到街上的垃圾堆里我也不在乎。我说得对吧？”

她说的是实话吗？如果是的，那迪迪的新理论又怎么办吗？“可您丈夫确实有自己的意愿，”迪迪说，想把弥拉·尹卡多纳的思路重新引回正题，“他希望火化。”

“谁知道他希望什么。从乔的嘴里，你从来掏不出半句实话。一会儿这么说，一会儿又那么说。仅仅是为了让我生气他也会这么做的。然后他就哈哈大笑。”

迪迪有些懊恼。“可他的遗嘱里确实提到火化了吧？”

“当然！而你知道我是怎么说的吗？我对自己说，乔就是这副德性，我说。这家伙一直都是个该死的傻瓜，还有他弟弟也是。唉，他本来可以埋在阿灵顿国家公墓，棺材上盖个国旗什么的，也花不了几个钱。乔可以享受这个，你知道。他是退伍军人。”

这位弟弟又是怎么回事？是另一位名叫尹卡多纳的铁路工人吗？是死了还是活着？但是迪迪千万不能被牵离主题。稍不留心的话，他就会像弥拉·尹卡多纳一样，脑袋里一塌糊涂；被每一句随口说出的话以及它们的相关意思所骗。她（现在）说什么了？哦，对了。“那么，您认为您丈夫为什么选择火化呢？”迪迪问，“似乎很奇怪。”

“这还用你说？岂止是奇怪。要我说简直就是发疯。唉，当我听说乔在遗嘱里的要求时，我大闹了一场。我想让他们改变这种安排，可他们不干。说什么我不能违背遗嘱，弄得它很神圣似的。我想他这么写就是为了让我难受。完全是恶毒。他知道我会难受，因为火化为教会所不容。”她望着迪迪，似乎期待他（现在）的回答。“不过，也许你并不了解我们的信仰。你不是天主教徒吧，道尔顿先生？”

“不是，”迪迪说，“我是新教徒。”

“哦，这没关系，”女人说，“在所有的民族中，都有好人和坏人。我认识的人当中，有许多人都认为只有天主教徒才是好人，而其他的人都要下地狱。我可不信那一套，我想让你知道。”

“我很高兴，”迪迪说。他松开领带，解开领扣。

“哦，这里有点儿热吧，”女人说，“要不要喝点儿什么？我可真想来点儿了。”

“您自便吧，”迪迪说，“不过我不用。”

女人从椅子里站起身，离开了房间。转眼就回来了，手里拿着两罐莱茵戈尔德啤酒，两只印有裸体美人鱼的玻璃杯，还有一只开瓶器。把它们放在上过油漆的矮桌上。“绅士迪迪”动起手来；打开一罐啤酒。“我刚才说，”女人一边慢吞吞地说话，一边看着迪迪将半罐啤酒倒进一只杯子里，“不是天主教徒就要下地狱。这么说好像不大好，对吧？不过，我想我真的相信这个。我也没有办法。教义上是这么说的。我在学校里从修女们那儿学到的，然后就永远忘不了。”她喝了一大口啤酒。“你知道，她们教的我全都记得。她们很严格，没错！可不管她们教了什么东西，你都会学得很好。如果你要滑头不好好做作业，或者发现你在课堂上传纸条，那就会让你好好领教一下了。叫你一辈子都忘不了。嗯，有几次我放学回家的时候，屁股已经通红，火烧火燎的。”她笑了起来。“原谅我这么说话，狄龙先生——”她咯咯笑着，一时说不下去。“真的，我的小屁股蛋儿又红又烫，她们简直可以用我来暖被窝了。”又是一阵大笑。接着沉下脸来。“不过你也知道，现在可就不一样了。孩子们如今可轻松了。对吧？我们家托米上的是一所修女办的学校，可她们从来不打他，布置的作业也不到我当时的一半。上个星期他——”

“尹卡多纳太太，您刚才谈到您丈夫的遗嘱，还有火化的事情。”

“哦，当然。我正要接着说呢。”她把剩下的半罐啤酒倒进杯子里。“嗯，他们发现乔之后，就把他送到了火车站附近的一个地方，但他们告诉我说，我得到星期一早上才能去。我还是去了，可他们不让我看遗体，而我也不想看，你明白吗？”

她停了下来。迪迪点点头。“你瞧，是我的神经。我的神经有时很脆弱。”

迪迪等着她往下说。难道只有这些了吗？

“你真的不想来点儿啤酒吗？”

迪迪摇了摇头。

“嗯，我想也不能让它浪费了。”她咧嘴一笑。

迪迪开了另一罐啤酒，帮她倒进杯子。“他们不让您看遗体，然后呢？”

“然后我就回了家，那时已经是星期天的深夜了，家里来了许多人，都是我和乔的亲戚朋友。我们一边喝酒，一边哭，当然主要是喝酒。然后我们打开遗嘱。我只看了一眼，就知道他妈的出问题了，所以我马上拿着它跑到楼上的电话机旁，给麦奎尔神父打电话。我就是这么干的，虽然当时已经是下半夜了，而且我自己也有点儿喝多了，你知道，因为一直那么哭呀，难过呀等等。不管怎么说吧，我把事情告诉麦奎尔神父后，他说我应该别管什么遗嘱，而把乔弄到一家体面的天主教殡仪馆，比如教堂对面的多诺休殡仪馆，剩下的就交给他处理好了。可就在这时，乔的弟弟查理来了。他也有个意大利名字，可我们都叫他查理。他在凌晨三点左右赶了过来。他们家刚买了一辆庞蒂亚克新车。他住在马萨诸塞州的沃尔塞姆，他是从那儿一路开车过来的。我是九点左右给他打的电话，告诉他乔出事了。我是说，我不得不这么做，可他根本就没告诉我会马上过来。不过他有那么大一辆新车，你知道吧？不管怎么说，他来了，看了遗嘱，而他对教会可是恨透了，小时候上学时，修女们老是拿尺子打他，因为他是左撇子，而且牧师也总是跟着他，让他不得安宁，晚上总做噩梦。他和乔的童年真是惨极了。”

女人靠回到椅背上。一口喝光了啤酒，有几滴从一边嘴角流了下来。她要说的只有这些了吗？迪迪觉得越来越难以确定。

“抽烟吗？”迪迪说着，把烟盒从桌子上递过去。

“谢谢。我不介意来一支。”她探过身来，让迪迪帮她点烟；迪迪自己也拿出了一支。幸亏他没有喝啤酒，他已经觉得很累了。“我刚才说到哪儿了？”

这么说还有下文。“说到您丈夫兄弟俩的童年很不幸。”

“哦，听着，我根本就不相信查理说的话。他喜欢吹牛，而且爱记仇。再比如说乔，乔就不一样。他不像查理那样对教会怀恨在心，也没有为自己的悲惨童年耿耿于怀。我敢打赌，他挨的打一点儿也不比查理少。可乔总是喜欢看事物光明的一面。”她朝迪迪展颜一笑；一时间，她显得优雅迷人，几乎是宽宏大量。她捻弄着戴在黄色衬衫之上的一长串紫色珠子，时不时地直视着迪迪的眼睛。

迪迪觉得房间正变得越来越小，而弥拉·尹卡多纳却变得越来越大。尽管两人之间隔着约四英尺的距离，中间放有一张椭圆形的矮桌，两边才是两把一模一样的高靠背休闲椅，但是迪迪仍然能感觉到她的肉体，仿佛她就坐在他的腿上一般。松弛、肥胖、气味刺鼻的肉体。她身体的某些部位对他几乎产生了一种催眠般的诱惑力，（现在）至少有好几分钟了：她的乳房、她的胖手、一笑就露出来的金牙、铜色头发的深褐色发根。

“不安的迪迪”。被各种互不相关的感觉所困扰。仿佛他的眼睛和皮肤出了什么问题。他需要一个缓冲物——一块坚硬、普通、冷漠的石板——隔在自己和这个喋喋不休的女人之间。当然，他说话的时候没有必要望着她。只是迪迪又失去了头绪。必须费力地回想他们（现在）谈到了哪儿。弥拉·尹卡多纳可以失去头绪，而且毫不在乎。但是迪迪在乎。必须紧扣事实。事实之一就是：安杰罗——乔——尹卡多纳不介意有过不幸的童年。“但是您丈夫的弟弟态度就不一样，对吧？”迪迪大声问道。

“查理吗？那还用说！狄龙先生，你要是听到他的话就好了。他说话可刻薄了。跟他打交道之前可一定得三思！”

“那么，能不能这样理解，尹卡多纳太太：您把葬礼的事儿就交给您丈夫的弟弟来安排了？他到这儿之后，就由他全权处理了？”

“嗯，既然查理星期天晚上赶了过来，主动提出承担所有的费用，我就不能跟他争了，对吧？我是说火化的问题。钱是他出的，你瞧。当然我得承认，我根本就没有想到他会主动掏钱。他和乔感情不是很深。我是说就亲兄弟而言。当他最先说要出钱的时候，我还挖苦了他一顿，说他是喝醉了。我想我自己也喝了不少。那是个很漫长的夜晚。”

“您说您丈夫的弟弟住在马萨诸塞州。他是干什么工作的？”迪迪突然意识到自己说话的腔调跟火车上那位爱打探的、自以为是的内勃恩太太很相像；但是他没有办法。事情紧急，没有时间讲究什么腔调了。只要迪迪不断地提问，弥拉·尹卡多纳就不至于像个庞然大物。空洞的话语毕竟还是有点用处。

“他是泥瓦匠。泥瓦匠可挣大钱，你知道吧，狄龙先生？你瞧，是他们的工会争取的，这样他们在冷天——”

迪迪这一次连忙打断了。“那么如果依您的话，尹卡多纳太太，您就会让您的丈夫入殓，埋进教堂墓地，并举行所有的宗教仪式，对吧？”迪迪不得不打断她的话，因为他感觉自己有些发晕。提问并不是为了了解什么。对这个问题——（现在）还有许多其他的问题——迪迪不用问就已经知道那女人会怎么回答。他心中的谜团在这里不会找到答案。每一个含有希望的话头总是很快又被推翻。

“喂，你是想暗示什么？”女人说。那令人不快的语气让迪迪吃了一惊；他习惯了她喋喋不休有气无力的温和声音。“你是想说即使乔自己愿意，他也不可能体面地下葬吗？我知道你想干什么。想借我的口说话。就是因为报纸上那该死的报道，说你们那混蛋铁路公司有人说乔可能是自杀。真是厚颜无耻！这么胡说八道可是犯法的，你知道吗？那家报纸居然这样诬蔑我可怜的死去的乔，我敢打赌我可以起诉他们，要他们赔上个十万。还有铁路公司。我的乔是个虔诚的天主教徒，怎么可能干出那种事呢？”

迪迪几次想打断她连珠炮似的责难，但没有成功。女人（现在）住了口，带着一脸的怒气。

“尹卡多纳太太，您完全没必要这么生气。我能理解您对那篇报道上的说法的感受，可我的问题跟它毫无关系。真的。我想了解的只是您丈夫为什么会火化。所以才问了您一个简单、直接的问题。我的问题是，如果依您的话，您是否宁愿让您丈夫按天主教徒通常遵循的方式下葬。”

可她仍然不喜欢这个问题。“听着，狄龙先生！”她把双臂交叉在胸前，一副气咻咻的样子。“我觉得有件事情你没有弄明白。我是修女们教出来的，上帝保佑她们，我一辈子都是天主教徒，到死还是天主教徒。如果我的托米回来跟我说，他要娶一个不是天主教徒的姑娘，我一定会揍他个半死。我会揍得他不知道——”

“您瞧，”迪迪又打断了她，“我只是需要了解您丈夫葬礼的情形。”

“哦，你以为我在跟你说什么？”她没好气地说，“别那么急慌慌的。又用不着去救火。”

“尹卡多纳太太，我很感激您的热情和坦诚，可我还有工作要做。”

“我知道，我知道，”她叹了口气。“你为铁路工作。请稍等片刻，我得再拿点儿啤酒。你真的不想陪我喝一杯吗？那好吧。”她走出房间，迪迪靠回到椅背上，闭上眼睛。弥拉·尹卡多纳回来的脚步声。“听着，”她重新坐在椅子里说，“有一点我得说清楚。你来到我家里，问了我一连串的问题，我没有跟你正经八百地假应付。反正也没什么事儿可干，我就陪你说话。但是有一点我想让你明白，从我嘴里说出的每一句话，每一个字，都是百分之百的大实话，上帝可以作证。你明白了吗？”迪迪睡意模糊地点点头。“就拿火化那摊该死的事儿来说吧，你好像对它特别感兴趣，虽然我怎么也想不通，铁路公司怎么会关心可怜的乔的后事是怎么处理的。你想知道我是赞成还是反对。也许想知道我为什么没有制止。尽管你跟我素不相识，可我告诉你的一切跟我今天在‘完美心灵’教堂对麦奎尔神父所说的完全相同。你知道那家伙可凶了，就在今天下午，我一去他就劈头盖脸地训了我一通。知道为什么吗？告诉你吧，就因为让乔火化的事儿。他对我说，乔的灵魂将永远在炼狱里腐烂，在最后审判日不会从坟墓中复活，还有诸如此类的可怕的话。想让我不好受。就像是我对乔犯下大错似的。”

“真抱歉，”迪迪说。这是真心话。

弥拉似乎根本就没有听到他的话，只顾着自己滔滔不绝。“我跟他说，麦奎尔神父，我说，请原谅，神父，可是你没有权利这样对我说话。我管不了葬礼的事儿，我跟他说。做主的是查理。如果你想训什么人一顿，想让他不好受的话，你去找查理好了。天啊，”她笑了起来，“我真想看到那一幕！查理一准会驳得他哑口无言。可是查理已经回了马萨诸塞州。所以我只能一个人对付他了。我还干得不赖。你瞧，麦奎尔神父很年轻。刚从神学院毕业不久的牧师都有满脑子的想法。他有点儿严肃，什么事情都很较真，你明白我的意思了吧？还是太嫩了点儿。但是我让他开了窍，他现在明白了。”

迪迪叹了口气。跟这女人谈话简直像掉进水里快要淹死一般。再问几句吧，然后他就离开，也许去看场电影。但是关于尹卡多纳及其家人他还有些情况不是很清楚。比如说，兄弟之间的关系。迪迪试探性地问道：“在您看来，您丈夫对教会是什么样的态度？”

“喂，我能再抽支烟吗？我自己抽的那种牌子糟透了。谢谢……好了，你刚才说什么来着？……哦，关于乔……嗯，你知道，他也有很多不满。跟查理一样。情绪上来的时候，他简直让人受不了。他总是说教会的坏话，还嘲笑我和托米每个礼拜天雷打不动地去教堂望弥撒，而他自己则穿着内衣窝在家里，不停地灌啤酒或杜松子酒，一边吼呀，骂呀，闹个不停。”

这才是迪迪遇到过的那个尹卡多纳。真相开始浮出水面。

“他……尹卡多纳先生……是不是很粗暴？”

“不是你说的那种粗暴。而是有点儿坏脾气，一旦情绪不好的话。我倒不是说他对我怎么样。必要的时候，我能保护好自己。可托米就不同了。我跟你说过，乔一向都不怎么喜欢孩子，不过你也许会认为他会喜欢自己的孩子，对吧？但是他跟托米一直都合不来。”

“托米怕他吗？”

“那小家伙？没有的事儿。完全是跟他对着干，什么都不怕。我已经见过好多次了，乔动不动就抽出皮带把托米打得半死——那孩子非常淘气，可没什么恶意。但是托米特别有胆儿，口里说着，打吧，爸爸，只要你打得下去，我就受得了。”

“他真是这么说的？”迪迪不无钦佩地问。

“哦，还不止这些呢。托米也有脾气。我想是像他爸爸。他有时候会对乔破口大骂。我听了都觉得好笑，但是乔可不喜欢。”她笑了起来，把啤酒凑向唇边。“哎呀……”

迪迪对生活在这个乌烟瘴气的脏窝里的一家人看得比之前更清楚了。就像一张各摆姿势所照的合影：粗壮凶狠的父亲，性感懒散的母亲，莽撞大胆的孩子。这一切都变了，就因为他。但他（现在）正在陷入情感之中，陷入主观的负罪感之中。这可不是他此行的目的。他来到这里，是要尽可能地确定自己在客观上是有罪还是无罪；顺便也了解一下尹卡多纳火化的原因。别管这个了。对这家人来说，安杰罗·尹卡多纳化成灰烬的事情显然无关紧要。尽管迪迪觉得这无异于一项可怕的、令人沮丧的判决。其作用之一就是让人忘却。迪迪可不能让真实的尹卡多纳变得模糊，变得可疑。那工人是确有其人，而且已经死去；尽管作为证据的尸体已经化作灰尘不复存在。

“喂！”弥拉·尹卡多纳在迪迪的眼前挥着手，“天啊，你这会儿真是在魂游九天吧。我还以为你真的赶时间呢。还记得吗？刚才你还迫不及待地问我问题。”

难道这女人开始怀疑他的身份了吗？“我是要赶时间，”迪迪说，“是工作上的事情。我今晚还得去见一个人，然后才能回家，上床之前还得把报告赶出来。”

弥拉·尹卡多纳对迪迪的话似乎也没怎么听。也许听进去了三分之一，其他的都是靠自己的想象。对迪迪冠冕堂皇的谎言，她似乎只听进去了一个词：工作。“我知道你有工作，”她开口道，脸上泛出一丝慵懒的笑意，“你在铁路公司工作。”

迪迪点了点头。

“不过，我要告诉你一件事。你看起来可丝毫不像我所见过的铁路公司那边的任何人。你穿的衣服太讲究了。你的裤子不像在铁路上做事的人的那么肥。我也从没见过铁路上的人系这么漂亮的领带。好好打量你一番之后，我觉得你看上去就像是广告里的人。还有你的脸。看得出来你小时候从没长过粉刺。哦，只要看看一个男人怎么刮脸，我就可以了解他很多。”她顿了顿。“你真是个英俊的男人。为你干杯。”女人举起啤酒罐向迪迪致意。“英俊。你自己知道吗？”

迪迪耸了耸肩膀。突然意识到是怎么回事了：她喝进去的那些啤酒开始产生作用了。在这女人动手脱衣服之前，他最好赶紧离开。

“哦，弥拉可了解了。”她的话语开始模糊不清，脑袋似乎在肩膀上放置不稳。“我敢打赌，很多姑娘一准对你这么说过。所以，当一个快四十岁的丑老太婆这么跟你说的时候，你根本就无所谓。对吧？”

迪迪决定不置可否。集中精神唤起全部的力量，以便从椅子里站起身，再迈步走到前门。离开这所房子。可就在这时，弥拉·尹卡多纳飘忽不定的性欲又平息下来，她的举止重新变得友好，不再具有明显的挑逗性。但是谁知道这种状态能维持多久呢？几秒钟？还是几个月？她比迪迪更有力量。迪迪只是在想着站起身，而她已经又一次冲出了房间。又去拿酒喝吗？

女人可能是在厨房里，大声喊道："喂，你叫什么？我是说你的名字。我总是把你的姓弄混。"

"保罗。"

"你说什么？等一等，我听到了。是个好听的名字。"她的声音（现在）离得更远了，不过迪迪还能勉强听清她的话。"我以前认识一位叫保罗的。全名叫保罗·福里特。是个大块头，非常强壮。当时住在这附近。你认识他吗？"

"不认识。"

"真遗憾。"弥拉又拿着两罐啤酒出现在客厅门口。"他是个很好的人。你也许会喜欢他的。"她坐了下来。"不，仔细想来，你不会喜欢他。"这一次，"绅士迪迪"没有主动帮忙。弥拉自己用开瓶器开了啤酒；拿着罐子就喝了起来。"你多大了，保罗？"

"三十三。"

"三十三？"她拍了拍自己的大腿。"不会是骗我吧！天啊，你可看不出年龄。你倒是有些白头发，这我看得到。但是分布很均匀。我总是说，男人有白发会显得很性感。可你脸上没有一丝皱纹。你看起来，嗯，差不多二十八吧。"她飞快地瞥了他一眼。"没错，我觉得就是二十八。"她放下啤酒罐，缓缓地打量着迪迪。"喂，"她咧嘴一笑，"我想到你应该干什么样的工作了。从你的衣服、你说话的方式还有你的脸来看，你不该是在铁路上工作。那帮家伙都是些粗人。你应该在保险公司或银行工作。在银行最好。当然，如果想多挣点钱，你可以去上夜校，拿个注册会计师证书。”

迪迪困惑了。这女人是开始怀疑他了呢，还是用这种手法来勾引他？尽管他的本能告诉他很可能是前者，他还是无法确定。为什么无法确定呢？为什么他只能空洞地、友好地微笑，仿佛什么也没有发生一般？且慢，有事情正在发生。弥拉燃着的香烟从烟灰缸边沿掉到了咖啡桌上，迪迪捡了起来。“嗯，实不相瞒，尹卡多纳太太，我的确不是铁路公司的——”

“是吗？”女人叫了一声，猛地站起身来，其动作之快，迪迪都没看清是怎么回事。他不禁吃了一惊，并感到不解。“那你到底来我家干什么？这是一场玩笑还是怎么的？如果是这样的话，先生，我会马上把你轰出去。”

“喂，喂，”迪迪说，“冷静点儿，尹卡多纳太太，您让我把话说完好吗？我正要跟您解释，其实我在一家保险公司工作，我们公司负责调查纽约-波士顿标准公司的事故索赔。我正想告诉您这些，”他淡淡地一笑，说，“因为您说我不像铁路上的人。就是这么回事。我的确不是。”

“哦，”女人说。又重重地坐回椅子里。“幸亏我没有心脏病。你刚才可把我吓坏了……保罗？你是叫保罗吧？我还以为你是冒名闯进我家里的坏蛋呢。比如盗贼，或那个什么来着……波士顿杀人狂。”

迪迪笑了起来。在尹卡多纳家里终于第一次觉得开心。他编的那一大堆谎话已经变得太荒唐，太滑稽，似乎快要真假难辨了。如果他不是这么困得要命就好了。

此时此刻，弥拉·尹卡多纳正在说她当时一眼就看出来了，就凭他那身衣服。“主要是你那条古怪的领带，”她说。

迪迪不由自主地低头看了看自己的领带。有什么不寻常的地方吗？在迪迪看来，这条领带很普通，很保守。

女人望着他。“你真的不想来点儿草莓冰淇淋吗？还在那边的冰箱里放着呢。”迪迪摇了摇头。“要不我给你调点儿威士忌加苏打水。也有杜松子酒。壁柜里还藏着两瓶红酒。乔喜欢那玩意儿，但我知道我是绝对不会喝那东西的。”

“不用，谢谢。您太客气了，这样就很好。我过几分钟就要走了。”

“哦，这可难办了，”她打趣地说，一边靠在椅子上跷起腿来。“我还从没见过不喜欢好东西的男人。而这里的好东西可不少。”她探究地望着迪迪。“不过我看得出来，你是个很挑剔的人，对自动到手的东西你是没兴趣的。我说得对吧？”

迪迪突然感到累极了。似乎有一阵巨大的疲惫之浪朝他当头打来；正在将他淹没。

“对吗？”她再一次问道。

“对，”迪迪机械地应道。感觉一阵晕眩，难以自制。就像被麻醉了一般。他暗暗想着，如果请求尹卡多纳太太允许他躺一会儿，会不会是个错误？

“您瞧，”迪迪说，“我突然觉得不舒服。如果我脱掉鞋子，在那张沙发上躺一会儿，您不会介意吧？”

她站了起来。“当然，你尽管躺好了。也许是什么东西没吃好。”迪迪摇摇头，自己还是没有起身。“要我给你拿一瓶矿泉水吗？”

迪迪又说不用。“我只是躺一会儿就行。不想给您添任何麻烦。请别为这个担心，因为我知道没事儿的。”

女人陪着迪迪走到沙发旁。“我没担心。你也没给我添麻烦。听着，我有个主意。这张沙发的弹簧坏了，不是很舒服。你干吗不上楼到我房间的床上去躺会儿呢？”她把手放在迪迪的衣袖上，而迪迪这时正坐在沙发边；在低头解鞋带。“上面安静得多，你可以休息一阵子，多长时间都行。我去让托米上床睡觉。然后就来看看你怎么样，看能为你做些什么。”

迪迪坐在那里；抬头望着她那张大脸。就像是用了放大镜一般，能看见她鼻子上的粗大毛孔，脸上涂得很难看的腮红，下巴上的几层肥肉，以及脖子上的褶皱。还有她脸上那可怕的死人般的表情——丝毫也不像想做爱的样子。

尽管他（现在）正准备躺下，可也许他并不想这样。晕眩的感觉在渐渐消退；迪迪（现在）开始觉得恶心。担心自己会吐出来。她会明白是什么原因，那样的话可就太难堪了。的确，这女人很恐怖。可她也是一个人；也许像大多数人一样，没有爱抚她的人，也没有人可以让她爱抚，因而失去了生气。迪迪但愿自己没有觉得她这么丑陋、这么不堪忍受就好了。

“我觉得我又不想躺了，”迪迪语气坚决地说，并开始重新系鞋带。

“喂，这是怎么了？”

“没什么，”迪迪说，“那一阵过去了，仅此而已。我跟您说过没事儿的。我现在需要的是新鲜空气。”迪迪缺乏钢铁般的意志，不敢在此刻直视弥拉·尹卡多纳的面孔；他知道她把这一刻当成了拒绝。他也没有一副硬心肠，能够（现在）径直走出前门扬长而去。

“你要走吗？”

“过几分钟吧。我想再抽一支烟。我们还是坐到那儿去吧。”

迪迪突然生起自己的气来。在刚才的半个小时里，他几乎忘了自己来这儿的原因。什么原因呢？因为迪迪杀了这个女人的丈夫。还因为迪迪必须了解自己在何种程度、何种意义上是有罪的。

两人重新坐在那两把一模一样的高背休闲椅上。“我猜你还想了解一些情况，”女人阴沉着脸说，“但是我不知道自己是不是还愿意回答任何问题。也许你最好换个时间再来。”

真的还有问题要问吗？弥拉·尹卡多纳不是把可能有用的东西都告诉迪迪了吗？当然，她没有解决迪迪对自己的相互矛盾的看法——既有罪也无罪，既是加害者也是受害者。但她提供的情况至少维持了有不同选择的可能性；没有因为另一方证据不足而结案，或对迪迪做出明确的有罪判决。根据尹卡多纳的遗孀的描述，她丈夫一贯性格残暴，因此，迪迪将来也不必因为想到那家伙当时对他可能并无恶意而负疚终生。

还有可能获得更有力的无罪证明吗？在今天晚上之前，迪迪没有敢去设想这种可能性。但也许是他太急于自责了。根据有关尹卡多纳性格的有利而可靠的证言，迪迪的行为可以被解释为正当防卫。尽管现场没有证人。

突然，迪迪意识到他一直在盯着自己的膝头，却什么也没有看见；既没有听到一个字，也没有说出一句话。他抬起头，发现那女人正望着他，那是一种令他费解的眼神。“喂，你到底是不是还想问我问题？时间晚了，我可不能浪费一整个晚上。”

迪迪知道她（现在）满腹怨气，但是想不出该说什么才不至于使事情更糟。他的计划是：让保罗·道尔顿先生尽快离开这所难闻、破旧的房子，这里弥漫着污浊、残忍和自欺欺人的气息。但是，他只要还在这里，就必须把侦探和演员的角色扮演到底，为律师建立好档案，方便他在庭审时为道尔顿先生辩护。

“我想我该问的只有一个问题了。之所以把它放到最后，是因为我觉得您可能会产生误会。您丈夫喝酒吗？”

女人的脸色变了，变得更阴沉了。“你这是什么意思？”

“我不是指偶尔喝点儿啤酒。他经常喝醉吗？”

“你是想证明乔上班的时候喝醉了吗？想证明他就是那样才死的吗？简直是太卑鄙——”

“等一等，尹卡多纳太太。”平息女人的怒火非常关键。如果她生气了，等迪迪想起别的什么问题时，想再来拜访就不可能了。迪迪伸出一只手。“我没想证明任何事情。只是在问您一些普通的问题。”

“我不是也在回答你这些问题吗？我很配合，对吧？你自己刚才也说过。你知道，我可以起诉你们这些人。因为乔的死，我也许可以得到一百万美元的赔偿。我在报纸上看到过这样的官司。我和托米下半辈子可就享福了。法律会支持我的，而你们那狡猾的铁路公司非赔不可，趾高气扬的先生——”

“尹卡多纳太太，请别这样！”

女人站起身，几步走到电视机旁，打开电视。她眼里闪出仇恨的怒火。“现在几点了？”

“尹卡多纳太太，没有人批评您丈夫，我只是想——”

“托米！”那孩子立刻出现在门口。他会不会一直就躲在外面？“什么事儿，妈妈？”

“回这儿来看你的电视。我知道时间很晚了。但是狄龙先生说的话你没有什么不能听的。你爸爸是个好人。我要你知道这一点。我才不管谁知道呢，我要站出来对全世界都这么说。”

那孩子朝迪迪做了个鬼脸，得意洋洋、大摇大摆地走过咯吱作响的木地板，坐到自己的椅子上。黑白电视屏幕上闪现出来的好像是超人，迪迪的视线一遍又一遍地朝那边瞥去。他对这女人真是无可奈何。他没想惹她生气，可到头来还是让她恼了。而她呢，以为这位来自铁路公司的道尔顿先生拥有不曾明说的调查权，大概已经在后悔自己的口无遮拦了。她觉得遭到了拒绝，同时也很焦虑，而且也对自己不满；于是反过来责怪迪迪说了不该说的话。她明白自己处于守势，便决定以攻为守。好吧，不能因为她要生气，迪迪就一定得跟着生气。尹卡多纳的遗孀既粗俗又愚蠢，跟她那位蛮横无礼的丈夫不相上下。但迪迪的正义感告诉他，他是强势的一方，尽管他并不觉得强壮；而她是弱势的一方，尽管她一副怒气冲冲、无所不能的样子。她受到了迪迪的伤害，虽然她自己并不知道。如果她还有一点理智——看起来不排除这种可能——知道为自己的将来担忧，那么，杀死她丈夫的凶手就有义务帮助她。

“尹卡多纳太太，还有最后一个问题。您丈夫购买人身保险了吗？他有存款吗？我想知道的是，除了工会给你们的钱之外，您还有没有日后生活的费用。”

“我知道你到底想干什么，你这狗娘养的，”女人尖叫着，挥动着双手，把放在两人之间矮桌上的装满烟头的烟灰缸也打翻在地。“你是想说明我们并不需要该从铁路公司那儿得到的那些臭钱。好吧，你听着，先生。我堂哥是一位律师，而且是一位很棒的律师。他昨天跟我说过，这根本就没关系。乔是因公殉职的，是被你们那王八蛋火车压死的。你们得赔偿，而且得赔一大笔。你们要付出大代价。”

“我们最好别这样。我受够了，”迪迪说，他觉得喘不过气来，还觉得恶心。他怎么会为这种人竟然有过一时的心动……他站起身来想走，想迈过地上那一小堆烟头、火柴头和烟灰。女人已经在他之前冲出了客厅。迪迪转向那孩子，想（现在）对那孩子说几句他但愿早就说出口的话。比如：你是隧道里那位工人的儿子吗？又比如：我很抱歉。再比如：我想给你和你妈妈一点儿钱。“沉默的迪迪”只是呆呆地望着那孩子。那孩子则冷冷地瞪着他，然后将手伸向电视机上的一个调钮，调高了音量。

气得满脸通红的女人等在门厅，迪迪走了过来。女人把他的外套和帽子塞给他，然后拉开大门。“您这么做会后悔的，尹卡多纳太太。”

“你才会后悔，先生，马上！”

迪迪对身后那重重的摔门声有所准备，但是对走上人行道之后内心的空洞感觉却毫无准备。他居然把这次见面弄砸了，不禁感到沮丧。如果他找到一个说得过去的理由，给了那女人一点钱就好了。不过，从纯粹自私的角度来看，他干得还不错。迪迪从那女人口中可能已经了解了他所能了解的一切——如果她真像表面上那样心无城府，并且讲的都是实情的话。比如说，他了解到尹卡多纳的遗孀对火化之事并不是特别在意。昨天晚上，当迪迪打电话给花园殡仪馆而得知这个消息时，马上就觉得死者的遗嘱里不可能有这一条。肯定是有人——铁路公司或警方或死者的妻子——想掩盖什么。（现在）那一切可能只是——看起来也像是——自己的胡思乱想了。尽管鉴于尹卡多纳的背景，这样一位工人居然会立下这种遗嘱，实在是有些离奇，但却不能因此而怀疑其真实性。

“困惑的迪迪”必须谨防到处见到鬼影。那几乎跟什么都看不见一样糟。也许更糟。如果不小心的话，他的脑袋里将只会编造各种可怕的假设。

> 记得有一个各种事情都清晰、平静、因果相生地发生的世界。正如有一个隧道里的世界一样。在隧道里的世界中，各种混沌、盲目、高速的事件时而缩小，时而扩大，时而凋萎，时而膨胀，看不出任何的逻辑关系。
>
> 但是不，要记住第一个世界。（现在）要想的是那个世界，是那个清晰的世界：那里装有低压电和普通的照明设施；在那里，人们可以相信报纸上的文章、购货单和销售数据；在那里，人们会开口说话，就算不是很礼貌，起码会回应别人的话语；在那里，人们可以指望屋子里要么干净整洁，要么肮脏凌乱。

诚然，在某种意义上，那工人的火化所表达的是对迪迪行为的先见性评价。但发现这一点的是迪迪自己；是他自己造成了尹卡多纳的死亡，从而使尹卡多纳的怪念头得以提前实现。

再从整体上看，由于刚才与尹卡多纳的遗孀一起共同度过的那令人压抑至极的一小时，迪迪对整个事件有了十分明确的真实感。在理性的范围之内，迪迪似乎没有理由怀疑那工人的存在；还有他自己在那工人之死中所起的作用。也没有理由继续怀疑那工人是否就是尹卡多纳，那家伙虽然已经死去，但通过他的妻儿所留下的令人不快、懊恼的印象，他的存在却似乎得到了证明。由此看来，迪迪此行算是取得了成功。除非他坚持要了解某种完全出乎意料的情况，从而彻底推翻自己此前的推论，彻底搅乱自己井然有序的记忆。迪迪想要的就是这样吗？大吃一惊？一团乱麻？

可话说回来，如果今天晚上已经实现了某些目标，迪迪为什么还不愿意返回酒店呢？已经十一点了。而且他也没有更好的地方可去。星期三的晚上，在一座不大的城市里，到了这么晚的时间，电影快要散场，饭店已经关门，酒吧也即将打烊。他可以到公园去散散步，可公园位于城市的另一边，在科学与工业博物馆和大学附近。而且公园到半夜可能也会关门。

迪迪可以干脆走回拉什兰酒店。从他（现在）所在之处到市中心有好几英里；这样应该可以满足他在外面多呆一会儿的愿望。尽管来的时候是乘出租车，但是他觉得不用问任何人也能找到路线；依靠自己出色的方向感就够了。（现在）走了约十个街区了。街上行人稀少——只有几个十多岁的孩子，还有几位老人。住宅区走完了，枫树大街的这一段是商业区，相关设施表明这一带的居民平均收入较低：服装店，食品店，当铺，糖果店，酒品店，以及橱窗上贴有告示的电器商店。“概不赊欠”。“还价免言”。多数店铺都装有坚实的铁防盗网。绝大部分都已经关门，还有几家没关门的也几乎空无一人。只有街区尽头的一家除外；红红绿绿的霓虹灯纵向显出“斯莫尔酒吧”的字样，在“斯”和“酒”两字之上，分别叠加了一个霓虹灯组成的鸡尾酒杯图案。人们出出进进。迪迪透过窗户往里看去，只见酒吧里有不少人。在这样的街区，在一个不是周末的晚上的这样一个时刻，算得上是顾客盈门了。

迪迪（现在）坐在吧台边。要了双份威士忌加冰块。在他旁边的圆凳上，坐着一个三十五岁左右的金发女人，身材较瘦，穿着土红色的裙子和鞋子。她用一只手掌托着下巴，染过的指甲尖清晰可见。她朝他微微一笑，他机械地回了一个笑容。几分钟之后，一直盯着自己的酒的迪迪想起了她的微笑。抬头看看她是不是还在那里，想更加自信地再摆出一个笑容。她的手顺着面颊向上移去，捂住了自己的额头。

“不舒服吗？”

她对迪迪的搭腔似乎并不感到意外。“没有，只是累了。也许是唱机[1]的缘故。我听了一会儿就受不了。”

“你来这儿很久了吗？”

她（现在）用异样的眼神望着迪迪。“这叫什么问题？”

“我不知道。算了。我给你买点儿喝的吧。”

女人要了一份伏特加马丁尼。迪迪又要了一份威士忌。他们没有说话。迪迪之所以没有说话，是因为他只能想出一个话题。而他又十分清楚女人会如何反应，所以他要仔细考虑一下，以确定自己是否真的想跟这女人上床。迪迪没有说话还有一个原因，就是唱机正在播放甲壳虫乐队的一首曲子，一首他特别喜欢的曲子。

他再一次转头去看那女人时，她问：“又怎么了？”

“你不是顾客吧？你在这儿工作，对吗？”

“你希望我说‘对’吗？”她问。

“我的样子像警察吗？”

“也许吧。我怎么知道警察是什么样？”

---

① 指酒吧里的投币式自动点唱机。

"说实话好了。"迪迪递给她一支烟。

"你有可能是警察。不过我也说不准，你如果是警察的话，穿得又很奇怪。"她看了看他那搭配混乱的衣服。"你在人群中很显眼。当然，你也可能只是一位受了委屈的可怜的丈夫。"

"说得还是不对……哦，实际上，我是一位前夫。三年前被解雇了。"

"我该说抱歉吗？"

"不用，"迪迪说着，把手放到她的大腿上。"听我说，你现在有空吗？"

"你是说这会儿？"

"没错，这会儿。"

"我猜，你是想知道我是不是有个咱俩可以去的地方，对吧？"

"你有吗？"

"不知道。"她从手袋里拿出一只化妆盒——红色缎面，比她所穿的裙子和鞋子的颜色要浅——开始往鼻子上扑粉。

"听着，"迪迪说，"我不会要你干你不愿意干的事情。明白吗？我没有喝醉。你可以拒绝，我不会生气的。"

女人关上手袋，在圆凳上转过身来。双手放在臀部上。"好吧。如果你是真心的话，我也就不兜圈子了。我今晚不会无缘无故地在这里坐这么久。酒水很便宜，但我可不便宜。"

"这一点我想到了。别担心。"

"那好，情哥哥，成交了。"

"你确定不想再来一杯马丁尼吗？"

"不了，谢谢。"

迪迪付了酒钱，当他从吧台的圆凳上下来，双脚刚刚落在木地板上的时候，感觉有些昏昏然。尽管他不可能是醉了。

你叫什么？“多丽丝。”我叫道尔顿。“哦。”

“外套呢？”迪迪问。

“在那边。软皮的。”迪迪取回外套，帮她穿上。“再见，安杰罗，”她对酒吧招待喊道。听到这声招呼，迪迪的脑袋顿时“嗡”了一下。这里又有一位安杰罗，而且用的就是这个名字。不，最好不要回头看他；也许会看到他此前没有看出的问题来。

走到街上之后，迪迪的头脑清醒了一些。女人挽住他的胳膊，带着他沿着一条侧街走过四个街区，来到一座三层楼的砂石建筑前，只见门上钉有一块牌子，上面写着“带家具的房间”。“你想要的是这个吗？”

迪迪耸了耸肩。“得了，宝贝。别把我当作没见过世面的土包子。”

“你不喜欢别人开你玩笑，对吗？”他们（现在）开始上楼梯。

“你这是什么意思？”迪迪说，“我喜欢。我简直太喜欢了。”他把手放在多丽丝的屁股上，并且一直就那样上了楼。

“当然，当然，我看得出来你太喜欢的是什么，情哥哥。”

“我太喜欢的东西可多了，”迪迪说着，咧嘴一笑，同时在她的屁股上抓了一大把。

两人站住了。她在打开三楼一个房间的门锁。

进了房间。两扇窗户的窗帘都垂了下来，只有必不可少的几件家具，墙壁的颜色难以说清。好多年没有刷过了。“好了，我们到了。你觉得这儿怎么样？像个垃圾堆，是吧？”

“我真是不明白，宝贝，”迪迪说，“你干吗总是问我觉得怎么样？你干吗要在乎我觉得怎么样？我已经来这儿了，对吗？”

女人脱下外套。“谁说我在乎你怎么想了？你肯定是疯了。”

“可是你在乎，宝贝。别想掩饰了。”

迪迪明白自己不该继续这样打情骂俏。不能把多丽丝当成一个人。要直奔主题。可是他不由自主。

“我不是说你在乎我这个人，”迪迪说，“你不认识我。如果你假装对身边的人视而不见，或者设想他并没有真的在看你，也许干事儿的时候更容易些。可是我的确能看到你，这由不得我。在酒吧里我就注意到你似乎很不开心。我们来这儿的路上，我还注意到你好像很不安，等到上楼梯时好像更是这样。所以你才问我一连串愚蠢的问题。是这样吧？”

女人望着他。一副将信将疑的样子。脸色柔和了一些，眼神也亮了起来。真情的瞬时流露。迪迪微微一笑，没有去碰她。

难道是看错了吗？是他误解了。因为紧接着，她的脸又绷紧了。当她回应他的微笑时，（现在）只是职业性的笑容，而根本不是朝迪迪露出诚挚的笑脸。

“你是从哪儿来的？”女人问。迪迪目睹了它的过程。目睹了真情的诞生、成长和死亡。在不到一分钟的时间里。（现在）又回到了死亡世界。

迪迪没有马上回答，于是女人又接着说：“我知道你不是这一带的人。是从纽约市来的吧？”

“是的。”

“我猜就是。”她在整理床铺。“你这个人很文静，我就是从这一点判断的。纽约市有不少文静的人。”

迪迪轻轻地笑了。可怜的多丽丝，可怜的人们。“你去过纽约市吗？”

“去玩过两次。跟以前的男朋友一起。没在那儿生活过。”

“你愿意去那儿生活吗？”

“这还用问吗？当然了！天啊，我多么想离开这个垃圾堆！你简直无法相信进这个房间的都是些什么人。要么是些满脸粉刺的大学生求着你把他们变成男人，要么是些在铁路上干活的意大利佬，他们满身是灰，都忘了自己是来这儿干什么的了。”

“那就离开这儿呀。干吗不搬走呢？”

“也许我害怕竞争不过大城市的妓女。”

迪迪原本靠在衣柜上，看着这位多丽丝开始脱衣服，这时伸出手去把她搂进怀里。“你肯定能行，多丽丝。”

女人挣脱了他的拥抱。“我们能不能，嗯……”

“哦，谈好价钱吗？”

“没错。你知道是怎么回事。我可以相信你，情哥哥，这一点我看得出来。不过我见过各式各样的人……”

迪迪用手捂住她的嘴。“不用解释。三十块行吗？”

“你只有这些吗？”

“我可以给你四十。”

“那好。”

他从钱包里拿出钱来递给她。

两人上了大床，迪迪开始平静地跟她做爱。“喂，你还真是准备好了，对吧？”这是她说的最后一句话，然后他们就开始了。从那以后，她就没怎么动弹，只是静静地躺在他的怀里。迪迪本想问她是否希望他以某种特别的方式给她快乐。但是他嫖妓的经验很有限，主要是在欧洲度假时的经历，所以，如果他坚持要让她——同时也让他自己——快乐的话，不知道会不会被她视为无礼或强人所难。那么好吧，迪迪要让自己快乐。倒不是说这位多丽丝似乎很介意，甚至也不是说她不领情。只是她显得很遥远。迪迪必须尽力将她抱紧，才能觉得她实实在在。他必须全身心投入，不能胡思乱想。多丽丝就在身边。只要迪迪不让自己的思想飘向海丝特的丰满身体以及她获得快乐的迫切神态，就够了。甚至是一种幸福。

做爱之后，迪迪没打算睡着。他仰面躺着。女人左侧着身子依偎着他，头枕着他的胸口，右腿曲起来搭在他的大腿上。如果一动不动、呼吸平稳就意味着入睡，那么多丽丝已经睡着了。他随便一动就会惊醒她。房间里一片漆黑：没有闪烁不停的绿黄色灯光，而且这张床跟拉什兰酒店里的床一样舒服。迪迪可以小睡片刻。不用匆忙。等待着他的只是一个人工合成的家，一个不能真正让他觉得舒适的房间。既然用不着去别的什么地方，不如就呆在这里好了。再呆一会儿。

迪迪把睡着了的汗津津的女人搂得更紧了。女人嘴里在咕哝着。他想听听她在说什么。“在门口，”她说，“别等我。”

“多丽丝？”

声音有些奇怪，像是呻吟。

迪迪等着再听几句。房间里（现在）又黑又静。他觉得胸口有什么东西凉丝丝湿漉漉的，意识到一定是她微张的唇间流出了一点口水。有些人在浅睡的时候会这样。他和琼做爱之后也常常这样睡着。想起了过去胸口上的那点潮湿。

“多丽丝？”

迪迪闭上眼睛。不出片刻，他就睡着了，比自己预想的更沉，并陷入一种光线昏暗、幽闭恐怖的梦境。这种梦没有明确的场景。没有前后的过程。起码做梦者醒来时，想不起可以表明空间变化或提供具体对话的充分的情节；而更像是一种总结。是一个没有做成的梦。

主题是迪迪在做决定，在一个半明半暗、难以说清的地方。起初是各种情感、愿望、决心，全都是意志的产物。接着，为了赋予迪迪的情感一种必不可少的逼真性，很快就组合——也可能是描绘——出了背景。

先做决定。迪迪决定娶弥拉·麦卡多纳，成为托米的继父。他是在哪儿向那位寡妇求婚的？好像是在她那个小家的门厅里。但是印象并不清楚。也许是后来的一转念吧。

接着是婚礼，是在一座天主教堂举行。婚礼的主持人与他星期天下午在火车上遇到的牧师很相像。迪迪低着头，与那位丰满的女人站在圣坛前，心里想着是否有这种必要。但是他还没来得及打退堂鼓，这个重新组成的家庭就已经置身于他们的家中。

在随后的梦境中，整个的一生被浓缩成一连串令人难以忍受的画面：

> 大呼小叫，哭哭啼啼：有弥拉的声音，也有那孩子的声音。
>
> 打碎的盘子和煎鱼的难闻气味。
>
> 陶瓷烟灰缸里的烟头堆成小山一般，

未铺地毯的楼梯的脚下，脏衣服越堆越高，
电视机从来不关，
上千根铜色的头发沾在客厅的地毯里，
客厅里每张椅子的坐垫下都塞着皱巴巴的漫画书，
后阳台上的空啤酒瓶，
没有盖子的糖罐里的蟑螂，
冰箱里的变质牛奶，
玉米片里的蚂蚁，
挤得歪歪扭扭的牙膏，牙膏盖已经不见踪影，
堆在壁橱的地上的束腹裤、胸罩和有污渍的内裤，
东一个西一个地夹在很少换洗的被单里的卷发器。

多丽丝？

迪迪光着身子，跟体壮如牛的弥拉一起在床上翻来滚去，一边担心有人在恨恨地看着他们。尽管如此，他还是不能停下。“勇敢的迪迪”，自己都没有料到会如此强壮。女人快活地叫着，指甲挖进了迪迪瘦削的肩膀。迪迪（现在）平躺着。女人侧躺在他的右边，她的头、右臂和右腿都搭在他的身上。她真是太重了。迪迪推开她，然后转身向左侧卧着，全身大汗淋漓。是谁在看呢？

他有胆量去试图填补尹卡多纳作为丈夫和父亲的位置吗？不仅除掉尹卡多纳其人，还盗用他的身份？托米似乎并不反对。迪迪会确保那个瘦巴巴的孩子在大多数晚餐时都能吃到一盘草莓冰淇淋，而且还会尽力扮演好继父的角色，对幼童军[1]

① 指八到十一岁的童子军。

活动表现出适度的兴趣。但是那位被杀害的工人呢？通过轻率的火化仪式，尹卡多纳失去了自己壮实的身躯，尸骨无存的他连做鬼都难了。不过，那家伙毕竟是刚死不久，不可能变得像鬼一样模糊、缥缈和无力。即使被化成了一小堆灰烬，尹卡多纳还是一个实实在在的人。仍然强大有力。而且可怜。就像一位传说已葬身大海的海员丈夫，若干年后悄悄地回到家乡，由于留了胡子，头发也白了，乡亲们已经无法认出他来；在漫天大雪中，他瑟瑟发抖地站在自己简陋的老屋前。然后蹑手蹑脚地靠近冰冷的窗户朝里望去，好看看自己心爱的妻子，看看那个依然年轻、脸上没有皱纹的女人心满意足地拥着自己的新丈夫和他们的小宝宝。不过，就算尹卡多纳像伤心痛苦的伊诺克·阿登[1]那样在这所房子里阴魂不散，他一定也明白迪迪从这种新生活中一无所获。真的是一无所获。迪迪只是想补偿而已。

但是梦从来不会满足于仅仅解释某一个念头。正因如此，梦才会与有意识的幻想以及确切的记忆纠缠在一起。也正因如此，梦才具有解释甚至教导功能。迪迪的梦（现在）开始解释他今晚与尹卡多纳太太会面时始终没有想通的一个问题。因为梦里的女人不仅仅是尹卡多纳的妻子——她如今成了迪迪所继承的遗产和法律上的负担。这个女人还是玛丽[2]，即他和保罗的保姆。像牛一样强壮、有些糊涂、也有几分虔诚的可靠的玛丽，自从他们兄弟俩出生以来，她就给他们喂饭、洗澡、穿衣服，打他们的屁股，安顿他们到共用的卧室睡觉，并替他们关

① 英国诗人丁尼生的叙事诗《伊诺克·阿登》中的主人公。
② 玛丽的名字 Mary 与弥拉的名字 Myra 在拼写上十分相近，似乎暗示两人之间的微妙关联。

灯。弥拉·尹卡多纳的头发（现在）变成了玛丽那样的短直发，是一种自然的淡褐色，而不是她原来的发亮的铜色卷发。这位寡妇的话语（现在）也跟从保姆嘴里说出来的絮絮叨叨的连篇废话没有两样。这些话总是翻来倒去，毫无意义，就像玛丽星期四晚上喂给他们吃的土豆泥以及星期一、三、五早晨的麦片粥。这些话就像她水桶般的腰身或她腋下的怪味那样一成不变。

那些话呀！重复得简直不可思议。每天晚上，玛丽都会给他们念一些报纸上的文章，包括各种可怕的事故、强奸、谋杀等，通常是什么都有。她一边吸尘、擦灰、做饭、用罐子装食品，或者钉扣子，一边反复讲述她们姐妹和弟弟的故事：她们家有姐妹八人，全部健在，有的是修女，有的是保姆，还有的是家庭主妇，而唯一的弟弟则是个单身汉，以开出租车为生，爱喝酒，早年从厨房的楼梯上掉下来摔死了。顺着这一串往事，就会接着讲到她过世的父母，他们曾是宾夕法尼亚一座大庄园里的马车夫和厨娘。而且最终会讲到一个最精彩的故事，一个由于一遍又一遍地重复而被圣化的故事：男主人和女主人真是太好了，在玛丽八岁的时候，还曾经叫她到大宅去跟他们的女儿一起玩了整整一个下午。永生难忘的下午。“她穿得太漂亮了。他们还让我在那儿吃饭。那天晚上我回家的时候，我姐妹们的脸色呀，可惜你没有看到！她们不明白为什么会挑选我而没有叫她们。我猜我长得最好看。哦，她们简直气疯了！”

那些话呀！她跟送奶的、卖肉的，还有食品店的店员之间总是会发生令人费解的争吵，主题显然是他们是否有权欺骗玛丽。每次她都说是自己吵赢了。“我跟他们说不能太过分了，真的。”还有她的信仰，保罗和迪迪已经听过无数遍了。教堂——至少是教堂的概念——对保姆来说是一种安慰。某某神父说她前三个礼拜天没去望弥撒没关系，因为知道她得独自带着两个孩子。每天起床的时候，她会不厌其烦地告诉他们早餐吃什么，中餐吃什么，晚餐吃什么。迪迪和保罗总是跟玛丽一起用餐，所以对饭菜的安排早就一清二楚。其实玛丽用不着每天报菜单，他们只需要知道当天是星期几就行了，因为很久以前玛丽就说过，有不多不少二十一种饭菜可供选择，除此之外就没有了。一周的七天中，每日三餐都是固定不变的安排。玛丽偶尔还会讲讲她星期三休息时的约会，他们听得似懂非懂。迪迪记得，她那些不知道名字的男朋友中，有一位是海员。但每一次都很短暂，所以迪迪和保罗一直没能背着父母在哪个街角见到玛丽的追求者。每当一位新的追求者出现时，玛丽的希望总是来得很快，但接着就去得更快。希望破灭之后，她就会解释说，这一位在送她回家的路上对她动手动脚，或者那一位在电影院的包厢里想跟她做丑事，那些事情跟他们礼拜天早晨在墨尔斯公园看到的那个老头在树后所做的动作有关，当时玛丽让他们赶紧走开。“当然，我知道我的孩子们长大后是不会那样的。”在好多年的时间里，保罗和迪迪对这些都一窍不通。不过似乎也没关系，因为玛丽说话的时候，从来就没有等着他们回答，似乎也不曾指望他们回答。只要他们人在场就够了。在保罗和迪迪的印象中，玛丽说的话对他们其实都是耳边风。

保罗六岁那年，在一年级快读完的时候，他勇敢地找母亲谈话，要求从玛丽令人窒息的照料和一成不变的安排中获得一点独立。快读完二年级的迪迪找到了钦佩保罗并希望仿效他的又一个理由。“勇敢的迪迪”即将诞生了吗？还没有。不会这么容易。通常情况下，只要是保罗先干成的事情对迪迪来说就会更艰难。“唉，我失去了一个宝贝，”玛丽一边说，一边不无夸张地绕过保罗的床，来到迪迪床边，帮他掖好被单。“可我还有一个宝贝，对吧？”她弯下身去，把让被单裹得几乎动弹不了的迪迪拥进她硕大的怀里。七岁的迪迪一方面觉得自己被困住了，无法脱身，另一方面又很难过，他知道玛丽非常伤心。不由自主地对她产生了同情，就像对一个声音不可能充耳不闻一样。那声音意味着他不能马上与保罗一样获得独立。迪迪成了玛丽的一切，成了她原本已经大受制约的关怀欲的唯一对象。成为别人“最后的快乐”，这是多大的责任啊！玛丽就像一个贪心不足的大孩子，必须很有策略、很有耐心地让她改变这种心理。（现在）与弥拉·尹卡多纳的关系也面临同样的任务。在梦中，迪迪知道自己没打算与她永远保持婚姻关系。只是一种权宜之计。等到她从丈夫去世的噩耗中恢复过来。然后迪迪就会自由了。

但是在梦里，迪迪觉得娶自己的保姆显然不对。玛丽肯定比他大很多。保罗应该帮帮他，而不是轻轻松松地要求自由，然后跑到一边去独自享受，留下迪迪来疗救大人们破碎的心灵，重建他们受伤的自我。如果让保罗来娶尹卡多纳的遗孀，恢复的过程可能要快得多。保罗既不像迪迪这么耐心，也不像迪迪这样敏感。与保罗在一起，弥拉·尹卡多纳就不得不担起自己那份义务了。

该发生的都已经发生了吗？迪迪望着弥拉·尹卡多纳，她把盖在身上的被单踢到了双人床的脚下，自己四仰八叉地睡着了，睡衣掀到了乳房之上。她（现在）好像开心些了。迪迪挨着床沿躺着。如果他要离开的话，最好是趁她还在睡觉的时候。不要等她醒来，又开始没完没了地唠唠叨叨，她肯定也知道他不会听，也不会当真。语言是神圣的。跟身体一样神圣。弥拉·尹卡多纳是语言的亵渎者。是玛丽的忠实信徒。跟玛丽在一起，迪迪居然没有变成聋子，可真是个奇迹。得提防弥拉。迪迪虽然不像以前那样强壮，却再也不想那样纵容别人。

床垫很软。迪迪悄悄地从床边下来，跪在地上，但愿嘎吱作响的弹簧不会吵醒弥拉。如果能找到鞋子……

“你要去哪儿，帅哥？”女人睡意蒙眬地问。

迪迪意识到自己（现在）已经醒来。不是在做梦。空间又变了。眼前的女人是金发，乳房小巧，左肩上有一颗很大的黑痣。

“我不能在这儿过夜。不过我刚才睡着了，现在，”他看了看手表，“已经四点了。”

“随你便吧，情哥哥，”女人说。迪迪没有开灯，从地上找到自己的衣服穿好。

“多丽丝，我现在得走了，”他柔声说道。

“好吧。也许我们还会见面的，”她好像又要睡着了。

四点半。在拉什兰酒店的大堂里，迪迪买了一份《信使公报》的《城市版》，然后走进电梯；但进房间后，却只是扫了几眼报纸就关了灯。上楼之前，迪迪已经嘱咐夜班职员九点钟叫醒他。本周以来，他每隔一天都是七点起床，今天不在这个时间起来等候报纸的晚间最后版，似乎也算不上什么胜利。既然星期二和星期三的报上都没有他所关心的内容，凭什么星期四就应该有呢？再说迪迪已经累坏了。就算再睡四个小时也不够。早餐就免了吧，好好地洗个热水澡。然后按时下楼去上车。

只是勉强赶到。迪迪险些就错过了。十点过一分才匆匆忙忙走出拉什兰酒店的前门。吉姆和另外两人已经坐在我们的车里了，开车的东方人正在轻轻地发动汽车。

“你正好赶上，道尔顿，”吉姆说，“我们正准备不等你就走呢。”

“没关系的。我可以乘出租车。”

“怎么回事儿？睡过头了？”

“昨天比以往睡得晚。”

“我当然知道。凌晨两点左右的时候，我去过你的房间，想借那份巴特勒备忘录，可你还没有回来。”

迪迪又坐在折叠椅上；他没有接话。我们正在驶离市中心。这是个阳光灿烂的上午。由于睡眠严重不足，他的眼睛隐隐发痛。

从宁静的住宅区大街上驶过。另外三人在谈论一个传了很久的小道消息，说公司可能终于还是会让一家大公司收购，近几年来，那家公司已经多次提出收购要求。

“里格尔会尽力假称这是一件好事，”吉姆说，“是一种兼并。可你们明白那意味着什么，对吧？就是完蛋。”

“你怎么看，道尔顿？”弗雷德问。

“什么都别问他，”吉姆说，“他还在睡觉呢。”

迪迪瞥见了那天蓝和金黄两色的穹顶——第一处令他心动的景色，但转眼又消失了；他此刻没有考虑公司的事情。他但愿能考虑公司的事情。工作会是一服解药，能消除他难言的焦虑。但是迪迪没有工作。只有些神神秘秘的项目。公司的未来以及他自己苦心经营的职位都在慢慢远去。变得看不见，摸不着了。

已经是第四天上午，只剩下一天了。

穿过大门，上了车道。穹顶光彩夺目，生机盎然。我们的车停了下来。迪迪心里想着那天蓝和金黄两色的穹顶。再一次想到了它原初的创意，而忽略其近来的用途。迪迪很欣赏穹顶所体现的奇思妙想；有时候，一想到当年坚持要在自己的事业之上添加这顶华丽之冠的创始者不可思议的精力，迪迪会觉得自己又有了力量。

迪迪走进大楼。上了电梯。穿过二楼拥挤的走廊。进了长方形会议室。我们多数人都已经坐在圆桌旁。迪迪打开公文包，拿出记录本。

他羡慕那些热爱自己的劳动的人。任由这种热爱带着自己走向奢华，比如艾莫斯·瓦特金斯的穹顶。迪迪的不幸就在于缺乏一份职业，缺乏一种他可以满腔热情地去从事的活动。他没有什么专长，未能进入法律、医疗、教育或艺术等行业。相反，迪迪只有一个职位，到目前为止，他一直勇敢地想让自己更喜欢这个职位，而事实上他只是勉强而为。可悲的灾难性选择。迪迪为此付出了巨大的代价。读完无聊透顶的小学和中学之后，迪迪在达特茅斯念医学预科时很开心。后来被两所知名的医学院录取。为什么没有去呢？毕业一个月后，也就是七月份，遇见了琼；八月份结婚；九月份耐不住琼的坚持而迁居纽约。是因为这些吗？仅仅是这些吗？仅仅是这么简单的一个错误吗？不。他不愿意把所有的责任都推到琼的身上。当初如果真的想上医学院的话，他一定能找到充分的理由说服琼，让她陪着他去伊萨卡或巴尔的摩。而不是被她说服。让他去干他真正愿意干的事情。而不干他真正不愿意干的事情。“意志不坚的迪迪”。人人都过着自己真正想过的生活。

有位专家正在陈述关于改造显微记录仪的研究计划的预算。

因此，他一直都没有自己所热爱的职业。而且经过一段漫长而艰难的时光——整整八年——之后，他还失去了琼。这项赤字也必须记在他的账上。她离开时曾说他不爱她。虽然他的感情说这是诽谤，但也许她没有说错。他对琼除了心理需要和性的依恋之外还有别的感情吗？爱在哪儿？没有任何东西能激发他的力量，让他产生爱。真正的工作一定能够点燃他的激情。从最深奥的解疑克难到简单的粗活，什么样的工作都行。爱自己的工作也是爱自己的一种方式，能使人更加自由地去爱他人。

但是要注意，爱自己的工作与仅仅是专注于自己的工作之间存在着差别。就在这个星期天的下午，全神贯注于自己的工作之中的安杰罗·尹卡多纳丝毫也不友好。那家伙因为迪迪闯进他的工作场所、分散了他的注意力而大发雷霆。他火冒三丈，气势汹汹。还想动手干掉迪迪。反过来想，如果尹卡多纳（现在）闯进这间会议室，迪迪就决不会因为完全专注于自己的工作而不去欢迎他。迪迪会迎上前去，抓住他的胳膊，然后对大家说对不起打断一下，再把他介绍给里格尔、瓦特金斯和在座的其他人。当大家发现“我们中的一员”哈伦居然认识一个来自下层的浑身脏兮兮的大老粗时，肯定会大吃一惊，但是管它的呢。如果迪迪屈尊跟这些自命不凡的人解释的话，他会说这工人是他失散多年的兄弟。或者是类似兄弟的什么人，比如老保姆的儿子等。尹卡多纳也许会因为受到这种礼遇而消除怒气。他会发现迪迪对他很友好，不可能怀有什么恶意。

可是尹卡多纳不会来了。既不会心平气和地轻声敲门后进来，也不会怒气冲冲，破口大骂，一脚踹开会议室的门。迪迪想努力听听大家在说些什么。该就建立实验室的新预算投票了吧？还是已经投过票了？也许几分钟之前，迪迪就不知不觉地自动举过手了。

迪迪发现吉姆的目光正往这边瞟来。那颗友好的小脑袋是否可能已经掌握某些很隐蔽的线索，知道迪迪在想什么了？不可能。波长不一样。吉姆还在往这边看。迪迪从本子上撕下一张纸，在上面写了一句话，把纸折起来；然后让坐在右边的公关部经理艾尔斯把纸条传给艾伦。吉姆看出纸条是传给他的，伸手接过去，咳嗽了一声。打开看了看。不解地望了迪迪一眼。然后，吉姆低下头去，在纸条上写了点什么，再重新折好，又让人传给迪迪。迪迪偷偷地打开纸条。

他写的是：“吉姆，你知道州法律有相关规定，说尸体在火化之前必须进行尸检吗？”下面是吉姆潦草的回答：“是的。我想有这种规定。几乎可以肯定。怎么了？”

迪迪抬起头，装出狡猾而友好的样子点点头。

吉姆可能是对的。不过，星期一或星期二早上，尹卡多纳所接受的却不是迪迪所希望的尸检。有一件重要的事情迪迪要记住，那就是，如果他想核实的话，查清情况并不难。既然迪迪觉得任何一条可靠的信息都令人宽慰，这个问题为什么没有尽早解决呢？他几天前就可以给《信使公报》或市政厅打电话，询问是否有这种规定。

这件事可以留待以后。（现在）必须集中思想，关注手头的事情，关注瓦特金斯公司的事情，关注眼下的事情。迪迪要尽力显出他这次来到州北、在这座城市停留一周的唯一原因就是公事：他被挑选来参加公司的会议，这是一项荣幸的差事。迪迪一边在暗暗说服自己，一边让那位能干的中层管理人员用烂熟于心的观点来说服大家。

“好人迪迪”正出差在外。撇开所有的个人计划。特别是其中的两项。继续调查工人之死以及了解自己对这件事的感受。去医院看望海丝特并弄清自己对她的感情……两项计划都进展不顺，这种状态与其说使他心神不宁，还不如说让他头脑发晕。这两项计划因为不成功而显得更单纯了吗?

瓦特金斯正在含糊其辞地谈论兼并问题。安抚大家说，这个问题仅仅是在执行委员会的考虑之中。还没有形成最后的决定。

最后是投票。迪迪所支持的一方的头头们——也就是那帮专家——取得了胜利。就改进21号显微仪做最后一次努力，让它再一次荣登榜首，再一次领先于所有的同类产品。他们的口号是：不放弃！迪迪很赞成。星期一上午的时候，他觉得双方的观点都有道理。（现在）到了星期四，这种政策性问题居然成了全体讨论的议题，迪迪不禁感到奇怪。这里的人难道不明白，有些人就是比其他的人懂得要多吗？专家们对21号显微仪的了解难道不比里格尔和瓦特金斯要多得多吗？管理层必须相信他们才行。至于兼并之事，也许是个好主意。

在二楼的自助餐厅用餐。但不是自助餐。由于有一位嘉宾在场，午餐比前两天更正式。本地电视台的一位负责人简要介绍了他们计划制作的一期半小时的讨论与访谈节目，瓦特金斯公司将成为这期节目中的“本月企业”。

嘉宾——他的名字以 H 开头——坐下之后，里格尔说：“我们需要三名志愿者组成讨论小组。如果大家不介意的话，我想建议几个人选。我点到的人当然完全可以拒绝。而其他人没有选上也不要妒忌。我不是”——他声音沙哑地一笑——“在给同事们划等级。”他顿了顿。“康明斯基。”坐在贵宾桌一端的一位黑头发的年轻生化专家，只见他把一勺水果沙拉从嘴里拿出来，面无表情地点了点头。“迈克尔森。”西海岸的销售部经理。又是一个面无表情的点头。“哈伦。”虽然迪迪显然知道自己的姓氏，可他还是愣了几秒钟，然后才尴尬地意识到自己又走神了。等别人替他表示同意吗？他也点了点头。

“很好，”里格尔说，“不会占用你们太多时间。需要你们今晚九点一刻到 10 频道演播室开个短会。瓦特金斯先生和我当然也会出席。”

“只是很快地排练一下，”电视制片人说，想为里格尔帮个腔。

里格尔装着不予理睬。“然后我们在节目开始之前再碰头，按照计划，节目将在星期六上午十一点直播。”

“没错，”电视台的人又不等邀请自动插话。里格尔皱起了眉头。

咖啡送了上来。里格尔和瓦特金斯所在的贵宾桌不再是大家关注的对象。交头接耳的声音渐渐变大。迪迪已喝完一杯咖啡，正在喝第二杯时，感觉到有一只手搭到他的肩上。吉姆弯下腰来悄声说道：“你干吗要答应里格尔，你这个傻瓜？你本来可以星期五晚上回纽约的。现在倒好，星期六一整天你都得陷在这儿了。”

“我无所谓，”迪迪小声回答，“反正我本来也打算周末就呆在这儿。我有位朋友刚刚住进了这儿的华伦医院，准备做一个手术。”

“哦，我很抱歉，”吉姆说，“对了，我差点儿忘了，你那张愚蠢的纸条到底是怎么回事？”

“哦，我只是想了解一下。我在考虑一件事情。”

坐在迪迪左边的是一位名叫恩斯特·怀尔德博的专家，这时他站了起来；吉姆连忙坐到他的椅子上。笑眯眯的。“会议开得热火朝天的时候，你居然想了解这种事情，这可有点儿古怪。”吉姆颇有意味地挥挥胳膊。“除非是有某种关联。比如你因为兼并的事而气得发疯，想干掉里格尔。你想问的是：尸检能否查出奶油鸡茸青豆汤里的砒霜？”

“差不多吧，”迪迪说。

“哦，那等你把一切筹划好，毒药也准备好之后，就通知我。我也许会跟着你干。行吗？”

“一言为定，”迪迪说，“不过我真正希望的是让你成为我的同谋。从现在起，每次杀人我都会听你的意见。”

“我刚刚想出了一个不留蛛丝马迹的办法，”吉姆说，“你可以把我算进去。当然，除非我先下了手，明天就把哪个可恶的家伙从窗户推了出去。我这个人爱冲动，你知道。”

迪迪的脑袋轻飘飘的，仿佛充满了空气一般，他心里想，不知道这样谈下去会是什么结果。下一句说什么？再下一句呢？他会不会把自己犯下的目前仍然不为人知的罪行告诉吉姆？而告诉吉姆之后，又多了一个不肯相信他的人？

迪迪坐在椅子边上，小口喝着咖啡。等待自己脱口说出那一连串不由自主的话。吉姆正转身跟他左边的研发部的丹顿说着什么。一切都可能发生。迪迪脑袋里的血奔涌进他的胸腔。似乎有个坚硬的方块堵住了他的喉咙。他向吉姆探过头去。可就在这时，怀尔德博回来了，准备坐他自己的位置，一边示意服务员给他换一杯咖啡。这杯凉了。我不能喝了。于是吉姆返回了自己的席位。

星期四下午的日程安排：专程参观工厂，主要内容是让瓦特金斯极为自豪的新安装的生产设备。这一安排主要是为与会的公司销售部门的代表们考虑。来参加本周的会议之前，迪迪在纽约的任务之一就是准备并负责印制这种新型自动化设备的说明书，供销售人员离会时带走。这些小册子还将邮寄给全国各地的其他销售人员。

迪迪觉得他可以不去参观而不会有人介意。他先是想给海丝特打个电话，说他马上过去；而不是晚上去。转念一想，又决定不提前通知就直接去，心里希望她婶婶可能已经外出或必须早些离开。可是，当迪迪沿着海丝特所在楼层的走廊上走过来时，却看见内勃恩太太正在她侄女的病房外踱来踱去。似乎正在等他。一见面她就迫不及待地讨好起来。海丝特的皮条客。他看见那女人正得意地盯着他手里的鲜花。

“医生那儿有消息吗？”迪迪机械地问。

内勃恩太太说所有的检查都做完了。只要眼库能提供角膜，海丝特明天就可以手术。

“医生是怎么说的？”迪迪依稀觉得他听到的肯定是坏消息。

“只是说我们不要抱太大希望。我可怜的孩子。她真是太勇敢了。”

“我现在进去了。”

“去吧，快进去，亲爱的。见到你她一定会非常开心。我想我就不打扰你们了。”一份意外的礼物。

迪迪一进房间，就惊讶地发现海丝特戴着墨镜的脸十分苍白。海丝特抬起头来。“是我，”迪迪说。

“我知道。”

迪迪觉得自己傻乎乎的，便忙着给一只空花瓶装满水，把花插进去。他把这瓶花放在海丝特的床头柜上，然后挨近她坐了下来。

“哦，是玫瑰。谢谢你。”

迪迪高兴起来，握住她的手，亲吻她的掌心。“今天还好吗？”

“很难过。”

“是担心明天的事儿吗？很紧张？”

“也不是，”她苦笑了一下，“我知道手术是不会成功的。”

“你怎么这么肯定？是医生这么说的吗？”

“不是。他们尽量鼓励我，可是我知道。”

迪迪凝视着海丝特的面孔，他从来没见过这张面孔流露出这么大的痛苦。他以前怎么会觉得这张天真、脆弱的面孔毫无表情呢？她的床上很凌乱，被单揉成了一团。昨天晚上她肯定没有睡好。

“你瞧，海丝特，许多角膜移植的确都没有成功。但是也有许多成功了。别把它想象成是从别人身上移植皮肤或移植肾脏。就相当多的病例而言，角膜移植都很有效。眼睛很特别，不像身体的其他器官那么容易排异。你知道，角膜里没有任何血管。而且总体来说，眼睛里的抗体比其他器官要少……不过，我敢肯定医生已经给你讲过这些了。”

“你怎么知道得那么多？”

“我父亲是医生。而且我上过医学预科。”

迪迪听着脑海里重放的自己的最后两句话，再一次感受到两人生活中的奇特相关。海丝特虽然拥有上天赐予的水灵灵的肉眼，却看不见。而他自己却致力于推销一种机器眼，这种机器眼可以承担肉眼的普通功能，并努力超越它们。对使用显微镜的人来说，他自己那双能看见的眼睛就成了摆设。

姑娘似乎在琢磨迪迪的话。然后摇了摇头。脸上又显出痛苦的神色。她不至于那么天真，想象着只要能恢复视力，她就会快乐，会永远快乐吧？如果她真是这样的话，那么想一想海丝特该有多么痛苦，因为她确信自己是不会看见的。要么从来没有，要么永远不会？……想象力不仅仅是在愚弄我们，让我们总是在追求自己所没有的东西，尤其是那些已经失去的东西；似乎拥有或重新拥有这些东西，我们就有救了。迪迪还想到想象力怎样使痛苦具体化。一遍又一遍地创造想象的解剖构造：奇异的腔，神奇的软骨，秘密生命的器官。

没错，眼睛很特别。但是，除了主要成分是水的肉体意义上的眼睛之外，还存在秘密的眼睛。这种秘密的眼睛有的能看见，有的不能。迪迪只敢这样安慰海丝特，因为他必须认真对待海丝特关于手术会失败的预感。他说，难道你不知道自己其实能看见吗？你所看到的东西，多数有视力的人都看不到。而人们用眼睛看到的大多只是零星残片而已。

格特鲁德护士手里拿着体温表走了进来，她把体温表塞进海丝特口里，然后带着几分挑剔的样子在房间里收拾起来，一边等着量体温所需的时间过去，好取出体温表。接着，她让海丝特服下一颗白色的大药丸，便离开了病房。

“那女人真可恶，”迪迪说。护士在房间里时他们没有说话。

“的确可恶。”

他们真该死！哦对了，我们刚才说到了什么。“海丝特，对我刚才说的话，你怎么想？”

姑娘在床上动了动，调整了一下枕头。迪迪连忙去帮她。

“你怎么想，海丝特？”

“我觉得你高估我了。”

“根本就没有。”

“有的。你认为我因为失明而具有某种特别的智慧。”

因为她失明吗？迪迪没有想到自己把这两者联系了起来。只是重新发现了一个悖论：一个有智慧的人碰巧却看不见。迪迪正想为自己不当的说法道歉，姑娘却接着说了下去，语气有些胆怯。“也许你说得对。从某种意义上说，失明反而能让一个人看得更清楚。不存在非丑即美的东西。一旦明白了这一点，就等于吹掉了蒙在思想和感情上面的许多浮渣。”

迪迪坐在椅子上，听到这些话后，如遭重击。虽然这些话花了好一会儿时间才穿越某种说不清的距离。这是有益的一击，就像骨科医生突然出手而让脱臼的肩胛骨复位。起初并不痛。这一击的力量在渐渐扩散，一圈一圈地越来越大。迪迪（现在）觉得恰到好处——没有其他的词可以形容这种感受。恰好就在这里；恰好在他希望的地方，恰好是他希望的样子。

几句平静的话语居然有这种效果吗？排除了某种东西，而使他产生了这种从未有过的感受？有生以来从未有过。仿佛置身于某种黏稠、汹涌而有弹性的液体的中央。置身于中央，却没有四面受压的感觉。反而是一种舒爽之感。一种令人放松的明朗之感。

那一击从他身上掠过，已经到了数光年之外，（现在）开始有了痛感。泪水夺眶而出。他趴在床上，头顶抵着海丝特的左腿，失声痛哭。他无法——也不敢——去抑制自己，一时哭得双肩颤抖。但是海丝特并没有弯下身来拥住他。她没有坐起来，只是伸出一条胳膊，把手掌放在他不住抖动的肩胛骨之间。

迪迪期望着她的抚摸能给他带来安慰，能平息他温暖的悲伤，但是没有。

“告诉我吧，”姑娘说。

“我不能。”但他其实能。话语使温度下降，使他的悲伤冷却下来，并渐渐不再流动。他擦掉眼泪。“我哭是因为很多原因。为你。为我。还为你刚才所说的话。我这种视力让我多么难受，但愿你能明白就好了。看到一切……几乎所有的一切都那么丑陋，简直令人太痛苦了。”

“你是指你自己。”

“也包括我，当然。”接着说了下去。海丝特显然知道这些话对他的影响。她一定希望这样。迪迪的眼泪（现在）干了。枯萎变干的悲伤。

“所以你才说自己犯了罪。”

如果真是这样该多好！迪迪叹了口气。海丝特知道得那么多，却又什么都不知道。

“对不起。我说过我们谈那件事情没什么好处，但现在我却打破了规矩。道尔顿，跟我说点别的吧。告诉我你喜欢谁或者爱谁。”

“我爱过我妻子。起码我这样认为。我想我也爱我弟弟，在一定程度上。但我们不常见面。可能我并不是真的爱他；只是想成为他那样的人……我想除了你，我并不真的喜欢谁。”

姑娘没有接话。

“真希望现在能拥抱你。”话刚出口，就意识到她此刻近在咫尺，他完全可以如愿；如果他真想的话。但是迪迪想要的并不是单纯的拥抱，所以他根本就没有伸出手去。“我想跟你做爱。”

由于两个人并没有接触，迪迪只好抬起头来。发现它又回来了，绝对不是记忆的捉弄：他昨天见过的那张毫无表情的面孔又回来了。像死去的动物的面孔，或者像某种从来不该让人看到的内脏。微微颤动，不透明，跟他或任何人都不存在交流。处于隔绝状态。迪迪突然觉得极度不安。不得不站起来在房间里走动。他走几步，转过身，又走几步，不时地看一眼海丝特。她微低着头。

迪迪（现在）怀疑自己对这姑娘的感情了。有些眩晕，他想通过踱步来缓解。迪迪惊恐起来。他在陷入一种怎样的情形呢？他对她怀有一种强烈的好感，没错。但也许主要是同情；就像对他曾经带回家来照顾的一只受伤的流浪猫一样。不是爱情。

看了看自己的手表。才四点半钟。迪迪打破沉默，开始找借口离开。仍然在走来走去，心里十分难受。虽然感觉到自己这么早离去令海丝特非常失望，但要离去的愿望无法抑制。

“别走，道尔顿。离探视结束还早呢。”

但是迪迪不会仅仅因为海丝特希望他留下而留下。为了不至于太狠心，他编了一个谎言。“我五点钟还有个工作会议。你知道，今天找时间来看你已经很不容易了。”这不是他第一次对海丝特撒谎。

当然，海丝特对“谎言家迪迪”并不是太了解。不过也许她知道他在撒谎，但还是决定把谎言当成实话。她会满足他出去呼吸新鲜空气的要求。尽管不太友好，甚至很生气，她还是同意他离开。

“但是等一下。”当他站在床边跟她吻别的时候，她拉住了他的胳膊。“再占用你一点儿时间。请帮我梳梳头。通常都是我婶婶梳的，可是她拉得很痛。我想让你来梳。”

“我会迟到的。”

“只需要几分钟，求求你了！”

“好吧。”

迪迪既焦虑又心不在焉地从床头柜的抽屉里拿出梳子，在海丝特的床沿坐下。他的外套已经穿上并扣好。他右手拿着梳子，向下梳理着姑娘浓密柔顺的金色长发，左手握住头发的上半截，这样，碰到有缠结的头发需要梳顺时，也不至于一下子拉到头皮里的发根。

“我就知道你会这样，一点儿都不痛。真好。”

迪迪因为能让海丝特高兴而感到高兴，马上就变成了另外一个迪迪。他不禁弯下腰去，嗅着海丝特的头发，并用嘴唇摩挲着她的发丝。

“你不想再呆一会儿吗？”海丝特抓住他的双手。

迪迪的恐慌再度袭来。他一贯的恐慌，因为不能理解而产生的恐慌。他的嘴唇干了，头上、颈后、腋下都汗津津的。他放下梳子，虽然头还没有梳完。

“我得走了，”他固执地说，“很抱歉，因为这是你手术的前一天……”

“没关系。别说了。”

迪迪仓皇而逃。

当然，他（现在）无处可去，因为要到九点一刻才去电视台。最佳方案：叫一辆出租车，返回拉什兰酒店。回去之后，争取睡上几个小时。

但是不要。不要这么快就把自己关进另一个人工合成的狭小空间。迪迪想呆在室外昏黄的暮色里。而且想走一走，尽管他很疲劳。沿着普通的街道，大体朝着市中心的方向走去。迪迪很可能会一路走回去，当然也没有必要提前决定。

（现在）驱动着他的是沉重的情感。所以，不断地迈动双腿会对他有所帮助。一走出医院大楼，他的恐慌就被羞愧所取代。迪迪为自己感到羞愧。这是一种沉重的、玻璃水般的情感，有点像水，但是比水更浓，更黏。羞愧像浓痰一样将他淹没。在昏黄的暮色里，满腹紫色的阴沉思绪。迪迪能够支配的只是力量的影子，他借助这些影子向上挣扎，一把一把地往上攀升，想进入一种明朗的亮光。但他毕竟是在努力，颇有大丈夫气概。必要的时候手脚并用。擦破了手掌和膝盖。不肯言败，也不愿承认面前有无法翻越的高墙。

迪迪这是怎么了？你也许会认为他刚才在医院的时候中了

圈套，就像星期天下午在黑洞洞的火车包厢里中了——或者他觉得中了——圈套一样。（现在）并没有人把他逼入绝境。一位漂亮的女人向他示爱，在他心中唤起了一种前所未有的柔情和渴望。这与圈套不是相差十万八千里吗？不如说是一种解放。一种幸福。一种奇迹。

迪迪正朝市中心走去。他一边走，套在粗花呢西服和切斯特菲尔德牌大衣里的两条瘦削而神经质的胳膊一边撞击着腰部以下的空气。他为自己逃离这样的福分而懊恼。为让自己的新爱人痛苦而懊恼。通常情况下，迪迪并不是一个犹疑不定的人。跟女人打交道也很少畏畏缩缩。他在海丝特面前表现得那么古怪，那么任性，一定是与其他一些已经变得模糊不清的事情有关。根据一条心理感染的古老规律，如果一个人在某个特别、具体的问题上认识不清或完全糊涂，到头来就会影响他全部的判断力。

像所有的动物一样，迪迪有两只眼睛。让我们假设他的一只眼睛患了病，或者受了伤。它代表尹卡多纳之死及其相关的谜团。另一只眼睛是一个完全健康的器官。它代表他与海丝特的交往以及两人不断加深的联系。面临这样的情形，他怎么还会如此愚蠢呢？居然指望那只视力健全的眼睛不会受到那只病眼的传染。人是双目视觉的生物，用两只眼睛来看东西；两只眼睛同时移动，可以产生立体感。但是众所周知，如果一只眼睛严重发炎或重度感染，或者是受到重创，比如仅仅是一只眼睛因为外伤而导致视网膜脱落，那么，另外那只完全健康的眼睛最后也会出现同样的情况。一种交感反应。

正是对于自身受伤部位的交感，才使他看不清与海丝特的关系。如果不小心的话，他就会毁了一切。正如他一直明白的那样，海丝特与尹卡多纳两个人已经无法分离。他们的命运通过他而联系在一起。好眼睛与坏眼睛，美好的景象与反复出现的噩梦。要想正确地看待其一，他就必须彻底地想清楚如何看待两者。

关于那工人之死。迪迪觉得自己到底是有罪还是无罪呢？昨天晚上他去拜访了弥拉·尹卡多纳——只是昨天晚上的事吗？仿佛已经过去了很久——从那之后，他感觉轻松了一些。负罪感减轻了。本来就该如此。那些人简直跟动物没有两样。不应该为他们的命运而浪费感情。正是尹卡多纳那种人才使生活变成了噩梦。迪迪不会有负罪感。他不能那样。他的生活中没有负罪感的位置。因为一旦迪迪让负罪感进入家中，不管是从前门还是从后门，那么到头来就算他的房子再大，那不断膨胀、越来越大的怪物也会把他彻底挤出家门。

关于那姑娘。对那位纤弱、不幸的姑娘，他到底是什么感情呢？也许在他存在不足的方面，她却独有长处，但在他自有长处的方面，她肯定也有不足。这样一想，他的感情就清晰多了。他真是愚蠢至极，居然要逃走！迪迪（现在）相信自己真的爱她。而且他迫切希望让海丝特知道他的爱，只要能给她带来快乐。要让她在明天上午被推进手术室之前知道这一点。

“腿酸脚痛的迪迪”心跳比往常更快，这时已接近市中心了。（现在）可以承认他不需要出租车了。他看到一家银行大门上的钟已经指向六点差一刻，便走进一家杂货店，向卖冷饮的店员打听附近是否有邮局。有。六点差五分来到邮局，站在铺着茶色吸水纸的斜面柜台前写电报。

在他的左边，有位上了年纪的黑人妇女也站在柜台前，她的穿着表明她贫穷而不失自尊；她叹了一口气，将一张黄色电报单揉成一团，再拿一张重写起来。也许是为了要钱。也许是告知某位亲戚的死讯。

迪迪的电报必须在一小时之内送达华伦医院。会由谁念给海丝特听呢？但愿内勃恩太太还没有回去。那么，就只有那位把电报带进海丝特病房的可恶的格特鲁德了。不过，就算是那位爱管闲事的蠢婶婶来朗读他的宣言又怎么样？迪迪没有什么需要隐瞒。

他左边的女人还在艰难地写着。由一笔一划组成字词。再由字词组成消息；可能是坏消息，也可能是求助。迪迪上学时书法课成绩一向是"优"，但写电报的速度却几乎跟她一样慢，他用一支磨钝了的圆珠笔——写字的柜台上用细绳拴着两支这样的笔——十分费力地写着，这其中自有原因。迪迪用钝笔头使劲地在纸上写出一笔一划，仿佛觉得海丝特收到的就会是这张纸。他想写成类似于盲文那样，以便海丝特用指尖摸着凹痕自己阅读。当然，他十分清楚情况并非如此。收到的电报是打印的。必须由别人读给盲人听。迪迪之所以写得这么用力，也许是因为他想把这些字刻进自己心里。

"我爱你。明天上午我跟你在一起。道尔顿。"

迪迪没有回拉什兰酒店。出了邮局之后，他继续朝市中心走去。电报发了出去，走起路来也轻松了许多。如果不是肚子饿了，他觉得自己可以永远走下去。他进了一家很小的中国餐馆，点了一碗馄饨汤和一盘烤排骨，但所谓的汤几乎全是水，而排骨则烤得没有肉了。迪迪拨弄了几下这些难以下咽的东西，然后付账离开。仍然饥肠辘辘。最好不要太挑剔。第二站：一家比萨店。他毫无怨言地吃了一块半生不熟的比萨饼，上面的奶酪和番茄酱寡淡无味。接着又吃了第二块，然后是第三块，第四块。

从八点钟开始，他就一直在距离拉什兰酒店约十五个街区的一条灯火通明的街道上闲逛。

迪迪在用眼观看。“科学已经证明，百分之九十的知识都是通过视觉而获得。”那么剩下的百分之十呢？那些不得不依靠这百分之十的人是否认为那百分之九十是一种干扰呢？由于用眼观看而为真正的知识掺进了杂质？

或者说，用眼观看真有必要吗？是否与“眼睛的百分之九十都是水”是同样道理？那用来支撑和保护微型器官的黏性媒介，用来漂浮珍贵而复杂的视觉组织的温和海洋，真有必要吗？

迪迪在用眼观看。有这种必要吗？

这是一条灯火通明的街道，坐落着一处杂耍表演场，一家放映色情片的影院，两座游乐场——里面挤满了穿夹克衫的摩托车手和穿超短裙的姑娘——还有许多店铺，销售的商品包括舞会唱片、粪石烟灰缸、过期杂志、小丑道具、黄色书刊等等。

迪迪在用眼观看。

杂耍表演场和胜利电影院的门口都有大幅剧照，迪迪比较着两处剧照上的乳房的大小。然后在一家书店浏览几本过期的《国家地理》和《银幕》杂志，又在另一家书店翻了翻最新的几期《法律周刊》、《航海月刊》和《梯子》。“偷窥者迪迪”。感觉怎么样呢？有趣？厌恶？好奇？三者都有，但都不明显。可迪迪还是尽力感觉着。在一家新奇玩具店看橡胶怪物面具时，感觉多了几分。当时他试着戴上一张软乎乎、凉津津的弗兰肯斯坦[①]怪物面具，在镜子里看到自己那缝合起来的波利斯·卡洛夫的悲惨的方形面孔。“怪物迪迪”所开的残忍而可悲的玩笑。“好人迪迪”梦见过的情景……用眼看到的一切使他依稀产生了性的冲动。离开玩具店的时候，迪迪在另一面镜子前停下脚步。欣赏着自己去掉了弗兰肯斯坦怪物面具的侧影。接着转过脸来，面对镜子，绷紧二头肌，然后满意地用右手抚摸着左胳膊上隆起的肌肉。

迪迪逛进一座游乐场。（现在）正在游乐场后部花些小钱玩射击游戏。他此前已经称过自己的体重：比标准体重要轻十八磅。还看过机器算命所提供的卡片。“你将踏上一次重要的旅程。”迪迪不禁笑了起来，把白色卡片塞进了钱包。他还测试过自己的握力。“中等偏上”，如果机器值得相信的话。对一个像他这样面无血色——犹如被长期监禁、未见天日的囚犯——而且骨瘦如柴的人来说，已经算是不错了。他还在一台

① 英国著名小说家玛丽·雪莱在科幻小说《弗兰肯斯坦》（又译《科学怪人》或《魔鬼博士》）中创造的人物，这部小说被多次拍成电影，下文的波利斯·卡洛夫为1931年版电影中弗兰肯斯坦的扮演者。

弹球游戏机上玩了六局。在另一台游戏机上，他测试了自己的驾驶技术。“保险公司风险很大”。迪迪（现在）对这支枪身固定的步枪已经能够运用自如，将在靶区探头探脑的最后十只鸭子全部击中，赢得了奖品。“玩具熊猫，打火机，六只一套的酒杯，您要哪一种，先生？”迪迪选择了玩具熊猫，这是一只毛茸茸的小家伙，有一英尺高，两只耳朵又大又圆，脖子上系有红缎带；他拿着奖品上了街。钻进出租车，告诉司机电视台的地址。

结果离那儿其实很近，所以迪迪发现自己到得最早。九点差一刻。今天中午出席过公司午宴的10频道制片人接待了他，并问他是愿意在接待室看电视等候，还是去里面看看几个演播室此刻正在干什么。“我进去看看吧，”迪迪说，“这东西该放哪儿？”指的是熊猫。他没有做任何解释。

“放在接待员的桌上吧，”制片人有些犹疑地回答，“行吗？她晚上回家了。”

迪迪心里想，不知道对方是否会问他从哪儿弄来的熊猫，或者为什么带着它。他放下奖品。然后跟着制片人穿过两道旋转门。“安静”。沿着走廊，来到迪迪的导游所说的“我们的一号演播室”。这是一个很大的房间，天花板有两层楼高，各种照明设备纵横交错，在房间的一头，本地社区剧团正在为电视网录制今年春天大获成功的《长日入夜行》①，制片人称，该节目将于下月在地方台播放。迪迪透过宽大的窗户往里看去。很难看清演员甚至布景，因为摄影师为了拍特写而将那些黑色的机器不停地推来推去。由于站在玻璃墙的这一边，迪迪所看

① 美国剧作家尤金·奥尼尔创作的一部名剧。

到的只是一部无声的哑剧。不过，他在百老汇看过这部戏，也看过电影，所以很快就明白演员们现在表演的是哪一段。他不仅记得这一场的大意，还记得一部分台词。这部戏——尤其是这一场——曾经让迪迪深受感动。以剧作家自身为原型的有才华的弟弟终于责备起堕落的哥哥，让他直面自己失败的人生。怀着爱，同情，还有憎恶。不过，比起迪迪兄弟之间的僵局，这几乎不算难事。是迪迪该责怪保罗呢，还是保罗该责怪迪迪？

接着来到我们的二号演播室。一个小得多的房间。“我们正在录制十一点钟新闻的一部分。大部分新闻都是直播，只是有时候要用一些纪录片。他们正在为此计时。”是那同一位播音员吗？

没错。在宽敞的隔音间里，那位表情呆板的播音员正坐在播音台后，他的左边有一幅世界地图，右边是一个屏幕；就在四天前的晚上，迪迪曾经伸长耳朵，极力听清他说的每一个字。那个星期天的晚上，那张面孔在电视机的玻璃屏幕上模糊不清，无数细小的线条构成了它的特征。而迪迪（现在）看到的则是那人的真实面孔，是有血有肉的面孔。虽然中间也隔着玻璃。因为他们之间横着一面长方形的大玻璃墙，迪迪在墙外，播音员在墙内；但是，玻璃本身起码并没有改变那张面孔。

“能听到他在说些什么吗？”迪迪悄声询问身旁的制片人。

当然。制片人按下演播室门边的一个红色按钮。

果然，传来了那个拿腔捏调的不自然的声音。尽管是播音员本身的声音，但在迪迪听来，却与他躺在拉什兰酒店的床上看电视时听到的没有两样。也许不该归咎于走廊的放声效果。别忘了，这是一个原本没有新闻、没有消息却偏要播报新闻的人的声音。他今晚有新闻了吗？还是没有。只是接着谈谈那场不可告人的战争，其中不存在领土变更，每一场胜利的唯一标准就是小骨架的黄种人尸体的数量；在战斗之后，那些尸体要么被凝固汽油弹烧焦，要么被弹片打烂，它们蜷缩或平躺在地。有待清点。播音员报出那些惯常的毫无意义的数字，用无聊的同义反复重复着老一套的自以为是。带着满脸严肃的神情。说出一连串的谎言，但都是冠冕堂皇的可怕谎言。

制片人告辞了，留下迪迪独自站在二号演播室的窗外。迪迪把脸贴在玻璃上，凝神细听。如果有人请迪迪发表演讲的话，他（现在）就可以侃侃而谈。有一肚子的话想一吐为快。可是针对谁呢？令他厌恶的对象太多了，其中包括他自己。“自责的迪迪”。可这个世界上不对劲的不只是他。

播音员已经站起身，正用一根长杆指点着播音台后的地图。

迪迪满腔渴望；而且一时无法抑制。人们该怎样满足对于自我纠正的渴望呢？在播音员发布的谎言和空洞言辞的刺激下，迪迪将再一次尽力投入那纠正自己情绪的无尽使命中去。

接着，播音员针对出现在他左边屏幕上的一张静止的照片在说些什么，照片上有位美国士兵在审讯一个十几岁的敌方俘虏，俘虏跪在地上，被蒙住了双眼。但是迪迪已经没有在听了。

想到自己国家的所作所为，想到它对一个无力自卫的弱小民族正在进行的大张旗鼓、旷日持久的谋杀，而这只是本世纪一系列的历史性暴行、一系列难以想象的罪行中的最近一次，迪迪不禁觉得，自己在过去四天里因为仅仅一个人的死亡而承受的痛苦（现在）看来简直是不足挂齿。作为发生在这个星球、这个年代里的一桩事件，迪迪的行为几乎可以忽略不计。与现实的大环境相比，它会显得无足轻重，远远不够职业水准。而他痛心疾首的忏悔则无异于小题大做，自以为是；充其量也只是文明过头的人所表现出来的愚蠢而可爱的弱点。"邪恶的迪迪"必须明白自己的过失微不足道。这样做并不意味着迪迪在为自己失手打死尹卡多纳寻找托词或推卸责任。杀了人就是杀了人，它会成为情感上难以抹去的可恶污点。因为人死了不能复生。

道尔顿·哈伦不再是"好人迪迪"，就算他曾经如此的话。这一点不妨承认。不过，仍然可以想一想在世界范围内不断发生的那些更加惨无人道的大屠杀。那些杀人犯从来没有经受良心的任何谴责。他们干吗要良心不安呢？如果杀人是为了自己的祖国，那么，即使你每小时杀死一百个尹卡多纳，人们也会为你欢呼呐喊；不仅砸烂那些有时能够自卫的男人的脑袋，而且掏出女人的内脏，还把孩子扔出窗外。只有极少数杀人者才是例外，他们的内心会产生负罪之感——即使他们的行为得到赞扬，即使因为履行职责而受到祝贺。而其他人，比如迪迪，则没有得到授权，他们远离那个杀人是时下受人尊敬的行当的舞台，不过也得扮演相应的、容易上当受骗的角色。迪迪就是这样。尽管他原本知道不该是这么回事。

为了获得与邻居和睦相处的可疑回报，迪迪吞下了可恶的诱饵。将判定善恶标准的古老谎言当成了自己的真理。

迪迪之所以折磨自己，并非因为一桩导致了他人死亡的暴力之举；如果被警方发现的话，他会被处以死刑，或至少关进监狱。而是因为他没有与一名英雄或职业杀手相关的职位或身份。是因为没有一项事业。是因为缺乏一种神圣化的公共目标。是因为自己仅仅杀了一个人，而不是大肆屠杀。

迪迪透过玻璃，望着那位表情呆板的播音员，庆幸自己又想起了周围的世界。他可以更清醒地看待自己星期天所犯下的罪行。同时也可以更清醒地看待自己良心所受的煎熬，这一点更为重要。

“受过良好教育的迪迪”不是多年前就明白了所有这些道理吗？像他这种一贯性情温和的人奢侈地信奉自我惩戒的道德主义，从中受益的只会是那些强大的、从事民族大屠杀而被视为神圣的人。这会巩固他们的权威。让他们更安全无虞，更不可侵犯。今天，谁也没有权利对这类事情保持天真无知，迪迪为自己的无知而惭愧。在尹卡多纳的问题上，付出的真是无谓的痛苦。在海丝特的问题上，险些葬送了自己的爱情。

门“嘎吱”一声被推开了，进来的人似乎轻手轻脚，但脚步声仍然比较沉重地落在地毯上。休伯特那个身材魁梧的儿子詹姆斯·瓦特金斯走了过来。“你好，哈伦，看来你早到了。”迪迪机械地挪动双腿，从正在大玻璃窗另一边面带微笑、漫不经心地播送种族灭绝消息的播音员那儿转过身来。伸出手去。“你好，瓦特金斯先生。”离开走廊，来到接待室。康明斯基也到了，正舒展身子靠在长沙发上，翻看一本旧的《生活》杂志。“我想其他的人随时都会到的，”瓦特金斯一边说，一边搓着干燥、发红的双手。一种习惯性动作。

迪迪拿出一支烟，坐了下来。“给我也来一支，行吗？”康明斯基说，“我打算戒烟，所以没有再买。”迪迪点点头，将烟盒递过去。“喂，哈伦，你有没有看到我在《美国显微镜协会会刊》上新发表的文章？”迪迪说没有。“哎呀，幸好我想到今晚带了几份复印件过来。”康明斯基左手夹着未点燃的香烟，右手拿着火柴。他把烟塞到嘴里，开始将一只手探进外套里面的口袋。用错了手。难道康明斯基忘了自己是右撇子吗？他显然是右撇子。最后，他不得不将火柴也放到一边，这才从口袋里掏出论文，塞进迪迪手里。“谢谢，”迪迪说。

几分钟后，里格尔和迈克尔森走进门来。（现在）我们已经全部到齐，准备就绪。里格尔和迈克尔森两人情绪很好，迪迪猜测他们是从里格尔家来的；迈克尔森被邀请去里格尔家吃饭，在那儿吃了一顿放有太多调味品的丰盛晚餐，而他自己则是里格尔那位一向缺乏魅力、仍然待字闺中的女儿的开胃菜。进门的时候他们似乎还在谈论艾薇。“喂，亚历克斯，”康明斯基朝迈克尔森喊道，“你有没有看到我在《会刊》夏季号上发表的文章？”迈克尔森摇了摇头。“等一等，我给你带了一份。马上就好。先别走，就放在我口袋里。”

迈克尔森对这份礼物没有丝毫鼓励的表示，只是一屁股坐在长沙发的左边。迪迪（现在）坐在中间，尽力不让康明斯基上下挥动的胳膊肘撞到他的右侧。因为康明斯基不得不又一次暂时放下手里各种有用的东西，这些东西似乎自然而然地又成了障碍。从大厅的饮水机那儿取来的一纸杯水必须稳稳地放在窄小的沙发扶手上；一份《信使公报》放在一边膝头；一支没抽几口的烟插在沙发旁的一个有支架的金属烟灰缸里。康明斯基一只手伸进外套里面，使劲地掏着。几乎就像在笨手笨脚地脱衣服。犹如一个等不及要小便的人却发现自己裤子的前门襟是不熟悉的纽扣，而不是平常的拉链。

迪迪对康明斯基这么笨拙而热情地推销自己感到好笑。天生的收藏家的执着。康明斯基是迪迪最近遇到的又一位收藏家，不过他收藏的不是细小物件或战利品，诸如邮票或贝壳之类。眼前这位只是收藏自己的观点，然后迫不及待地将印有这些观点的印刷品散发出去，哪怕别人毫无兴趣。他提供的不是真品，不是有价值的原件，不像集邮爱好者进行真正的邮票交易。或者贝壳收藏家进行真正的贝壳交易……更像是纪念品。

我们（现在）全都坐下了。在长沙发的对面，一左一右两个角落里各有一张舒适的单人沙发，分别为瓦特金斯和里格尔这两位长者所占据。长沙发上则坐着三位年轻人。迈克尔森接受了论文并装进口袋。康明斯基又在看报纸。迪迪只是身在其中而已。尽力做到身在其中。

稍等片刻之后，《咱们的社区》制片人进了旋转门来到接待室，一条胳膊搭在播音员的肩膀上。“所以，尽量把这一条也加进去，好吗？”

“好的，”播音员说，“一小时后见。”然后推开前门。

“再见，伙计。”播音员关上门走了。制片人转向这五个人。“都到了吗？”脸上堆满了笑容。“太好了！我们去排练室吧，以便马上可以开始……”

“我看不如就在这里开始讨论，”里格尔说，他几乎是一字一顿，好让自己在说话的间隙还抽上几口雪茄。“我们一会儿还有人来。然后我们再进去。”他又吧嗒了几口雪茄，似乎在强调他的座位很舒适，同时表明他的身体不愿意挪动。

迪迪顿时猜出了里格尔的心思。他想好好为难一下制片人，看他如何反应。

制片人会如何反应呢？“当然可以，里格尔先生。”哦，不过如此。制片人输了。里格尔喜欢心血来潮，而且瞧不起那些连起码的反抗都没有就遵从他的人。制片人正好犯了这样的错误。甚至问都不问，他就依着里格尔而改变了计划。里格尔肯定想干一仗。难道他不明白自己已经赢了吗？

但制片人有一位盟友。瓦特金斯不怕争吵，而且喜欢跟里格尔唱对台戏。“得了，霍华德，干吗不告诉我们还有谁要来呢？”瓦特金斯手里握着一支没点燃的烟斗。

里格尔面不改色地转向他。“是一个惊喜。”

迪迪心里想，来的会是谁呢？里格尔没有告诉任何人就给节目增加了一个人吗？难道是他所看重的某位新来的年轻人，公司里的一颗冉冉上升的星星？或者只不过是里格尔心爱的女儿艾薇，被四处兜售，永不放弃地期待有朝一日哪位年轻人会发现她独具魅力？

当然，制片人并不明白是怎么回事。也不知道事情到了哪一步。他仍然很乐观，也可能仅仅是迟钝，一心忙着安排我们的临时工作场地。试图通过这种安排来显示自己的权威。他出去了片刻，回来时带了一把金属折叠椅，把它放在接待室的中间。接着，他骑坐在椅子上，双臂环抱住椅背。

“好了。”他逐个打量着每一张面孔。“我想你们一定都明白，我们希望这档节目的气氛尽量轻松。《咱们的社区》是每月一期的公众事务节目，由市区商人协会出资赞助，目的在于让收看10频道的本地观众更好地了解自由企业制度，了解美国商人所面临的问题以及承担的责任。贵公司是本地历史最久、声誉最高的企业之一，上本节目是理所当然的事情。事实上，我都不明白我们的节目为什么没有早些请到你们。”

迪迪明白。公司管理层一贯认为，向普通民众展开公关对销售根本就毫无益处，这种情形直到不久前才有改观。瓦特金斯和里格尔（现在）同意与《咱们的社区》做一期关于公司的节目，只是进一步表明，在过去的一年里，管理层的平静局面受到了多大的冲击。

“不管怎么说，现在请到你们了，”制片人继续说道，“我们真的很高兴。但我们本周六要做的节目与我们在上一期的‘本月企业’中介绍白宫百货商场的节目不一样。百货商场无人不知。或者人人都自认为知道。而显微镜却是很专业性的东西。我的话没错吧？”

“接着说，”里格尔说。他看了迪迪一眼，迪迪移开了视线。“你的意思是说你对显微镜不大了解吗？”

“嗯，一旦涉及科学，我们这些外行人全都不相上下。里格尔先生，我想要说的是，恐怕我们这不是教育电视。尽管天知道，我倒宁愿是教育电视。”

“听着，哈维，你有什么话就明明白白地直说好吗？”里格尔蹙着眉头说。

哈维是这人的名，还是他的姓呢？迪迪（现在）忘了这位制片人到底是叫哈维还是姓哈维，只见他在金属椅上动了动身体。“其实很简单，没什么可担心的。我的意思只是说，我们的节目是由别人出资赞助的。而你们知道，赞助者希望观众开心。”说到这里，他自己脸上堆起了笑容，似乎在展示他设想中的观众具体开心到什么程度。“人们收看节目时能有所教益也不是坏事。但是，他们在看我们的时候，还应当得到乐趣。”

“我们？”

“嗯，里格尔先生，我显然得把自己包括在内，因为我有幸在节目中担任你们的主持人。说到这里，我正好解释一下我打算怎样做。诸位也就可以明白你们将怎么做。”

“说吧，”瓦特金斯和颜悦色地说。迪迪注意到，老头子只要发现里格尔对什么事情感到恼火，便刻意显出和蔼可亲的样子。

里格尔的确很恼火，这毫无疑问。迪迪心里想，人们生气的理由未免有些古怪吧？这位不知道是姓哈维还是叫哈维的人并没有怎么冒犯里格尔。当然，他是个没有城府的傻瓜。但是，里格尔平常接触的人大多都是这样。为什么唯独跟这一位过不去呢？人与人之间有时会没来由地陡生反感，这是怎么回事？当一个人仅仅是因为自己的存在或者因为人品、气味、长相而不是因为具体做错了什么事情，而在无意中引起别人反感的时候，他是否总能心中有数？如果这个人的直觉正常的话，就应该知道。迪迪的直觉出了问题：当他在铁路上闯进尹卡多纳的工作场所时，就没有意识到自己引起了对方的反感。而尹卡多纳的直觉系统可能很正常。他可能知道自己同样引起了迪迪的突然反感。而且正因为知道，才开始用愤怒和敌意来回应——早在迪迪明白自己的感受之前就先发制人。他是怎么知道的？是摸到了？还是闻到了？

这个不知道是姓哈维还是叫哈维的家伙似乎从里格尔那里接收到了一些敌意的信号，但是还不打算认输。他顿了顿，逐个打量着每一张面孔。迪迪躲在自己的墙壁后观察他的反应。里格尔已经使他心慌意乱了吗？也许是的。制片人似乎意识到自己现在该表明立场了。否则就永无机会。如果现在还不是为时太晚的话。他没有回应瓦特金斯最后那句话，也许是因为瓦特金斯主动站在他这一边；也没有去看里格尔，而是转向坐在长沙发上的三位年轻人。“迈克尔森先生，哈伦先生，康明斯基先生，你们还没有开口呢。有什么要问的吗？”

迪迪知道，这是对里格尔有意为难的反击。但是，这种策略能否让他们三人参与谈话，迪迪却感到怀疑。不说别的，坐在迪迪身边的两位根本就是充耳不闻。几分钟之前，康明斯基从外套里侧的口袋里将自己的论文又掏了一份出来，放在仍然置于他腿上的《信使公报》之上，然后就一直在那儿悄悄地读来读去。迈克尔森的腿上摆着本子和铅笔，俨然做笔记的样子；已经涂涂画画了好几页，都是裸体女人以及各种飞机。这样就只剩下迪迪了，他倒是始终在听。不过虽然在听，（现在）却不想开口。他干吗要捉弄这个傻瓜呢，既然在这么短的时间内，里格尔似乎就已经对此全力以赴？他也不想缓和气氛或安抚对方，因为安抚的任务落在了瓦特金斯身上。

迪迪该说些什么呢？“嗯……该称呼您哈维先生，对吧？”猜对了。制片人和气地点点头。“您做这档节目多久了，哈维先生？”

迪迪本想不偏不倚。但是话一出口，听起来却有挖苦的意味。哈维先生以为这是一位完全出乎他意料的反对者的又一句责难，不禁明显地瑟缩了一下。

在房间的另一边，里格尔晃着一支他的宝贝古巴雪茄，要给迪迪，以欢迎他加入捉弄者的行列。“郁闷的迪迪”。要想说一句单纯的话真是太难了。哪怕是怀着世界上最诚挚的愿望，你还是会发现自己是在为别人说话。不是为自己，而是为别人，为一个你根本就无意效劳的人。迪迪但愿能收回自己的话。

康明斯基还在阅读自己的论文。迈克尔森仍在涂鸦。迪迪觉得自己的脸可能红了，暗暗想象自己是在另一个地方。

“好了，这么说吧，”制片人说，他的语气很欢快，仿佛在撒出一张网，想网住其他的人。“我们都是大忙人，对吧？所以我尽量长话短说。”里格尔打了个呵欠。瓦特金斯终于点燃了烟斗。“节目的步骤是这样的。首先，我会简单介绍一下显微镜是怎么回事。你们知道，也就是背景知识。接下来我们会播放几个画面，显示公司从创建到发展直至今天的有关活动，而我会做些讲解。然后是专题讨论，哈伦、康明斯基和迈克尔森都要参加，我来主持。接着我会介绍瓦特金斯先生，我想请他谈谈他的祖父、父亲以及他自己。你们知道，人们总是对这些方面感兴趣。在这之后，你们的总裁里格尔先生会说上几句。我们会加进工厂和办公室的镜头，展现它们现在的模样，然后以公司今年五月在卡南代瓜湖野餐的几张照片结束。所有的影像资料都是由渥斯特先生提供的；我们从他交给我们的材料中选择了一部分，我今晚会放给你们看看。”

迪迪朝里格尔望去，想看看他是否满意这种安排。迪迪猜想他好像不太满意。制片人显然不这么认为。哈维自信满满地觉得他的对手终于平静下来，所以认为可以说上几句话来讨好里格尔。

“你们也许有人不知道，后面说的这些照片是承蒙艾薇·里格尔小姐的好意而借给我们的。”

“她用的是保莱克斯照相机。”

“是呀，没错，里格尔先生。它们都照得很漂亮。”

“那还用说！我的女儿可有眼光了。我已经请她今晚过来看看，并给我们提些意见。我肯定我们大家都用得上的，哈维。她现在应该到了。不知道是给什么耽搁了。”

迪迪在长沙发中间往后一靠，伸长双腿，又点了一支烟。这将是一个难熬的夜晚。

将星期六的节目串过一遍之后，里格尔父女邀请大家去他们家里喝点儿什么。其实我们谁也不愿意去。瓦特金斯向来都很少表示赞同，因此习惯性地一口回绝。其实，这一邀请针对的是三位年轻人，他们犹豫了片刻。迪迪知道自己有迎合上司的习惯，这时尽量使自己的语气显得既随便又坚决。他以太累为由而谢绝了。

我们离开了电视演播室。哈维的汽车停在电视台后面，所以很快就与我们分手。瓦特金斯那辆有专人驾驶的林肯大陆正等在路边准备接他。艾薇一边解释说她不得不把车停在两个街区之外的路上，一边领着剩下的几个人往那边走去。康明斯基和迈克尔森走在她父亲两侧。迪迪打算送他们上车，所以跟在后面。又抱着他的玩具熊猫。

“我们捎你到酒店吧，哈伦，”里格尔说。谨慎的选择是接受这番好意；那样他们就会看到他进酒店去休息。相反，如果他乘出租车的话，至少里格尔机警的头脑一定会怀疑迪迪根本就不累，而是晚上有更为开心的其他安排。

但是迪迪不想与他们同行。话说回来，经历了这么多的事情之后，迪迪已经——或者说应该——不在乎谨慎不谨慎了。

“谢谢，里格尔先生。我还是乘出租车好了。”让这老东西见鬼去吧。随便他怎么想都行。“艾薇，这个送给你好吗？”指的是玩具熊猫。他把黑白两色的大熊猫塞进她的怀里。

几乎是转眼间就叫到了出租车。

他回到拉什兰酒店时，已经是半夜时分。从那位勤奋的值夜班的打工学生面前走过，朝他点了点头。根本就没有想到要等到两点钟，届时《信使公报》的《城市版》会送达酒店。

迪迪又洗了个热水澡，迫不及待地掀开刚刚换过的床单，钻到床上。很累。但是他觉得并无睡意，以为自己会担心海丝特明天的手术而几乎彻夜难眠。他错了。没想到入睡其实很容易，因为睡着之后就可以梦见海丝特。还可以考虑一些可怕的事情——那些在多数忧心忡忡的不眠之夜他不让自己考虑的事情。

梦境中，迪迪在海丝特手术前的夜晚去医院探视。他走进熟悉的白色病房，梦中的病房与现实中一模一样。但海丝特所戴的却不是她原来的墨镜。现在的镜框是方形，而不是椭圆形，里面镶的是厚厚的赛璐珞而不是玻璃镜片，颜色比她一贯所戴的要深。每只镜片的中间有个小孔。

迪迪不自然地坐在靠近床尾的椅子上。“是新眼镜吗？”他不自然地问。

“是新疗法，”海丝特回答，“医生说，我从发现病情的时候起就应该一直戴这种眼镜。”

迪迪心里想，这副眼镜虽然模样古怪，却透出吉祥之兆。是什么呢？这还用问吗？两只镜片上的小孔表明海丝特并没有丧失全部的视力。她没有完全失明。但这与可以看见是两回事。难道她能看见吗？一直都能看见吗？那么，她星期天为什么没有看见他离开包厢？

但紧接着，迪迪的心又悬了起来。因为这副新眼镜还意味着海丝特出现了某种他不明白的问题。他以前听说过这种眼镜。是用来治疗视网膜脱落的。海丝特怎么会发生这种事情呢？是因为受伤吗？还是感染所致？两只镜片一模一样，说明两只眼睛都视网膜脱落。但这可就严重了。要避免完全失明，时间是最关键的因素。一旦发现这种症状，病人就应该住院，应该卧床休息，而不能随意活动。任何活动都可能加重病情。在动手术之前，对海丝特必须小心照料，就像照料一筐生鸡蛋一样。

然而，事情果真如此的话，则海丝特已经不必要地冒了巨大的风险。一方面是乘火车旅行本身，那种高速的行驶，以及一路的上下颠簸自不必说。还有隧道里的急刹车。迪迪回想起火车猛地一抖重新启动时，海丝特曾经叫出声来。他当时以为她是因为看不见而害怕；（现在）他明白了，那是因为她的眼睛痛，因为她的视网膜脱落得更厉害了。而最糟糕同时也最不必要的冒险就是在洗手间里做爱。她干吗不告诉迪迪她是那么脆弱呢？如果当时就知道了他（现在）才了解的情况，他就决不会跟她一起踏进那个小房间。鉴于她的情形，他的行为简直无异于施暴。难道海丝特的本意正是诱使他施暴吗？正如尹卡多纳挑起事端，终于迫使迪迪用撬杠朝他当头一击那样。他们两人难道是同谋？海丝特试图引导迪迪伤害她，或者让他成为造成她人身伤害的主体？让他不知不觉地犯下又一桩罪行？

迪迪在睡梦中绝望地失声惊叫。几乎要睁开眼睛，但接着又重返梦境。

场景变成了医院的手术室。头顶上的灯洒下明净的亮光，手术台上被遮盖住的人体、穿着白大褂的医护人员、小推车上的器械盘以及麻醉设备等都沐浴在其中。迪迪与许多其他的观摩者一起置身于高处的楼座上。但不只是坐着观看。他站在过道里，手里拿着一样东西：一部保莱克斯照相机。在为手术拍照。迪迪虽然不是医学院的学生，但与他们站在一起却自有原因。而且不是他与海丝特的私人关系上的原因。是因为他的工作；他是一位专业摄影师。在梦中，迪迪就职于一家专门从事法律和医学摄影的工作室。拍摄手术的过程，以作医学院的课堂教学或医院里实习医生的学习之用。另外，他也拍摄事故和凶杀现场，以便为法律诉讼和凶杀案审判提供证据。(现在，)他一丝不苟地拍摄着海丝特的手术。这是一次技术要求很高的手术。

> 直到前不久，实施这类手术时最先进的方法都是冷冻术。将一根盛有剧冷气体的细管精确地瞄准，让气体从管子里喷出。如果医生手法精准的话，这股高速气体就会穿透眼球表层，经过水液，正好击中眼底视网膜脱落的部位。这种气体速度快，力量大，不出几秒钟，脱落的视网膜就会被粘连或焊接起来。
>
> 但海丝特的医生所学的是更新的技术，使用的是激光。不过目标相同。原理也相同：从一定距离瞄准刺穿，用的不是硬邦邦的金属器械，而是气体和光束。真是一种让专家们叹为观止的杀人武器。

医生手里握着微型激光枪，像玩具机枪一般对准海丝特的脑袋。距离越来越近。她的眼皮被夹钳撑得很开。他发射了。

但是毫无气味，甚至没有皮肉烧焦的气味。当那微小的光束穿透她的眼睛时，她是否会有感觉？医生怎么能肯定激光在穿透眼球之后没有射进大脑？她肯定很痛。瞧，她正在手术台上不安地扭动。医生们还在继续。迪迪很想干点儿什么，但是他隔得太远。于是他继续拍摄，照相机“咔嚓咔嚓”地响个不停。

（现在）迪迪回到了海丝特的病房，坐在她的床边，等待她苏醒过来。她脸上缠满了绷带。迪迪怀疑是否有这种必要。醒来后，她该怎样说话？该怎样叫他的名字，怎样要水喝？该怎样呼吸？而如果迪迪看不见她的面孔，那么，他就不仅仅是无法跟她交谈；他甚至无法确定这就是海丝特。迪迪已经越来越强烈地觉得这不是海丝特了。躺在毯子下的人身形很长，那不像海丝特的身体。看上去过于魁梧，宽肩窄臀，骨架像个男人。迪迪突然有了 种不祥之感，觉得自己坐在另一个人的床边，守护着另一个人的尸体。而且他还知道这是谁的尸体。只不过他一时想不起那人的名字。是他认识的人。准确地说，是曾经认识。因为那人已经没有了呼吸。

但就在这时，梦境又变了，躺在迪迪眼前的身体无疑就是海丝特。她已经醒了，口里喊着“我看不见”，一边想扯下脸上的绷带。医生护士们从门口冲进海丝特的小房间，围在小铁床的周围，关切地弯腰观察着。迪迪被挤到了一旁。医护人员似乎在商量着什么。迪迪贴在紧邻洗手间的那面墙上，想侧耳细听。但是他们不让他听。不过就算听不见，他心里似乎也清楚医生护士们在说些什么。他们诊断失误。迪迪怒火中烧，大声吼道：“可是我告诉过你们的，你们这群白痴！我之前告诉过你们的。”医生护士们没有理睬迪迪，只是把海丝特软绵绵的身体搬到担架车上，将她推出了病房。迪迪连忙跟了过去，穿过一条又一条长长的千篇一律的走廊。有时候，担架车以及躺在车上的珍贵的人儿，还有那群白大褂，会脱离他的视野。每当这时，迪迪就大为紧张，唯恐自己一个人再也找不到海丝特的手术室。手术室太多了。

他们在哪儿？他找不到了。

穿过另一条空荡荡的走廊，迪迪又看到了那群鬼魅般的身影。像工厂里瓦特金斯教堂那样的高大木门打开了，让医护人员将病人推了进去。迪迪也想跟进去，但是有个长得像康明斯基的人挡在门口。“你不能进去，哈伦，”他喊道，“他们正在那间实验室里研制绝密材料。”

“你别见鬼了，这只是一间手术室！”迪迪恳求道。他挖空心思地想说服康明斯基。那家伙不为所动，但过了一会儿，还是稍稍退了一步。尽管迪迪仍然不能进去，却可以从锁孔里观看。迪迪双膝跪地，左眼贴在那块长方形金属板上。

就像是看显微镜。金属板上甚至有些类似显微镜的装置可供迪迪调动。

有个大齿轮负责粗调，犹如粗螺旋。它通过齿轮齿条调整装置而工作，可以调整镜筒的升降。

左右两边各有一个小旋钮负责微调，犹如测微计旋钮。右边的旋钮刻有微米刻度，便于确定垂直移动的具体幅度。这种微调有明确的上下限，一旦达到限度就再也无法转动。物镜只要触及标本上面的盖玻片，就会停止不动，因此可以避免对标本或镜片造成损害。

海丝特就是迪迪的眼睛所观察的标本。他十分轻柔地转动旋钮，将镜筒缓缓地上下调动，寻找最精确的焦点。

看到了，像玻璃一样清晰。正是迪迪想要的效果。海丝特重新躺在手术台上，像载物台上的玻片。但在这间圆形手术室里没有学生观摩，这一点与上次手术不同。难道他们也不准入内吗？迪迪想，这帮自命不凡的医生在出错的时候，显然不想让自己的学生知道。

医生正用手术刀为海丝特的眼睛做手术。迪迪想看个清楚，因为这个环节一定非常重要。但海丝特看上去太小了！其他的人也都成了小人儿。迪迪眼前的景象渐渐模糊起来。他开始转动粗螺旋，接着是测微计旋钮。起初他的动作很慢，随后就越来越快。但似乎仍然解决不了问题。物像在不断缩小，变得无法辨识。“我看这台仪器出故障了，”他自言自语地说。但迪迪真正所想的却是，一台显微镜，任何一台显微镜，都不适合观察这样的情景。而这种念头却无从诉说。这个世界就喜欢小巧玲珑的事物。

迪迪跪在那里，抬头朝康明斯基看去，只见那家伙懒懒地靠在门边，两条胳膊随意地交叉在胸前，就像少人问津的博物馆里的一位百无聊赖的门卫。“你这杂种，难道就不能给我透露一点儿吗？”迪迪吼道，“起码告诉我医生们认为是怎么回事。”

“我想是角膜不透明，”康明斯基一边懒洋洋地回答，一边挠了挠头皮。

迪迪挣扎着站起身，撞倒了显微镜。“可是我告诉过他们的！那些医生一直都是这么诊断的。”

“也许他们忘了，”康明斯基慢吞吞地说。

“他们怎么能忘呢？”迪迪愤怒地喊道，“这简直太残忍了。他们怎么能让她遭这么大的罪呢？”

康明斯基耸了耸肩膀。现在他也渐渐模糊起来。他的头发变了，相貌变了，肤色变了，体形也变了。看上去像电视台的那位哈维，那位不知是姓哈维还是叫哈维的家伙。有新办法了。迪迪的显微镜虽然摔坏了，但还有其他的观看方式。景象也不像显微镜里的那么小。“我可以在电视上观看手术吗？”哈维点点头，朝走廊那边指了指。

迪迪奔向哈维所指的那个房间，推开房门，发现回到了自己在拉什兰酒店的客房。他打开电视。所有的频道都没有节目。屏幕上没有图像。迪迪（现在）明白自己上当了。但是当他开门准备离开房间时，看到的却是酒店的走廊。这里不是医院。他的确上当了。华伦医院在数英里之外，他怎样才能回到那儿去呢？因为突然之间，迪迪意识到海丝特的处境非常危险。她已经被实施麻醉，眼球被手术刀切开，医生必须马上手术。但手术室刚刚收到一封电报。眼库很抱歉，今天没有可用于移植的角膜。

等一等！有一种方法也许可行。万幸的是，迪迪碰巧知道一具合适的尸体。那人刚死不久，生前既强壮又健康，可能拥有一整套健全的器官。如果他能弄到尹卡多纳的眼睛并及时送到医院，海丝特的视力就有救了。这种方案不仅具有必要性，还具有美好的合理性。有了这双眼睛，那工人就没有白白死去。“凶手迪迪”也就不会罪不可恕了。有了尹卡多纳的眼睛，海丝特就能重见光明。而通过海丝特，尹卡多纳的生命也会得以延续。迪迪也就拥有了他们两个人。

迪迪奔向拉什兰酒店四楼的电梯口，但电梯口已经不在原位。来不及寻找了！转身朝标有“出口”的那扇门跑去，三步并作两步地冲下一长溜楼梯。楼道里一片漆黑。迪迪想起了隧道。还想起了儿时的情景：壮着胆子独自溜进储藏间、潮湿的地下室以及黑乎乎的食品室。但是不行，他（现在）可不能返回那儿，不能返回位于阿伦敦的家中。那儿比医院还要远。

到了楼梯脚下。有了亮光；是一扇门；迪迪把门推开。他来到了街面上，但眼前不是拉什兰酒店门前那条嵌有电车轨道的大街。难道迪迪迷路了吗？他干吗不带张地图呢？迪迪想起保罗以及所有人总是称赞他的方向感。他不可能失去了这种能力，不管身在何处，即使是多数人都会晕头转向的地方，他也能凭着这种能力而轻易弄清自己的方位。他需要的只是稍稍放松，深吸一口气，不要心烦，也不要为自己难过。那种能力就会重现。

果然重现了。这条街看起来像是曼哈顿。哦，天啊！是百老汇和第四十四街。可以看到阿斯特尔图书馆的一角，还有派拉蒙剧院那黑不溜秋的寒伧外形；剧院关闭了又开放，然后再关闭，再开放，（现在）已经最后一次关闭了。白色的招牌上没有文字。像一块不光彩的墓碑。迪迪困在这个鬼地方，周围满是酒鬼、妓女和观光客，汽车的喇叭声此起彼伏。他怎样才能返回州北，到殡仪馆找到尹卡多纳，把他的眼睛从尸体上挖出来呢？然后又怎样才能回到医院，把那对血淋淋的肉球塞进等候在那儿的医生手中？来回得好几个小时。等迪迪好不容易到达时，手术恐怕已经取消了。海丝特被推了出来。回到那白色的病房，从此永远不见光明。但是医生决不能放弃。迪迪也鼓励自己不要灰心。只要他脚不停步，就会越来越近。任何运动都会缩短距离，缩短一定的距离。

他得乘火车才行。如果他一路跑到车站，也许能赶上“私掠船”号正要启动。迪迪拔腿就跑。他的胸口发痛。他的身体近来大不如从前了！在大学的赛跑中一度获奖的迪迪曾经跑起步来不知疲倦。保罗似乎也出现在此刻的梦境中。也许在要迪迪快跑。保罗可真是坐着说话不腰疼——他每天都有八个小时坐在钢琴前。

很准时。是火车准时，而不是迪迪。迪迪晚了。来不及去买票。他一边飞跑，一边寻找有用的标志，想弄清是哪个检票口或站台。双脚生风似的冲下一溜楼梯。开车信号已经发出。在又长又脏的站台尽头，有位工作人员在头顶挥舞着黄色信号灯。迪迪身体微蹲，摆好姿势，心里默默地数着“一——二——三”，然后迈开大步，在站台上狂奔起来。乘务员和站台上的工作人员冲着他大喊大叫，试图阻拦他，讯问他，但都被他甩在身后。站台太长了！迪迪可不会停步。除非被他们抓住。站台尽头的火车显得那么小，那么远。他一会儿看看站台，一会儿看看那刚刚开动的一节节晃悠悠的车厢，只管沿着无尽的站台朝最后一节车厢奔去。

迪迪醒了，浑身大汗淋漓，盖在身上的被单都掉在地上。他的手表卷曲着放在床头柜上：四点半钟。他有些喘不过气来。

迪迪还是很累。但是又害怕再次睡着。也许那可怕的梦又会继续，就像在休息室里抽支烟后接着看一出戏的第二幕。也许明智的做法是马上起床，冲个澡，把做梦时身上出的汗擦干净，然后干点正事。杜瓦要求他提交一份关于这次会议的详细报告。迪迪原本打算会议结束之后——比如星期天——再写报告，这种安排应该是合情合理。但今天是会议的最后一天，出现重要情况的可能性有多大呢？微乎其微。迪迪倒不如（现在）动手好了。

用笔写完第一稿。到八点左右，就可以用他的好利获得牌打字机打出来了。等迪迪将报告打印完毕，离下楼上车只剩下几分钟了。在信封上贴好邮票，交给前台的服务员寄往纽约。

迪迪觉得星期五的会议尤其难熬。不仅因为这是最后一天；它显然是留出来对已经做出的决定进行重复性总结，同时老一套地对主要参会者致谢并表现一下公司的沙文主义。还因为迪迪决定闭口不言。既然已经写完了报告，提出了建议，他（现在）就打算一言不发，以免引起其他人提出新的建议；那就意味着他得在报告之后附加补充说明。工厂里不能发生任何事情。所有的人都必须敷衍了事，只说些无关痛痒的话，这样他就可以无牵无挂地去看海丝特。

他在第一时间离开会场，四点半钟到达医院。手术定于三点钟开始，至少要做两个小时。但是当他快走到护士长办公室，想了解一下手术是否如期开始时，却一眼看见那位可恶的婶婶僵硬地挥动着胳膊，从走廊上朝他匆匆走来。迪迪顿时明白手术已经结束，而且情况不妙。

“哦，亲爱的道尔顿！见到你我真是太高兴了！我们可怜的宝贝儿已经回病房休息去了。她麻醉还没有醒，我们得到晚上才能见她。科林斯医生说不用担心。说她的身体很健康。只不过——”她欲言又止。

“我明白了，”迪迪沉着脸说。

“是吗？”

“当然了！你是要告诉我手术没有成功。”

内勃恩太太愣愣地望着他，张了张嘴，似乎想说什么，但是又闭上了。她从手袋里掏出手帕，擦起了眼泪。

“我也知道，做医生的总是有些悲观。可我还以为他们一定会有办法的。谁知道只过了一个小时，科林斯医生就放弃了。只一个小时呀！”

“他是怎么说的？”迪迪生硬地问。

“他说，就目前的医学知识而言，他们无能为力，而且她本来也只有百分之五十的机会。哦，那我们干吗要费这个劲呢？让我们抱那么大的希望！真是不公平。”

眼前这个女人与其说是为海丝特难过，不如说是自怨自艾，迪迪不想去安慰她。他要把自己的同情之心用在值得同情的人身上。

“还有账单！道尔顿，你不知道这要花我和她祖父多少钱啊。而且想想看，全都白花了！”迪迪朝电梯大步走去，由于伤心和愤怒而说不出话来。女人小跑几步，紧紧跟上。“账单……”

其实，开口说话比装聋作哑地听这些废话要容易。迪迪在电梯口转过身来，用严厉的眼神望着她。“内勃恩太太，我打算帮海丝特支付住院的费用。所以请别为这事儿心烦了。”

“是吗？”老太太问，那难以置信的语气一半是真，还有一半是假。她睁大那双让迪迪讨厌的精明的小眼睛，说：“我能问一下是为什么吗？”

“您心里很清楚。因为我想娶海丝特，如果她愿意接受我的话。”

迪迪停住话头，让老太太表演出好几种不同的表情和反应。她脱口说了一句："哎呀，道尔顿！"但马上意识到不该用惊讶之策。于是，中间甚至没有过渡一下，她就转而宽慰起他来。"这是什么话，如果她愿意？她当然愿意了！"迪迪尽力让自己板着面孔，好让内勃恩太太明白这一招也不管用。最后，她摆出亲热而明智的样子。"你知道，我心里一直都清楚。一直都很清楚。这么说来，仁慈的上帝带我们到这儿来，的确是用心良苦了。他虽然没有让我的宝贝儿重见光明，却让她找到一位了不起的丈夫。"

电梯门开了。"但愿海丝特也这么认为。请原谅，我得回去工作了。告诉她我会再来看她。"老太太张口结舌。她有两个愿望：其一是跟着迪迪进电梯，将这番不同寻常的谈话继续下去；其二是赶快回到侄女的病房，拽着她的头发让她从麻醉中醒来，然后将迪迪的打算一股脑儿地告诉她。由于内勃恩太太在两种冲动之间犹豫不决，结果两者都没有做成。韧带僵住了，愿望褪了色。她无法迈步。只是目瞪口呆地望着迪迪，直到电梯门关闭。甚至在电梯开始下行之后，她仍然愣怔在那里。

迪迪目睹了自己所施的魔法，暗暗庆幸如此轻易地摆脱了内勃恩太太。宽敞的电梯平稳地向下滑行。随着橡胶轻微的摩擦声，门开了。医院的大厅里没有熟悉的面孔在等着他。迪迪自由了。

外面在下雨。走过几个街区之后，迪迪渐渐有了一种凉飕飕的感觉。他并没有自由，而只是到了外面。想到自己那么直通通地说了一番话就转身离开，他（现在）不禁后悔起来，因为这意味着海丝特将先从她婶婶口里听到他即将求婚的消息。让他走掉之后，老太太满脑子想的肯定就是奔回海丝特的床边。一直守在那里，直到侄女的身体开始有了些微的动静，表明她的意识在慢慢恢复。在慢慢清醒，清醒到可以听取这一消息。如果海丝特是像蛇一样听不见——而不是像生活在湖底黑暗岩洞里的古老鱼类一样看不见——就好了。那么，她就不会听到她婶婶叽叽喳喳的声音。

在海丝特的眼中，她婶婶愚蠢的热情会不会玷污迪迪的求婚呢？真是失策。不过迪迪也不是太担心。他相信那姑娘自有主见。海丝特对她婶婶的愚蠢和虚伪心知肚明。很显然，她一定早就了解内勃恩太太毫不掩饰地想把她打发出去的迫切心情。迪迪不愿去想海丝特可能会认为他与她婶婶是一丘之貉。认为他的求婚是出于同样的利己之心，尽管两人的目的和方法不尽相同。

他觉得最可能出现的结果就是，海丝特仅仅是怀疑他头脑发昏。认为他将同情或善意与爱情混为了一团，所以她会尽力拯救他免受她的拖累。而他会为了自己而更加热切地拯救她。迪迪相信自己有充分的说服能力，认为自己一定能让海丝特打消疑虑。因为（现在）不一样了。他自己已经打消了疑虑。

雨还在下。迪迪光着脑袋，走在华伦医院附近的一条街上。他可以返回会场，会议起码还有一个小时。而且也应该回去。出于谨慎起见。他虽然为自己的突然离会编了一个说得过去的理由，但在他的上司看来，显然不太可信。迪迪一向不善于撒谎。而且讨厌说谎。每当要撒谎的时候，他总是既有几分怯懦，又有几分自尊，这使得他似乎可以让人一眼看穿。他们肯定看出他并非真的感到不适。管它呢。上司怎么看他并不重要。重要的是，只要海丝特愿意将自己托付于他，一种全新的生活可能就开始了。

“勇敢的迪迪”愿意承担未知的风险。他牢牢地抓住拥有海丝特的念头。

毫不怀疑自己爱她。而对任何可能让海丝特爱上自己的事情，他都会张开双臂欢迎。这里不存在顾虑自尊的问题。她知道自己（现在）已经被宣判永远失明，如果这一点有助于他的求婚，他倒是求之不得。她没有多少选择，这真是他的运气。因为如果她的选择仅限于跟他还是跟她婶婶共同生活，那么，对海丝特最终的决定他还是颇有把握的。

海丝特双目失明并因此而需要一位值得信赖和温柔体贴的保护人，他的求婚由此而因祸得福；不过，此时此刻如果不是想到这一点，他会为她的失明而难过吗？从她的角度出发，会的。但事实在于，迪迪并没有真的把海丝特视为通常意义上的盲人——通常情况下，世界被分为两大阵营：有正常视力的幸运的大多数，以及失去视力的极少数。世界并非如此简单。迪迪到处都能看到眼睛。每个人都有某种眼睛。有斜视眼，有金鱼眼；有的凶残，有的锐利，有的奸诈。有人没有眼睛，有人全身是眼。没有眼睛与眼睛失明不能混为一谈。除了数量、质量和用途上的区别之外，眼睛还可以根据其构成来划分。有的眼睛是由水构成的，有的是蒸汽，还有的是水晶碎片。迪迪觉得自己的眼睛可能是由纸所构成；充其量是牢固的羊皮纸。而海丝特的眼睛则像她的私处一样，是由柔软的肉所构成。对他而言，她有看得见的眼睛，而且一直都有。全身上下都有。就像青蛙、豚鼠和老鼠一样，它们的皮肤富含黑色素；使全身的表层都能对光做出反应。像科学家们不久前发现的那位具有特异视觉功能的俄国姑娘一样，那姑娘能用胳膊肘阅读——虽然速度很慢。

如果迪迪有能力让海丝特复明，他一定会在所不辞。不过他也可以庆幸今天下午的手术无济于事。使她的视力以及其他的身体状况保持原样。

让一切保持原样。只管在雨中漫步。所以迪迪不会返回会场。他会走上一小时，任思绪随意驰骋。然后喝点咖啡。最后再回到医院。

等她一出院，他们就回到纽约。回去之后，与内勃恩太太的交往就会变得少之又少，日益淡化——起码迪迪希望海丝特会同意这样，希望她想摆脱婶婶的监控。他们什么时候结婚呢？迪迪（现在）对海丝特满怀深情，并强烈希望尽可能巩固两人之间的关系，因此恨不得就在医院里举行仪式。在这个星期。或者去市中心的市政厅，就在她出院的当天。为了越快越好，他甚至可以容忍内勃恩太太充当教母和证婚人。不过也许海丝特不愿意这么仓促。别这样！哪怕她只是同意与他试着生活一段时间，迪迪也就自认是幸福之人了。

这么说来，可以先将内勃恩太太打发走，迪迪和海丝特可以先同居，等海丝特愿意结婚的时候，两人再履行法律手续。不过，到了纽约，他们住哪儿呢？他的公寓太小了。不能住公寓。迪迪可以设法借钱交首付买一套房子，比如西区的砂石房，或者还有更便宜的，比如中国城旁边的旧木屋，他以前曾经让租房中介带他看过。海丝特会对房子的每一寸地方都了如指掌。不需要两臂前伸以免撞上房门、墙壁或家具。她再也不会碰伤自己了。

雨下大了。迪迪快淋成了落汤鸡。街上（现在）几乎不见人影。海丝特喜欢在雨中漫步吗？迪迪还不了解。

他在一座电话亭前停了下来，给医院打了个电话。海丝特那层楼的护士长格特鲁德（现在）已经认识迪迪了，她说内勃恩小姐还在昏迷之中。八点钟应该可以醒来。到时候他可以去探视几分钟。

现在才六点。他接着走了一会儿，然后喝了两杯咖啡，吃了两个奶酪汉堡，一块馅饼，然后又吃了一个奶酪汉堡。到七点半钟的时候，迪迪不知道逛到了这一带的什么地方，几乎分不清东南西北了。天色开始变亮，雨也快要停了。已经是七点半。也许她已经苏醒。他匆匆朝医院赶去。

值班的护士没有阻拦他。迪迪大步穿过走廊，在病房前停下脚步。他的心脏怦怦直跳。轻轻地推开门。海丝特已经醒了，正平躺在床上，没有垫枕头。内勃恩太太在床边跟她耳语着什么。迪迪进了病房，看到海丝特没有被厚厚的白绷带缠住的那半张脸毫无血色，不禁大吃一惊。他几步奔到病床的另一侧，弯下腰，用嘴唇亲吻着她的面颊。“感觉怎么样？”她无力地一笑。“痛吗？”她摆了摆手，以示不痛。“你能说话吗？”

“能。”

迪迪急切地从床那边探过身来。“内勃恩太太，请让我们单独呆几分钟好吗？”

“为什么？”姑娘小声问。

“海丝特！”迪迪恳求道。

老太太傲慢地扫了他们一眼。“你们要我干什么都行，亲爱的。我肯定从来没想过要妨碍谁。”再也用不着讨好迪迪了。他的求婚之词既然说出了口，就没必要客客气气地再拿他当外人了。

“海丝特！”

姑娘抚摸着婶婶的手，说：“好吧，就几分钟。”内勃恩太太叹了口气，站起身来。“可别让她太激动了，道尔顿，”她一边说，一边离开了病房。

迪迪等待着，希望听见她的脚步声在走廊上渐渐远去，可是却没有听到。看来她就在门外。不过仍然有一门之隔。

“海丝特，我这样是不是太自私了？刚才是不是太残忍了？我只是一定得跟你单独在一起才行。”

她伸出手来抚摸他的手。“在下雨，你一直在外面走。走了很久吗？”

“有几个小时。从我四点半来这儿开始。他们不让我来看你。”

“你本来可以呆在医院里，这样就可以早些见到我了。大约半小时前我醒来的时候，杰茜婶婶就在门外。”

“海丝特，别责备我。你说的没错。可是一想到在这儿等你醒来，就得跟那个女人一起呆上几个小时，我就实在受不了。所以只好出去。”

“我真为她难过，”姑娘说，那异样的微弱声音迪迪以前从未听过。

“看在上帝的分上，海丝特，暂时别想她的事儿好吗？告诉我你感觉怎么样。你觉得痛吗？”

“我全身都痛，我想是麻醉过后的缘故。除此之外，我就说不清了。不，我想我并不痛。”

“那你的……脸，你的眼睛呢？”

“不痛。那儿没有感觉。”

“那你心里是什么感受？”

“不知道。”

“嗯，你感到难过吗？”

“我一直都很难过。你也清楚，我早就知道手术不会有用的。”

“还有一件事。这非常重要。你婶婶告诉过你我下午来的时候跟她说的话吗？”

“是的，她说你想娶我。”

在此之前，迪迪一直弯着身子面对着海丝特，他的头在她的上方，双肘和前臂分别撑在海丝特脑袋两侧的床垫上，上身与海丝特贴得很近，但是他很小心，避免压着她。这种姿势很不舒服，因此他稍稍直起身子。她（现在）说到了对他至为重要的事情，即两人共同的未来；可她的语气却如此古怪，如此淡然。也许他根本就不该提起这个话题。应该留到明天，等她体力有所恢复再说。可他已经是欲罢不能。一定得多了解一下她的感受，或者起码是她（现在）所能体验的感受。

“你听了很意外吗？”真是个愚蠢的问题。把它收回吧。不。

“嗯，你昨晚的电报……”海丝特的声音越来越小。

迪迪应该到此为止。哦，拜托！只有一个问题了。

“你很高兴吗？”

“我也不确定。”

迪迪的四肢一僵。“不确定什么？不确定跟我一起你能否快乐吗？”

“哦，”姑娘疲惫地说，“我想，我几乎跟任何人在一起都会快乐。关键在于我，在于我内心是否快乐。”

“但是跟你婶婶一起生活你并不快乐吧？对不对？”

“对，我不快乐。”

“你愿意离开她，跟我一起生活吗？”

“我试试吧。”迪迪高兴得说不出话来，于是低下头去，亲吻海丝特的面颊。只有这些吗？真的只有这些吗？不需要一番特别的宣言吗？他再也无话可说了吗？的确没有了。不过迪迪还是想再说点儿什么，但就在这时，他注意到海丝特动了动苍白而干裂的嘴唇；她的声音很小，他得很费力才能听见。

“你说什么，亲爱的？”

“现在我们能叫杰茜婶婶进来了吗？她肯定就等在外面。”

接下来居然是这些话吗？迪迪不禁有些受伤。“你不想单独跟我在一起吗，海丝特？哪怕只是几分钟？”

“我现在无法单独跟任何人在一起。我累极了，觉得自己的身体被切成了上千片。你难道不明白吗，道尔顿？这里不存在一个完整的人可以单独跟你在一起。所以你不要嫉妒我婶婶了。”

“我尽量吧。”迪迪的行为有些失当，因为一腔柔情而变得专横起来。他自以为是什么人呢？竟然强调自己比她婶婶更适合海丝特。

他为内勃恩太太打开房门。老太太不自然地走到侄女的床边，开始对着她的耳朵说着什么。迪迪站在窗前，心里有了几分悔意，知趣地任由两位女士对他视而不见。

门再一次被推开一条缝，有位护士探进头来。“探视时间结束了。明天再来吧。”迪迪走到床边，握起海丝特的右手凑到唇边，又用沙哑的声音对内勃恩太太道了晚安，然后快步来到走廊上。

到了街上之后，迪迪看了看手表。八点过五分。七点到九点之间，有一场鸡尾酒会在国会酒店的格林厅举行，那是本城最大的酒店，距离拉什兰酒店四个街区。酒会已经过去了一大半。但是九点钟，在国会酒店的泰利斯厅还有公司为庆祝会议结束而举行的宴会，他（现在）实在没有借口不出席了。没有必要让里格尔和瓦特金斯不高兴，明天上午他还要与他们一起录制电视节目呢。迪迪上了一辆出租车，回到拉什兰酒店，重新刮了脸，换了一身衣服，在九点差几分时抵达国会酒店。

吉姆坐在一张长桌旁，正示意迪迪为他留了座位，但迪迪假装没有看见。他另找了一个位置，周围都是他不大认识的生产部门的人。晚宴期间，他几乎只顾埋头吃饭，对左右两边的邻座都没有理睬。饥肠辘辘的迪迪想象着他不仅是在为自己吃饭，而且也在为海丝特吃饭，她现在大概只能吃流食。他今天晚上得强壮，为了他们两个人。

10 频道位于一幢两层楼的建筑里。星期六中午，录制完《咱们的社区》之后，迪迪走了出来，与瓦特金斯、里格尔和其他人依次握手道别。他们纷纷赞扬他在开会期间的表现，特别是在头几轮上的发言。接着是祝他回纽约旅途愉快。迪迪听着这一切，却强迫自己尽量少开口。

“哈伦，你乘的是飞机还是火车？”瓦特金斯问。

“火车。”

“乘‘私掠船’号吧，”里格尔说，“那是从这儿到纽约的最佳车次。没有哪趟车比它跑得快。两点四十分发车，所以你还有大把的时间，能赶得上。”

“我知道，”迪迪有了几分勇气，回答说，“我来时就是乘的那趟车。”

将本星期初所发生之事和盘托出的冲动消失了。涌上迪迪的喉头、冲向他的唇边、恨不得一吐为快的不是尹卡多纳的故事。（现在）希望脱口而出的话语关系到他的未来。今天上午我们都显得很友好。迪迪觉得心里软软的。对上司和同事说出自己的真正打算肯定很惬意。

不要。说了又有什么用呢？

迪迪回到拉什兰酒店，先在前台停了一下。让服务员准备好账单。然后上楼回到客房，收拾好行李。

当然，他并不是要去火车站搭乘“私掠船”号。他疯了吗？没有。迪迪带着行李下了楼，结完账，走出酒店，叫了一辆出租车。上车后，告诉司机开往华伦医院。“我是说到医院附近。”他问司机能否推荐一家在那一带较好的酒店。

“如果是我的话，就选择加拿大酒店，”司机说，“除非你想找个很便宜的地方。”

那好吧，迪迪说，我们就去那儿。

（现在）是十一月份，昨天刚下过雨，在这个星期六的午后，经过门罗公园。昨天的风和雨将树上残存的秋叶几乎一扫而光。

有带淋浴和浴缸的单人间吗？

不出一个小时，迪迪就打开行李，安顿了下来。这里有一张床，房间比拉什兰酒店的要大。整个酒店也比拉什兰更舒服，因为他（现在）离开了市中心。往窗外看去，公园的景色尽收眼底。而越过公园，迪迪能看到两座乳白色的石塔，那里是华伦医院的主体建筑。

两点半钟。迪迪给医院打电话，得知可以在六点左右短暂地探视一下海丝特。可以午睡两个小时。还剩下足够的时间做另一件事情。五点一刻时，迪迪坐在与床尾相对的那张有玻璃板的小桌前，给杜瓦写另一封信，要求请病假。迪迪解释说，在开会的这个星期里，他去华伦医院做了一系列的检查，想进一步弄清一个月前让他再度卧床不起的病毒感染到底是怎么回事。检查报告今天上午出来了，医生建议进行一个疗程的治疗，以便根治不断复发的感染，为此要求住院十天左右。迪迪需要在州北再呆上至少两周。

迪迪下了楼。从自动售货机里买了一枚邮票，然后把信投进大堂的邮箱。在街角的杂货店里吃了一份三明治。漫步穿过公园。太阳已经下山，公园里几乎空荡荡的。看到两个小姑娘在荡秋千，大约一个八岁，另一个十岁。聪明，健康，壮实，视力健全，他和海丝特有朝一日也会有这样的孩子。

他踏进海丝特的房间时，内勃恩太太尴尬地连忙站起身。“我过会儿就回来，亲爱的。”然后急步走了出去。

迪迪站在海丝特的床边，很不自在。“你怎么样？”

“精神好些了。”她已经重新靠着枕头坐在床上。

很好。

他坐到床边，也就是老太太刚刚匆忙腾出的椅子上；椅子还留有她的体温。海丝特没有再说什么。迪迪握住她的手时，她的肌肤似乎也没有什么反应。他担心她是因为内勃恩太太的离开而生他的气。“亲爱的，对刚才这件事我很抱歉。对不起，我是说，如果你为此不安的话。或者如果我让你婶婶不快的话。”

海丝特朝迪迪转过脸来。厚厚的白绷带比墨镜更多地遮住了她的面庞。迪迪隐约有些惊惶，害怕自己（现在）根本就看不清她的表情。

“不过你心里明白我的感受，对吧？”迪迪接着说，“我太想我们两个人单独在一起了。”

“恐怕等我们共同生活时，单独在一起的时间就会太多了。到时候你会讨厌的。”

“绝对不会，”迪迪热切地说，“你考验我吧。”

“好吧，”姑娘说，“我会的。”

“我只有这个要求。”

“但是你别忘了我提醒过你的。”

“保证不会忘。”迪迪很想拥抱她，但是她看起来那么瘦小，那么脆弱。他意识到出了什么问题。她的难过与昨天有些不同。“你怎么了，亲爱的？”

“你是来告别的吧？”

迪迪开心地笑了起来。“不！不！你在说些什么呀！”

“你现在不是要回纽约吗？会议不是开完了吗？”

“没错，会议是开完了。上午忙完之后就结束了。但这并不意味着我就得离开。你不了解我，海丝特。我会呆在这里。这样我就可以每天见到你。事实上，今天下午我从市中心的酒店搬了出来，在附近找了个房间。从那个房间的窗口，我甚至可以看到医院的大楼。”

“你能在这儿呆多久？”

“一直呆到你离开。呆到你离开这间病房，乘电梯下楼，然后我们一起从这儿走出去。说到这儿倒提醒了我。等今天下午他们把我从你这儿赶出去后，我要去找你的医生谈谈，了解一下他打算让你住多久的医院。有谁告诉过你时间吗？”

“科林斯医生说，要两到三周。”

“很好。那么等你出院之后，只要你觉得身体好转可以旅行了，我们就回纽约去。”

“可你怎么能呆在这儿呢？”海丝特悲切地叫道。听上去有了哭腔，那双缠着厚绷带的做过手术的可怜的眼睛似乎充满了泪水。“你会丢掉工作的，道尔顿。”

“让我来处理好了，”迪迪宽慰她说，“我已经想好一个不错的借口。我干了十一年了，不会因为请两周的假而被解雇的。”

“但这么说来，我们一到纽约，你就会回去上班了。对吧？”

“坦率地说，我也不知道。”这是大实话。迪迪已经不确定自己是否打算回瓦特金斯公司。自己每天去办公室，而将海丝特独自留在家里，这种前景似乎不堪设想。一方面要考虑她的人身安全。再说，迪迪的占有欲很强，而且已经开始嫉妒全世界了。不，不要小觑这一点。

他没有工资以外的个人收入，因此将需要工作来维持两人的生活。肯定会有可以在家里完成的工作。不过这都可以留到以后再说。没有必要仓促决定。他和海丝特在纽约安家之后，他也许会需要现在这份工作，所以下午才写了那封信。是一种缓兵之计。

“你从来没有在纽约住过，对吧？”

姑娘点了点头。

“你也许不会喜欢那儿。空气很脏，那些陌生人都很无礼，甚至很凶，到处都是闹哄哄的。不过，那座城里有些方面也许会让你高兴或感兴趣。如果不行的话，我们可以搬到别的地方。到另一座城市，或者是一个小镇。或者干脆去国外。”

“你能那样吗？你很有钱吗？”

“也不是，”迪迪说，“但我总能有办法。只要我自己愿意，我还是很能干的。”

有人敲门。外面响起婶婶的声音，有些不满地问她（现在）能否进来。“请稍等片刻，内勃恩太太。”

“道尔顿，你不该这样。让她进来吧。”但这一次海丝特脸上带着一丝笑意。

迪迪倍受鼓舞。“亲爱的，我会的。但是你得答应我催促你婶婶过几天就回去。我想来照顾你，明白吗？我已经告诉内勃恩太太，我会尽量帮你支付住院的费用。我希望能全部由我承担。所以，请让她尽快回去吧。你得答应我。”

“我答应你。”海丝特仰起脸来迎接迪迪的亲吻。

于是迪迪走到门口，打开门。只见内勃恩太太站在门外，双眼哭得通红，灰白的头发比以往更加凌乱，一副站立不稳的样子。迪迪顿时懊悔莫及。他对这个女人是多么不公正，他的心胸是多么狭隘啊！在他眼中，她从来就不是一个有情感的人，而只是一种生物。是在显微镜下观察的对象。他没有看到她真心实意地爱海丝特，打心底里为她难过。他为什么这样跟她过不去呢？为什么自从第一眼看到海丝特，就再也容不下别人？早在火车上，从一开始，他就打算要完全拥有这姑娘了。要实现这个目的，就需要丑化她婶婶，需要在海丝特面前尽力败坏她的形象。

“请您原谅我！”迪迪的泪水夺眶而出，这是昨天海丝特手术失败后本该流出的泪水。他张开双臂，拥抱住老太太。

“原谅我！”

同时流出的泪水带来了释怀和快慰。犹如共同的爱好所带来的欢乐。迪迪但愿海丝特能看见他们站在她的床边，他的胳膊搂着内勃恩太太的肩膀。不过，海丝特尽管昏昏欲睡，却肯定明白眼下发生的事情。

几分钟之后，格特鲁德走进海丝特的病房，用毫不通融的语气说，我们的病人太虚弱，今天晚上不能再见客了。这倒是在意料之中。迪迪俯身与海丝特吻别时，在她耳边悄悄地说，他会带内勃恩太太出去吃饭，并且在晚上剩下的时间里会一直陪着她。海丝特点了点头。突然之间，她似乎真的累极了，甚至话也说不出来。

他们出了医院，迪迪正忙着找出租车，没有注意到婶婶又哭了起来。等他发现之后，说出的话又显得不妥。“请别哭了。我们一定得像海丝特那样勇敢。”

“我知道，”老太太哭哭啼啼地说，“我只是控制不住。”

上车后，迪迪让司机开往市中心的一家牛排馆。“内勃恩太太，您还没有好好看看这座城市吧？”

“没有，”她抽泣着说，“我只是在医院和租住屋之间来回跑。”

迪迪大度地接受了这种责备。“后面会不一样了，您等着瞧吧。”他伸出一条胳膊搂住她的肩膀。“您瞧，我想叫您杰茜。这会让我觉得跟您更近。”

“好呀，道尔顿。要不你也可以叫我杰茜婶婶。”

“也许有一天我会的。我现在没有婶婶或姑姑之类的亲人了。不过以前有过一位，我很喜欢她。她是我父亲的妹妹，叫安妮，可我直到长大之后才知道她的名字。我总是听大人们叫她，还以为她的名字就是安妮姑姑。”

内勃恩太太的脸色（现在）好了一些。“她后来怎么样了？”

“我九岁那年，她跟我们镇上一位已婚的中学教师私奔，跑到加利福尼亚去了。我父母再也没有提到过她，后来就听说她死了。”

“有亲人多好啊，”内勃恩太太叹了口气说。

“哦，”迪迪几乎忍俊不禁，“我才不会发这种感慨。”听了他的话，内勃恩太太不但没有像往常那样反驳，反而微微一笑。迪迪不禁如释重负。如果不是他此前其实错看她了的话，她并不像他想象的那么简单肤浅。

到了卡瓦诺牛排馆。“我想你会喜欢这地方的，杰茜。”

“我还不是太饿。”

“你会饿的，等会儿瞧吧。”开口吃了才会有胃口，对吧？迪迪将带一个好头。

蛤杂烩，牛里脊（内勃恩太太的要中等火候，迪迪自己的要半熟），拌有羊乳干酪的沙拉，热腾腾的苹果派，还有咖啡。要说不饿，这可名不副实。内勃恩太太吃起来一副馋相。不过，如果说老太太的嘴巴多数时候都忙于对付食物的话，那么对吃饭一贯慢吞吞而且很挑剔的迪迪来说，倒是一件好事。用餐期间，他就有机会多说话了。

“天哪，没想到我这么饿，”她一边吃一边说，同时拨开嘴角的一缕灰白的头发。

“我跟你说过嘛。现在你会开始觉得好些了。”迪迪想起内勃恩太太在火车上带的鼓鼓囊囊的食品袋，胃里顿感一阵不适。他竭力抑制住这种感觉。

“你难道不饿吗，道尔顿？这么好的食物浪费掉就太可惜了。”

“别为我担心。我吃饭一向都是很慢。”他用叉子挑起一点沙拉。“我母亲总是说，我是她见过的吃饭最慢的人。”他为什么一有机会就这么迫不及待地提起自己的家人呢？

“你母亲不在了吧，道尔顿亲爱的？”说话间，她又吃了一大口。

“没错。她是我上大学的时候去世的。不过我们从来都不是太亲近。其实我更喜欢我父亲。”

他得转换话题，不能总是谈论自己。可以天南海北地闲聊，这样更容易让眼前这位他即将结为姻亲的女人觉得放松自如。内勃恩太太正在切大块的牛排，每次切两块，每一小块吃起来都得嚼上好一会儿。迪迪可以抓住这个机会提出自己的问题，而不只是东一句西一句地透露自己的有关情况，或回答内勃恩太太的问话。都是些严肃的问题，是关于海丝特的问题。一方面因为全神贯注于面前的美味，另一方面也因为近来心力交瘁，向来多话的老太太比平常安静了许多。不再那么装腔作势，令人生厌，而显得温和起来。甚至在说话的时候，也显出几分庄重。(现在）看起来差不多可以说些掏心的话了。

迪迪最急于了解的是海丝特父母的情况。目前他只知道内勃恩太太是海丝特伯父的遗孀，以及海丝特的父亲在她十二岁那年离家出走，到新墨西哥挖掘铀矿，许多年前就消失得无影无踪。但是她母亲呢？海丝特和她婶婶对她母亲都只字未提。

迪迪发问了。紧接着就发现自己触到了对方的痛处。内勃恩太太的嘴巴停止了咀嚼。用一种奇怪、恳求的眼神望着他。她母亲去世了吗?

“不，没有去世。”她又开始咀嚼，但动作慢了下来。

“她在哪儿？海丝特看见过她吗？”他不自觉地就用了“看见”这个词。

内勃恩太太拿起刀叉准备切牛排，但马上又放下。“海丝特有许多年没见过她母亲了。”

“她住在哪儿？”

“道尔顿，我想我吃不下了。你吃了这块好吗？”

迪迪也不吃了。“杰茜，海丝特的母亲在哪儿？”

“这块牛排很硬。”

“杰西，海丝特的母亲在哪儿？”他的语气非常严厉。对于不愿意吐露秘密的人，有时就得采取强硬手段。

内勃恩太太垂下目光。“在医院里。”

“你是说精神病院吧？”老太太点点头。“有多久了？”

“我现在想喝咖啡了，道尔顿。”

“我来要。”他向服务生示意。“海丝特的母亲是什么时候被送去的？”

“很久以前。”

迪迪告诉服务生（现在）上咖啡。但服务生刚刚走开，老太太就不耐烦地说：“等一等。换一种喝的吧。喝咖啡我睡不着觉。”

“茶呢？”迪迪一边要重新引起服务生的注意，一边将眼睛仍然紧紧地盯着内勃恩太太。

“哦，不知道。也许我都不要了。”

“这位女士要把咖啡换成茶。我还是要咖啡。”现在又可以一心一意地盯着她了。“杰茜，我是不会让你敷衍过去的。我有权了解与海丝特相关的情况。行了，别支支吾吾了，告诉我她在精神病院有多久了？”

“从海丝特十四岁时起。”老太太不安地移开视线。迪迪的心中升起一道暗影。

“而海丝特就是十四岁那年失明的，对吧？你前几天跟我提起过。”

“没错……道尔顿，我们别说这些了。”

“那么，”“不依不饶的迪迪”说，“在她母亲和海丝特的失明之间，存在着某种关系。你刚刚已经承认了。”

“这件事情我不想再谈。”老太太的脸上显出敌对而任性的神情。是不是在表明就像儿歌里唱的那样，这事儿只有我知道，你得自己去弄明白？还是在暗示其中的确有严重的问题？

“可是我必须知道！如果你不告诉我，恐怕我就只能去问海丝特了。如果说谈起过去对你来说很痛苦的话，想想看，对她不是会更痛苦吗？只要你现在告诉我，我就答应以后再也不提了。”

老太太已经舀了四块糖放进茶杯里。“你想会是怎么回事呢？”

“看在上帝的分上，杰茜！”迪迪气恼地叫了起来，“在这种时候，就别跟我卖关子了。我怎么会知道？”

“那就想呀！”语气愤然。“你能想到的最可怕的情形是什么？”

居然要他发挥自己的想象，迪迪不禁觉得这是莫大的嘲弄。最近这些日子以来，他难道不是在尽量想象那些最可怕的情形，而很少干别的事情吗？这其中有什么可怕的内幕呢？可能是：母亲疯了之后，未谙世事的海丝特由于愧疚至极，而弄瞎了自己的双眼，可能是有心，也可能是无意。

他缓缓地说了出来。

内勃恩太太摇了摇头。“不，不是这样。比这还要可怕。”

于是迪迪明白了。是母亲把她弄瞎的。

“太可怕了。”还有别的话可说吗？“但她为什么干出这种事呢？”迪迪觉得这些话不像是出于自己之口。“她是突然发疯的吗？”他的思想已经不听使唤了。

内勃恩太太摇摇头。“我想我们大家本该想到要出事的。海丝特的父亲离开后，她母亲一直闷闷不乐。后来大家都说斯黛拉疯了。但也只是说说而已。所有的人根本就没想到她会伤害孩子。她似乎很喜欢海丝特。总是又亲又抱的，称孩子是她美丽的天使。主要是因为这样，我们才都相信斯黛拉的情况很稳定。她简直是一心扑在海丝特身上，而且显得那么有责任心。实际上是过头了。一刻不停地为海丝特担心。哪怕是一点点的擦伤或划伤。或者是海丝特放学回家晚了几分钟。后来，我和我丈夫离开了一个星期，去丹佛看望几位亲戚，有一天……就出事了。情况就是这样。用的是碱液。事后她好像知道自己干了些什么，经常念叨着这件事，而且好像一点儿也不后悔。州检察官说过审判的事儿，可最后只是把她关了起来。”

迪迪的咖啡几乎一动没动。他能听见内勃恩太太讲话。甚至能听懂她的意思，而且自己也能说上几句。比如：“其间海丝特一直在哪儿呢？”

但与此同时，一阵剧烈的痛楚迅速袭遍他全身。

“哦，道尔顿，这说起来同样令人心碎。海丝特在儿童医院住了整整一个月。眼睛蒙着厚厚的绷带。她是那么勇敢。就像现在这样……每天只要我和我丈夫去看她，她都会央求我们去找警察，去告诉他们她不介意她母亲所做的事。好不让他们把她母亲关起来。不停地为她母亲担心，而没有考虑她自己。”

迪迪好一会儿都说不出话来。大脑奇怪地一片空白。他极力想象着海丝特——比他（现在）所认识的要小——无助地躺在另一家医院的病床上的情景。试图赶走浮现在脑海中的恐怖一幕：那女人衣衫不整，蓬头垢面，目放凶光，手里拿着一瓶碱液，一步步地朝她女儿走去；海丝特在自己的床上睡觉，也可能是背对着她母亲，坐在饭桌旁做功课。

走近。

出手。

尖叫。

警察。

监狱。

医院。

每当他自以为已经了解和见识了生活的残忍，以及人类所能施与的各种恐怖行为时，就会再度出现骇人听闻之举。一桩又一桩，让他无法承受。

迪迪仍然哑口无言，他努力想说点什么。“你刚才提到，出事时你和你丈夫出门了。你是说海丝特和她母亲当时与你们住在一起吗？”

“没错。在同一个屋檐下，差不多有两年。乔治去了新墨西哥之后，我和我丈夫就把她们母女俩接了过来。”她忍不住又哭了，并放下手中的茶杯。“哦，道尔顿，我不该说是我和我丈夫。”她从手袋里掏出手帕，擤了擤发红的鼻子。“我不该居功，根本就没有我的功劳。是我丈夫的主意，愿上帝让他安息。他……他从来都不太喜欢乔治，对他的生活方式一向不以为然。也许他只是为了要让所有的人都看看，好明白他弟弟究竟是个什么样的人。所以，在乔治抛弃妻女之后，他才承担起了照顾她们的责任。”

“其实在心底里，你并不认为你丈夫当时的决定只是出于这个原因，内勃恩太太，”迪迪轻声说道，“我从你的语气里听得出来，你觉得你丈夫是个善良慷慨的人。”

“他的确是的，”老太太叹了口气，说，“我想，我实在不应该说他是出于这种原因才帮助她们。可当初我就是那么想的。我非常反对这整件事。跟他好说歹说，又哭又闹的。我想，我还有点嫉妒斯黛拉，因为她……非常漂亮。没错，我是嫉妒。我总以为我丈夫对斯黛拉有非分之想，说不准正一直盼望着乔治离家出走，这样他就可以勾引他弟媳了。……另外，还有小海丝特。因为我自己没有孩子，所以心态很不好。如果是个小宝宝，是一个可以让我呵护关爱的小家伙的话，也许我会很欢迎。可海丝特来我们家的时候，已经十二岁了，而且整天缠着她妈妈，我根本就靠不上边。不过也可能怪我自己。说实在的，她是个很可爱的孩子，非常讨人喜欢。可我对孩子的心肠已经硬了。在她们住到我们家之后，我起初并没有觉得海丝特有什么特别。我还总是跟我丈夫这么说。我甚至不觉得她很漂亮。但我丈夫可喜欢她了。当然，斯黛拉也一样。起码我们这么认为。其他的人也都这么想。所有的人都喜欢那孩子。所以过了不久，我也渐渐像大家一样喜欢她了。”

迪迪不知道该说些什么。“从那以后，她就一直跟你们住在一起吗？”

“除了到芝加哥上盲人学校之外。那是——我想想——她中学的最后两年。她十八岁毕业，然后就回到了我身边。”

迪迪暗暗想着，不知道海丝特是否在那所寄宿学校就有了第一次做爱的经历。是跟同学，还是跟老师？也许既跟同学也跟老师？回到她婶婶家后，她会为自己寻找什么样的乐子呢？由于看不见，她不可能等她婶婶上床之后，自己三更半夜上街闲逛。不过也没有这种必要。内勃恩太太在公共图书馆工作，每天都把海丝特独自留在家里。在白天的时间里，海丝特可以通过电话约会，然后在家里接待情人。很显然，那姑娘颇有性经验。不难看出她在这方面比较放任自己，如果完全是过去的事情，迪迪倒也不会介意。但与此同时，似乎还表明海丝特性情淡然，有柔情，但不忠诚。由于双眼失明，她无法与某一个男人确定关系而拒绝偶然的艳遇或其他男人的爱抚。由于她的失明，迪迪甚至觉得自己难以想象她的性生活。如果直接开口问她，又会无法启齿。失明成了别人施与的压力，让迪迪也变成了睁眼瞎。

迪迪猜想，就在这个星期，说不准她已经勾搭上了科林斯医生或哪位实习医生。在爱情方面，迪迪通常不会病态地疑神疑鬼，想象自己周围有一群看不见的情敌。但（现在）不一样了。像海丝特这种率性而为的姑娘，既然可以在跟他短暂寒暄之后就委身于他，与医生勾搭显然也就不足为奇。医生做检查时的细致触摸很容易成为上床的前奏。海丝特只需要轻叹一声，或者扭捏地动一动身体。任何健康的男人，哪怕正从事着自己的职责，有谁能抵抗住这种诱惑呢？他几乎不需要诸如恐慌、负疚和迫切渴望抓住另一个人的额外刺激——就像迪迪星期天在“私掠船”号那样。

迪迪希望成为海丝特的保护者，而不是囚禁者。而且天知道，他也不想任她要弄。

迪迪喝了一小口冷咖啡，示意服务生帮他们的水杯续水。其实是因为他仍然不知道怎样接话。提到了芝加哥的一所学校。他没有置评。但是他不能一味沉默，因为内勃恩太太正不安地注视着他，他的面孔也许会泄露出他的心情。他心里非常难过，而他脸上（现在）已经表现出来了。

“我不知道海丝特跟我在一起是否会幸福。”迪迪小心翼翼、十分婉转地说出让自己心烦意乱的念头。尽量用他自认是不动声色、若有所思的语气。但立即就发现自己犯了一个战术上的错误。他的话没有让对方宽心，虽然本来也不是真心话。内勃恩太太看上去很忧虑，似乎唯恐迪迪是要收回自己的求婚。

“哦，可她是世界上脾气最好的姑娘，道尔顿。大家都这么说，而且她那么漂亮。但你——”她欲言又止。

“怎么了？”

“你不会因为我前面告诉你的这些事情而产生什么傻念头吧？别忘了，我本来不想告诉你，是你要我说的。当然，我也一贯不会撒谎。天哪，我们马上就要成为一家人了，所以我更不能这样。这是我的问题。但关于海丝特的母亲……我的意思是说，道尔顿，海丝特家里的人，不管是她母亲一方还是父亲一方，都从来没有人得过疯病。对此我可以发誓。”

“杰茜，相信我，我没有往那儿想。”迪迪宽慰地拍了拍老太太的手。“我刚才有些词不达意。我只是想说，海丝特是个很复杂的人，我想你肯定也清楚这一点。她把很多东西都埋在心里——”

服务生送上两杯水。迪迪又要了一杯咖啡和一杯茶。

老太太迫不及待地要重新吸引迪迪的注意力。“天哪，你可说对了。唉，有时候，那孩子一连几天都不跟我说一句话。可她并不是生闷气或者不开心，相信我。她只是很安静而已。”

“要加糖吗，杰茜？”

“谢谢，亲爱的……道尔顿，告诉我你在想什么，好吗？”

“杰茜，我比任何人都更喜欢海丝特。你不需要为她辩护——倒像是我在批评她或想要批评她似的。我没有。我只是想尽量了解她。”

迪迪尤为担心的是海丝特的不信任。从她婶婶刚才给他讲到的那场骇人听闻的伤害来看，这丝毫不难理解。孩子都会信任自己的父母，对吧？设想你是一个正常的、信任父母的孩子。可后来父亲抛弃了你，而母亲则往你的眼睛里泼碱液。在经受过这种背叛之后，谁还会再相信他人呢？当然，也的确有人将自己的命运完全交给自己从不信任的人。海丝特会信任迪迪吗？她会不会只是听天由命地把自己交付于他？就像她同意做手术一样。知道这是正确之举，但始终并不抱有希望。

迪迪知道自己不能再谈下去了。与内勃恩太太之间的亲近感在渐渐蒸发，他想把仅存的几分留下。两个人都已经精疲力竭。其结果之一就是，内勃恩太太不知不觉地又回到了以前那种拿腔捏调、故作姿态的模样，而迪迪则变得生硬而烦躁。迪迪要来账单，付了钱，两人起身离开。他叫了一辆出租车，准备送她回去。

“可那样你就绕远了，亲爱的。我可以自己坐车回去。”

“不，没有绕。我今天下午搬到了加拿大酒店。”

听到这最令人放心的消息，内勃恩太太畅快地深吸了一口气。“是公园对面那家大酒店吗？哎呀，真是太好了，亲爱的道尔顿。海丝特一定会高兴坏了。你告诉她了吗？”

迪迪没有答话，只是点了点头。必须让内勃恩太太少说话，以免他将自己一层又一层地包裹起来，从而无法感受内勃恩太太人性的一面。

迪迪让出租车停在内勃恩太太的租住屋前。两人最后互道晚安时，他对老太太刚刚产生的同情之心又再度涌现。但是快点儿吧，快点儿。“明天见，亲爱的。谢谢你的盛情款待。”迪迪疾步走着。经过医院时，抬头朝估计是属于海丝特的那扇窗户看去；自然是一片黑暗。接着他穿过公园，回到宾馆的客房。

抑郁感越来越强。也许他刚才没有让自己充分体会海丝特失明时的恐怖感受。（现在）体会一下吧。上床，将自己盖好，关灯。怎么回事？迪迪再也看不到海丝特了。她成了他所听过的故事中的一个人物，而不是他所爱上的有血有肉的女人。也许这是因为直到现在，他还从来没有认真而努力地去了解她。“自私的迪迪”一直忙于考虑自己的事情。

想想海丝特吧。经历了如此巨大的灾难，刚懂事时留下了如此深度的创伤。承受了这种无与伦比的背叛。

想想海丝特吧，但是要撇开他自己的猜测，不要胡乱推想；想想她在心理上与一般的幸存者那样经受了多少痛苦。在内心深处，总是觉得自己也应该一同毁灭。幸存就意味着负罪。因为逃脱了惩罚。

> 如果一个人因为某种偶然因素或最后一刻的援助，或仅仅是出于运气，而不是依靠自身不懈的努力，而最终逃脱了死刑，那么，他一定明白自己其实不该活着。明白自己没有资格活下去。在到了鬼门关甚至即将奔赴黄泉之际，自己的生命却在最后一刻被不可思议、不容分说地交还给他，于是从此以后，他对自己的生命再也无法认同。回头看去，不管那份要剥夺他性命的判决是多么不公正，也总比让他苟延残喘更有意义，更合情理。因此，活下去就意味着仍然被判有罪，判决依然有效。但是又莫名其妙地未被执行。于是，活着在很大程度上就成了一种否定的情形。经历了审判，却逃脱了判决。已经定刑，却出于某种神秘的原因而未受惩罚。

迪迪是在想海丝特吗？想想她吧，真该死。海丝特的母亲被判了死刑，而海丝特却活了下来，她由此会产生一般人常有的感受，这些暂且不去考虑。撇开作为幸存者的常见心理，海丝特到底是个什么样的人呢？

这就像是要在一个想象的架子上变出一大排洋娃娃出来。它们一个个都高挑丰满，皮肤白皙，长发柔软，而且全都戴着墨镜。但各自都有一套不同的动作。迪迪躺在床上，置身于迷蒙的黑暗之中——除了卫生间的灯还亮着之外，其他的灯都已关掉；他闭上眼睛。那些与海丝特很相像的洋娃娃渐渐开始活动，打着手势。甚至相互争吵起来。

哪一个才是真正的海丝特？真正的海丝特又属于谁？

有一个在大喊大叫，一边挥舞着拳头。另一个在一间空荡荡的大房里，缩着身子坐在一条靠墙放着的长凳的一端。还有一个在片刻不停地机械地微笑。另一个小嘴边显出恶狠狠的神色，冲向坐在凳子上的洋娃娃，并伸手扼住她的喉咙，接着又扇了那个满脸笑容的洋娃娃一耳光。她那件白色亚麻连衣裙的口袋里好像有支枪。也可能是一瓶碱液？

真正的海丝特究竟是个什么样的人呢？可能怀恨在心。也可能麻木不仁。还可能出于自卫而逢场作戏，讨好他人。还可能心地恶毒，正寻找机会将自己受到的伤害再施与他人。

迪迪心里知道，这些都不是海丝特的特性。

说是怪异也好，或别的什么也行，海丝特的性格并非这么平常。把那些洋娃娃从想象的架子上一股脑儿撤下来，想想那个真人一般大小的身影——在迪迪的想象中，那个身影此时此刻就坐在他酒店客房的窗台上。正在愣愣地出神。也许在听着什么。在神情严肃地留意迪迪辗转反侧的声音。这才是属于迪迪的海丝特。起码是他认为属于自己的海丝特。迪迪睁开眼睛，朝窗口看了一会儿。百叶窗没有放下，窗帘也没有拉上。他一边半心半意地寻找出于自己想象中的身影，同时由于知道那个身影并不存在，还一边半心半意地透过光秃秃的树枝，望着那轮满月。迪迪叹了口气，起身下床，到卫生间喝了口水。没错，她很可能怀恨在心，很可能麻木不仁，很可能逢场作戏讨好他人，还很可能心地恶毒。但她不是那些洋娃娃，不是。

她还可能必须是一位圣人，因为她母亲很邪恶。

以上种种是海丝特面临的选择。迪迪已经可以接受这一切。他爱她，因为他（现在）依稀可以推断出的她的圣洁；尽管这种圣洁并没有以通常的善行而体现。还因为她心智的健康，这种健康从她坚韧顽强的性格中可以略见一斑。

迪迪望着卫生间水池上方的镜子，端详着自己的脸，这张脸已经不像上个星期那么憔悴和消瘦。接着，他把卫生间的灯也关掉，借着月光重新上了床。

迪迪虽然从那些假冒伪劣者中挑选出了真正的海丝特，知道了她是一个什么样的人，但对海丝特（现在）的感受却仍然不得而知。她是否快乐；她承受了多少痛苦以及如何承受这些痛苦。如果她非常痛苦的话，那是因为什么？主要是悲伤？绝望？由于失明而导致的无助？压抑已久的愤怒？负疚？纯粹的孤独？还是对她母亲的强烈思念？这一连串的问题都无法询问窗台上那想象的身影。

也许海丝特太过聪明，所以不会有很多的痛苦。感受痛苦的能力不是取决于一种超越了愚蠢之后的智力水平吗？迪迪这样想道。闭着双眼，睡意渐浓。只有那些智力平庸的人，那些既不愚蠢也不聪明的人，那些拥有如“绝望的迪迪”这种或上天所赐或遗传所得或后天形成的头脑的人，才能够感受痛苦。迪迪就是这样，尤其是在最近的三年里。

将近三十岁的时候，迪迪的头脑比现在更迟钝。难以置信，却是事实。而在那之前，也就是迪迪全部的一生中，他的智力还要低下。太愚蠢了，感受不到痛苦。当时只有些不能称之为痛苦的亚痛苦，以及鸡毛蒜皮的烦心事和自以为是的无病呻吟。而且相信到头来总会柳暗花明。琼离开之后，迪迪吃一堑长一智。不断吸取教训。变得越来越聪明。在三十年的时间里，他一直在观看人生这出戏。但看的同时，却并不明白演戏背后的理论——以为剧本和演出都是基于自然主义。回头来看，是一种天真的错误。剧本错综复杂，许多地方都含糊其辞，语焉不详；而由导演、舞台设计和灯光师共同打造的演出则华丽而程式化。就拿灯光效果来说吧。想当年，迪迪曾经舒舒服服地坐在剧场前排的中间，起初觉得舞台上的灯光非常暗淡。但过了一会儿，他打消了所有的疑问；这出戏的灯光显然本该如此。后来到了三年前，他意识到舞台其实比他的眼睛所看到的要明亮得多，而且一直都是那样。意识到他（现在）很快就要看到了。他已经越来越聪明。幕布拉开了。朦胧的灯光突然变得像尖刀一般锋利，几乎把他的心脏给挖了出来。比以前更聪明了。有生以来第一次感到了痛苦。但还不是真正聪明，没有聪明到能超越痛苦的地步；永远也不可能到达那个地步。

除非海丝特愿意教他。

星期一。手术失败后的第三天，海丝特转移到了五楼的病房，将在这里度过她的恢复期。新房间的窗户朝向一个院子，而不是门罗公园。另外，这间病房虽然面积不及楼上那间的两倍，却摆有三张床。

> 靠窗的病床上是一位女大学生，骑自行车时摔断了踝骨。在复位并打上石膏之后，踝骨却未能愈合。只好重新拉开患处，通过手术让骨头复位并固定，然后再打上石膏；（现在）正在做牵引。
>
> 中间那张床上躺的是一位州议员的妻子，上个星期的

一天半夜，她由于之前未曾发现的胃溃疡而大出血，几乎搭上性命。她刚刚切除了半个胃。

由于海丝特与另外两位病人共处一室，即使内勃恩太太不在场，他们也无法单独相处。不过从总体上说，与七楼的单人病房相比，迪迪还是喜欢她现在的这个房间。在随后的十五天里，他发现自己可以比之前更多地陪伴海丝特。这层楼对于探视者的进进出出管得不严；当他们在探视以外的时间还呆在病房里时，医护人员常常睁一只眼闭一只眼。迪迪偶尔上午来探视，也没有人干预。虽然晚上的探视时间是七至九点，但操作其实很宽松。每天下午，迪迪往往都会在病房里呆上至少三个小时，有时候甚至更久，然后才会有护士想起要为哪位病人量体温，碰巧走了进来。“天啊，你们还在这儿？现在一定得走了。”新接手的护士——格特鲁德不在这层楼上班——显然不习惯于发号施令并让人遵从。

海丝特（现在）不需要什么实质性的治疗了。科林斯医生每天上午都来检查一次；缠住她眼睛的绷带在缓慢而有序地减少。手术后的第八天下午，迪迪来到病房时，发现海丝特只是每只眼睛上还剩下两块圆形纱布。纱布很薄，上面可以戴墨镜。她今天就戴着墨镜。在迪迪看来，这又是一种康复的迹象。

海丝特的病床靠近门边；她似乎与同室的病友相处很好：迪迪来探视时，常常会看到她正跟她们聊天。不过州议员的妻子很喜欢睡觉。而大学生的父母则差不多每天都来看望女儿，两人都是大嗓门，而且每次都会呆很久。为了更好地帮海丝特解闷，迪迪给她买了一台配有耳机的半导体收音机。

既然对海丝特的探视已经成为两人都十分期待的事情，迪迪希望让它变得更有意义。但是他们几乎没有独处的机会。交谈的话题受到限制。只能说些不用避开内勃恩太太、另外两位病人及其前来探视的亲戚朋友的话。迪迪担心这样下去不利。他已经暗暗决定，不能让自己与海丝特的关系变得机械而平淡，因此想寻找一种既减少交谈又不影响他与海丝特交流的途径。她的眼睛已经看不见了，所以话语不能被完全放弃。只能被取代。那些平常的客套话。但是拿什么来取代呢？因为他不愿意扮演“温顺的迪迪”，更不要说“沉默的迪迪”。而任由多舌的内勃恩太太毫无顾忌地喋喋不休。然而，迪迪想对海丝特说的唯一的话又不能在这儿说；必须等到两人终于单独相处的时候。

（现在）必须找到其他的话语，不是他自己的话语。其他的、可以借迪迪之口说出的话语。以打断内勃恩太太没完没了的絮叨。

海丝特曾经说过，她喜欢内勃恩太太给她读书，迪迪由此得到启发，表示自己也很想这样为她效劳。内勃恩太太可能早就想到要给海丝特读书，但考虑到迪迪陪在这里的意味，便放弃了这个念头。而迪迪则不会这样为海丝特的婶婶着想。

“那太好了，”海丝特叫了起来，“你准备读什么？”

迪迪请求让他暂时保密，答应当晚带一本书来。

迪迪没有想到自己旗开得胜。他自私的目的一转眼就实现了。（现在）他再也不必为了两头讨好而挖空心思地想出一大堆无关痛痒的话语：既能让海丝特接受，又不用避人耳目。第一天晚上，他读了一个小时。海丝特一向苍白的脸上焕发出了光彩，当他停止时又暗淡了下来。她请求他第二天下午多读一会儿，除非他嗓子累了。迪迪欣然答应，于是从那天起，他每天探视都会读很长一段时间，因此用十一天就读完了《傲慢与偏见》；海丝特手术后，在医院里一共住了十七天，到这时《爱玛》已经读了一大半。

从迪迪的朗读中，海丝特的婶婶似乎也意外地有所收获。尤为重要的是，这种朗读似乎不仅证明迪迪有能力成为海丝特将来的监护人，还以最温和的方式向内勃恩太太表明，她对海丝特的照顾（现在）已经变得多余，尽管两位年轻人对她心怀感激，而且迪迪此举也是对她的象征性致意。内勃恩太太已经被人取代，但海丝特有了可靠的托付。迪迪抑扬顿挫的男中音和标准的发音很有权威，让人肃然起敬——而“完整的迪迪”自己说话时却往往难以这样。止如迪迪所挑选的小说中对快乐与不和的抽象断言很有权威一样。之所以挑选这些书，不外乎是自己喜欢——不过迪迪是一位读书迷，喜欢的书有很多——而加拿大酒店旁边杂货店旋转书架上的平装书中，只有这几本才比较合适。也许挑得比较随意。但是，不管迪迪意识到与否，却是于他有利的选择。

迪迪用好听的男中音字正腔圆、精神抖擞地读着简·奥斯丁那颇有权威的小说，使内勃恩太太、迪迪自己，也许还有海丝特的心情渐渐平复下来。三个人都被那种不屈不挠、不卑不亢的智慧所鼓舞。智慧、善愿和理性似乎都有了可能。实际上，是不可避免。距离在内瑟菲尔德庄园举行的舞会还有几页时，海丝特及其两位保护人——年老的力不从心，即将退位；年轻的踌躇满志，自告奋勇——已经心照不宣地达成一致，决定不再彼此作对。大家形成了一种协定，用的方法不甚明确，但很有约束力。承认每个人的利益都同等重要，应受到同等的尊重。

协定第一条：下午探视时婶婶将会在场。多数时候是接着朗读一部分简·奥斯丁平铺直叙的小说；剩下的时间便是婶婶主导的老一套的无趣的闲聊，而迪迪则默默地想着心事。

第二条：迪迪将与内勃恩太太共进晚餐。

第三条：晚上的探视时间为迪迪一个人所有。婶婶将回到自己的租住屋，可以在客厅里看电视，也可以到厨房跟友好的女房东聊天，女房东是位寡妇，与内勃恩太太年龄相仿。她有时也去看一场通常由迪迪挑选的电影，离开餐馆后迪迪会送她去电影院。回到医院后，迪迪一般会给海丝特读上整整两个小时的书。偶尔会悄悄说几句甜言蜜语。表达自己的关切和渴望。

每天晚上，从他陪着内勃恩太太走进餐馆的那一刻，到与她坐在一起共进晚餐的整个过程，以及将她送到通常位于市中心的某家电影院的售票处的时候，迪迪心里都清楚，自己随时可能碰上瓦特金斯或里格尔父女或工厂里的哪位同事。不免有几分担心。但并不想躲躲藏藏。他们迟早会发现他这两周到底在干些什么。

尽管迪迪迫不及待地盼望着海丝特的出院，但这段时间却让他觉得快乐。日子过得很轻松。自己的行动按部就班，令人心情舒坦。生活变得有规律了。所有的一切都如他所愿地井然有序。他在加拿大酒店的客房看上去始终如一。客房服务无可挑剔：每一天，卫生间的地板都拖得干干净净，床单都及时更换并铺得整整齐齐，皮鞋擦得光亮照人，桌上的鲜花也每日一换。而海丝特也总是在他所知道的地方：在医院里。迪迪不再怀疑她与医生勾勾搭搭。另外，内勃恩太太也总在身边。自从不那么让迪迪讨厌之后，她每时每刻的在场（现在）在某种程度上也成了让迪迪安心的稳定现状的一部分。自从海丝特接受手术的第二天，内勃恩太太说出侄女失明的真相后，迪迪对她就一直怀有几分亲近和敬重。这种感情虽然没有与日俱增，但也没有消退。不完全是宽容；迪迪对自己的真实感情分得很清楚。那是超出了宽容的一种感情。

迪迪一度认为，内勃恩太太不仅是对他的耐心和风度的巨大考验，而且是一种威胁，（现在）看来简直是荒唐。对于两人（现在）每天共进晚餐他几乎已经不再介意。尽管用餐时的谈话总是停留在表面上。同一个话题反复出现：医院的账单。但是，似乎连内勃恩太太也难以启齿，不好直接询问迪迪愿意出多少钱。最后，有天晚上，迪迪自己说了出来。并写好一张支票。由于彼此不是很熟悉，他们都不愿谈论自己的事情，所以多数时候是在谈论其他人。其他的两个人。同时也谈论过去。内勃恩太太讲的是海丝特小时候的故事——都是海丝特十四岁之前发生的故事，对此虽然没有明说，但各自心中有数。而迪迪则回忆起保罗的童年时代，讲到自己以哥哥的身份所体会到的保罗作为神童的感受。还讲到保罗后来的成就：去巴黎上学的奖学金，十五岁首次与纽约爱乐乐团同台演出，十九岁获得国际钢琴比赛大奖，从此名扬世界。他所讲的一切让内勃恩太太真诚地感到开心，所以迪迪也就并不反感。也不觉得压抑，虽然在最近的每次交谈中，再也没有像第一次晚餐时那样推心置腹。迪迪始终提醒自己，坐在对面的不是巫婆或玛丽的化身，也不是火车包厢里的一位素不相识的乘客，脚边放着两只死狗一般的鼓鼓囊囊的纸袋。不管是在奥林匹亚饭店，还是格林利夫餐馆，或者卡瓦诺牛排馆以及他们去过的其他餐馆，在包间或餐桌上与他相对而坐的是杰茜·内勃恩。一位体面、好心而孤独的女人。在整个世界上，除了迪迪之外，只有她对海丝特最为关心。这么多年来，一直抚养和照顾着迪迪的心上人，直到迪迪找到她。他口里愉快地叫她杰茜，尽管心里仍然称之为内勃恩太太。不过在心里，他并没有考虑内勃恩太太具体什么时候将要或必须返回她位于印第安纳州的那个空无一人的家。既然她已经明白并接受了目前的境况，迪迪猜想她很快就会离开。（现在）对他而言，她尽可以呆到海丝特出院，反正在那之前他与海丝特也无法单独相处。

在探视海丝特以及与内勃恩太太共进晚餐之前，迪迪干些什么呢？什么也不干。如果考虑一下他身在何处，脑子里想的都是什么，这可能不足为奇。但他并不介意也许就奇怪了。起码有些奇怪。多年以来，除了十月初出院后的四天——其实是六天，如果算上周末的话——之外，他几乎没有可以属于自己的时间。这么多年来，他每周五天地忙于工作，然后到欧洲度过两周后来又变成三周的年假，通常是马不停蹄地四处旅游，所以比平常上班期间更少空闲。像他这样一个对工作已经习以为常的人，居然这么理所当然地接受了眼前的闲暇，当然不免奇怪。

（现在）并没有因为不上班而产生的失落感。既不感到无聊，也不觉得忐忑。

说到底，迪迪也许并不是一位工作狂。而且没想到他这么能睡。每天夜里睡上九到十个小时，还很少做梦。上小学时，玛丽严格要求孩子们“遵守作息时间”，在那以后，他就再也没有一觉睡这么久了。在他的整个童年时代——准确地说，是到他十四岁时，那一年玛丽不知道是自动离开了他们家，还是被他母亲解雇——玛丽一直监督着他们兄弟俩的上床时间。而且显然是按照维多利亚时代的标准。他们上床的时间逐年推后半个小时，但始终都是太早；总是在隔壁左右的伙伴们大都还在玩耍的时候。所以，迪迪有充分的理由讨厌上床，有充分的理由在玛丽关灯离开后大声抱怨。但是发现自己在漆黑或不太黑暗的房间里撑不了几分钟就会睡着。虽然对另一张床上的保罗既佩服又妒忌，心里有些不平；保罗可以坚持几个小时不睡，躲在支成帐篷形状的毯子底下打着手电筒学习乐谱，这样灯光就不会照在地上而被从卧室门外经过的人发现。迪迪曾经学着准备了一只手电筒，有时也躲在自己的帐篷里看小说。但是一转眼，睡眠就打败了他，也打败了他的自尊心。

晚上失眠是许多年后的事情。而（现在）迪迪又能睡觉了。想睡多久就睡多久。几乎一觉睡到十点或者十一点。如果在十一点之前能够洗澡、刮脸、穿衣和下楼，那么，他还能赶上在酒店的咖啡厅里用早餐。如果时间晚了的话，在街角的杂货店也同样可以对付。当然，下楼来到大堂之后，第一件事就是例行公事地取一份《信使公报》。一边吃早餐，一边将报纸从头到尾认真地读一遍，向自己证明他并不害怕可能会读到的消息，其实也没有他所寻找的消息。接着，如果天气不是太冷，就到公园逛上一圈，将上午剩下的时间打发掉。偶尔也会来到医院，溜进海丝特的病房，给她一个拥抱，道一声早安，尽管这个时间其实不许探视。不管上午能否违背规定地探视一次，很快就到了午餐时间。迪迪通常在加拿大酒店的餐厅里吃午餐，只有星期三和星期五例外：本地名流每星期三都要举行午餐会，而星期五则是商会聚会的日子；迪迪这两天就到杂货店用餐。饭后小睡一会儿，有时还不到一刻钟。但不管是入睡还是醒来都轻而易举。然后便是规定的探视时间。迪迪一般在两点左右出发，重新穿过公园。他与内勃恩太太共进的晚餐往往在六点钟开始，有时甚至是五点半钟；这样在七点钟他就可以准时回到海丝特身边。晚上九点离开医院，偶尔由于护士的疏忽而会更晚，然后径直回到加拿大酒店，不过有时也绕过公园走一点弯路。在杂货店买一两份三明治和一罐可乐，称一称体重。再在杂货店或酒店大堂的书摊上买一本平装书或杂志。回到房间。带着夜宵和读物上床。很少打开电视；他可能会被哪部电影所吸引而久久无法入睡；他不希望这样。现在这种办法好多了。吃点东西，翻翻书或杂志，很快便有了睡意。

每天除了在酒店和医院之间穿过公园走上三四个来回之外，迪迪没怎么锻炼，而且每日三顿正餐再加上几次零食，所以身体长胖也就毫不奇怪。到第十七天，他之前因为绝望、悔恨和自杀未遂而瘦掉的二十磅差不多又长了回来。二十多岁的时候，他几乎一直保持着上大学时的体重，那是像他这种身高、身材相对苗条的人的正常体重。三年前开始缓慢地消瘦。再后来，一个月之前，几天之内就瘦掉了二十磅。全都长回来了吗？整个医院的门诊室里，肯定放有上百台健康秤，而且既然是在那里，准确性肯定有保障，但他不是很有探索精神，没有在那里找过。相反，每天晚上，他都往摆在杂货店后面的那台显然不准的秤里投上一分钱。没关系。只要经常使用，不准的仪器似乎也能与准确的仪器同样有用。而迪迪坚持每天在杂货店的秤上称一称。这台不准的仪器所显示的起始数字也许有误，但在此基础上，起码能让迪迪了解自己每天到底长了多少。

当然，有过几次反复。一天晚上，迪迪发现自己轻了两磅。接着想起头一天与海丝特发生了一点小不快，虽然尽力掩饰，心里却闷得难受。由于心情不好，不仅头天晚上没有吃夜宵，连第二天的午饭也免了。

多数时候，迪迪的体重稳步上升。衣服（现在）不合身了。淋浴的时候，发现腰部稍稍鼓了起来。皮带松了一格。不过海丝特没有异议。抚摸他面颊的时候，她肯定注意到他的脸比以前丰满了一些——盲人对这种变化尤为敏感。迪迪喜欢自己的身体像现在这样更大，更健壮。在世界上多占一些位置。当他瘦弱的左手腕渐渐长粗，而不得不重新调整手表带的时候，自豪感油然而生。他享受着衣服略微偏紧地套在身体上的感觉；由于衣服偏紧，他再也不愿意在裤袋里多装东西，尤其是金属物件。重复一遍：海丝特肯定注意到了，但是并不介意。至少未予置评。不过，如果海丝特建议他重新减去部分体重，他一定会毫无怨言地接受。一方面是因为觉得海丝特说得对，而他是在放任自己，另一方面是因为他希望让海丝特高兴。

手术后的第十二天下午，内勃恩太太说，她明天就要走了。已经收拾好行李。回家的车票就在她的手袋里，是上午买的。

在要走的头一天才说出自己的计划，未免太突然了吧？她生气了吗？很难说。内勃恩太太对侄女的态度既亲热又有些一本正经。听到这个消息，起码是因为它的突如其来，海丝特似乎从心底里感到遗憾。一遍又一遍地问她婶婶是否确定要这样。似乎接受了内勃恩太太坚决而肯定的回答，但是并没有不快。也没有央求她婶婶再多呆些天，迪迪不由得松了一口气。

不过，迪迪心想，海丝特肯定感到不安。很可能在怀疑内勃恩太太没有说出自己要走的全部真实原因。由于无法观察婶婶的表情，海丝特会不会担心自己忽略了某些迹象，从而无法揣摩老太太的心情和意图？

迪迪代她观察起老太太的表情。无疑比往常要冷淡。会不会只是强要面子呢？始终掩饰着她的真正感受：受伤的自尊，还有失落感。但是如果让迪迪来判断的话，他会说，让人摆出全然不动声色的面孔的这种自尊不像是内勃恩太太的性格。按迪迪的猜测，老太太根本没有打算明天就走。正是因为她并非真的要走，才没有真的显得难过。

迪迪希望已经表明自己毫不生气了，因此对内勃恩太太说，他宁愿她不要走。除非她确确实实想走。“反正过不了多久，你就会到纽约来看望我们的。”迪迪这么说有些出人意料，因为可能是考虑到迪迪多次说过希望与海丝特单独相处，两位女士对将来的拜访之事都还矢口未提；尽管私下里她们肯定已经想到过很多次。奇怪的是，就算有人要假意劝说内勃恩太太留下，开口的人居然是迪迪，而不是海丝特。

但迪迪错了。内勃恩太太不是在虚张声势，而是铁了心真的要走。意识到老太太并非言不由衷之后，迪迪有些喜出望外。原以为老太太是走是留自己会无所谓。但事实上，显然大有所谓。以前的厌恶感再度涌上心头。说到底，内勃恩太太是他与海丝特结合道路上的一种障碍，是过去所留下的可怕的痕迹。而一旦她走了，需要跨越的最后障碍就是海丝特什么时候出院了。迪迪过于兴奋，情不自禁地有所流露。内勃恩太太（现在）比迪迪原先所想的更为敏感，顿时注意到了迪迪态度的微妙变化；而且理解得也很正确。对两人更加冷淡了，带有几分责备。有意想刺一刺迪迪。“海丝特，如果我在这儿继续呆下去，成天无所事事，只管坐着吃饭和看电影的话，我也会像道尔顿那样发胖的。”海丝特微微一笑。迪迪有一种与海丝特心心相印的美妙感觉，尽管他们不能像一般的年轻情侣那样，在这样的时刻，在逗逗哄哄地对付耍小脾气的长辈时，相互交换几个轻松淘气的眼神——那些长辈年纪太大，已经没有追求幸福的机会。

今天下午和晚上，无论内勃恩太太怎样跟他过不去，迪迪都不会生气。想到这位上了年纪的女人将独自回去，回到她称之为家的地方，他不禁有些难过。离开与她最亲的亲人，差不多算是她的女儿。回到举目无亲之处。没有丈夫，没有子女，孤身一人了此残生。尽管海丝特明确地告诉过迪迪，杰茜婶婶回到特雷霍特之后，生活并不会那么凄凉。她可以在公共图书馆一直工作到六十五岁，还有许多她从小就认识的同龄朋友。

临别前共进晚餐的时候，内勃恩太太像有意找茬一般，提出了他与海丝特什么时候结婚的问题。迪迪很想实话实说。告诉老太太这完全取决于她的侄女。就他而言，随时都可以娶海丝特。只要她乐意，明天也行。但是一转念，想到这番实话虽然简单至极，在内勃恩太太听来却可能很复杂，难免让她担心。迪迪犹豫着，一时不知如何开口。

“你知道，道尔顿，”老太太哀伤地接着说，“在你和海丝特的事情上，我已经是很开明了。我从来没有要求你们回家乡举行教堂婚礼什么的。我知道如今的年轻人都是怎么想的。而海丝特的个性太强，我跟她甚至提都不敢提。但是你比她沉稳得多。你是个通情达理、很有教养的年轻人，这一点我看得出来。从一开始，在火车上的时候，我就看出来了。所以，让杰茜婶婶高兴一下，行吗？我们家已经让人说过不少闲话了……我知道，我不能强迫你做你不想做的事情。海丝特是大人了，当然你也一样。不过我还是要请求你。答应我，海丝特一出院你们就结婚。就算只是个非宗教的仪式，我也不在乎；你们想怎么简单都行。只要表明你们结了婚，而不是像动物那样同居。请答应我，道尔顿。”

迪迪被深深地打动了，对内勃恩太太做出了她所希望的承诺。他从座位上半站起身，隔着餐桌，双手捧住她的脑袋——她花白的头发有些凌乱。郑重地吻了吻她的两颊。

第二天下午，迪迪陪内勃恩太太去火车站，为她送行，她不用转车就可以直接回特雷霍特。自从几乎三周前到这里之后，这是他第一次来到车站。在一旁的铁轨上，运行的是纽约-波士顿标准公司的火车。果然，他从信息牌上看到，每天往返于布法罗和纽约市之间的“私掠船”号将在四十三分钟之后到站。看到那列火车还在运行的证据，迪迪暗暗有些吃惊。这种反应未免愚蠢。莫非以为从他自己坐过那趟车，也就是十月二十七日北上的那趟之后，就再也不会有“私掠船”号了？

迪迪不明白自己的感觉出了什么问题。麻木了？还是因为身体长胖而变迟钝了？在这两个星期里，尹卡多纳之死在他的记忆里怎么会变得那么遥远？迪迪一定是生活在某个梦里。或者得了健忘症。或者出现了性格分裂。

正因如此，当迪迪拿着内勃恩太太的提箱和几个棕色纸袋上车，帮她找到包厢并安顿下来的时候，他以为自己不会特别不安。又错了。他非常不安。火车上的环境让那熟悉的压抑之感和过去的噩梦再度呈现。不出片刻，他就惊惶起来。唯恐不等他下去火车就会开动，载着他远离海丝特而去。

“我好像听到汽笛声了，”迪迪不安地喃喃道。

“乘务员说火车在这儿要停二十分钟。你肯定还有时间……道尔顿，请帮我把行李架上的箱子再拿下来。我想把拖鞋拿出来。”

“不，我肯定听到什么了。”迪迪害怕困在火车上，一边伸手去取提箱。他慌里慌张、手忙脚乱地往下拉着，拉下来时却不小心砸在自己头上。

“哎呀，你受伤了！让我看看。天啊！等一等，我箱子里有创可贴。”

“别忙乎了，杰茜。没事儿的。”

“可你流血了，道尔顿。你没有手帕吗？那好，用我的吧。”老太太在她手袋里翻找起来。迪迪觉得又听到汽笛声了。认为如果自己的发际线旁流出了一点血，那一定是因为脑袋里的血在奋力奔涌。他感到脑袋像是快要裂开了一般。

他将内勃恩太太从手袋里找出来的手帕推到一边，自己探身向前，用嘴唇轻轻地碰了碰她擦了粉的脸，然后简单地说了一句再见。

来到站台上之后，他又觉得自己很愚蠢。有许多乘客正在上车，还有些在站台上闲逛，完全是一副不慌不忙的样子。火车将在两点零三分发车。他手表上的时间是两点差十分，站台上的大钟所显示的也是相同的时间。当然，他并没有马上离开，而是透过脏乎乎的玻璃朝老太太挥手和微笑。似乎过了很久很久之后，汽笛真的响了。站台上的工作人员发出了信号。

火车正前方的铁轨上是否有个人，是否有个工人（现在）正跑向安全的地方？火车又直又长，迪迪看不到它的前方。火车缓缓地开动了。迪迪跟着跑了几步，继续机械地挥手和微笑。火车的速度越来越快。迪迪停了下来。

如果能安全无事地走出火车站就好了。谁知道呢。马洛里警长也许就在附近，还在进行调查，虽然报纸上并没有披露。也许警长已经研究过十月二十七日星期天搭乘“私掠船”号的乘客名单，这时凭着一种神奇的直觉，突然认出了迪迪，并拦住他询问起来。也可能会碰上弥拉·尹卡多纳，她前来抱怨为什么还没有收到她认为铁路方面欠她的赔偿金，这时正满脸通红地从哪间办公室的门里冲出来，身后拖着瘦小的托马斯·弗朗西斯。甚至还可能碰到那个邮票贩子或那位胖牧师，他们可能就住在这座城市，或者经常需要从纽约来这里办事。

如果迪迪真的想忘记过去，那就意味着不仅是忘记琼，还要忘记过去的一切，所有的一切。甚至包括不久前刚刚发生的事情。甚至包括最可怕的事情。拒绝过去需要超乎寻常的勇气，远比人身遭受极度危险时所需要的勇气要大得多。迪迪没有那么勇敢。过去在用力拉他，就像风洞，而迪迪恰似被塞进风洞的某种新型实验飞机的精制模型，承受着大风的强烈撕扯。也许没有在转眼间被猛地撕成碎片，但模型在明显地颤抖；在变形，在风洞的压力下扭曲。太不堪一击，达不到正常的性能和安全标准。经过重新思考和实验室里的改进，新机型的结构缺陷也许可以弥补。有人这么建议。但是值得吗？这种机型已经有过一次机会，已经试验过了。最好还是将精力转移到某种新产品上，转移到一种没有失败记录的东西上。于是，公司决定不再在这种机型的研究上花费财力和时间；取消了投入生产的计划。

迪迪感觉到冷风一阵阵袭来。感觉到自己在摇晃，就像仍然是骨瘦如柴一般。但是不，他已经没有那么瘦了，虽然也说不上胖。这只是冬天的寒风；因为迪迪正在北方，这里的天气很冷，他还没有习惯。另外还有轰隆隆的火车驶进驶出所形成的强大气流。但是这不足以解释迪迪为什么站立不稳。他并不是那么弱不禁风。

没错。可也不是那么强壮；还不是特别勇敢。但话说回来，他（现在）没有这种必要了，因为他不再是孤身一人。如果说过去在用力拉他，那么，现在——其实是未来——也产生了一种与之抗衡的力量。

迪迪仍然在车站里，但开始与火车进出站的地方背道而驰。（现在）正朝出站口走去。过去也许不会直接变成未来，但这个问题还有一种间接的解决方式。把时间视为空间。一旦时间变成了空间，那么空间与空间之间就可以互换。就拿迪迪的情况来说吧。过去就在这里。一到这里，负罪感就会涌上心头。所以他要去别的地方。而且他有地方可去，也就是医院，他的未来正在那里诞生。迪迪拥有海丝特以及她所置身的空间，他将与她共享那个空间。而当她与他共享他所置身的空间时，当他把她带进其中时，它就会变成一个不同的空间。一个改变了形状和消毒处理过的空间。

迪迪坐在出租车里，恐慌不安的心情平息了下来，离医院以及与海丝特共度的下午时光越来越近了。迪迪是否有些自鸣得意？也许吧。到目前为止，海丝特是他的一颗很好的定心丸。他倒不是因为那姑娘而得意；他对她的感情不乏各种浪漫的激情。但对她并没有痴迷。

对与自己联系之外的海丝特他理解多少？似乎不多。必须承认，她不是那么容易被人理解。但是迪迪尽全力了吗？他最近所有的努力加起来有多少？

要理解海丝特，也许他所要做的不仅仅是爱她和与她相爱。如果他们的结合想取得成功，共同的生活想真正美满，也许他必须对她痴迷才行。但是，除了对具有一定毁灭性的东西感到痴迷之外，难道有人还对别的东西痴迷过吗？没有。由此看来，迪迪也许必须弄清潜藏在海丝特内心深处的毁灭性因素。似乎有些荒唐，对吧？但也许不一定。这个世界上并没有圣人，对吧？

就拿海丝特对她母亲的态度来说吧。斯黛拉·内勃恩在海丝特十四岁那年对她做出了那样的事情，做女儿的不可能就这样原谅了她。海丝特对她母亲不可能只有爱和思念。作为一个被背叛的孩子，她的愤怒何在？她只能压抑它，也就是说它仍然存在：表现出来时却以相反的方式，变成了善良。底下则涌动着怨愤的暗流。也许海丝特不知道还能怎么办；除了善良之外。但如果真是这样的话，那么她的善良里就危险重重。无法去除自己阴暗、恶意的一面。只能深藏不露。迪迪必须更加仔细地观察她。不能靠得太近。不能让海丝特把他当成她母亲一样的人。

出租车在华伦医院门前停了下来。迪迪付完钱，下了车。他的口袋里装着平装本《爱玛》。他在医院大厅的咖啡店停留片刻，要了一份鸡蛋沙拉三明治和一杯咖啡。海丝特饭量不大，肯定已经吃过了午餐，而迪迪一小时前虽然与内勃恩太太一起在火车站吃了一份三明治，现在又饿了。当他拿着小纸袋乘电梯上楼时，嘴里已经流起了口水。刺激因一：肚子饿了，同时知道马上就有东西充饥。刺激因二：对海丝特升起的一股柔情。想到即将见到她并与她共度下午的巨大快乐，尽管他们的情形有诸多不便。不过情形在不断改善。内勃恩太太今天走了。再也不需要说那些客套话。而海丝特自己也比以前活跃了一些。自从可以下床以来——已经一个星期了——他们既可以选择呆在病房，也可以坐到走廊尽头的患者休息室里。而且往前看去，只需要再过两天，就是最为宽广的选择：整个世界将呈现在面前，他们将在其中营造自己的天地。

（现在）看来，他刚才乘出租车时的想法简直愚不可及。居然打算仔细观察海丝特，揭开她的完美面具，这简直是怪癖和卑劣。如果海丝特表现出了性格上的缺陷——谁又没有缺陷呢——他就会是一位善解人意的爱人。就像奈特利先生[①]那样，将真情埋在心里，耐心等待，一直等到爱玛认识到自己的错误，为此感到羞愧，并决定改正。然后，由于终于有了需要，奈特利先生就可以用自己宽容的爱为她呈上疗伤的良药。

“自以为是的迪迪”！说到缺陷，更有可能是海丝特发现缺陷，发现他的缺陷。海丝特将需要极大的耐心来容忍他。但是，这个痛苦的过程难道就不能跳过去吗？既然迪迪已经明白自己的行为愚蠢可笑，他为什么不能变聪明些呢？做事聪明一点。因为迪迪已经无数次地认识到自己的错误了。从心底里为它们感到羞愧，并十分努力地进行改正。只是他无法理解。无法真正地理解。犹如一位无望、笨拙的游客，陷在自己意识的阴暗迷宫里。

---

① 简·奥斯丁的小说《爱玛》中的男主人公。

惩罚的迷宫。

启蒙的迷宫。

建筑术的迷宫。

那位戴着椭圆形墨镜、在黑暗中步伐坚定的姑娘，将带着他走出迷宫。

“海丝特？”不在病房里。迪迪向大学生和州议员的妻子了解海丝特去了哪儿。

可能在休息室。

迪迪沿走廊疾步走去。来到尽头的房间，这里的一面墙全是窗户，犹如日光浴室。她果然在这里！一见到她，迪迪如释重负；因为他一直隐隐有些担心，觉得海丝特并不存在。或者会消失，就像尹卡多纳一样。就像报纸上关于卫卡多纳之死的报道不了了之一样。那起事件变得越来越无足轻重，他（现在）也远远不像当初那样为之心神不宁，这未免让迪迪感到不安。

海丝特四肢伸展地躺在一张皮躺椅上。她穿着自己的黄色浴袍，面朝太阳。金色的长发从椅子边垂了下来，看上去像是刚刚洗过。今天早晨洗的吗？她真是苍白。多么需要阳光、清新的空气、运动、开胃的食物以及热情似火的爱人的身体。但起码海丝特找到了太阳。阳光在她的墨镜上闪烁。正如海丝特就是迪迪所找到的太阳，黑色的太阳。

三天之后，星期三上午。海丝特定于十点钟出院。

迪迪九点就到了，担心万一海丝特被提前送下楼来。迪迪的早到是“过于激动的迪迪”所采取的防范措施吗？并不尽然。之所以提前整整一小时，是因为他乐意为海丝特考虑得尽量细致周到，乐意成为最殷勤的爱人和保护人。宁愿自己等她，而不愿让她来等他，哪怕是丝毫的可能。另外还有一个令人不快的原因。因为他觉得海丝特对他心存怀疑。由于看不见而不得不依赖他人，却又对不求回报地照顾自己的人缺乏信任，这于盲人倒也正常。但海丝特还不只如此。她对他——迪迪——感到怀疑。迪迪（现在）必须向他的新娘证明自己。

十点整的时候，海丝特出了电梯，来到大厅。有位护士扶着她的手臂，提着她的皮箱。迪迪原本忐忑不安地坐在长凳上，一边接二连三地抽烟，一边随手翻着杂志，这时连忙将香烟掐灭在立于一旁的金属烟灰缸里，一跃而起，几步跨过大理石地板，将姑娘拥进怀里。然后扶住她的手臂，接过她的提箱。当他们走出医院那气派的大门时，迪迪发现海丝特清秀的面孔似乎有些浮肿。她哭过了吗？当然，她的眼睛被那副椭圆形大墨镜遮住，他不问就无法知道。但他并不想问。只要迪迪从今天起能让海丝特快乐，这就没有关系。而他能够做到。他觉得自己浑身是劲。足够两个人使用。

“我们走一走吧，”他说，“太阳这么好。”

已经是十一月下旬，但天气出奇的暖和。迪迪帮海丝特脱下她所穿的淡褐色驼毛外套，搭在自己的左臂上。

迪迪领着海丝特，两人穿过三个街区，径直朝门罗公园走去。迪迪欣喜不已，希望一心一意地只想着她，却发现不少男人都停下脚步，色眯眯地打量着她套在单薄的紧身连衣裙里的柔软身体，他不禁有些不快。这件裙子跟她在火车上穿的一样，似乎就是供人抚摸而不是让人看的。通常情况下，看到别的男人妒忌自己，对自己的女人垂涎三尺，迪迪往往会暗自得意。当男人们在大街上对琼注目时，他感到大为受用。但海丝特就不一样了。琼看得见那些对她注目的男人，她可以好好打量那些人；掂量他们，排斥他们，从而进一步肯定迪迪。但海丝特看不见任何人，所以没有多少选择。就拿眼前的情况来说吧。刚刚走过去的那个穿着蓝色牛仔裤的王八蛋就两眼盯着海丝特，还猥亵地冲她伸着舌头。如果海丝特看得见的话，也许会跟随那家伙而去。也许会更喜欢那个家伙，而不是迪迪。

尽管阳光很明媚。尽管海丝特第一次真正属于他：他们来到了外面的世界，只有他们两个人；他已经完全拥有了她。但是，迪迪仍然在想着这个世界。而不仅仅是想着海丝特。迪迪虽然说不上因为她看不见而高兴，但的确很庆幸她永远也不会看到一切是多么丑陋。这种看不见很有力量。而且可能传染，他但愿如此。既然海丝特看不见这丑陋的一切，也许过不了多久，他也同样会看不见。那该多好啊。什么都看不见。垃圾车，流浪汉，霓虹灯招牌，下水道，塑料玩具，停车场，不幸的孩子，自动售货机，还有那些坐在上百老汇交通岛的长凳上的老太太。

有了海丝特的相伴，他无法想象自己还会害怕尹卡多纳。因为她永远也体会不到他的恐惧。迪迪（现在）觉得万幸的是，海丝特不相信隧道里发生的一切。因而与他的恐惧又多隔了一层；除此之外，盲人既看不见有血有肉的真人，也看不见鬼魂。他们不会被鬼魂缠身。至多只是有些困惑。迪迪（现在）不怕尹卡多纳了。因为他再也不必只是——或者主要是——想着自己。海丝特就在这里，置身于迪迪和他的自我之间。什么都看不见。拒绝去看。拒绝承认梦中自我的分裂。

公园就在眼前。昨天刚下过雨，迪迪闻着上午清新的空气，快乐得有些眩晕。“闻一闻，亲爱的，”他叫道。他的右臂一直环着海丝特的腰，这时更加用力地搂着她，让她贴紧自己的右侧。“感觉到太阳了吗？”

是的。

“我们正经过一口水塘，里面有……我看看……七只白色和褐色的鸭子。有个男孩想在水塘里开一艘金属鱼雷快艇模型……可模型在下沉。你听，他哭了。现在他妈妈把他抱了起来……”

他们经过了水塘。“想吃冰淇淋蛋筒吗？还是冰棒？或者爱斯基摩派？”

好吧。来一支椰子糖衣的香草冰淇淋。迪迪买了两支。

继续往前，走出了小贩的视线。迪迪选择了一棵树下洒满阳光的地方，把他们的外套放在一旁。“摸一摸树皮，亲爱的。来，把手递给我……”他在树底下坐下来，背倚着树干；海丝特以跟他垂直的方向躺下，头枕在他的腿上。

“你长胖了一些。”她让脑袋挨着他的腹部。“你早该这样。现在好多了。”

迪迪抬起头靠在树干上，仰望着天空。如果能将这一刻永远留在脑海里就好了。他的心情难以形容。她肯定能理解。迪迪对海丝特怀着满腔深情，比对琼或任何其他的女人都要深。他的爱是他生命的签名。

“你舒服吗，道尔顿？如果你想换个姿势的话，不用管我的头。”

“我很舒服。不用换。”他抚摸着她的秀发，接着又捧住她的头，放在他的裆部——他的性器正在裤子里面轻轻勃动——贴着他的下腹。“睡一会儿吧。”

海丝特的呼吸似乎变得很慢很沉了。她（现在）睡着了吗？迪迪可以推开她的墨镜，看她是否闭上了眼睛，但这可能会弄醒她。因为阳光很强烈，而他不知道她的眼睛对光是否还有所反应。

她没有睡着，轻轻地动了动。伸出一只手摸了摸额头。

“今天上午下楼之前你哭了吗？”良久的沉默后，迪迪柔声问道。姑娘点了点头。“为什么？告诉我好吗？”也许海丝特是在为她母亲而伤心。如果手术让她重见光明的话，她母亲的定罪就可以撤销了。斯黛拉 内勃恩尽管难逃罪责，但多少会有所减轻。正如迪迪一样，如果尹卡多纳能够死而复生，他的罪责就算不会完全消失，也一定会小得多。

“为什么？”迪迪再一次问道。

“因为我的眼睛里还有许多眼泪。而且我也不相信奇迹。”

迪迪怀疑出了什么问题。但是想顺其自然，而不愿回避。“你说的奇迹是指我们吗？指我们俩走到一起吗？你不相信……这件事？”

“是的，”海丝特说。

“我明白了。不，也许我不明白……告诉我，信不信有那么重要吗？”

“不。起码我不这么想……”迪迪倒抽了一口气。那么这样行吗？他听得懂她的字眼。海丝特伸手抚摸着他的面颊。“我让你不安了吗？对不起。我并不想这样。”

“别为我担心，”迪迪哑着嗓子说。

“可我的确为你担心，”海丝特说，“你心里也知道。我想，所有的一切对你来说比对我更难。你看到的真相与我看到的不一样。虽然我的令人痛苦。但你的更难以承受。你难道不知道我了解这一点吗？”

“我不明白你在说些什么。”

“是吗？我不知道怎样才能解释得更清楚……你瞧，道尔顿，我知道你对我的感情，但事情并不像你想的那么简单。你太虔诚了，亲爱的。”听到这个亲昵的称呼，迪迪不禁笑了。“这正好涉及真相的问题。你想抹去你的真相，而变得像我一样。我觉得你不可能做到这一点，道尔顿。而且即使能做到，你也不该这样。你得尊重我的局限。还有你自己的局限。你千万不要太急于改变自己。”

迪迪听到的主要是海丝特甜美的嗓音。但是有一点还是听懂了，知道自己挨了批评。温柔的批评。因此，觉得这种批评可以接受。只要海丝特不收回她的爱情。而这几乎已经是难以想象了。假设有朝一日，她以一贯的平静方式对他说，我不爱你。如果海丝特所说的是她没有——从来都不曾——爱过他，他（现在）就觉得活不下去了。不过，如果海丝特的意思是她不再爱他了，那么迪迪会努力让她重新来爱他。以自己的生命为赌注。当然，他不会简单地强迫海丝特爱他。得让她相信他。但用什么办法呢？对一个盲人，他能出示什么标志、信物和证据，来表明自己的爱情？

“我太爱你了。”迪迪（现在）这么说会不会不合适？作为对她刚才那番话的唯一回答？语言无法干预心灵无条件的活动。

“你知道我也爱你，道尔顿。我只是希望我的爱不会害了你。”

迪迪弯下身来寻找海丝特的嘴唇，还有她的舌头。但愿她能了解他的内心。

迪迪心满意足。他拥有了自己的珍宝，用爱的火焰赶走了黑色的魔鬼。他双目失明的金发天使会抚慰他的心灵，挽救他的生命。她已经开始这样了。而他呢，则会保护她免受外面世界的伤害。那个世界为一道道木墙、砖墙、石墙和水泥墙所分隔；那个世界有各种尖锐的物件，容易划伤人的皮肉；那个世界满是冰冷的目光和无情的爱抚，会让心灵伤痕累累。迪迪将竭尽全力地呵护她。

“好心肠的迪迪”心里明白，这里含有寻求自我满足的因素。他虽然发誓要对海丝特全心全意，尽力呵护，却有一个附加条件。海丝特将依赖他，而不是任何别的人。只能通过他而不是任何别的人的眼睛来了解世界。这一点已经不容置疑。迪迪不会与任何人分享海丝特。她知道他对她的占有欲将会有多么强烈吗？她会感到不满吗？

除了希望占有之外，还感到满足……想到自己即将承担的所有艰难的责任和实际的工作，迪迪并不觉得自己是在做出牺牲，这样想倒不失正确。因为在殷勤备至地照料海丝特日常起居的同时，他自己也会同样受益。如果说他真诚的照料让海丝特享受到了看得见的好处的话，那么他的收获则更大。是精神上的收获。

这种受益就在于：当他承担起职责，向海丝特描述那有形的世界或帮助她了解各种具体可感的事物时，他将有机会用全新的眼光来观察整个世界。

迪迪会给海丝特描述他司空见惯的落日，会看到太阳第一次落下地平线。看到孩子挨打不会让他接连几天伤心难过。有关纳粹集中营的文学作品将不再被视为关乎人类的唯一的事实真相。一只小虫之死将显得微不足道：只是小虫之死而已。大城市的垃圾将不会动不动就从低坑或高处溅出来，沾在他的身上。嘈杂尖厉的声音将不会像淤泥一样塞满他的脑海。

看到地铁、公共汽车、会堂、海滩、公园、办公室和大街上那些蓬头垢面的行人，想象着或不敢多想他们各自的生活，似乎再也不会吓得人魂飞魄散。

尽管迪迪的职责是保护海丝特免受世界的伤害，但是他会以更加宽容的眼光来看待世界。不只是把它看成一个污染场，还要看成一个有待不断地重新创造和探索的天地。但愿他不是那么害怕被人触摸就好了。他有一种先入之见，认为触摸会带来伤害，而不是给人慰藉。他非常害怕触摸。先入为主地认为他肯定会被人厌恶。

很显然，如果眼睛看不见的话，迪迪的恐惧就会有所减弱了。由于视力健全，他得以隔着一定距离就得出结论，而不是等到上前触摸或被人触摸之后。视力有助于抽象思维——这是视力健全的人的特权。而对海丝特来说，正如对所有的盲人一样，只有等到靠近对象，与对象有了具体接触之后，才能做出判断。如果什么都看不见，就不会有总体的归类。如果什么都看不见，所有的东西就会变得具体，可感，可触。

迪迪突然想到，也许他所有的恐惧就是来自他祸福参半的视力。由于看得见，他可以对世界进行抽象的感知。隔着一定的距离。迪迪必须忘却这种本领。放弃自己的想象，因为这种想象既牢牢黏附着对于过去所看到的一切的怀疑，又忐忑不安地凝望着未来。这种想象耗尽了他的活力，把一切都交付与时间来拷问。要置身于现在；没有想象，无法预测任何事情；只是活着。

当然，他不能挖掉自己的双眼。它们不该受此冤屈。迪迪的任务更为艰巨：那对肉球——百分之九十是水——仍然安置在他的头骨上，而且运行正常。必须忘却他习以为常的观察方式。只要不是为时太晚。

与海丝特一起刚回到纽约，迪迪就向瓦特金斯公司递交了辞呈。“因为健康原因。”根据公司退休金计划而缴纳的退休金的返还款，一些股份——公司正求之不得地想买回去——的收益，还有三年的积蓄，加起来足以维持他和海丝特至少一年的花销，同时还可以支付琼的赡养费。迪迪大致设想过，在这笔钱快花完之前，可以找一份能在家里干的工作。比如翻译专业书籍。迪迪颇有语言天赋，懂德语和俄语两门外语。也可以当自由职业者，为专门出版科技和医学文献的出版社编辑书稿。他能胜任这种工作，在以前的工作中也结识了不少科技刊物和图书出版行业的人。但是还没有为从事这类工作做任何准备。也没有去市政厅申请执照。也没有着手再找一套公寓。

这是一个与季节不符的温暖的十二月，在月初的几天里，迪迪和海丝特除了睡觉之外，大部分时间都是在户外“观光”——如果可以用这个词的话。来来往往的车辆所发出的轰鸣以及刹车和喇叭声虽然让海丝特非常紧张，但她似乎很喜欢这些新鲜的事物和运动的感觉。起初迪迪带海丝特去的是一些远地方：到布朗克斯动物园听动物的叫声，闻动物的气味；到中央公园的湖畔躲避拥挤的车辆；到炮台公园和史泰登岛渡口去感受海水、柏油、杂芬油的怪味以及小船的摇晃。在康尼岛游览时，迪迪将今年夏天使用过的游乐设施的残败情景描绘得栩栩如生。在世博会的会址，两人溜进那老鼠横行的废墟闲逛，迪迪同样绘声绘色地讲解了两个小时。一旦想讨好某个人的时候，迪迪也可以口若悬河。随后是安静的一天：两人手牵着手，在蒙托克冬日的空旷海滩上漫步。

一步一步地重新进入世界。但迪迪是否错估了这项使命，画的地图是否范围太大？是否走得太远？（现在）才想起自己的旅伴是一个什么样的人。海丝特不仅看不见，而且对这座城市及其环境一无所知。不过最关键的也许是看不见。对她而言，不管是什么地方，不管是多远的距离，肯定都没有多少差别。她无法弄清一个地方与另一个地方的关系，又怎么可能知道自己某个时候置身何处呢？

在对盲人的地形感有进一步的了解之前，迪迪决定缩小他和海丝特的探索范围。选取离家更近的地方。曼哈顿：在这里，距离可以用街区来计算，而街区可以用步数来丈量。但这并不意味着迪迪会感到腻烦或不安。虽然选择了这座城市并在这里生活了十来年，迪迪对它的了解却十分有限。即使是曼哈顿的中心区，在他前后租住过的两套公寓的所在地，也总有让他感到新奇的景象。

因此，到第二个星期，范围就变小了。不需要公共交通工具；只是徒步而行，能走多远就走多远。迪迪描绘着街上的建筑、车辆、广告牌以及路过的行人。他一边说，一边尽力将噩梦赶出自己的视野，并消除自己话语中的厌恶情绪。尽量客观、生动，甚至幽默。不可思议的是，迪迪一旦决定为了海丝特而克制自己的病态反应，培养自己的幽默感，做起来居然丝毫不难。所有的一切以前曾经很可怕，而（现在）则很有趣。比如说，附近商店、仓库和货车上的牌子。难道它们不是一直都在吗？迪迪以前肯定看到过，看到过几百次，在出来买菜或到洗衣店取衣服或者遛狗或者乘出租车经过的时候。所以，当他一个一个地念给海丝特听的时候，它们（现在）为什么会显得这么怪异和不知所云呢？

刚果轮胎公司

曼哈顿汽车收音机维修公司

欢迎弗尔顿房客肉店

皮纳药店

自动化花店

雄鹰纸张与绳索公司

L&S 乳品店

莫莎餐饮店

哥特颜料有限公司

大力士地板公司

布劳斯兄弟驯犬学校

“有了”邮票与钱币店

雅克布·赖斯玻璃公司

特洛亚诺货车运输

好心肠饭店

普天涂漆公司

皮珀尔绘画材料

可靠涂层织物公司

尤尼达文印店

门希木材公司

世纪排版服务公司

殷勤的罗斯休闲衣

新切尔西改革民主俱乐部

艾德勒投递公司

乔尼冷热英雄

伦特威有限公司

卡普兰·里吉德促销包装公司

艾科刀具

精密钢材切割有限公司

乡村传统保洁公司

本·詹特利父子猪肉店

电镀公司

拉·木拉拉瓷器

迪迪每念完几个名字之后，两人往往会开心大笑。

在西区公路的入口处附近，坐落着一家类似于火车餐车的老式饮食店，长长的蓝色霓虹灯招牌几乎横贯整个屋顶：**老荷兰人咖啡馆**。每天开始步行的时候，迪迪和海丝特经常会来这里要一份三明治和咖啡，在唱机上点一两首歌，听一听货车司机和装卸工人与女服务生之间的逗笑。在第二个星期的多数日子里，他们继续闲逛，甚至一直走到了第四十街，到弥漫着各种气味的希腊、意大利和西班牙杂货店购物；然后像杰茜婶婶以前那样，抱着大大小小的褐色购物袋，拦一辆出租车返回市中心。他们起初带着冉一起出行。但那条狗是个累赘，让迪迪难以对付。他不想两头分心。而且令他意外的是，海丝特对那条狗似乎毫无兴趣。

到了第三个星期，天气变化很大。一天是小雪，然后是几个雨天，接着又是大雪和雨夹雪。每天漫步的距离短了很多，而且往往是在家门口一带。在最冷的几天里，他们避开寒风刺骨的河边，而朝东边走去。这一片城区除了花市之外，相对比较萧条。有一次，他们来到梅西百货商场，迪迪试图尽量生动地为海丝特描绘商场正面墙上的圣诞雕像，但效果如何他自己也没抱希望；随后两人躲在商场门口取暖，可十分钟后却被熙熙攘攘的顾客挤了出来。在海丝特和迪迪（现在）相伴而行的漫步中，那一次走得最远。但好像已经不是非走动不可了。所需的食品虽然不如在第九大街购买的那么美味可口，品种丰富，但可以打电话向最近的超市采购。有时只是迪迪一个人出门，每天遛狗三次。而且总是尽量以最快的速度，离开海丝特哪怕是几分钟他也放心不下。冉渐渐成了一个大麻烦。

取消每天的漫步之后，便有了大量的时间从事室内活动。海丝特不肯雇佣人，坚持要自己清扫房间。不过，迪迪首先得把海丝特领到家里的每一件东西跟前，让海丝特去触摸和了解它们的位置。当她用双手仔细感受一件物品时，迪迪往往会讲起它买自哪里，讲起与它相关的难忘的往事。这个家成了博物馆，成了对过去的追思，成了小型的陵墓。就这样，关于自己那段伤心而不乏激情的婚姻，迪迪渐渐向海丝特吐露了不少情况，尽管在此之前，他始终连琼的名字都避免提及。以为海丝特会有强烈的占有欲，会因为他的过去而痛苦；如果海丝特结过婚的话，他肯定也会这样。

对迪迪所讲的点点滴滴，海丝特都听得非常专心，但不管他讲多讲少，她似乎总是心满意足。让迪迪感到几分伤心的是，海丝特对他以前的生活似乎并不好奇。也许对她来说根本就不真实。她偶尔也仔细询问迪迪，但只是在了解到谈及的物品——如一口煎锅，一幅平版画，或一盏灯——是由琼亲自挑选的时候。而琼离开时却没有带走。

“你留着它有什么原因吗？它会让你想起她吗？”

不会。谢天谢地，再也不会了。不过这表明在谈到琼时，海丝特虽然表面上不动声色，内心里可能还是有一丝妒忌，迪迪不由得一阵窃喜。他还很高兴海丝特对物品显然没有不着边际的想象。这是失明的好处之一吗？没关系。迪迪没有必要去了解。不管是什么原因，这都是一种令人羡慕的特点。迪迪一生都无可救药地忠诚于自己的过去，也不管它多么令人痛苦，他深陷在对纪念品以及过去的痕迹所抱持的无谓不舍之中，这时从海丝特的淡然中受到启发。

要让迪迪感到解脱，感到轻松，海丝特不必轻侮或贬损他的东西。她也的确没有那样。她只需要以盲人的判断力不偏不倚地看待它们。而迪迪则应该擦净自己留有太多记忆的视力。他这样做了，而且觉得毫不费力。把海丝特带到一件物品跟前，扶着她的手触摸它的表面，并讲起它的历史时，迪迪得以用全新的眼光来看待自己的东西。有时会发现根本就不喜欢他拥有的某件东西。比如那对有着蜘蛛网浮雕图案的蓝绿色花瓶；它们产自 1900 年前后，是他两年前的夏天在巴黎的跳蚤市场购买的。起码他（现在）不再喜欢它们了。

眼睛就像窗户；

眼睛就像明灯；

眼睛就像宝石；

但是有什么能比眼球上那层白膜更具识别能力，更加不容置疑呢？

因此，除了从彼此朝夕相处卿卿我我中得到的快乐之外，为海丝特列出他的财产清单也给迪迪带来了一些秘密的小快乐。包括扔掉那些完好、漂亮、依然可用的东西所带来的快乐。一个星期五的晚上，迪迪把那对新艺术主义[1]花瓶与垃圾一起扔出去后，原本想只字不提。但是又非提不可。海丝特的航线图必须仔细地适时更新。如今少了两样她必须绕开的东西。

十二月快要接近尾声。圣诞节前的这一周寒冷刺骨。他们商量着是否去买一棵圣诞树。尽管冉近来很不听话，很可能会把树弄成一团糟，但还是买一棵吧。可以闻到它的清香。海丝特嫣然一笑，张开双臂拥抱迪迪，方式有些陌生，几乎带有几分羞涩。迪迪似乎瞥见了海丝特小时候的模样，不禁十分欣喜。他帮她穿好衣服，将她裹得严严实实，不仅戴上围巾和手套，还一定要她穿上滑雪袜，并在棉衣里面再加上他的风衣；然后，也许是出于下意识，他自己却穿得很少。他们下了楼，这是他们本周以来第一次一同出门。迪迪快乐得有些眩晕，决定买两棵大杉树，每棵都有七英尺高；一棵放在客厅，另一棵放进卧室。他气喘吁吁地——为什么动不动就气喘吁吁呢？——把两棵树分别拖上四层楼的楼梯。觉得为了自己一个

[1] 19 世纪末 20 世纪初在欧美产生和发展的一次极具影响的装饰艺术运动。

人而装上灯泡、串灯和亮纸片没有什么意义。杉树不加装饰会显得更有生机。那浓烈的气息犹如给宁静的房间注入一小股生气。闻闻这一棵！再闻闻那一棵，亲爱的！是不是有点儿不一样？是吗？你能闻出来吗？现在我要闻闻你。在动手把圣诞树装在从伍尔沃斯商场买来的颤巍巍的红绿相间的架子上之前，迪迪领着海丝特上床缠绵了一番。

爱是美丽而强壮的。树也一样。食物也一样。

迪迪几乎忘记了婚后家庭生活所带来的平凡而巨大的满足感。比如，一日三餐都有人陪伴。尽管近来吃的都是超市送来的罐头和冷冻食品，但吃饭成了一种享受。迪迪的厨艺原本很不错，在这第一个月里，一直都是他在做饭。而海丝特也来到小厨房里，坐在冰箱旁边的一张小圆凳上陪着他，然后帮忙洗盘子。有天晚上，迪迪卷起袖子正要做饭时，海丝特却自告奋勇。“求求你了，道尔顿！”迪迪担心她会烫伤自己。但海丝特向他保证说，她已经记住了每一件厨具的位置和使用方法，知道每个橱柜里放的是什么东西，可以轻而易举地找到罐头、盘子、锅、锅架、调味品以及刀叉等。为了进一步证明自己的能力，她还提醒迪迪，从十八岁起，她自己和婶婶两个人的饭菜主要都是由她负责。迪迪对海丝特宠爱有加，当然不会违逆她的意愿。但是，一个盲人能对自己的安全做出最准确的判断吗？迪迪觉得自己说起话来像一位不太放心的父亲，而不像一位爱人；他害怕海丝特也这么认为并感到不满。但她好像没有这样。只是一边开始干活，一边笑着命令他离开厨房。迪迪来到客厅，闷闷不乐地坐在木摇椅上，担心得冒出汗来。起身给自己倒了一小杯黑麦威士忌；接着又倒了一小杯。与此同时，海丝特开了一罐凉菜汤，热了一盒冻菠菜，用黄油煎了两片牛肝，还煮上咖啡。她并没有把罐头和蔬菜盒拿来问一问迪迪，看看她有没有弄错，而是无需迪迪的帮助，独自从头忙到尾。没有出任何差错。糖就是糖，不是盐。而且谢天谢地，既没有烫伤，也没有擦伤。

迪迪心里很紧张，坚持起码让他到餐厅去摆餐具。

不，这也用不着。

海丝特换上一块干净的亚麻桌布，递给迪迪一瓶桑格利亚汽酒[①]让他打开。好几个星期以来，他们都没有这样隆重地吃饭了。大多是把饭菜摆在客厅的地上或搬到床上。而今天的饭菜，迪迪不得不承认，跟他做的一样美味可口。不过他还是觉得难以下咽。迪迪的胃口出什么问题了？

他们坐到客厅后，海丝特说：“我们喝点儿白兰地吧。”迪迪一向不愿喝酒——喝酒常常会使他觉得沉闷压抑；即使在刚开始喝的时候，也从来没有过快活之感——但还是同意了。他本该告诉海丝特，当她在厨房里忙碌的时候，他已经喝过两小杯，但他不想破坏今晚的喜庆气氛。也许是因为喝了威士忌、汽酒，又加上白兰地，迪迪觉得浑身都很难受。他早早地上了床。

从那以后，做饭便由海丝特全权负责。第二天晚上，又换了一块桌布，酒也换成了普依芙美[②]。第三天晚上，桌布没有换，但换了一瓶波马特酒[③]。到第四天晚上，迪迪什么酒都不肯再喝。可能不只是酒的问题，但是他发现自己（现在）每天晚上很早就昏昏欲睡。吃饭不喝酒也很好。过了不久，他们吃

① 一种由红葡萄酒、水果和果汁配成的西班牙饮料。
② 一种清爽干性的白葡萄酒。
③ 法国波马特地区产的无果味红葡萄酒。

饭又变得随便了。在客厅的地上吃饭时，迪迪往往都会生起一堆柴火，尽管在冬天的日子里，室内的暖气已经开得很足。柴火散发出好闻的气味。最近以来，他的听觉越来越敏锐，觉得火焰的声音像它摇曳的色彩一样，生动而令人惬意。

迪迪不愿意在吃饭的时候放音乐。因为他希望海丝特的注意力完全集中在他的身上。不管他们吃饭时是否交谈——两个人经常会出现长时间的沉默，这让迪迪有时觉得如梦似幻般的心宁神静，有时又很难堪——他都不希望有任何东西干扰他们可能进行的谈话。不过吃饭之后，迪迪也愿意让其他的东西——而不仅仅是他的爱——来占据他们的时间。于是就用音乐。接着发现两人之间有了一点不和谐。海丝特真正喜欢的只是弦乐三重奏、四重奏、五重奏，诸如此类，等等等等。“折衷主义者迪迪”也喜欢老海顿。但生活中忠诚的对象可以不止一种。他热情洋溢地想改变海丝特，让她也喜欢上他所热衷的布鲁斯、摇滚乐以及民乐摇滚。试着听从迪伦到比利·哈勒黛再到甲壳虫乐队的各种音乐，还向海丝特称赞说，甲壳虫乐队是近期流行乐坛的集体莫扎特。甚至试着教她跳扭摆舞，就像琼以前教他一样。但海丝特始终不为所动。迪迪终于放弃了。不再在早晨八点就睡眼惺忪地起床收听“摇滚世界”。告别了“前四十名排行榜”。晚饭过后，迪迪心甘情愿地将室内乐唱片放到高保真唱机的唱针底下，或者在调频古典音乐台之间不断旋转调谐钮，直到海丝特听见她所喜欢的音乐。

大多数晚上，吃完饭后不久，迪迪就开始念书。已经快要读完《理智与情感》。但海丝特似乎不像在医院时那样觉得简·奥斯丁非常有趣。这一本结束后，也许不要马上接着读《曼斯菲尔德庄园》。换一位作家吧。或者干脆停下来，也许她所腻烦的正是他的朗读。

从第二个星期的周末开始，迪迪渐渐养成了日落后不开灯的习惯。除非说好了他要念书。夫妻两个如同一人：到了晚上，迪迪像海丝特一样不需要电灯。发现自己在黑暗中能行动自如。再说，由于外面亮着路灯，室内并非伸手不见五指。不过迪迪所想要的甚至用不着那微弱的亮光。他想要的是触摸。

悠闲。平静。犹如一对湿漉漉的幸福的鸳鸯。

回到纽约大概四周后的一天晚上，已经过了半夜。在昏暗的客厅里，两人半光着身子依偎在一起，静静地直躺在长沙发上。这时楼下的蜂鸣器响了，表明有客人来访。迪迪感到一阵心虚和慌乱。是保罗？还是尹卡多纳？不，别胡思乱想。别犯傻了。

迪迪该怎么办呢？在某种意义上，他很安全。谁也不能直接闯进来找他；别的人都没有钥匙。只要他不回应，保罗绝对不会知道他是否已经外出。或者就算没有外出，在黑蒙蒙的家里，他也可能睡得太沉而没有听见。

“肯定是我弟弟。”海丝特没有回答。迪迪坐起身，穿上衬衣。“海丝特，你睡着了吗？听见我的话了吗？”

“是的，亲爱的，我听见了。不过随你怎么办好了。”她没有睡着。但仍然躺着不动；没有要起身穿衣的样子。

这算是什么回答？“举棋不定的迪迪”是什么人呢？居然随他怎么办？果真这样的话，未免太霸道了吧！不过等一等，换个角度想一想。严格地说，他（现在）不管怎么办，都不算是随自己的意愿。因为下令的是海丝特，是她说随他怎么办好了。

迪迪起身走到门厅，按了开门键。然后又回到客厅，跪在沙发旁。

他马上就上来。

凝视着海丝特，多么希望她能看得见。希望她能用眼神无声地示意他该怎么办。用眨动的眼睛来传达爱意。

前门响起了敲门声。“还记得吧，”他悄声说，“我跟你说过的。他每次都是不告而至。我甚至从来都不知道他什么时候在城里。”

门铃被不耐烦地按响了。“喂，迪迪！”冉冲进窄小的门厅，一边狂吠一边抓门。

“海丝特，你想见见我弟弟吗？”他的声音很犹豫。

门内是狗在叫，门外是保罗在喊。迪迪发现他和海丝特之间的联系之线已经突然崩断。镶板木门两侧出现了一种更响的声音，一种不同的力量。跟他们的联系作对。

“你在吗，迪迪？快醒醒！喂！”

“他叫你什么，道尔顿？”

太复杂了，（现在）解释不清。再说也太吵了。迪迪没有回答就站起身来。他突然感到害怕。

害怕保罗：不知道让他进来后会怎么样。不知道他弟弟会怎样看待海丝特。他会一眼就看出她是盲人吗？而且也不知道他会对她说什么。可能会说些粗俗或令人费解的话，从而使海丝特对迪迪产生一些不利的新看法。也可能他会对她很无礼，伤害她的感情。

害怕海丝特：害怕她不愿意见保罗，可又不明确地告诉他。但是迪迪看不出她的想法，对吧？也许他错了。也许她其实想见他弟弟，但觉得应该由迪迪来决定和处理。

“是保罗吗？”

“看在上帝的分上，迪迪，快让我进去。”

等一会儿！

迪迪一把抓过钥匙，塞进皱巴巴的棉布裤的后口袋里。然后将门打开一条缝，防盗门链还搭在上面。走廊里的灯光很耀眼，他眨着眼睛，望着保罗那张被灯光照亮的迫切的面孔及那撇留长了的金色胡子，还有那身漂亮的黑色晚礼服。“喂，迪迪！怎么回事？你睡着了吗？哦，我敢肯定你这儿有位姑娘。”

“没错。而且我不能让你进来。不过我会出来。”

取下门链，飞快地开门，以免冉伺机窜出；一闪身来到走廊，随手把门关上。

过了好一会儿，迪迪才适应外面的亮光。眼睛有些刺痛，不由自主地眨了几下。而保罗则不住口地说着。

“很抱歉我就这么闯了过来。但让我进去不行吗？我实在是困极了，特别需要躺下来睡一觉。我不会打扰你们的。”

虽然眼睛（现在）好了一些，不再那么刺痛了，迪迪仍然很庆幸还有其他的感官为自己效力。比如说，他可以用鼻子闻出保罗口里的酒气。与此同时，也可以用眼睛看得见。看见保罗双眼有些肿胀模糊，衣衫稍稍有些不整。“我也想让你进去，保罗。事情太复杂了，一言难尽，但今晚我真的不能留你。”

“怎么了？是我认识的什么人吗？看在上帝的分上，不会是琼吧？”

亏他想得出！“天啊，不是。”

“哦，我想我明白了。是那位女演员吧，我八月份过来时她跟你在一块儿。她就住在这层楼，对吧？她叫什么来着？”

“听着，保罗。这姑娘你根本就不认识。但我的确希望你能见见她。我是认真的。我们在一起大概有三个星期了，我还希望我们不久就能结婚。”

保罗（现在）显出了几丝怒色，动手解开自己的黑色领结。“哎呀，我可真是闹不懂了。又不是什么有夫之妇，对吧？也不是未成年少女。而且我也不认识，所以谈不上不想让我知道她——”保罗的口齿开始模糊不清起来；他抓住迪迪的衣领，接着又松开——“跟你在一起。对吧？”保罗只要喝了酒就会喋喋不休。“总而言之，不只是睡睡觉而已，而是动了真情……那么我问你，干吗又不能让我马上进去呢？这会儿见她不是再好不过吗？”

迪迪耸了耸肩。保罗直起身，似乎突然清醒了几分。根本就不是很醉。他是在装醉吗？哦，保罗可有心计了。满肚子的花样，让迪迪永远也捉摸不透。他（现在）显得很清醒，一副漫不经心的样子。领结已经解下来，塞进了自己的口袋里。“哦，我明白了。你们俩刚刚干了一架。看来我今晚真是运气不佳。”他这也是装出来的吗？

“我很想跟你解释，保罗。可我还需要一点儿时间。”

“好吧，好吧。别往心里去。我以后再来。”保罗刚要下楼梯，却又转过身来。语气深沉了许多。“听着，迪迪，你没什么事儿吧？知道吗，你看起来很糟糕。怎么瘦了这么多？会不会是生病了？”

迪迪仍然很戒备，担心保罗又要玩什么新花样。但这种戒备的姿态难以保持下去，因为保罗这番话让他着实吃了一惊。他从什么时候又开始消瘦了呢？是海丝特负责做饭以后吗？他对此没有注意，因为几个星期以来都没有穿西服。只是穿着斜纹棉布裤或宽松的灯芯绒裤，上身套着T恤衫、棉布衬衫或毛线衣。

“我没病。别为我担心。”

“可你的脸色很难看，”保罗强调道，他已经下了一级楼梯。“你今天没有就这副模样去上班吧？我敢说，你已经有五天没刮脸了。”

“我已经有几个星期没上班了。”

“我就说嘛，你生病了。”

“不是。我辞职了。”

保罗重新走上楼梯的平台。“真见鬼，你干吗要这么做？”

“别大声嚷嚷，保罗！”迪迪压低嗓门说，“我跟你说过了，我这会儿没法解释。不过我没事儿。”

保罗走近迪迪，背靠在墙上。他有些站立不住；起码有些站立不稳。他醉眼蒙眬地打量了迪迪一会儿；迪迪礼貌而不自在地承受着他的注视。

“迪迪，你在吸食什么吗？你知道我的意思吧？”

迪迪笑了起来。“你是说吸毒？别犯傻了。”

“真的？你可以告诉我的。”

“我已经告诉你了。”保罗会不会摔倒？

“那么好吧，你需不需要一点儿钱？你知道，我每次巡回演出都能挣上一大把。既然政府、我的经纪人还有我泡的小妞都能花这些钱，那我的亲哥哥就更不用说了。”

“保罗，等我需要你养的时候，我会跟你说的。”

“好吧，好吧，别生气。我只是想帮帮忙……再说，如果能放一点在你这儿，我就不会有那么多钱去买酒喝了。”他开始呵呵地笑。“真有意思，对吧？”他弯下腰，捂着肚子，身子摇摇晃晃。“因为，你知道，”他憨憨地咧嘴一笑，说，“我这会儿有点醉了……”

迪迪想起走廊对面屋子里住着那位漂亮的外百老汇女演员。连忙离开门口，走到保罗身边。“听着，我这就送你下楼。不然我们会把整栋楼的人都吵醒。”

跟着保罗下了楼梯，来到街上。一股凛冽的空气挟着雪花迎面扑来。突然间，迪迪一阵晕眩；不得不抓住栏杆，然后坐在门前的台阶上。保罗俯下身来看着他。“你真的病了，迪迪。你得找个医生看看。”

“少啰嗦了，保罗。我没病。只是今天忘了吃饭，所以觉得有点儿晕。倒是现在坐在这里，我的屁股都快冻掉了。所以你赶紧走吧。叫一辆出租车，到你的哪位女朋友家里睡上一觉，酒劲就会过去了。明天给我打电话，别忘了。也许到那时我就理出了头绪，你就可以来见见海丝特，我会把一切向你解释清楚的。”

“海丝特？”

“没错，她就叫这个名字。”

“你认识她多久了？”

“够久了，保罗。别瞎操心了。干吗不告诉我你现在打算去哪儿，以及在城里呆多长时间？”迪迪站起身。

“我很担心你，迪迪。也许你该让我上楼去。”他打了个嗝。“对不起。”

“瞧，有车来了。快去吧。”

“他已经亮出不载客的牌子了。”

“得了，你知道那算不了什么。去问问那位好心人能否把保罗送到他想去的地方。”

“好吧，我想最好也是这样。我都快趴下了。”保罗穿过街道，临上车前喊了一句：“明天给你打电话！”

迪迪瑟瑟发抖地重新爬上楼梯。上了两层楼梯之后，才想起自己对保罗的新胡子未予置评。是什么时候开始留的？虽然说不上使他更帅气，但看起来大了十岁，显得更沉稳。就连保罗肯定也厌倦了做一个永远的神童。

到了四楼。迪迪进了屋。室内（现在）似乎伸手不见五指，他摸索着走到沙发前。海丝特已经不在这里。于是，他伸手向前摸索着走进卧室。她肯定在卧室里。果然如此。她已经上床，毯子只盖到了腰间。迪迪朝她俯下身去，感觉到她伸出双臂搂住他的脖子，拉着他贴在自己裸露的乳房上。他躺到她身上。再过一会儿，他会起身脱去衣服。但不是此刻。他（现在）与海丝特从头到脚相依相偎，虽然两人的身体之间隔着一层毯子和迪迪的衣服，他还是将对弟弟的不满和伤心向海丝特一一倾诉——起初是用无声的语言。讲到每当他需要保罗做他的弟弟和朋友时，保罗总是不见踪影。而一旦迪迪吸取教训，不再指望之后，过不了多久，保罗又会出现，亲亲热热而又带着无言的责备，暗示迪迪对他缺乏关心，在迪迪情感受挫后又不管不顾地要求他付出兄长之爱。等到迪迪再一次觉得是自己错怪了保罗，相信保罗完全可以依赖，而将一腔无从他付的热忱之爱还给保罗时，保罗却再一次消失得无影无踪。

“保罗是个混账的家伙。”

“你说的也许没错，”她说，“我不知道。”

“最糟糕的是，我不知道他到底是好还是坏，”迪迪继续说道，“这让我很痛苦。但愿我能痛恨这王八蛋，跟他一刀两断就好了。”

“可是你想把保罗变成一件东西，而不是一个人。变成一件你可以一次性地进行评价的东西。”

“哦，亲爱的，求求你！别又这么说。话是很难听，没错。可我不能一辈子总是措手不及，对人、对他们的行为、对他们的狭隘以及卑劣措手不及。而从始至终觉得自己是个十足的傻瓜。”他犹豫着，为最后一句话中自怨自怜的口吻而惊讶。

“道尔顿，亲爱的，不要把一切过于简单化。这根本就行不通。你忽略了太多的东西。”

“哦，事情本来就很简单，”他固执地说，“当人们拖延时间的时候，当他们不想决定的时候，才有意让事情显得复杂。他们也很擅长这种把戏。”

海丝特叹了口气。对自己说的这些话，迪迪相信一个字吗?

“也许我很蠢，”他继续说道，“但是蠢人也有权利采取自卫的措施。而我对保罗所做的不过如此。天知道，我并不想对他做出评判。说到底，人们不都是说，对每一代人中像他这样的极少数人，这种具有杰出天赋的人，不能按照常人的标准来衡量吗?我自己并不赞同这种说法，不过这无关紧要。我知道保罗与众不同，也希望他一切都好，这一套谁不会呢?但是我累了，宝贝儿，而且满身都是难看的伤疤。”

“所以你并不评价他。那么然后呢？”

“无所谓然后了，我想，”迪迪回答，“只是有一点我很清楚，不管保罗现在或将来干什么，都不会让我再相信他。再也不会了。我不相信保罗。”他用自己的面颊摩挲着海丝特赤裸的肩膀。“除了你，我谁也不相信。”

“对一个谁也不相信的人，我也不相信。”

海丝特生气了吗？她说出这种话真是太奇怪了。

迪迪用胳膊肘支起上身。“喂！你刚才还在劝我不要评价保罗。可是瞧瞧你，这会儿倒评价起我来了。”他但愿能看清她的面孔。不过她的腔调是那么熟悉，那么明确无误：一副自以为是的口吻。迪迪（现在）有些生气，很显然，海丝特用她无可争辩的超常的智慧又胜了他一筹。似乎没有给他留下喘息的空间。不管她的话是多么在理，迪迪更加生气了。如果她不辩解的话，他只好接着说下去。“海丝特，你这么说可有点儿霸道和刻薄了。”

“也许没错。可有时候，你的绝望让我受不了。”

迪迪被她的针锋相对刺痛了。“我的绝望！”他喃喃着，从她身上翻下来躺在旁边，但一条腿弯曲着搭在她的大腿上。“我们为什么从来没有谈谈你的绝望呢？你跟我一样痛苦；只不过你更能隐忍。我受够了隐忍。我不至于因为自尊心太强，而对那些背叛我的人从不抱怨，从不责骂。”

“那么我的自尊心太强了？是吗，道尔顿？你是这个意思吧？”

“是的。”

海丝特将身体从迪迪的腿下挪出来，（现在）坐到了床边，一双赤脚踏在地上。她的黄色衬衣差不多总是搭在一根床柱上，她将它取了下来；套在身上，扣着纽扣。一时间，迪迪的脑海中一切都消失了，只想着她的乳房；在街灯的光影里，那对乳房熠熠闪亮。迪迪明白眼下是怎么回事吗？两人之间第一次正正经经地吵架，蜜月结束了。

“你不妨接着说吧，把你的意思说清楚，”姑娘的语气非常僵硬。接着她进了卫生间，没有随手关门。迪迪听见她小便的声音。他等了一会儿，满肚子的话希望一吐为快；直到她重新出来，站在床尾。局面越来越难收拾了。但是，迪迪一方面对海丝特开始时不同情他感到失望，另一方面也对她刚才表现出来的前所未有的奇怪的恶意感到生气，因此无法住口。

“我的意思你非常清楚！别告诉我你没有怀疑过我从杰茜婶婶那儿了解到了你母亲的事情。还有你失明的经过。”

“没错，”海丝特说，“我的确想到你已经知道了。杰茜婶婶一定会告诉你的。可那又怎么样？我不明白你这会儿在责怪我什么。”

迪迪明白自己想说什么，并且脱口说了出来。“我责怪你制造了一种令我窒息的气氛。我也许真是个傻瓜，也许是世界上唯一能适应这种气氛的傻瓜。”

“我还是不明白，”海丝特说，“你是说我的失明吗？说我利用自己的失明来让你这样对待我，而如果我没有失明的话，你就不会这样？我让你为我难过？我要求你迁就我？”

“不！我的意思恰恰相反。如果真是那样的话，我就可以理解，可以宽容，可以不计较你的所作所为。可是你却不当自己是盲人。不用它来寻求同情或什么特殊照顾。天知道，那倒是正常的人性的脆弱表现。而你的行为更加糟糕。”

“我都干什么了？”姑娘不耐烦地叫道，“告诉我，道尔顿，拿些胆量出来。”

“我会的，”迪迪说，“就是你对待自己的痛苦的方式。我还认为，即使你没有失明，也不一定会有多大的区别。你有一条界线——没有更好的词语来形容你的行为。我被它迷住了。你的痛苦成了某种隐秘、神圣、不可提及的东西。而我的则四处招摇，狂呼乱叫。你知道，在此之前，我从来没有意识到自己会介意这种不同。就算我注意到了，我也是把它当成你高人一等的另一个证据。你太完美了，不会感到痛苦，感到刻骨的痛苦。就像普通人那样。像我这样。而由于被你的界线所痴迷，我自己的话语和情绪自由受到了极大的限制。我甚至从来不能让你知道我已经了解你失明的经过。我一直都不想提起这个话题，因为我觉得这对你是一种巨大的痛楚。仿佛你太过优雅，不该承受苦痛。但是告诉你吧，我再也不会小心翼翼地照顾你的恐惧心理了！”

“道尔顿，你是个笨蛋！”

“很好！我就喜欢你这样说话。不要高高在上。要像所有普通而泼辣的美国妻子一样。听你这样说话，我的心里会好受得多。”

“别太抱怨了，”海丝特说。

“你真该死，”迪迪叫道，“我可不会让你占据上风或重新做出那副高高在上的样子。你为什么就不能别摆出这种架势，一定要显得在德性上胜我一筹呢，海丝特？还记得我们是怎么吵起来的吧？我只是抱怨了我弟弟几句，而且我的抱怨刚好还完全合情合理。接着我还专门声明——我承认这样太矫情，可是又怎么样呢？——声明我对你的信任。而你又是什么反应？你朝我跳了起来，骂我是胆小鬼，总是缩头缩脑。拿有些人的话说，就是枉活了一场。”

“难道你不是吗？”海丝特冷冷地说。

没错，局面越来越难收拾了。“好吧，如果我是的话，”迪迪叫道，“你跟我是半斤对八两。起码我还相信一个人——相信你。不过，也许我该说曾经相信你……而你却不相信任何人。当然也不相信我。”

“也许我相信自己，”海丝特缓缓地说。她站在床边。“也许这就够了。”

她（现在）穿上裙子，弯下腰去系好鞋带。她干吗这么做？不会是要离开吧？

迪迪躺在床上，瘦削的手指在她胸前几英寸的地方指指点点，仿佛她能看见他的动作，从而不由自主地躲闪一样。“我不相信你的话。哦，该死，你干吗非要我这么说呢？……可这是你自找的，海丝特……我说的是心里话。我不相信你的话。我不认为你相信自己。你不可能相信自己，因为你不了解自己。我不是在说些诸如‘我比你更了解’之类的空话。我不会这么说。但是对你现在的感受，我的确了解几分，而你自己却似乎对它一无所知。”

“比如说？”

“比如说，你一定感到自己被背叛，不受疼爱，无足轻重。十四岁那年受到你母亲的伤害之后，你一定会有这种感受。就算撇开那无法启齿的背叛，你也一定会有这种感受。就因为你眼睛瞎了。因为不管是出于什么原因，你看不见而且永远也不会看见自己和我以及其他的人。你不断地想象着这个世界，并且以为这样就行。你决心爱你的母亲，而不是像任何遭受这种疯狂的残忍行为的正常受害者一样去恨她。你虽然不了解我，不相信我，却同意来纽约与我一起生活……”

“说呀，”海丝特说，“干吗要停下来？现在不要停下。”

“也许我不想再说了，”迪迪伤心地叹了口气，“这一切太丑陋了。”

“拜托，”海丝特不无嘲讽地说，“现在不要停下。”

“好吧，我不会停下的。”又有了新的力量。迪迪在床上再一次坐起来，把毯子掀到膝盖处。“那么，真该死，你为什么就不能开诚布公呢？说出你心里的真实感受，关于你母亲。关于失明。关于我。”

“你知道，道尔顿，这些问题你只要想问，随时都可以问我的。”

“当然，当然。我知道，”他挖苦道，“我也可以随时问你跟多少男人干过。还可以问你在我们相识之后你是否跟别人上过床……”他说得很快，因为内心并不希望这些问题得到回答。起码开始时并不希望。“我可以问你很多的问题。而你则可以用那套让我着迷的格言警句般的屁话来回答。说你有你所谓的真实，而我也有我的……内勃恩小姐，你可算不上是那种容易交心或接近的女人。尽管我也想到，你不可动摇的自尊和对于诚实的崇拜让你自以为是这样的人。”

“道尔顿，我会回答你提出的任何问题。”一种挑战。

“好吧。”问哪一个呢？迪迪有太多的问题。犹如长在身上的发胀的脓包。不如从头开始吧。“告诉我你对你母亲是什么感情。”

“我恨她。”

“从什么时候开始的？”

“从我明白她对我的伤害的时候。”

迪迪正想长篇大论地反驳一番，突然又深吸了一口气。好吧，继续。“就这些吗？”他用嘲弄的口吻问道，“没有同时怀着一腔圣洁的爱、宽恕和同情？”

“道尔顿，我向你发誓我憎恨我母亲。我对她的感情只能用憎恨和厌恶这两个词来形容。”

不是迪迪所预料的回答。“好吧，我暂且相信你好了。现在告诉我，对于失明你是什么样的感受。”

“哦，上帝！你以为呢？”海丝特叫了起来，“白痴！”借着窗外的灯光，迪迪看到她因为强忍泪水而面孔微微扭曲。

“海丝特！海丝特，对不起。我不知道自己在说些什么。我们打住吧。”他伸出手去抚摸她。她猛地闪开了。

“我不想打住，”海丝特尖声喊道，“你不是要开诚布公吗，你这个蠢货！你会得到的。别打退堂鼓呀！开诚布公的主要是我。既然我能承受，你也该受得了。”

迪迪被她的话刺得一阵阵发痛。“你他妈的说得太对了，我受得了。我会接着问的。你可以骂我白痴，蠢货，或随便什么都行，但我确实不知道你对失明是什么感受。我是说，我一直认为，这种事情发生在任何一个人身上，都会让他怀恨在心，而你似乎并没有这样。你的反应不一样。你躲了起来。蒸发了。似乎已经不复存在。然后又悄然回来，出现在人们面前，显得十分安详。似乎与另外那个人没有什么关系。但是你心里的宽容在渐渐减少，仿佛随着内心的每一次挣扎，你的宽容就被耗去几分。我曾经因为你的安详而爱你。但现在觉得其中主要是虚荣。而且我认为，这一切都与你的失明有关，尽管我无法证实。这样一来，我甚至觉得你几乎喜欢失明了。”

“也许你会那样，”海丝特冷冷地说，“如果你失明了的话。你是在为自己说话。”

“海丝特，直截了当地告诉我，对于失明你是什么感受。”

“我恨失明，恨极了，以至于在醒着的多数时候都但愿自己死了。”

乘势追问。“那么对我呢？”迪迪脱口而出，没来得及设想自己会招来多么沉重而痛苦的打击。

“一言难尽……有时候，我非常爱你。有时候又恨你；可能多数时候是恨你。有时也同情你，想帮助你。但只要一想到帮助你意味着什么，我就感到害怕。你有一种自我毁灭的强烈欲望。我担心一旦真的向你伸出手去，你会把我也毁了。”

迪迪不禁愕然。但是很不愿意让海丝特的自我剖白（现在）又变成对他的声讨。“好吧，你对我说了实话，我很感激。可我们不要转移话题。我们谈的是你，海丝特。你自己的毁灭性欲望呢？”

姑娘一时没有回答。叹了口气吗？接着，她在窗边的柳条摇椅上坐下来。“我的毁灭性欲望？……相信我，道尔顿，我并不想回避你的问题。只是这的确难以回答，因为我还不清楚我是否已经开始表现出这种欲望。但我不是想说它们并不存在，或者在很大程度上仅仅是还在沉睡的不值一提的欲望。我不知道这种欲望有多大。我唯一比较肯定的是它们的指向……要说毁灭的话，毁灭的会是别人，而不是我自己。”

“选定目标了吗？”迪迪挖苦地问道。吵架的劲头在渐渐减弱。海丝特（现在）已经重新上床；虽然只是坐在床上。她身上散发出的温暖潮湿的气息开始占满迪迪的脑海，模糊了他的思想，形成一道浓浓的雾气，将他的思辨能力与堵在口里不吐不快的透明话语隔离开来。“到目前为止，你已经毁掉谁了？”

“也许……是你。”

“我？”迪迪的嗓音沙哑起来，“别抬举自己了，宝贝儿。用不着你的微妙帮助，我也完全能够毁掉自己。凭我自己就足够了。”

“也许你说得对。”

“你是在讽刺我吗？”迪迪不屑地问。

“不。我是在思考。我在想事情是不是真像你说的那样……听着，道尔顿，不管你现在有多么恨我，或者认为我有多么恨你，你都得相信，我真的不希望你给毁了。不管你一心一意想干什么，我可不想成为毁掉你的手段。也许我不是。而且不可能成为毁掉你的手段。也许你是在自己毁掉自己，就像你刚才所说的那样。上帝，我多么希望相信自己与此无关！……但是我做不到。我觉得，你的确想毁掉自己，可你自己的力量不够。你的确需要我来助你一臂之力。而我不愿意这样——至少我认为自己不愿意。”

“海丝特——”

“不，也许我愿意。我不是圣人。而你在引诱我，道尔顿，这是一种最邪恶的引诱。我不想毁了你。但是在内心深处，我却觉得你是在恳求我毁掉你。”

海丝特说得对吗？刹那间，“自欺欺人的迪迪”看到了豁然明朗的真相。看到了自己奔突其中、在劫难逃的黑暗而巨大的迷宫。知道自己在那里是多么孤独。可能是没有人带领他走出迷宫，也可能是迪迪那位并不存在的阿里阿德涅[1]已经扔掉

---

[1] 希腊神话中的人物，是国王迈诺斯的女儿，曾给情人一个线团，以帮助他走出迷宫。

了线团。

但事情也许并没有发展到不可救药的地步。也许他们的痛苦可以用比较相对的方式来解释。如果愿意的话，可以从心理学上来解释。迪迪并非真正地活着，但是有一条生命。对像海丝特这样更年轻、本质上很天真的人来说，他是一个不幸的榜样。她（现在）开始看到了迪迪所见的那些怪物，看到了那些半人半兽。也许由于失明，由于失去了自己的视力，对他脑海中的黑色幻象她反而更容易感受。他自寻痛苦的行为影响了海丝特。她历经磨难和考验而保存下来的那份宝贵的活力正在渐渐丧失。海丝特一度真正地活着，她就是她的生命本身。而迪迪现在只是有一条生命。分享迪迪的临时生命在消耗着她的活力。她与他共同生活的时间越长，对他的痛苦和病态就感染得越多。

正因如此，她今天晚上才这么滔滔不绝。

“我会认真而慎重地考虑你说的这些话，”迪迪喃喃道，“我觉得根本不是这么回事，完全是一派胡言。我自己知道问题在哪儿。”

“是吗？”

不，坦率地说，迪迪并不知道。“实话实说的迪迪”说了出来。“好吧，也许你的话也有几分道理。”

迪迪难过极了。他不再生气。之所以难过，是没有想到海丝特竟然会怕他。仿佛他是从死人堆里爬回来的：因为自己的非凡之举而只能远距离地受人敬仰，却不能近距离地被人爱恋。不过她的直觉也许很可靠。也许他的确已经成了鬼魂，任何东西经他一碰就会枯萎。

尽管海丝特对他的态度已经明显地软了下来，他对海丝特的定论还是作了最后一击。“可是该死，”迪迪嚷道，“你不可能总是正确！”

“怎么不可能？”海丝特说。

“怎么不可能？”迪迪难以置信地重复道。

“你是怎么想的，道尔顿？以为正不正确也该讲民主吗？要确保这一次你对，下一次我对？亲爱的，事情可不是这样——只有偶尔的例外。拿我们来说就不是这样。”

迪迪在床上不安地翻过身子，不知道如何回答。

“你刚才想跟我说什么，”海丝特接着说，“你说，你认为我的话至少有几分道理。是哪些话？”

“也许……我就像是拉撒路①。我自己就有这种感觉。特别是在我试图……自杀之后。”

“那我说得不对的又是什么？”海丝特动手解开自己的衬衣。

迪迪皱了皱眉；他伸出手去放在她的胸脯上。“不对的是，起码我但愿事实将证明它不对的是，跟拉撒路一起生活对你很危险。”

“可是你知道，道尔顿，”她一边说，一边钻进毯子里，“刚才我也同样明确地说过，我对你也很危险。如果你是拉撒路，也许我就是长着蛇发、会把你变成石头的美杜莎②。”

迪迪忘记了石头的故事。等一等，想想看。但是他觉得自己的身体（现在）与石头有着天壤之别，正如燕子与铁锤有着天壤之别一样。他是应该听从身体内的强烈冲动呢，还是留意脑海中闪现的不祥之兆？别无选择。选择已经做出了。迪迪把

---

① 《圣经》中的人物，麻风病患者。

② 希腊神话中的女怪。

姑娘搂进怀里。“脱掉这该死的裙子，”他轻轻地说，“你干吗要穿着裙子上床？”

“我们不吵了吗？”她问。

“见鬼，我不知道。我无法思考了。我的脑子一片空白。”迪迪等着海丝特说点什么。但至少她把剩下的衣服脱了下来，扔在地上。“你不想再吵了，是吗？”

“是的。我累了。”

“可是你得答应我，明天我们要谈谈保罗。”

“为什么？”

“因为这对我很重要。现在就更重要了。还记得吗？我们今晚这样大吵一场，最先就是因为我说不相信保罗。而你认为我是借题发挥，说的不是我弟弟，而是我自己。现在我更要让你见见他，让你亲眼看看他是个什么样的人。”

迪迪相信事实会为他说话，至少在这件具体的事情上。如果在海丝特听来，他的话显得心怀怨愤，不顾手足之情，那是因为她对保罗毫不了解，根本就不知道保罗有多么肤浅，多么善于利用那些爱他的人，而且多么爱慕虚荣以及自欺欺人。不过她应该猜得出来，迪迪曾经多么爱保罗。

“这次你一定得见见他，”迪迪再一次说道，“然后你就可以自己来判断了。”这似乎是个好主意。但也许不是。迪迪凭什么这么肯定海丝特能看清保罗呢？看清保罗的方方面面。她也许只能看到迪迪所看到的一部分。温文尔雅的保罗，只要他愿意，就可以给所有人带来笑容，可以让所有人越来越喜欢他。也许她会觉得他很有魅力。比迪迪更有魅力。“明天……”

“道尔顿，求求你，不要谈明天。你在哪儿？我想让你更靠近我。”

“他说明天会给我们打电话。我不知道他这一次会在城里呆多久，但我想知道你是否愿意见他。”

海丝特让自己的身体贴紧迪迪，每当这时，迪迪总是情难自禁。他的下体一阵颤栗，几乎有些痛楚，阴茎顿时坚挺起来。海丝特钻进毯子底下，将他的阴茎含在口里。迪迪呻吟起来，他掀开毯子，用手按住她的后脑勺。她在吞噬着他，将他深吸进去，把他朝她拉去。使他远离思想，远离回忆，远离话语，远离保罗。那就让它们统统靠边吧。没有关系。不，有关系。但可以留到明天再说。

可是第二天，尽管迪迪和海丝特没有出门，但根本就没有保罗的电话。在随后的所有日子里也没有。

吵架后的最初几天里，迪迪和海丝特活动时似乎都轻手轻脚，多数时候都保持沉默。迪迪觉得两个人都还没有从惊愕中缓过神来。除了性生活之外，都不愿意接触对方。但过了不久，吵架的阴影渐渐消散，日子又恢复了正常的节奏，重新有了生气。尽管仍然十分安静。日复一日地呆在家里。自从放弃每天的散步之后，几乎足不出户。

不管当初这是谁的本意——迪迪无法确定——两人（现在）都愿意这样。迪迪甚至不再早上一次晚上两次地去遛狗，而是把狗送到了美国防止虐待动物协会。海丝特对冉的反感非但没有如迪迪期望的那样逐渐消除，反而与日俱增。冉也有了反应。一旦海丝特走进客厅，它就躲到沙发底下；当迪迪给它喂食或梳理毛发或拿出拴狗绳带它出门时，它就会摇头摆尾，激动不已。如果迪迪觉得还能让他的老朋友恢复往日的生气和精神，就绝对不会放弃这只爱犬。但是他毫无信心，只能承认冉的变化已经不可挽回。他不再喜欢它了。

在过去的两年里，迪迪曾经将满腔无从奉献的爱倾注在冉的身上；虽然（现在）并不觉得明显地想念它，但他心里可能出现了某种真空。他并没有意识到这一点。很想说些亲热的话，这些话只能跟动物说；至多只能跟不会说话的人说。也许正是出于这个原因——如果需要原因的话——他上个周末才满脑子都想着自己以前写过的一样东西。大学二年级的时候，迪迪开始创作一部小说，并且很努力地写了一年。书名叫《狼孩的故事》。以第一人称为叙述者，因为除了主人公之外，迪迪无法想象让其他任何人来讲这个故事。他一直不敢把作品拿给老师或朋友们看。以为给人看过之后，他肯定就会明白自己没有写作的天赋。后来，他一心一意攻读医学预科的学业，便放弃了创作，从此再也没有尝试写小说。但他一定很重视那部作品。虽然一页也没有重读，但这么多年来，他始终保存着手稿。不管是第一稿还是第二稿。第一稿是用一支派克笔写的，那是母亲送给他的中学毕业礼物，他写了整整三个活页簿。第二稿已经打印了出来。（现在）他想把那部“小说”读给自己和海丝特听。

他清楚地知道放在哪儿。在那只厚纸箱里，纸箱放在前厅壁橱的架子上，从未打开过。里面装着许多东西，包括：

小学时的成绩单；

四本中学年鉴，还有二十五期每周一期的校报，是他进入毕业班后担任执行编辑时收集的；

他的各种证书；

几个长形牛皮纸信封，里面装满了他和保罗小时候的照片；

八岁那年制作的粗糙的弹弓；

他的“天主教徒”日记，从十二岁记到十五岁；

他参加田径和篮球比赛的获奖证书；

一个剪报本，剪贴的都是报纸杂志上对保罗的报道，以及音乐会广告和其他涉及他弟弟音乐生涯的各种信息，只收集到1960年；

他十岁时画的巴斯德①的水彩画；

几枚斯蒂文森②竞选徽章；

一个用细绳捆扎的大纸包，里面是他与琼相识后头两个月的通信——有时一天多达三封——以及便条和电报。

搬下纸箱。但是不在里面，不管是手写稿还是打印稿。这怎么可能呢？再找找！迪迪相信它绝不可能丢失或被扔掉而他自己不知道。“有条不紊的迪迪”又查找了其他有可能的地方。最终将家里所有的壁橱、抽屉和箱子都翻了个遍。但手稿仍然不见踪影。

纸箱里还有一件东西不见了。那是保罗十八岁那年赢得的肖邦奖的金质奖章。“你替我保管吧，迪迪，”保罗从华沙回来后漫不经心地说；笑嘻嘻地把奖章放在迪迪的餐盘里。迪迪一

---

① 1822—1895，法国化学家和细菌学家。

② 美国民主党总统候选人，曾于1952年和1956年两次参加总统竞选，均败给艾森豪威尔。

直都不明白，这到底是意味着保罗比迪迪所想的更喜欢他，还是意味着保罗对自己的意外成功和一夜成名不如迪迪所想的那么在乎。迪迪思来想去，觉得保罗这份出人意料的礼物似乎更像是一种魔法，而不是手足情的表现。想到保罗有朝一日会将它索回，迪迪一直不敢把它扔进垃圾箱。但是，当他把纸箱里的东西一股脑儿地倒在前厅的地上，好确定手稿到底在不在时，几乎是在不经意之中，却发现那个装着奖章的皮革和天鹅绒盒子已经不翼而飞，他不禁备感轻松。

但《狼孩的故事》也不见了，这可是另一回事。

迪迪尽量不让自己因为手稿不可思议的失踪而过于沮丧。他告诉自己，那只是青春年少时的无病呻吟。不可能有什么真正的价值。所以不算是真正的损失。可还是感到难过。他一直那么希望给海丝特读这部小说。让她分享自己这一段从未与任何人分享、甚至对琼都守口如瓶的历史。他依稀有一种感觉，这个故事在某种程度上能减轻他由于送走冉而产生的难言的痛楚。算不上是明显的安慰。但两者的主题有所关联。

海丝特从客厅走了过来，站在他身边。“你在干什么，道尔顿？在找什么东西吗？”

哦，只是清理以前的一些杂物。处理掉一部分。

迪迪所能做的最大努力就是在一个反复出现的梦境中，重现他在遗失的手稿中讲述的那个奇特故事的部分情节或类似情景。这几乎是他（现在）所做的唯一的梦，对他来说，这是一种求之不得的变化，因为过去的一个月以来，他总是噩梦连连，而且记不清梦中的情形。那些梦总是让迪迪心情低落；早晨醒来时，常常觉得胸口犹如压着一块大石板。而最近所做的这些大同小异的梦，却让迪迪在醒来的时候，常常觉得轻松愉快，仿佛得到净化。

在梦中，《狼孩的故事》保持了原来的一些特点，也即大学二年级时作为小说迷的迪迪可能会欣赏的“文学”品质。气氛凝重，节奏缓慢，似乎有太多自然主义的细节描写。这样的梦反反复复地做了几个星期之后，与原来的情节基本吻合。唯一的实质性不同在于结尾部分。

从标准版的形式看，这个梦起于一个引子。迪迪遇见了狼孩，狼孩正在哭泣。在梦中，虽然狼孩有时候看起来完全像一个人，与普通人根本没有两样，但他其实是动物。迪迪知道这一点。狼孩也知道。事实上，狼孩正是因此而哭泣。因为他是动物，还因为他想变得更好。什么叫作更好呢？引子结束了。

梦的主体分为两部。

在第一部，狼孩讲述自己的身世，从出生时说起。迪迪听着，他的反应与人们在做梦时常常做出的反应一样。对听到的事情感到吃惊，并带着悬念往下听。但与此同时，又觉得这是一个他已经听过多遍的老故事，不过还是乐意从头到尾再听一遍。

狼孩的故事。狼孩告诉迪迪，他出生于一个令人尊敬的马戏演员之家，父亲姓肖；他是独生子，根据他祖父的名字而被取名为海华沙，他祖父是血统纯正的切罗基人[①]。他父亲是走钢丝的杂技演员，而他母亲则是驯狮员，早年来自布达佩斯。在马戏团里，他父母算是贵族，因为他们拥有罕见但不怪异的绝技，而且身体健全，没有残疾。小时候，狼孩跟着父母四处周游，无忧无虑，见了不少世面。但是后来，他们双双在一次

① 北美印第安人的一支。

车祸中丧生，那是在内布拉斯加州的北普拉特，马戏团在当地的一个集市上表演了差不多一个星期。当时小海华沙年仅十四岁。

这个孤儿很快就被马戏团里的一个被他父母视为至交的人——吞剑表演者林登——所收养。海华沙从记事起就认识并喜欢林登，早就把他当作最亲的叔叔。但是作为养父，林登却表现出孩子从未料到的卑鄙一面。非但不管不顾，而且冷嘲热讽，外加各种羞辱和打击。最后是极端残忍的伤害。有一天，吞剑表演者在无缘无故地对孩子大发雷霆之后，冷冷地告诉他说，他死去的父母并非他的生身父母。“现在你以为自己是个弃儿了吧？也许还觉得很刺激。有点儿酷。没准你是哪位王子或电影明星的儿子。且慢！别期望太高，小子。有你好听的呢。”林登捶了捶自己的脑袋，止住笑声。然后弹了弹吊裤带，平静下来。“这可是个精彩的故事。只是没有你喜欢的那种感人泪下的大团圆结局。”

海华沙·肖不仅不是肖夫妇的儿子，而且不是其他任何人的儿子。事实上，他是马戏团里多年前参与表演具有非洲风情的节目的两只大猿之子。他的出生是一种变异，一种畸变，是大自然开的一个玩笑，在医学上史无前例。当然，那个没有长毛的粉红色人形婴儿被迅速抱离他的动物父母。在大猿笼子里的草垫上出生几分钟之后。那对心地善良、没有子嗣的夫妇收留了他，并将他抚养长大。

“这事儿马戏团里的人都知道吗？”海华沙一边问，一边尽力抑制住抽泣。

“是的，都知道，”吞剑表演者说，“当你从大猿的屁股里掉出来时，大家可吃惊了，虽然演马戏的人难得大惊小怪。当时就想开枪干掉你。甚至不为你进行出生登记。为你做一件好事。一件善事。谁也不会为此惹麻烦。谁会相信你曾经存在过呢？记得我当时是赞成这样的。经理也赞成。他说你是对上帝的亵渎，上帝希望你死去。当然，我根本就不信那些宗教的废话，可我赞成他的意见。”

“后来呢？”伤心至极的孩子小声问道。

“哦，最后他当了缩头乌龟。一帮软心肠的家伙占了上风。不过有几个年轻人情绪十分激动，一定要干点儿什么，我们就筹了一笔钱，以便事后用它封住经理的嘴巴，然后开枪结果了你的长毛畜生爹妈。”

狼孩的泪水像断线的珠子一样，他一边哭，一边给迪迪讲述这个故事。他擤了擤鼻子，接着讲了下去。

听到这不可告人的身世不久，海华沙逃走了，离开了吞剑表演者林登，离开了马戏团，离开了一切。开始是搭火车四处流浪。但是发现这样与人接触太多。渐渐地，他小小年纪就过起了隐士生活。藏身在人迹罕至的岩洞、地沟、峡谷或者离小农场不远的废弃的棚屋里——起初是在内布拉斯加，然后是科罗拉多，最终来到亚利桑那州。事实证明他更喜欢这样的生活。

多么悲惨的命运啊，简直是悲惨极了！迪迪在梦中想着。并感觉到泪水涌上了自己的眼眶。仅仅是为了狼孩吗？抑或也为自己难言的孤独？

但狼孩的故事并没有结束，后面还有更可怕的事情。它开始于一年多的流浪之后，那时海华沙刚满十六岁。这些事情与他的外貌相关，也涉及与外貌相关的各种深层次的内容——历史的、生物的、心理的、精神的内容。十三四岁之前，他的长相与普通的美国孩子无异。身高不及大多数同龄的孩子，但随马戏团巡诊的医生消除了海华沙的忧虑。发育迟缓；这种情况不常见，但绝非不正常：男孩子到十八岁才进入青春期尽管很少见，但从生物学的角度来看却完全正常。用不着担心。也许有朝一日，他还会为此而庆幸呢：他很可能到头来会高大魁梧。可想而知，十六岁的时候，当孩子发现自己脸上长了毛时，不由得非常兴奋。尽管在过去的三年里，他甚至没有长高一英寸。到了这时，海华沙住在亚利桑那州北部的一间被废弃的矿工小屋里，主要以野浆果和小猎物为生；他已经学会设陷阱，有时赤手空拳也能有所收获。他兴高采烈地查看了自己的脸部、胸前、腋下、胳膊、后背、下腹以及双腿之后，马上来到最近的公路边，搭了一辆顺风车，赶到附近的弗莱格斯塔夫镇。他站在一家电影院门边的角落里，讨了一把硬币，凑足钱到杂货店买了一把刮胡刀和几枚刀片。然后又搭车离开小镇，回到自己的小屋。开始刮胡子。

狼孩对迪迪解释说，正是第一次刮过之后，他才意识到出了问题。他发现脸上刮掉的茸毛底下还有一层硬茬，不出一个小时又重新长满了毛。不仅出现在该长的地方——两腮、下巴以及上嘴唇之上——而且满脸都是。比如额头上，还有两颊上部。脖子两侧、耳朵下面也不例外。更不用说全身上下长出的浓密的毛了。只有手掌、膝盖内侧和脚背得以幸免。

简单地说，海华沙·肖正在变成狼孩。他眼睁睁地看着这种变化而无能为力。这是一种虽被延缓却无可挽回的变形。自从吞剑表演者林登残忍而毫无来由地说出他的身世之后，海华沙本来就已经害怕见人，害怕他们的假面具，害怕他们无所顾忌地背信弃义，（现在）大自然给小海华沙的这一打击成为最充分的理由，使他彻底与人隔绝。尽管他睡觉时一向很警醒，但还是练成了昼伏夜出的习惯。只要一听到人声，就拔腿跑开。

他对迪迪说，就这样，他熬到了今天。整整四个年头。(现在) 才二十岁。迪迪很高兴狼孩说出了自己的年龄；从他的外貌来看，迪迪根本就无从猜测。狼孩尽管个子很矮，还不到五英尺高，但胳膊和腿却粗壮有力。平日里，他穿的衣服往往是从垃圾筒或公路边捡来的。而到了星期天，他就稍稍讲究一些，穿着偶尔从小牧场的晾衣绳上偷来的衣服。充饥的是从牧场厨房里偷来的食品，以及野餐者吃剩的食物。狼孩告诉迪迪，在过去的一年里，主要是野餐者的剩菜剩饭——不仅数量很多，而且品种丰富——在维持着他的生命。

他最近的栖身之处是萨比诺峡谷的一个岩洞，它曾经是一头山狮的地盘，但（现在）狮子早已离开，他在这里已经住了一年多。峡谷位于卡塔林纳山脉的丘陵地带，就在图森城外。这一带的自然环境十分优美，是周末野餐的好去处，城里的人们常常携家带口或成双成对来到这里。狼孩的岩洞在一堵七十英尺高的峭壁上，他藏在里面，俯瞰着下面的人们，倾听他们的谈笑以及他们的半导体收音机。看到他们饱餐一顿之后，老人在树阴下打盹，情侣到小溪边亲热，而上中学的男孩子们则在一起玩橄榄球。狼孩既向往又害怕人与人之间那样和谐相处，他一度也有过那样的时光。有时候，人们把各种美味就摆在他的峭壁底下，他从约五十英尺高的地方往下看去，一切都尽收眼底。另外，由于峡谷具有很好的传音作用，他们说的话他也能听得清清楚楚。几乎不存在被发现的危险。陡峭的岩壁上只有很小而且间隔很远的踏脚处。对业余攀岩者来说很危险，会让他们知难而退，但对职业攀岩者而言，其高度和危险性又不足以引起他们的兴趣。

他住在岩洞的这一年里，只有一次，有位野餐者真正想爬上峭壁。那是个十二三岁的小姑娘，身材瘦长，留着黑色的长发，脚穿运动鞋，身上是蓝色牛仔裤和红格子衬衣，外面套着一件缀有流苏的皮夹克，可能是在图森南边的比马印第安人居留地的旅游商店买的。她脖子上的皮圈上挂有一只铝哨子，在那个炎热的下午，狼孩曾看到她用哨子来唤狗，那是一只被她称为“妞妞”的小猎犬。小姑娘根本就不知道攀登峭壁有多么危险；狼孩忧心忡忡地望着下面，清楚地看出她爬起来既没有经验，动作也不是很协调。但是也没有掉下去。无知、无畏、自负以及丝毫也不恐高，使得她虽然气喘吁吁，却一路平安无事地爬了上来。已经爬了二十英尺。她十分难受地休息了片刻；抓在手里当支撑的岩石很锋利，划破了她的掌心，渗出了鲜血。过了一会儿，她又接着往上爬。狼孩屏住了呼吸。因为她很聪明地直奔他的岩洞而来。这是一个天然的、也是她整个攀援路线上唯一的休息之处，到崖顶只剩下约四分之一的距离。

迪迪静静地听着，心里开始不安起来。故事会怎样结束呢，是快乐还是悲惨？不愿意去设想一具摔得血肉模糊的尸体躺在谷底的岩石上。狼孩拉了拉迪迪的衣袖，不让他走神。他什么时候有过这么好的听众呢？听吧。

迪迪深吸了一口气，而狼孩则接着回忆往事。

小姑娘还在一步步地往上爬。离狼孩的洞穴越来越近。他不禁恐慌起来。如果她爬到位于洞口的倾斜的岩架，并双手一撑跃了上来，然后终于看见了他，看见了他的模样，那他该怎么办？再过几分钟她就会上来了。他能否不等她爬到洞口，就模仿那只已经离去的山狮大吼一声把她吓跑？也许吧。但如果她惊吓过度，就可能不慎失足，径直坠入五十英尺下的崖底。

越来越近了。狼孩从窄小的额头到穿着鹿皮靴的脚底的毛发都汗涔涔的。他警觉的小脑袋上，一道道汗水使毛发耷拉下来，并分隔成了许多片。他既犹豫不决——这是他渐渐消退的最后一点人性——又恐惧万分。狼孩蹲坐在岩洞的地上，用自己整齐的小尖牙咬着上嘴唇，然后又闭紧双唇。一边是人性的对小姑娘的同情之心，不忍看到她的悲惨下场，另一边是动物性的自我保护的正常需求，狼孩左右为难。

狼孩不想成为动物。他羡慕人类的高级痛苦。迪迪早就注意到狼孩在讲述的时候，还优雅而随意地盘起了毛乎乎的双膝。这是怎样的一个孩子呀，迪迪心里想着。一个假孩子。就像一只毛茸茸的大玩偶。

他不想成为动物，可是又别无选择。恐惧猛烈地撞击着他瘦小的身躯，狼孩担心自己会爆炸，担心他的毛皮会绷裂。藏在里面的野兽（现在）会自动跳出。而不是通过开刀将它释放出来。作为大自然的受害者，他无足轻重。但是作为一只真正的动物，狼孩也许会渐渐变成狼人。

他心中善良的天使死去了，狼孩打算杀人。那位对他并无恶意的小入侵者即将死去，他接受了这个现实。狼孩张开嘴巴，人一般的泪水淌下他毛乎乎的面颊，他正准备跳到洞口，发出猛狮般的狂吼。但就在这千钧一发的时刻，他得救了。两个人都得救了。也许多亏了妞妞，它已经不高兴地叫了十分钟，小姑娘的父母刚刚从装食品的柳条篮里抬起头来，东张西望一番之后，终于仰头一看，发现了女儿的去向。连忙站起身。开始又喊又叫，求女儿马上下来，不要这样吓唬他们。这不是要他们的命吗？她怎么能这样！狼孩松了一口气。谁也不想杀人，除非是迫不得已，对吧？迪迪不敢肯定。

但小姑娘会听父母的话吗？她会不会很任性，只考虑她的自尊，而不顾可怜的父母在为她的安全而提心吊胆呢？第一个问题的答案是肯定的，而第二个问题的答案则是否定的。她也只是个孩子。孩子毕竟是孩子。攀岩取消了，危险也随之排除。狼孩重新回到洞内，听见小姑娘就在他脚下几英尺的地方喘着粗气。听见她叹了口气，她以为只有自己能听见，她稚气的声音在嘟哝着：“哦，真见鬼！”接着又提高嗓门朝她父母喊道：“好吧！好吧！等一会儿，我马上就下来。”狼孩的下巴松弛下来；狮子的怒吼，未来的狼人的呐喊，没有发出，被咽进肚子里。他的膝盖一阵发软。

迪迪糊涂了。一时忘记了小姑娘。事情怎样发展才对狼孩最为有利呢？我们不应该要求任何人凭空设想自己的本性。不应该要求任何人判断自己是好还是坏。

后来，顶着绚丽的荒漠晚霞，狼孩邀请迪迪与他分享了一袋烟，烟叶是晒干的野草，这种草在卡塔林纳丘陵一带满处可见。狼孩说出了更多的心事。迪迪几乎无法相信，但狼孩向他发誓说，他与那位黑发小姑娘虽然只见过一面，彼此也不曾交谈，而且对方根本就没有看见他，这段经历却是他与人类最为亲密的一次接触。多年以来，他从未这么近距离地接触过任何人。（现在）成了他的珍贵记忆，不断地给他温暖。在随后的几个月里，他经常在心里与她默默长谈，倾诉自己的喜怒哀乐。往往是当他在岩洞里刚刚睡着的时候。但偶尔也有其他的情形，比如半夜里，人们早已离去，他悄悄地下到谷底。在铁丝网做成的垃圾筒里寻找剩菜剩饭。或者自哼自唱，并欣赏峡谷的回声。或者到小溪洗浴喝水。有时候，他在拂晓前早早醒来，便爬下悬崖，在峡谷外的丘陵散散步。跑一跑，翻一串筋斗，朝月亮呐喊几声，给躲在洞里的灰不溜秋的小鼹鼠来一场偷袭，然后用他锋利洁白的牙齿将它们开膛破肚。

“那是我多年来与人类接触最近的一次，”狼孩伤心地重复道。他与迪迪一起盘腿坐在洞口的粗糙的岩石上。“我是说，在你到来之前。”

迪迪被这孩子深深地打动了，心中掠过一阵痛楚。他怎么能承受这样的痛苦呢？仅仅是了解到世界上存在着这么巨大的痛苦，就已经令人不堪忍受了——更不用说去承受。能为狼孩尽一点微薄之力吗？迪迪在梦中想着。

这时，也许是为自己感情的流露而尴尬，也许是突然意识到该尽地主之谊，狼孩说声对不起，起身朝洞内走了几步，片刻之后拿回两只仙人球当作晚餐。“我只有这些了，”他简短地说，“吃一个吧，很不错的。开始时我也不喜欢它的味道。但很快就会习惯的。”

狼孩伸出手来，迪迪接过那沉甸甸的绿色球状果实，果皮上还有小刺。“别划伤了自己，”狼孩说，“等一等，还是给我吧。我该先把它削好的。”

狼孩（现在）已经进去拿刀为迪迪的仙人球削皮。但不应该是他——一个残疾的流浪儿——来伺候我，迪迪心里想着。应该是我来帮助他。

不过，迪迪也许不仅仅是怀着满腔的怜悯之情。也许他还在想，一会儿转身回来的到底会是什么，是人还是动物；如果是动物的话，会是什么样的动物。而且还拿着一把刀。

（现在）一切都暗了下来。不过没关系。只是一种自然的间隔，因为下面就应该称为梦的"第二部"了。第一部的主体内容是狼孩和他的身世。迪迪只是一位满怀同情的听众，有时甚至不相信自己也在梦中。这个梦更像是他正在观看的一部电影，或者像他在复述的曾经读过的一部小说。但是到了第二部，迪迪在梦中的地位十分明确。他的感情占据着中心位置。而狼孩则变得越来越沉默寡言，像个影子一般，乃至模糊不清。迪迪不知道这是否是因为狼孩的外形在不断地变化。或者是另有原因。

因为他对这一部分的记忆不是很清晰。关于梦中的这一段情景，迪迪能想起的往往只是些零星的片断。以及他自己的一些痛苦感触。

在这一部里，狼孩身上的毛一度多得令人难以置信。是因为迪迪第一次将狼孩看了个清清楚楚吗？还是因为狼孩的确在变化？是因为他退化成兽类的过程在加快，所以在迪迪的眼皮底下，显得越来越像动物？但是迪迪并没有多加琢磨。最让他关注的是，狼孩那又密又长的毛不仅很脏，而且乱蓬蓬的。夜幕降临后，他们得下到溪边去，迪迪暗暗地想；到了那里，他要帮这家伙洗一洗毛发。而此时此刻，在这高高的岩洞里，他起码可以把那些乱毛梳一梳。迪迪很有经验，不会梳得发痛。以前为冉梳过无数次。

迪迪轻轻地梳理着耷拉在狼孩脑袋两边以及后面的缠缠结结的硬毛。接着，又用梳子的细齿梳理他前额上的褐色卷毛、面颊上长出的胡须般长毛以及遮住脖子的浅黄色软毛。藏在他喉咙下面的茸毛中的这个凉幽幽、硬邦邦的东西是什么？挂在一条很细的银链子上。是一种护身符。有点像保罗在华沙获得的奖章。迪迪摸了摸这个别致的圆牌，正想问问狼孩它是怎么来的，能带来什么好运或者有什么样的保护作用。可就在这时，他看到狼孩发亮的牙齿微微后缩，那双漂亮的褐色眼睛蒙上了一层焦虑不安的神色。（现在）不要问吧。别毁了他的快乐。迪迪把护身符轻轻放回到狼孩的破卡其布衬衣里，重新熟练地梳起他的毛发。迪迪发现狼孩的眼中重新显出温暖而放心的神情，不禁有些欣慰。狼孩（现在）坐在迪迪的脚边，脑袋靠在迪迪的膝头上。即使当迪迪都担心自己不小心用力太大，而拉得狼孩发痛时，靠在他腿边的身体也没有颤栗或躲闪。不管迪迪干什么，狼孩似乎都非常享受。因为迪迪对他如此关注，而且彼此有这样的身体接触。他像猫一般发出心满意足的呼噜声；有时打个哈欠，收紧胸肌，然后又放松下来。后来的声音很奇怪，不像猫的声音。事实上，在梦中，从这个时候开始一直到梦的结尾，狼孩再也没有说过一句话。讲述自己身世的时候，狼孩对人话似乎运用自如，甚至孩子气地滔滔不绝，而（现在）却似乎不会说话了。成了哑巴，像动物一样。

迪迪帮狼孩梳完了毛发。狼孩的身体（现在）似乎在缩小。变得越来越小，像几岁的孩子。小得可以抱起来。迪迪真的这样做了。把他抱起来，朝岩洞的深处走去。岩洞比迪迪想象的要深得多。狼孩蜷缩在迪迪的怀里，面孔埋在迪迪的胸前，看上去似乎永远也不愿意下来。因此，迪迪仍然抱着他，朝隧道一般的狮子洞深处走去。

迪迪继续走着。渐渐地，他害怕起来。想起了过去的迷信，不禁十分恐惧。担心被传染。八岁的时候，他以为摸过青蛙就会长瘤子，尽管他父母笑话过他；同样道理，他担心自己（现在）抱了狼孩会传染上什么。迪迪也会变成动物吗？缩小到不足五英尺？全身上下长满了毛？迪迪看了看自己那双搂着狼孩身体的手，又腾出一只手来摸了摸脖子、耳朵和额头。没有发现可恶的毛或其他什么异常。可狼孩就不同了。离刚才那次关切的打量不过一转眼的工夫——迪迪不得不时常移开视线留意脚下——可当他（现在）重新回过头来时，在这一转眼的工夫里，狼孩的脸上和其他未被衣服遮住的地方又长出了更多的毛。不仅在不断地长，而且长速惊人，就连最没有耐心的人也能看得出来。狼孩的身型比几分钟之前明显变大；肌肉更加结实，更加强壮，显出几分粗野的气势。不过还没有重到迪迪抱不动的地步。

在昏暗的岩洞深处有一个窄小的过道。“我要把你放在这儿，”迪迪平静地说。他心里既想这样，又不想这样。他将哼哼唧唧地扭动着身子的狼孩轻轻放下。狼孩似乎并不是很在意。蜷缩在岩洞或隧道里的冰冷地面上，恳求地望着自己的恩人。

迪迪明白了一件重要的事情。他误解了这只动物，他不该怕它[1]。他挨着狼孩跪下来。将他搂进怀里。姿势有些别扭，因为他不知道狼孩能承受多少爱抚和身体的接触。很想把他抱到自己腿上，轻轻摇晃。可是又担心伤及这位孤儿的自尊，或有损他坚强的性格，而这一切是他在艰难的隐居生活中用巨大的代价换来的。

就是在这个时候，尹卡多纳莫名其妙地闯进了梦中。他本

---

① 此处的原文是 it，而其他地方对于狼孩的指称则是 he 或者 him。

人并没有出现，只是迪迪想起了他。正当迪迪爱怜地望着狼孩，想用表情来传达他自知无法诉诸言语的感情时，他突然想到，在那位工人之死的问题上似乎存在着补偿的希望。他希望进行补偿。不是对尹卡多纳一个人，一个陌生人。而是对尹卡多纳身上让迪迪鄙视和恐惧的东西——比如说动物般的力量。迪迪觉得自己（现在）不会再为尹卡多纳而心神不宁了。他能看到尹卡多纳的长处。

犹如赶走了邪魔：梦的这一部分虽然模糊不清，却令人最为舒畅。也许就是因为这一段，而不是从头开始慢慢展开的长篇故事，才使迪迪一觉醒来时觉得轻松了许多，仿佛受到净化。如果运气好，恰好在这个时候醒来，就是最理想的事情。而不是像他偶尔强迫自己所做的那样继续做梦。那样就会彻底迷失。一步步地走进圈套。那是一张单程车票。“完蛋的迪迪”。

迪迪把不好的结局撇到了一边。这种良好的感觉一旦出现——不过次数有限，必须做较长的梦，可又不能太长——他就希望将它保留下来。并非在琥珀中永生。而是把它栽种下去。让它生根，成长。但是，他自己性格中分泌出的某种酸液总是将这种好感觉销蚀殆尽；或者来自外部的某种力量像铅一样沉甸甸地压在它上面，然后把迪迪拖回到他自己的戴着镣铐的意识之中。

结局没有确定。正因如此，迪迪虽然很乐意为海丝特朗读那部未完成的“小说”稿，正是那部“小说”引发了这个反复出现的梦，但他发现这个梦本身根本就无法讲述。不是因为尹卡多纳出现在梦里，而他从来没有强求她接受有关尹卡多纳的真相；只要为她读一读那张剪报，他原本完全有可能让她相信。尽管海丝特的不知情可能会带来麻烦，但即使讲述梦境的其他障碍都被清除，也会存在另外的障碍。这个梦似乎已经与他息息相关。所有的一切都汇聚其中。他与父母、玛丽、保罗、琼的关系。尤为重要的是，他与自己的关系。与尹卡多纳的那场任性、快速而永远无法抹去的交锋。还有他对海丝特的爱。

迪迪模模糊糊地觉得这个梦是他内心世界的充分展现。从原则上说，他很愿意与海丝特分享这种体验。正如他一向渴望将一切毫无保留地奉献给她一样。也许他只是害怕。自从保罗不告而至后的那次大吵以来，他不是很相信海丝特了；再也不会像以前那样相信她。天知道，他希望相信她。但是做不到。她的话刺伤了他。就像保罗来的那天晚上，他打开房门朝走廊看去时灯光刺伤了他的眼睛一样。

失去冉对他也是一种伤害。虽然提出把狗处理掉的是迪迪，而不是海丝特。对冉的处理只是再一次证明了他对自己以及整个世界的悲观看法，在这个世界上，只有疯子才会相信任何人或任何事。不过，如果迪迪不是“受到伤害的迪迪”，而是另外一个人呢？是一个能将冉重新领回来，让那只歇斯底里、惶恐不安的动物恢复原样，重现以前的健康状态的人，情况又会怎么样？如果迪迪不是“受到伤害的迪迪”，而是另外一个人，一个雷厉风行、充满朝气的人呢？他坚持认为自己就应该是这种人。

希望成为“好人迪迪”。总想超出自己的情感能力，过一种高尚的生活。

既然如此，迪迪是否应该降格以求？

这都是迪迪无法面对的问题。是因为他智力不够超群吗？

或仅仅是不够坚强？或者在朝气与性格上从一开始就有缺陷？迪迪也从来不曾认真考虑过这些问题。甚至根本不曾尝试。像以往一样，他试图从这些可怕的问题中奋力突进，让自己抵达一种可以忍受的、苦乐不惊的状态。把充满诱惑的痛苦推开。找一个幽静的地方，可以让自己安安全全地坐下来。意志犹如不断推进的冲压机。迪迪运用自己的意志，奋力突进。设想失明的情形。

> 失明其实可以分为两类。
>
> 一是崇高的失明。如希腊雕塑中的那样。塑像上的人物由于没有眼睛，而显得愈发有活力，其身体愈发充盈，愈显得身心合一。当我们凝视那些塑像的时候，觉得自己也更加身心合一。
>
> 一是鄙俗的失明：由于被激怒或绝望而导致的失明。是一种被动的状态。一种身心两分的状态。就像关于死人的雕像中那样。人淹死之后，全身上下最先分解或腐烂的就是眼睛。鳗鱼就是在刚刚淹死不久的人的空洞眼窝里穿梭。

迪迪很希望达到崇高的失明的境界，就像希腊雕像中的那样。但愿他知道方法就好了！

他不知道。相反，在与海丝特所开始的这种高度聚集和凝缩的新生活中，他又恢复了心不在焉的老毛病。灵魂游离于生命之外。有一次，当海丝特在准备午饭时，他到厨房来拿苹果，却发现海丝特正独自伤心，泪如雨下。他以前只看到她哭过一次，对吧？那是在保罗来访的那天晚上，他们吵架快结束的时候。而这是迪迪第一次撞见她在哭泣；他不知道具体是什么原因。尽管海丝特对他说过她经常哭泣——他永远也不会忘记她这句话以及说这话时的情形。由此可见，她显然要么是不再哭了；这值得注意，值得琢磨；要么是仍然经常哭泣，但是不让迪迪看到；如果真是这样，同样值得琢磨。

迪迪是否明白厨房里的这一刻有多么宝贵？可能是又一个转机。他可能会看到一个立体的海丝特，了解到他以前从未了解的海丝特的另一面。

但是，迪迪又一次错失良机。他自己内心里正一团乱麻，所以只是将海丝特搂进怀中。默默地祈祷着：但愿海丝特的难过不是因为他或者他做的任何事情。

片刻之后，海丝特擦干眼泪，朝他一笑，他也就马上释然。

迪迪与海丝特在西二十一街住了六个多星期了。自从保罗来访却被拒之门外，几天后再也被处理掉之后，家里除了他们，再也没有别的生命。

那场可怕的争吵似乎差不多已被忘却。至少就迪迪而言是这样。海丝特也没有或明或暗地说过任何话，让迪迪想起她那天晚上对他的严厉指责。迪迪猜想，由于保罗像往常一样再度消失，海丝特也许相信了他对他弟弟的态度不失公允。但他只是推测而已，推测她已经口服心服。从那以后，两人实际上对保罗只字不提。海丝特非但没有再争吵，近来还很沉默寡言。尽管对迪迪仍然情意绵绵。还尽力以各种可爱、出人意料的方式给他帮忙。比如，她能帮他理发和剪指甲。当她第一次央求他让她试试的时候，迪迪担心她会干得一塌糊涂，或者不小心伤着他或她自己。他错了，就像在做饭的问题上一样。海丝特对指甲钳运用自如，毫无差错。理完发后，当迪迪用两面镜子前后查看时，发现自己过早花白的头发被修剪得十分整齐，其手艺不亚于任何家庭理发师。

这就是迪迪所期待的天堂吗？既是，也不是。

他（现在）完全拥有了自己的爱人，她天生的丽质和简洁的话语带给了他无尽的快乐。但与此同时，也意识到他自己新产生不久的力量在渐渐消失，而他又非常依赖这种力量。有一种奇怪的症状。有时候，沉默良久之后，迪迪想开口对海丝特说点什么。很显然，海丝特听到了在他喉头颤栗并涌向唇边的尚未出口的话语。于是抬起头，等待着。可就在这时，迪迪却想不起自己要说的是什么。这也许可以解释成一时神经紧张，用不着大惊小怪。重要的是迪迪和海丝特不再吵架。似乎已经暗暗发誓，要避免发生上次那样的激烈争吵。尽管彼此很少交谈，但一旦开口却总是充满爱意。朝夕相处的爱人往往会渐渐发现，很多东西不再需要用言语来表达，对吧？先是海丝特用自己惯常的三言两语树立了榜样。而（现在）迪迪甚至比她更加吝词惜句。要说的事情似乎越来越少；这常常是根本就不说话的好理由。

这样也未尝不可。但事情不仅如此。迪迪有时——但这样的次数越来越多——觉得自己正在丧失说话的能力。

有时候，这种怪念头让他心烦意乱。他心里想到，渴望变哑肯定意味着他有非常重要的事情要说，他很想说却没有说出来。“懦弱的迪迪”。如果真哑了，他就没有了选择。不管是什么，他都无法说出来——即使他很想说。有时候，他又换一个角度，自我宽慰地看待这个念头。把它视为他的爱的一部分，一种热情的隐喻。如果迪迪根本无法讲话，他与海丝特就差不多属于同类人了。海丝特的眼睛看不见，为公平起见，迪迪也应该相应减少一种感觉力。这样一想，变成哑巴的念头就让他暗暗高兴。

不过，肯定还是出了什么问题。两个人被封闭在这里。这不是迪迪的初衷，不是他原来的计划。原本打算与海丝特住在一个更大的空间里。而且对迪迪来说是全新的空间：不是被阴魂不散的过去所尘封的空间，不是被生命力的起伏不定所锈蚀的空间。可他们没有搬家，迪迪甚至没有翻一翻《时报》上的广告，也没有给房屋中介打电话。他们原地未动；迪迪在这里已经住了二年。这套公寓很小巧，对盲人来说意味着舒适和安全。但是迪迪还要满足自己的需要。不管它对海丝特是多么合适，对迪迪都显得太小。太熟悉了。里面分成三个房间，海丝特（现在）已经与他一样了如指掌，但这个空间似乎在缩小。几乎像“私掠船”号的包厢一样拥挤、陈旧。

另外，就是否干净整齐方面而言，公寓与管理不善的火车也越来越像。地上一片狼藉，到处是烟头、脏盘子、没有放回套子里的唱片，以及做爱时匆匆脱下来的衣物。海丝特不再每天打扫房间。瞧瞧窗户吧。在这样一座肮脏的城市里，窗户最能表现出主人的疏懒。窗玻璃的外侧已经蒙上一层薄薄的灰尘，内侧由于室温过高，形成了无数水珠，与积在纽约市所有室内玻璃上的细密尘埃融为了一体。内外两相结合，使照进公寓的原本微弱的冬日光线更加昏暗，使室内的光线更加了无生气。使迪迪无法清晰地看到外面的街道和邻近的建筑物。能看到的越来越少。倒不是经常有意识地观察窗外。相反，是有意识地排斥。

当然，跟透过火车车窗看到的情景不一样的是，从公寓里看到的景象几乎一成不变。除了少许细节。

站在街对面台阶上的是谁？是杂货店的店员。

消防栓旁边，停着一辆红色的大众汽车。

那个人在墨西哥餐馆门前站了几个小时了。

住在街对面三楼的那个女人正一丝不挂地走来走去。哦，她过来了。把窗帘拉了下来。

等等等等。除了这类细节，基本上是一成不变。

过了四个星期之后，越来越不想动了。（现在）严冬将至。这是一年中白昼最短、光线最弱的日子。像动物一样，海丝特和迪迪窝在床上的时间越来越多，这似乎也理所当然。

两个人往往同时入睡，但海丝特习惯于比迪迪多睡几个小时。从一开始，迪迪就愿意躺在她身旁，直到中午前后她睁开眼睛，露出微笑，伸手从床头柜上拿起墨镜，然后光着身子起身，赤脚站在地板上。起初，迪迪一整个上午毫无睡意地躺在床上，是为了陪伴海丝特。再说，他也喜欢依偎着她温暖柔软的身体。可是近来，他发现自己越来越起不了床，即使在海丝特起床之后。他常常赖在床上，直到海丝特冲完澡，梳好头，穿好衣服，再到起居室去放唱片或者到厨房里准备食物。这时往往是一点左右了。海丝特把午餐端进卧室，两人一起吃饭。吃完饭后，如果他能说服她不回厨房去洗盘子，她往往会重新上床。如果她坚持要去厨房，那么不到一刻钟，迪迪就会在床上叫她，要她马上回来。

她回来后，两人就做爱。做爱已经越来越成为他们关系中的一致主题。迪迪起初有些束手束脚，而且由于琼的经常抱怨，他对自己的床上功夫不够自信，但是他惊奇地发现，与海丝特在一起时，他不仅很有面子，而且几乎是不知疲倦。简直是奇迹。还有另外一个奇迹，他不是因为被剥夺和拒绝而产生的欲望。似乎完全恢复了青春活力。海丝特也跟他一样激情洋溢，创意不断，如饥似渴。一个月之后，他们做爱的次数甚至比刚开始时有增无减。每天三到四次。迪迪觉得激发自己的不单纯是肉欲。海丝特会不会也是这样呢？她似乎同样渴求两人身体的结合，并且跟他一样常常采取主动。

做爱的眩晕。高潮之后，脑白质被切除般的感觉。迪迪昏昏然，但不完全是昏昏欲睡。有时候，他但愿自己有勇气对海丝特说：让我们一起死去吧。我们（现在）就同归于尽。在我们合为一体，无比快乐的时候。

有时候，迪迪觉得他们必须长谈一次。不是争吵。也不是商讨自杀协议。而是把问题弄清楚，把两个人都不理解的问题摊到桌面上。好吧。（现在）就开始。可每到这时，他的思绪就会戛然停止，脑子里一片空白，只是毫无意义地嗡嗡作响，就像所有的节目都结束后的电视屏幕一样。迪迪什么也想不起来，根本就不知道自己原本想要说什么。想把那一闪即逝的念头找回来。但是觉得全身沉甸甸的。是因为努力去想，却想不起来吗？真是累极了。如果这时不在床上，他就想马上钻进毯子里。如果已经上床而海丝特不在身边，他就想立即叫她过来。一起躺在那儿。用自己的每一寸肌肤拥抱海丝特：他的胸膛贴着她柔滑的后背，他的臂膀环住她柔软、丰满的腰肢并塞进她的侧腹之下。然后醒来，亲吻，抚摸，做爱。或者做梦，似醒非醒，做爱。

也许他想说的事情与尹卡多纳有关。既然迪迪对自己犯罪的真实性毫不怀疑，那么，海丝特对他自知已经做过的事情的不相信，或者不理睬，便令人痛苦地影响了两人关系的和谐与坦诚。海丝特不应该对自己的爱人可能做出的事情始终一无所知。可他又不愿意将那件事重讲一遍。填补真相的裂缝。他很担心。真相本身不是坏事，但是无法事先保证人们会拿真相怎么办，或者做出怎样的反应。在真相的问题上，迪迪将不得不碰运气了。海丝特可能会怕他。上次吵架的时候，她就已经说过怕他的话了。另外，不管是否因为怕他，海丝特可能会认为他应该做点什么。海丝特很善于劝说，可迪迪不想被说服。她可能会催促他向警方自首。但是迪迪觉得，不管是怎样的负罪感或懊悔感，都不能成为他（现在）这样做并为此与海丝特分开的理由。就算杀死了一千个尹卡多纳也不能。迪迪不打算就尹卡多纳之死做任何事情。对此他无法赎罪。他不愿意为此而受罚。他也无法为当初的行为寻找借口。

如果告诉海丝特，似乎只是逞一时之性。唯一的结果就是让海丝特伤心；也可能更深地伤害她。迪迪这样未免太自私。如果坦白罪行只能徒增听者的负担，而没有其他的益处，那又有什么意义呢？

由此看来，迪迪只能孤军奋战了。等待尹卡多纳越变越小。准备承受随记忆的淡化而来的晕眩与恶心。但迪迪的努力无济于事。对内心秘密的痛苦意识在减弱到一定程度之后，便不再减弱。（现在）变得凝固了。在他与海丝特之间形成了一段无法跨越的距离。因为迪迪知道，不管他们彼此是多么真心相爱，两人共同的生活是建立在他隐瞒真相而她甘愿被骗的基础之上。他们在火车上初次幽会时的精力是剩余的精力，是与尹卡多纳冲突之后残余的精力。

也许正是因为这样，迪迪才发现（现在）很难离开家里。凭着最美好的愿望，最坚强的意志，迪迪想通过与海丝特联手来改造世界，完善世界，却发现事情并不像他想象的那么简单，发现世界是由难以改造的材料所构成。他想用自己强酸般的新生命力来溶解那顽固的丑陋；起码把世界变成羊皮纸一般的东西，在上面刻下自己良好的设想。（现在）却发现世界丝毫未变，而且正危机四伏地向他紧紧逼来。硬邦邦、冷冰冰的，犹如一面不锈钢镜子。他认识的每一个人——从保罗到普通的一面之交——都在对他说起尹卡多纳。不管他们表现自身人性的方式是多么微不足道，所有的人都在根据各自的人生状况帮尹卡多纳说话。不知不觉中，每一个人似乎都成了尹卡多纳的代理人，他们无声地呐喊着，要迪迪以命相抵。只有作为尹卡多纳的反衬的海丝特才会让迪迪只想到她自己，可海丝特却独自置身于这经过无限复制的神秘世界之外。

到了最后，迪迪终于无法起床。他绝望了。两人之中，本该他更强壮，本该他来关心和保护海丝特。成为她的眼睛，正如她要成为他的灵魂。他（现在）无法为她做任何事情。她一个人在家里摸索来摸索去。偶尔拖拖地，扫一扫，擦擦灰，或者补补袜子。放一下唱片。用打字机给她婶婶打一封信。当然还要做饭。她帮迪迪洗浴，刮脸，伺候他在床上吃饭，每隔几个小时就钻上床陪他睡觉。

一月中旬的一个午后，迪迪午睡后醒来，仍然昏沉沉的。

前额神经痛。喘不过气来。大汗淋漓。不过所有这些（现在）都已经司空见惯了。怎么会这样呢？是不易觉察地一步步变成这样的吗？反正不知不觉中，就走到了这一步。他终于完全卧床不起，全身虚弱无力。海丝特成了他的护士。他的身体每况愈下。除了上卫生间之外，他根本就不再起床。而上卫生间时也总是头昏眼花。有时不得不靠在海丝特身上。

外面的天色很暗。今天星期几了？迪迪用双手摸了摸脸，然后又摸了摸胸脯。他显然在不断地消瘦。他的颧骨、肋骨、胳膊肘、膝盖以及髋骨都明显地凸了出来。他一度对生活满怀信心，希望有新的心情，却不期然走错了路。他模模糊糊地意识到，自己踏上的是通向死亡之路。

赶快！一定得采取行动，不要等到为时太晚。海丝特不在床上，没有一丝不挂地紧挨着他。哦，天啊，她不会是出去了吧？迪迪曾要她发过誓，没有他的陪伴，她不能去任何地方。可他刚才在睡觉，（现在）才醒。睡了多久了？他忧心忡忡地叫了她一声，她几乎马上就出现在门口。穿着迪迪的蓝色旧衬衫，仿丝绒裙子，脚上是一双休闲鞋。她手里拿着一把扫帚，这时将扫帚靠在门边。稳步走进卧室，右手微微前伸，以免自己撞上什么东西。当然，她什么也没有撞上。

（现在）几乎没有这种可能了。

她对家里的每一寸空间都了如指掌。还有这里的所有东西：碗柜里的盘子，壁橱里的毛巾，以及抽屉柜里的唱片——迪迪用盲文为海丝特重新贴了标签。

就像迪迪一样；几个星期以来，他在漆黑的夜晚从床边走到卫生间，没有走错过一步，凭借触摸和对位置的记忆，他清楚地知道所有东西的确切位置。能够分毫不差地伸手拿到药柜里的阿司匹林，马桶旁边的卷筒纸，或者摸到水龙头和门把手。已经没有开灯的必要了。

海丝特来到床边。迪迪这时正头昏得厉害。他抓住她的手，拉着她坐在他旁边。

“要我躺下来吗？”

“亲爱的，我们得谈一谈。”

“为什么？”

为什么！迪迪在心里喊道。难道她不知道吗？“因为出了问题。我的情况不好。我没有照顾你，而是你在照顾我。”

“我喜欢照顾你。除了这个我还能干什么？”

“可是我不该需要照顾！你还能干许许多多其他的事情。我们可以一起干……亲爱的，还记得一个月前我是多么强壮吗？可是现在，不管我多么能吃能睡，却仍然一天天地越来越瘦，越来越弱。”

“我们请医生看看吧。”

“海丝特，我不是身体有病！”

“你怎么知道呢？”

“我就是知道。我知道出了什么问题，我知道我生病的原因。”

“是什么原因？”

他想说出来吗？是的。“我觉得我是因为害怕才生了病。”

海丝特猛然起身。迪迪的手被松开了。“等一等，我听到煮开的咖啡溢出来了。”海丝特离开了卧室。迪迪望着她的背影，心里想，谁也不会想到她是盲人。对她走路时的自信，他是多么自豪。同时又是多么羡慕。

海丝特端着两杯咖啡回来了。“给，道尔顿。告诉我还要不要加糖。我只放了一块。”她重新坐到床上。

迪迪从她手里接过杯子，试探着喝了一小口。“太烫了。”他不高兴地说。

“傻瓜！当然烫了。等一等就会凉了。”

迪迪突然觉得泪水夺眶而出。“海丝特，我再也受不了了！”

“是咖啡吗？”

“哦，看在上帝的分上，听我说！看着我！”迪迪（现在）无法自制。“看着我！”是的，他想要海丝特看着他；即使她什么也看不见。要她狠狠地盯着他，直到他面颊发痛，直到他不得不垂下眼帘。但海丝特只是朝他转过头来。过了一会儿，当海丝特低头去喝自己杯子里的咖啡时，迪迪火冒三丈，根本就没有想到要三思而后行，猛地把自己的杯子朝对面墙上砸去。传来“砰”的一声脆响。

“除了杯子之外，你还砸坏什么了？”海丝特平静地问，“是嘉宝①的照片吗？”

“说得对，你真该死。你心里其实清楚。你从声音就能听出来，对吧？”他开始又哭又笑。“就算……就算你根本都不知道嘉宝长得什么样。”

“道尔顿，求求你冷静点儿。告诉我是怎么回事。”海丝特把自己的杯子放在地板上，扶住迪迪的肩膀，让他重新躺到枕

① 指著名女电影演员葛丽泰·嘉宝。

头上。她把手伸进被单里，开始抚摸他的胸脯。迪迪一把推开她的手，猛地坐了起来。

“看在上帝的分上，海丝特！别当我是耍性子的小孩。”

“你难道不是吗？”她站起身走到床尾。

迪迪（现在）冷静了一些。“好吧，也许是的。但是我还有一丝成年人的尊严，而我要你把我当作成年人来听我讲话。你一直都不肯把我当作成年人……你明白吗？”

“我正听着呢。”

她离得那么远。“首先，你回到这儿来。挨着我。坐在床上。”

海丝特又重新坐在床边。“我正听着呢，道尔顿。”

这样有用吗？迪迪要试一试。他抑制住自己的愤怒、沮丧和绝望。

“我说过了，我正听着呢。”

“是的，我听到了……这很难。我非常生气。但是我心里明白，让我生气的根本就不是你。”

“哦，道尔顿，那就把火发出来吧。求求你。别跟自己过不去。如果你是担心我的话，真的没有必要。我能承受。”

“你刚才打断我的话并跑出去拿咖啡之前，我说了句什么，你记得吗？还记得吗，海丝特？”

“记得很清楚。你当时说，你认为自己生病不是因为身体上的原因，而是因为害怕。”

“没错。那么，你知道自己接下来该充满关切地问我什么吗？你接下来会说什么？”海丝特的脸顿时沉了下来。迪迪打着响指。“快点儿！快点儿！”

“把你的话再说一遍，”海丝特说。

迪迪几乎忍俊不禁。吓唬她是没有用的。尽量要有耐心。“好吧。我说的是‘我害怕’。”

“怕什么？”

“好极了！”

“我不喜欢这种游戏。”

“真该死，这不是游戏，海丝特！”

“不，这是游戏。不过让我们玩好了……我同意玩。我想玩。你瞧。”她像视力健全的人那样整理了一下自己的面容：将耷拉在额头上的几绺头发捋到一边，把架在鼻梁上的墨镜往上推了推，然后舒展开眉头。“怕什么？”海丝特尽力使自己的语气显得柔和，迪迪听得出这一点。可她的声音里仍然有一种无法掩饰的僵硬成分。她干吗要这么生气呢？女人希望男人健壮有力，这是理所当然的事情。而对不幸失明的海丝特来说，自然更希望男人健壮能干。不过，她尽管落下了残疾，却也很健壮。当他承认自己的虚弱无力时，她居然会这么生气，未免太不公平了吧。她难道就不能同情他吗？

“怕什么？”海丝特又一次问道。

迪迪很想踢掉暖烘烘的被单，从床上一跃而起，打开肮脏的窗户，让冰冷的空气迎面扑来。出去散散步，哪怕只是沿着被污染的哈得孙河，在仓库和码头旁边走一走。登上一列火车，离开这座城市；搭乘一条小船，离开这个国家。一去不回头……但这都是谎话。而迪迪的身体（现在）不会说谎，不会带他去任何地方。哪怕是到窗前。

海丝特再一次问：“怕什么？”

迪迪几乎已经忘了。惊讶之下，他脱口而出：“我不知道。我想，是真相……人们唯一害怕的不就是真相吗？”

“我不明白，道尔顿。”

“不，你明白！你干吗要这么说？”这就是让迪迪一直担心的海丝特叫人看不透的一面吧？她的毁灭性力量表现了出来？犹如一堵墙。“我知道你明白我的意思，就算不是比我自己更明白，也跟我一样明白。”迪迪觉得眼睛看不见的倒像是他自己，完全依赖于他人的善心。他讨厌自己开口求人，但是他太害怕了。“海丝特，不要将我拒之门外。”

“可是我不明白，道尔顿。真的。你也千万不要高估我。我知道你不喜欢我这么说，可是我非说不可。还记得我出院那天，我们在公园的时候，我跟你说过的话吗？我说你的真相跟我的真相不一样。这一点至今没变。”

“我当然记得，”迪迪不耐烦地叫道，“有时候我甚至以为自己明白。可有时候，我其实不明白。于是，我就非常恨你说出那种话，恨你的固执……但是听着，我们现在千万不要吵架。我愿意相信你所说的话。甚至同意你仍然能够帮助我，就像你说的那样。在这一点上，我们之间一个真正的区别就在于，你不害怕你的真相，而我却害怕我的真相。”他呻吟着。“简直是怕极了！”

她把头靠在他的胸前。她为什么不说点儿什么？

“帮帮我，海丝特！”

“你到底是怕什么？”

“我想……我想，我是怕自己不得不去做一件事，一件我现在没有做的事，”迪迪支支吾吾地说，“我现在窝在这该死的床上，就是为了回避那件事。”

“既然是这样，那就起来去做呀！”

“你愿意陪我去吗？”

海丝特同意了。

很准时。上午十点十五分，“樱桃谷”号区间车从隧道的北口冲了出来。这是一列摇摇晃晃、很不起眼的小火车，看上去远远不像“私掠船”号那么疾速有力。只要想想“私掠船”号那台大马力柴油机埋头工作的情景，那么，眼前这列火车的车头烟囱上喷出的浓烟便恰似它软弱无力的标志。

迪迪站在坡地上，铁路就在下面几英尺的地方。他一边看，一边听，而海丝特则凝神倾听。火车最后的轰鸣声在脚下渐渐消失。地面（现在）又恢复了平静。昨天刚下过雪。田野铺上了一层薄雪；枕木和两道铁轨上覆盖着一条条稀薄的白印。但迪迪和海丝特并不冷。太阳出来了，气温一定有五十多度[①]——在一月下旬，这样的温度很少见。

迪迪知道，星期四穿过这条隧道——不管是从哪一个方向——的下一趟火车将于十一点十二分进入隧道；他查过火车时刻表，此刻又把它从口袋里掏出来最后核实了一遍。还有整整五十七分钟。迪迪暗暗推算着，他们走到“私掠船”号停车的地方用不了一刻钟。再留出一刻钟出来，剩下的时间还很充裕。迪迪不打算久留。他猜想，几分钟就够了。

迪迪与海丝特手挽着手，一起进入隧道。他们小心翼翼地往前走去，将上午的阳光甩在身后。迪迪虽然带着一只六伏的大手电筒，却仍然很难看清楚。那一大束强光并没有驱开黑

① 指华氏五十多度，相当于十摄氏度。

暗。其效果与上次携带的那只袖珍手电筒的微弱光线不相上下。隧道根本就无法照亮。此外，在过去的几个月里，迪迪对光产生了一种复杂、怀疑的心理。也许手电筒之所以用处不大，是因为它仅仅是为他照路。无论光线强弱，都不能让海丝特看得更清楚。不管有没有手电光，隧道对她来说都是漆黑一片。但是，两人的感觉已经高度相通，在这类事情上，迪迪已经无法将自己与海丝特区分开来。海丝特觉得黑暗的地方，迪迪也同样觉得黑暗。比如说这条隧道。尽管他不应该忘记，从外面的铁路两边绵延开去的冬天的明媚田野，对海丝特来说也是一片黑暗。

隧道里阴冷而潮湿，弥漫着强烈的油味和潮湿岩石的气味。他们继续往前走着，迪迪稍稍在前。“别担心，亲爱的。脚下的路我看得很清楚。”但是他自己却很担心。觉得他们就像童话里的两个孩子，手牵手地走进了一片被施以魔法的森林。迷了路。作为男孩，他必须更勇敢，更坚强。安慰吓得哭哭啼啼的小妹妹；鼓励她，照顾她。但是迪迪记得，到头来却是小女孩更冷静，更能干。哥哥被巫婆抓去关了起来，很快就会被吃掉，而聪明的小姑娘却仍然设法保持着一定的自由——凭着机智，而不是力气。最后设法将哥哥救了出来。

迪迪想尽量坚强而机智。

但这条隧道不只是一个可怕而危险的地方。这一次，它还让人觉得熟悉和放心。这就是重复做某件事情的好处。隧道就像是家。

正如黑暗一样。与海丝特共同生活几个月后，迪迪觉得自己在所有黑暗的地方都能驾轻就熟。对黑暗已经司空见惯。即使没有亮光，他在隧道里也能行走自如。他决定检验一下自己的能力，于是将手电筒关了片刻。果然，似乎没有什么区别。迪迪不是一贯方向感很强吗？可是接着，他觉得自己这样做是在卖弄，与这严肃的情形不相符，于是重新打开了手电筒。

（现在）走过一串水坑。迪迪对此倒不担心，因为他穿着一双笨重的防滑鞋，而不是平常出门时穿的软皮鞋。但海丝特的脚肯定要弄湿了。“亲爱的，我来抱你吧。你的穿戴不合适。你该穿平底鞋和休闲裤的。我们真傻，居然没有想到这一点！”

“我没事儿。”

“真的吗？”

“是的。可我讨厌这里的气味。”

“我想是柴油味。”

“不，除了柴油，还有别的气味，你没有闻到吗？”她问。迪迪的确闻到了别的气味，但一时难以确定是什么。

“你冷吗？”迪迪关切地问。他自己感觉到了寒意。发现海丝特的大衣里面只穿了一件薄薄的亚麻连衣裙。

“不，我不怕冷。”

迪迪正想再说两句关心的话，可就在这时，他听到了他们脚步声以外的声音。感谢上帝，不是火车开过来的声音。而是一种低沉的捶打声。“海丝特，你听到了吗？”他抓住她的手。

“好像听到了什么。”说大声点儿，亲爱的。迪迪的心脏在胸腔里怦怦直跳，他们得提高嗓门，压过那心跳的声音。两个人（现在）都凝神细听，一边尽量轻手轻脚，同时不放慢步伐。“道尔顿，我害怕。”他更紧地握住她的手。“真的。我想回去。”

迪迪不知道让他更惊慌的是什么。是前方那（现在）变得稍稍响亮而且更加清晰的不明声音，还是海丝特的忧虑及其可能导致的后果。她可能会要求他与她一同返回。还可能撇下他，让他独自前进。

“亲爱的，别要我现在跟你一起回去。你知道，我不能让你一个人回去，而且我也不愿意独自往前走。相信我吧。跟我在一起。”

海丝特没有回答，但是也没有停下；她继续走着，甚至没有放慢脚步。但愿她的沉默以及坚定的脚步表明她愿意与他一起前行。不过她随时都可能改变主意。恐惧可能会占上风。而海丝特一旦决定返回，就一定会回去。迪迪不可能说服她；也无法阻止她，除非使用强力。迪迪知道她害怕。问题是他同样感到害怕。

那捶打声儿疑越来越响了。不管发出声音的是人还是东西，肯定就在前方不远的地方。隧道（现在）不再显得熟悉，似乎没有见过，甚至不可知晓。迪迪怀疑自己以前是否来过这里。他怎么可能来过呢？来过这条隧道？迪迪看到的是每一条铁路隧道所共有的特征：狭长封闭的空间，潮湿阴冷的空气，不断延伸的黑暗，坚实的泥土路基，还有他们走在上面的空空的铁路。另外，就像在所有的隧道里一样，各种声音都很沉闷；几乎有一种回音效果。

唯一不同的特征是：铁路是弯曲的。跟上次的铁路一样。不过，虽然没有一长串铁皮车厢懒懒地卧在铁路上以显出它的弧度，但迪迪相信这段铁路比上次见到的弯度更大。

迪迪（现在）看到了前面的亮光。没有直接看到光源，而是从弯道的另一端透过来的亮光。为了确定是否真有光亮，迪迪暂时关掉了手电筒。“前面有亮光，”他轻声对海丝特说。她没有回应。迪迪重新打开手电筒。接着又彻底关掉，把它挂在皮带上。

又往前走了一分钟之后，新的灯光以及在灯光下干活的人一同进入迪迪的眼帘。灯光来自悬挂在隧道顶的一个大铁架，铁架由不规则的黑色锻铁条制成，上面装有十多个无罩的灯泡。在灯光下，有位高大粗壮的工人在修铁路。迪迪远远地看去，发现那人身上的工作服与尹卡多纳的非常相像。高统靴，工装裤，以及汗衫。主要的差别在于配饰的物件：与尹卡多纳不同的是，这人围着一条长及膝盖的褐色皮围裙，围裙系在脖子上，挡住了胸前的汗衫。

“我看到前面有个人，”迪迪小声说。

“我们找到那位铁道工了吗？”

海丝特的问题轻飘飘地传来，进入迪迪的意识，犹如一块大石板斜压在他的身上。令人震惊，沉重，压抑。居然会有这样的误解，迪迪不禁感到愕然。海丝特似乎认为，他们前方的那个人就是迪迪昨天跟她讲述过的同一个人；他们出来之前，他已经向她和盘托出全部的真相，包括报纸上的报道以及他与尹卡多纳遗孀的会面。她似乎还是没有明白。或者更可能是仍然不肯相信。

“是另一个人，”迪迪回答，他不敢再多说一个字。

（现在）快到工人跟前了。迪迪发现，这个人的确像尹卡多纳，不管是相貌还是体型。而且更令他不安的是，这人也在拆除横在铁路上的某种障碍物。不过与上一次的相比，眼前的障碍物是由不同的材料筑成。是灰白色的方块——迪迪不知道是石头还是混凝土。已经拆掉一大半了。

迪迪紧紧地搂着海丝特的腰，在距离那人约十英尺的地方停下脚步；那人正用凿子和锤子干劲十足地忙着，凿掉填在方块之间的水泥。迪迪的脑袋糊涂起来。尽管他很不愿意承认，但这人跟尹卡多纳是那么相像，简直不可思议。两个人的年龄、体型、身高和肤色都相差无几；长相都很平常，都是一副凶巴巴的样子。他们会是兄弟吗？年龄比尹卡多纳略小或略大，也在铁路上工作。名字叫查理。如果是两兄弟，起码就不是同一个人了。但是不可能，这很荒谬。再看看吧。迪迪尽量将注意力集中于两人的不同之处。再一次看去：这个人的头顶没有戴着矿灯，他还围着一条皮围裙。看着他时，迪迪想到的不是在地下挥镐挖掘的矿工形象。从他的外貌和干活的样子来看，他更像一位制革匠。或者像正在打铁的铁匠。还有点儿像掘墓工。

"你看到什么了？"海丝特轻声问道。

海丝特竟然在这个时刻开口讲话——尽管声音很低——令迪迪大惊失色。那人正埋头干活，显然没有听到他们走近。否则，他为什么没有朝这边看上一眼或者理会他们呢？不过，既然海丝特已经打破沉寂，那家伙全神贯注的样子就有了另外一层并非全然不知的意味。他刚才肯定听到了海丝特的声音。就算先前不知道，（现在）也肯定知道有一对男女就在旁边。所以，如果他仍然不打招呼，甚至连头也不抬，那就是对他们有意不理了。

迪迪恐慌起来。原本愚蠢地以为，只要不开口说话，他们就不会被发现。现在海丝特开了口，他们被发现了，行踪暴露了。

但是暴露在什么面前呢？陷入了一种不快甚至危险的境地吗？这取决于他们要对付的是什么人。

迪迪是否准备承认眼前这位板着面孔的工人就是尹卡多纳呢？没错，正如人们有时不得不准备接受某种违背常理的事情一样。这种事情无论如何也解释不清，无论如何也消除不了明显的疑点。迪迪不仅做好了准备。他差不多都要相信了。事实上，他已经相信了。完全相信了。虽然不可思议，他还是从心底里相信了。种种不可思议的事情栖居于各个地方，他顺着将这些地方串联起来的线路走完了一个来回。

用一种不太极端的方式来形容迪迪让自己相信的事情：他相信两件互为矛盾的事情。其一是尹卡多纳死了，其二是尹卡多纳还活着。这跟相信他自己——迪迪——既死了又活着并没有多大差别，或者说并不是更难。

用最简单的方式来说，则迪迪的想法是：对眼前这个人，他（现在）既相信，又无法相信。

他的判断和想法太过微妙，所以对海丝特的问题，他很难用三言两语直接地回答。最好还是等一等，看一看。

那工人显然是满意地哼了一声，停下了捶凿水泥的工作。他蹲到放在地上的帆布包前，拿出另一件工具，是一把大锤。他站起身，把锤子抡过头顶，踮起脚，然后猛砸下去；那重重的一击落在（现在）是障碍物顶部的石块上。听到那轰然一响，海丝特不禁瑟缩了一下，并惊呼出声。迪迪连忙用手捂住她的嘴巴。

又一块石头屈服了，工人用撬杠把它撬松。他一边吹着不成曲调的口哨，一边抱起刚征服的对象，搬到隧道壁的一处凹槽里，那里已经堆有不少撬下来的石块。返身朝障碍物走去时，他冷冷地横了迪迪和海丝特一眼。仍然吹着口哨，但什么话也没有说。

迪迪为自己的胆小而感到难堪，他把自己的手从海丝特嘴边拿下来。“请原谅，亲爱的，”他小声说道，“我在尽量为我们两个人思考。但如果你先害怕了，我的脑子也就糊涂了。就无法思考了。”

工人又在埋头干活。可能听到了迪迪的话，因为这一次抬头看他们时，他笑了起来。他身上有动物的气味，喘息声也像动物。

“他在笑什么？”海丝特问，即使在迪迪把手从她嘴边拿开后，她仍然在迪迪左边，靠在他的身上。当她直起身时，发现一只鞋后跟被卡在铁轨与一枚很大的道钉之间；她用力一拔，险些摔倒。

迪迪一把抓住她。“小心！”

“我没事儿。”她想自己站稳。“道尔顿，他在笑什么？”

“不知道，”迪迪说，“也可能我知道。他是在欺负我们。他想吓唬我们。”

“他离我们有多远？”尽管她是对着迪迪的耳朵悄悄地问，那工人还是有可能听见。

“只管抓住我，”迪迪低声说。

“只管抓住我！”工人用刺耳沙哑的嗓门说。

终于开口了！迪迪不禁松了口气，可以有下文了。“看来你决定开口讲话了，对吧？”

“我不知道是不是在跟你讲话，伙计，”工人回答，“不过如果是这位女士嘛，嗯，”他咧嘴一笑，“那就另当别论了。对，另当别论。”

“道尔顿！”

“道尔顿！”工人学着她的口气喊道。

迪迪怒火中烧。这家伙又在无礼，比上次还要无礼。完全是有意滋事。但是这一次，因为迪迪不是一个人，情况就大不相同了。尹卡多纳对迪迪似乎没怎么注意。根本就没把迪迪放在眼里；对迪迪几乎视而不见。他这一次的目标是海丝特。迪迪发现这家伙肥大的面孔简直变了样，但不像上次那样是因为轻蔑。而是因为色欲。当然，海丝特没有也不可能看到这一点。迪迪的眼睛必须为他们两个人而用。他必须保护海丝特，甚至胜过保护他自己，让她免受这个世界上泛滥成灾的野兽的伤害。迪迪要当圣乔治[1]。

那家伙朝他们走来。迪迪伸出一条胳膊紧紧搂住海丝特。同时用目光四下寻找武器。

尹卡多纳小看了自己的对手。迪迪这一次有了经验，他的双手经受过血的洗礼，他不会退缩。怀着满腔仇恨，做好了战斗的准备。他松开海丝特。

尹卡多纳仍在一步步逼近，面对弱不禁风、久卧病榻的迪迪，他对自己体力上的优势深信不疑，因此手里甚至没有拿一把斧头。但一肚子怒火与憎恨的迪迪不打算扮演君子的角色。尽管这差不多也是一场为荣誉而进行的决斗。他把浑身哆嗦的海丝特推到他的身后，再一次捡起撬杠，摆好了架势。“哦，想跟我玩玩，对吧？”工人一边朝迪迪手里的武器点点头，一边挖苦地说。

“你如果再往前踏进一步，”迪迪吼道，“就会明白我是怎么跟你玩了。”迪迪觉得自己浑身是劲，不可战胜。觉得是铁打的一般。

---

① 西方传说中的屠龙勇士。

“情场战场一样公平！”尹卡多纳口里嘲笑着，身子佯装闪到迪迪的左侧，迪迪一撬杠下去落了个空。由于一击不中又用力太大，迪迪差点儿摔倒，撬杠也险些砸在自己的小腿上。不，别这样！海丝特呻吟道。尹卡多纳在她胸部抓了一把，然后飞快地闪开，像拳击手一样跳来跳去。“海丝特！”迪迪喊了起来。他不敢回头去看她，因为那样就会让视线离开尹卡多纳。但是他一定得知道。“海丝特！”意思是说：你没事儿吧？他伤着你了吗？

“道尔顿，别杀他！”

但是迪迪无法听见海丝特刚刚说了什么，更不用说听懂她的意思。她的喊声似乎与各种模糊混乱的叫喊、建议和命令混成了一团，如：“醒一醒！”“喂！”“快吸氧！”

怒不可遏的迪迪就是想杀人。这一点没有商量的余地。你必须干掉你深切痛恨的东西，除非你甘愿被它干掉。

尽管尹卡多纳手无寸铁，迪迪的任务完成起来却并不容易。迪迪明白，如果从正面攻击尹卡多纳，他绝不可能得手：尽管没有武器，这位身材粗壮、肌肉发达的工人身手却十分敏捷。迪迪只能智取。刚才那一下震得他的手指仍在发麻，但是他尽力用双手握紧铁撬杠。与此同时，他大喊一声：“海丝特，快趴下！”尹卡多纳停止了跳动，一时将视线从迪迪身上移开，转向海丝特。迪迪抓住时机，举起撬杠砸向那家伙的脑袋。

随着一声惨叫，尹卡多纳用双手抱住了脑袋，他的身体摇晃着，趔趄了几步，然后膝盖一弯，倒在地上。蜷缩着躺在那里。开了花的脑袋流出了鲜血、脑浆、碎骨以及看上去像脏水一般的东西。这一次确定无疑。迪迪杀死了他。用不着火车来助他一臂之力。这一下正中脑门，而且比上次更加有力，砸得更准。那家伙软软地瘫在地上，迪迪低头打量着他，心里暗暗得意。在不由自主地觉得恐怖和恶心的同时，发现自己居然能残忍地有幸灾乐祸之感。迪迪胜利了。

终于干掉他了，迪迪心里想着。他（现在）真的死了。由于第一次下手时半心半意，我只好回头重来一遍。

他听到海丝特在他身后哭泣，于是转过身来。她坐在地上，低着头，身上沾满了油渍、污泥以及从尹卡多纳被打碎的脑袋里溅出来的血迹。迪迪扔掉撬杠，跪在她身旁，把她紧紧地搂进怀里。他完全忘记了她那声“道尔顿，别杀他！”的喊叫，当时以为她只是出于惶恐和担心他的安全。此刻只能猜想海丝特意识到战斗已经结束，而毫发未伤的迪迪是获胜者。他吻着她的面颊、嘴唇和脖子。“你终于看到我所干的事情了，”他喃喃着，“这一次你终于看到了。”

但海丝特似乎并不明白。她没有分享迪迪的欢欣和一味的得意。相反，她（现在）似乎更感到痛心疾首。她挣脱了迪迪的怀抱。站起身，不让他伸手搀扶。她用力拍了拍自己的衣服，并跺了跺脚，抖掉鞋子上的泥土。

迪迪大惑不解，也跟着站了起来。“怎么了，亲爱的？干吗生气了？现在一切都过去了。刚才发生的事情你都看到了。”

“不，我没有看到，”她痛苦地说，“这一点你自己也知道。”她顿了顿。“不过如果这样能让你满意的话，我的确相信你了。”

“你心里想的不只是这些，”迪迪不安地说，“你没有说出来。”

“都过去了，”海丝特说，“再说也无关紧要，事情只能这样了。既然非干不可，你就只能那么干了。”

“我根本就不懂你的意思，”迪迪叫了起来，“我们说的不是一回事。”

“不，是一回事。我已经说过了。我的确相信你了。”

迪迪不明白海丝特为什么变得这么冷漠和严厉。她有什么理由拒绝他拖延至今才证明的事实。“这还不够，”他懊恼地说，“你必须看到我才行。”这样一位眼睛残疾、心不在焉的证人有什么用呢？没有用，根本就没有用。难道我必须再杀他一次吗？

“但是我不可能，”她歇斯底里地喊道，“你知道我不可能。”

迪迪对海丝特怒气冲冲。他救了她的命，也救了自己的命。而最重要的是，他把两人的真相摆在了一起，将两者联系起来，彼此一致，就算只能是强行为之。他这么劳苦功高，可海丝特又是什么反应呢？随便找了个看不见的借口来搪塞他。迪迪不会接受这一套。“我要你看到我！”他大声吼道。

吼完之后，迪迪心里有什么东西消退了。也许是他的怒气。他觉得绷紧的全身开始松弛，僵硬的纤维渐渐溶化，紧张的神经渐渐放松。空气似乎变轻了，不再弥漫着腐烂的气味。而且暖和了许多。迪迪不敢看海丝特；于是又瞥了一眼瘫在地上的那个家伙，只见一线肮脏的液体还在从他的脑袋里往外流。迪迪觉得自己看到的情景既不可怕，也不令人恶心。这种反应意味着迪迪明白自己的所见以及所为。因此能够主宰那惯常而疲惫的反应。

但（现在）不同了，一切都不同了。这件事的表面正掠过一层又一层的新色彩。

不过怎么可能呢？因为这不是第一次，而是第二次呀！

迪迪知道答案。它不在于思想，而在于行动。他想跟海丝特做爱。就在此时，就在此地。因为做爱是具有补充意义的行为。是他每一次杀人的后续。两者似乎相辅相成。但跟他以前理解的不一样。以前，他把与海丝特的结合视为他犯罪行为之后所寻求的宽恕；甚至是奖赏。而他（现在）却想到，每一次杀死铁道工，也许只是为了恢复自己的做爱能力。暴力的行为仅仅是必要的序曲，使得做爱的行为成为可能。果真如此的话，做爱就是迪迪的目标，而不是他的镇静剂。暴力的性质被弱化，只是为了铺垫吗？……但是迪迪为什么要绕这么大一个圈呢？

迪迪把自己的风衣和毛衣铺在铁轨之间的狭窄空地上，尹卡多纳的尸体就在几英尺之外；接着，他解开靴带，脱下靴子，并让海丝特跟他一起躺下。把她搂进怀里——海丝特起初一动不动，没有任何反应。但迪迪非常兴奋，欲望高涨，毫不怀疑自己能激起海丝特的欲望，让她与他同享快乐。先是抚摸她的乳房，接着一只手伸进她的两腿之间，另一只手把她的裙子掀到腰部。迪迪沉迷在她甜蜜而潮湿的肉体里。是的，她又不由自主地开始爱他了。迪迪把自己的长裤和短内裤褪至膝盖，然后爬到海丝特身上。她的身体也开始扭动；尽管她的头奇怪地尽力转向一边，让迪迪难以亲吻她的面孔。两人的动作渐渐协调起来。在不影响节奏的情况下，迪迪从背后解开海丝特的乳罩，把她的裙子掀得更高；又干脆蹬掉自己的裤子，让自己深深地进入海丝特的体内。才刚刚开始，迪迪的快感就已经比他们以往任何一次——包括第一次——做爱时更加明显，更加强烈。海丝特肯定也有同感。因为她（现在）与他完全融为了一体，尽管被墨镜遮住的面孔还是奋力扭向一边。他们有了一次高潮，可是还不够。彼此都必须把自己的每一寸身体交给对方——交给对方的私处，嘴巴，双手，膝盖，头发，和双脚。两个人叫着，哼着，呻吟着，轻笑着，说着亲热的话——迪迪以前从未听到两人发出过这样一连串的急切声音。迪迪和海丝特就像两头初次交媾的野兽。原本想尽量躺在迪迪的毛衣和风衣上，可后来还是滚到了一旁，撕扯着身上仅存的衣服，全身上下弄得脏乎乎的，皮肤也被擦伤。这也是那沸腾的感觉的一部分，其中的快乐和痛楚已经合而为一。他们又一次同时达到高潮。迪迪（现在）真的有一种得到宽恕之感。他正从自己瘦弱的身体里缓缓升起，正如海里的生物从自己的硬壳中缓缓爬出。

他松开双臂，海丝特重新躺了下去。她不会是昏迷了吧？迪迪不安地把脸贴到她的胸口，倾听她的气息：那是一个筋疲力尽、有幸进入了迫切需要的深沉梦乡之人的缓慢而均匀的呼吸。原来是睡着了。那就让她休息吧。迪迪帮海丝特把尼龙内裤从腿上拉起来穿好，又把撕破了的裙子拉至膝盖；然后将她的棉胸罩塞进她的大衣口袋，并抬起她软绵绵的胳膊伸进大衣袖子里，再扣好大衣。接着，他抱起海丝特，走了几英尺，来到旁边的一个凹槽。没有多往里走：就在凹槽的入口处，他放下海丝特，让她靠墙坐在那里。一旁就是从障碍物上拆下来的那堆石块。

迪迪想到把海丝特留在这里可能会有危险。如果干脆把她送出隧道，放在铁路边的坡地上，显然会更安全。把她放在那里之后，迪迪可以重新返回隧道。

但是他不敢离开隧道，哪怕只是几分钟。担心自己可能不想——或者无法——返回隧道。海丝特只需要在这里呆上一小会儿。他必须再往前去看一看；此时此刻，他的好奇心、身强体壮的感觉以及欲望释放之后的快感仍然十分强烈。

他要不要把尹卡多纳的尸体也搬动一下？见鬼，不要。让那杂种躺在自己那摊秽物里好了。

迪迪（现在）应该先穿戴整齐再继续前行。但是觉得很不愿意把那些又皱又破的衣服重新穿回身上；跟海丝特的一样，他的衣服上也溅有尹卡多纳的脑浆和鲜血，另外还沾有污泥、油渍、灰尘、汗迹以及爱液。当然，如果觉得冷的话，他还是会穿上。可他不觉得冷。非但不冷，而且觉得热乎乎的，全身发烫。也许迪迪在发烧。没关系。重要的是，迪迪这会儿根本就不想穿衣服。

接着，他想起自己的衣服可以派上更好的用场。迪迪刚才让海丝特的头靠在墙壁上，但它已经垂了下来，姿势很别扭，一定很不舒服。而且坚硬的墙壁一定会硌着她的背脊。她醒来会发痛的。迪迪把自己的靴子、裤子、衬衣和毛衣包成一团，把沉睡的姑娘往前拉开片刻，将包裹权当枕头垫在她的颈后；让她重新靠回去之后，再将自己的风衣像毯子一般盖在她身上。（现在）好多了。

干吗不全部脱光呢？迪迪弯下腰，褪去袜子，又脱掉汗衫。把它们放在海丝特身边。

（现在）他可以走了。

迪迪抬起一条赤溜溜的腿，然后抬起另一条，跨过那道还没有完全拆除的障碍物。果然。正如他一直暗暗猜想的那样。在障碍物的另一边，并不只是隧道及其两道铁轨在规规矩矩地延伸。往前走了一会儿，来到距离障碍物约二十码的地方，铁轨就到了尽头。接着墙壁开始变宽。（现在）还在进一步变宽。

当然了，“这世界之中另有世界”。迪迪不再穿行在隧道里，而是在走过一条漫长、宽敞而潮湿的画廊。他又一次想起了矿井。但这里光线明亮。每隔很近一段距离，没有窗户的墙壁上就装有灯架，里面有无罩的灯泡大放光华。由于灯光太强，也许还明显地增加了这里的温度。如果不是这样，又该怎么解释迪迪在一月下旬的时候，赤条条地走在这里，却没有感觉到寒意？不可能仅仅是因为画廊里的古怪气候，因为潮湿能奇怪地产生热量，对吧？但不管是什么原因，迪迪（现在）都感到很暖和。偶尔还几乎觉得闷热；他宁愿冷得多才好。

迪迪一丝不挂，觉得自己非常健康。走路的时候，他弓起脚背，瘦长的脚趾紧抓着肮脏的石板地。他的睾丸在温暖的空气里耷拉着，惬意地晃荡在两腿之间。他的胳膊在身体两侧自由地摆动。肩膀不再紧绷，而是放松下来；他的头高昂着。他全身的皮肤显得柔滑而亮泽，仿佛经过睡眠的浸润。

灯光很强烈，几乎有些刺眼，让迪迪对走在其中的封闭空间一览无余。同时还清楚地看出这里与隧道的显著差异。与隧道里压得很坚实的泥土地面相反，这里是真正的地板。铺着深灰色的石板，每隔约三十英尺便有一个方形排水口，上面覆盖着沉重的铁网格。墙上也是同样的深灰色石板。

迪迪心里暗想，说不准什么时候就会碰到一位上了年纪的门卫在藤椅里打盹，他可以上去问问路，从而弄清自己的方向。他脑海中清晰地出现了门卫的模样。一位年约六旬、不修边幅的老人，两颊凹陷，额头上长着一个瘤子，至少两天没有刮脸了。穿着发亮的蓝色哔叽制服，衬衣的破袖口从外衣袖口露了出来；外衣口袋里装着乱七八糟的东西：陈旧的口香糖糖纸，用过的邮票，旧票根，还有脏乎乎的纸巾。挺着个大肚子，患有黏液囊炎。每天晚上回到家里，走进一个摆有家具的房间，睡在马毛床垫上，床头挂着亡妻的照片……老门卫斜靠着墙坐在藤椅里，迪迪想问问他：我这是在哪儿？门卫会懒洋洋地回答。这就够了。因为迪迪并不指望了解很多。多少有点儿信息就很感激了。但是，尽管他的期望并不高，却没有碰到哪怕是一位老态龙钟的管理员——不管是在长长的画廊的入口处，还是在画廊里任何别的地方。只是在地上发现一顶 7¾ 码的草帽，被冲到了一处排水口的边缘，它的主人倒可能是这样一位门卫。

迪迪赤条条地走在漫长的画廊里，这里空荡荡的。除了些几乎分文不值的奇怪物件之外；每隔较远一段距离，迪迪就会看到一样东西，它们在这宽大的空间里显得很不起眼。这些东西是被扔掉的？丢失的？还是藏匿的？它们按一定的顺序摆在这里，是否要传达某种神秘的信息？

> 首先是前面提到的那顶草帽。
>
> 沿着画廊往前走几码远，墙脚有一台 1930 年前后生产的“顶峰”牌收音机。仔细察看之后，发现里面的电子管已全被烧坏。
>
> 接着往前，有一大堆每分钟 78 转的唱片。迪迪弯下腰，想很快地翻翻看。但它们全是歌剧咏叹调，上面落满了灰尘。看完十张唱片并弄脏了手指之后，里面的那些歌手他还是一个也不认识。

再往前是一箱椰子。迪迪拿起一只，摇了摇，听着椰汁的晃荡声。感到口渴了。如果有一把小螺丝刀就好了，那么他就能打开一只，喝上几口。他的瑞士军刀上倒是有一把这样的小螺丝刀——但放在裤子的口袋里，裤子留在隧道里。

再往前有一盒雪茄。是里格尔喜欢的那种古巴雪茄。(现在) 抽一支倒也不错，只要不是太干的话。遗憾的是，烟盒里没有火柴。

再往前，在没有水龙头的墙边，有一截长长的橘黄色塑料软管，外加三只不同的喷嘴。

继续往前，只见：一把生锈的园艺剪刀；一只夜壶，上面饰有绿、褐、白三色曲线图案，底部印有“明顿”和“12号”的字样；一捆杂志，主要是《常用机械学》和《科学与机械》；一个标准信封，里面装有一沓1950年代多洛雷斯·德尔·里奥[1]主演的墨西哥电影的剧照；一只磨平了的汽车轮胎；一个破旧的芭比娃娃，旁边不见肯[2]的身影；一卷褐色的线；一小堆整齐地归拢的枯叶；一只印有“月神酒店”的木衣架；一瓶只剩五分之一的司木露伏特加；一管清洗假牙用的牙膏；一副不完整的塑料扑克牌。迪迪数了数，只有四十九张。

迪迪似乎闯进了一个物品的世界。有少数也许值得收藏；如果真的有人具备这种奇特的嗜好，愿意收藏这类东西的话。不过，鉴于这个世界里只有这些东西，而且都很少见或者过

---

① 墨西哥著名电影演员，据传优雅之至，甚至可能整日以玫瑰花为食。

② 芭比娃娃的男友。

时，所以，它们间距这么遥远地散布着，也是一个值得注意的现象。这里的空间太大，在迪迪看来，这是个不同寻常的问题。如果是堆在一般的房间、公寓或者屋子里，一定会杂乱拥挤，而散布在这个空旷无比的地方，却显得很不起眼。

因此，这也是一个空旷无物的世界。上面提到的东西与其说是“展品”，不如说是“垃圾”或“废物”，除此之外，画廊里没有家具或装饰。空无一物。

当然，墙上的东西算是例外。因为这个长得出奇但相对较窄的空间虽然空荡荡的没有摆设，但两面墙上却有大量的文字，在一定程度上算是弥补。沿着长长的画廊，各式各样的语录和题词几乎看不到头。

走进画廊后，在最初几百英尺的墙面上，它们只是随意地挂在那儿，彼此距离不等，有高有低。有的直接用油漆或粉笔写在白墙上。有的潦草地写在纸板、隔音板或胶合板上，然后用胶带或钉子固定在墙上。但迪迪越往前走，就发现它们分布得越密；而且制作的成本也越高。有些是写在标语牌上；其中不少还经过精心装饰，如不同颜色的首字母和四周的图案设计。还有些是刻在金属板上。不过，从它们所体现的印刷、书写和镌刻风格——不管是原始还是稚嫩——来看，很难发现任何统一甚至主要的倾向或出自哪一时期。完全是一个字体风格各异、水平参差不齐的大杂烩。

在文字的内容上也许可以找到一点相似之处，即多多少少与死亡的主题相关。有各种诗句，也有说教式语录，少数还算完整，但多数是掐头去尾的句子或词组，而且说的都是通俗的道理。这些词句似乎不存在伦理、性情或文化上的一致性。仿佛是随意邀请了一些人，让他们说出自己最喜欢的名言警句，而他们欣然应允。根本不曾考虑过整体的协调问题。①

"最好根本就不要来到人世"的旁边，是"罪恶的奖赏是死亡"。接着是"秩序，冷静，沉默"。再接着是"花开堪折直须折"。

如果带有纸笔的话，迪迪可能会把看到的其中一部分记下来：

"我蔑视构成我生命并对你讲话的泥土。我把它奉献给你。"

"'世界没有对任何人做出任何承诺。'摩洛哥谚语。"

"来得容易去得快。"

"死啊，你得胜的权势在哪里？"

"在那旗帜后面，有一大群人排成长龙，/我简直不敢相信，/死神竟毁掉这么多人的生命。"①

"眼不见则心不烦。"

"即使在阿卡迪亚也有死亡。"②

"'问题是，死亡之前有生命吗？'匈牙利谚语。"

"……让狗追赶/狗让猫担心/猫让鼠丢命。"

"死亡和赋税。"

"恩迪库，我如此深爱的朋友/曾与我患难与共/命运却夺去了他的生命！/我为他痛哭了六天七夜/直到蛆虫钻出他的鼻孔。"

"该走的时候就得走。"

---

① 下面所有的引文中，原文除标注出的①和⑤为意大利语、②为拉丁语、③为德语、④为法语之外，其余均为英语。

“因为我不能停下来等待死神——死神宽厚地停下来等我——”

“尘归尘，土归土。”

“我唯一遗憾的是我只有一次生命可以献给我的祖国。”

“我们这些被拯救的人/死神已从干枯的尸骸上切掉生命之杯/死神已将弓上弦，将随时射出利箭。”③

“未能毁灭我的，将使我变得更加坚强。”

“我是昔在今在永在。没有人掀开我的面纱。”

“宁要共产党，不要核战争。”

“而死亡也不得称霸。”

“去年白雪，如今安在？”④

“死人不会告密。”

“多么致命的思想！它只能够/哭着去把那时刻怕失去的占有。”

“我走向圣詹姆斯医院。”

“现在让我们下到更加悲惨的地方；/我动身时正在升起的众星辰，此刻都已在下降/我们逗留的时间不可过长。”⑤

“死亡终局。”

“在死神的宫殿里。”

一条一条地看过去。智慧的集中展现：或无害，或直白，或过时，或幼稚。大同小异的智慧。老掉牙的智慧。墙上的牌子（现在）越来越少了。在最后的几块中，有一块上面写着多恩[1]的两

---

① 指英国著名诗人约翰·多恩。

句劝诫诗；迪迪在它面前停下脚步；几乎有些疲惫。把发烫的面颊在冰冷的石墙上贴了片刻。很快便有了力气，于是继续前行。迪迪的鼻子里满是岩浆的味道以及海水的腥味。除此之外，隐隐还有一种像呕吐物一般的难闻气味。迪迪缓缓地走着，手指抚摸着肮脏的石墙。他模糊的脚步声在自己孤寂的脑海中回响。

接着，迪迪看见一道宽敞的拱门。拱门进去是一个房间，比他刚才经过的画廊要宽三倍，但是更短。画廊更像是他（现在）即将进入的这个房间的前厅。在这个房间的尽头，还有另一道门吗？也许吧。迪迪从这里无法看到，他的视线差不多被完全遮挡。不过，他已经想到，那长长的画廊和他正要进入的房间都仅仅只是开始，随后将是一连串彼此相连的地下室。

进门后，迪迪来到一个差不多呈方形的大地方，有点像地下室，拱形的屋顶很高。可以说是个房间，但是没有窗户，显然适合做教堂的内室。像某个贫穷而虔诚的巴尔干国家的教堂的内室。

但这个地方并非作崇拜之用。迪迪走进的像是一个巨大的墓室，而且是维护极度不善的墓室。迪迪走在中间的过道上，过道虽然大致空了出来，但其他地方到处都是胡乱堆放的棺材。有几百甚至上千具。它们或者歪歪斜斜，或者一头朝上，或者已经侧翻，或者像生火的木材一样，六七具叠在一起，摇摇欲坠。仿佛有人在暴怒之中，将它们随手扔进来堆在那儿；也可能是从什么地方掉进了这个房间。而不是用心安置或堆放。丝毫看不出认真对待或预先计划的迹象。很显然，尽管这里很宽敞，它们的数量还是太多。而这么横七竖八地乱放一气，全然不顾要节约使用这有限的空间，于是，房间似乎平添了几分拥挤。

也许这并非普通意义的墓室，在这里，死者并没有被满怀敬意地安放，也没有心情沉痛的亲戚朋友定期前来悼念。这里更像是多余尸体的贮存所。只有这样才能解释为什么这么大不敬地缺少最起码的维护；以及为什么没有花儿，不管是鲜花还是假花，也没有通常装饰着死者安息之所的任何其他物品。多数棺材甚至没有一块标明死者姓名和生卒年月的小牌子。无法想象会有人来这里悼念。如果哪位对往事念念不忘的后人看到自己亲人的遗骸被如此作践，如此漫不经心地乱放，他该有多么悲痛啊。

因为这些棺材不仅仅是放得东倒西歪。棺材本身还破损严重。迪迪看得出来，有些棺材的材质相当不错。但不管是桃花心木，橡木，还是廉价的松木，往往都伤痕累累，有刮擦、碰撞或削砍的印记。甚至被凿穿——都被奇怪地打开了一个大体相同的约五十美分大小的圆孔。有几口棺材的侧面划痕很深而且有连续性，似乎是写的草书。不过迪迪什么都认不出来。无法辨认的涂鸦。有的棺材涂过油漆而不是保持自然的形态或仅仅上过清漆，但油漆已经脱落和褪色。还有些干脆散了架，棺材板已经彼此分家。迪迪一丝不挂，赤条条地走在这里，不得不随时留心戳出来的锈铁钉。有时还得绕开横在过道上的翘起的棺材板或半开的棺材盖，以免划伤自己的脚踝、小腿或大腿。另外，有许多棺材的盖子已经被完全撬开，有的还斜搭在敞开的棺材上，所以迪迪必须十分谨慎，免得自己撞在上面。特别是当他好几次离开过道，在两边密密麻麻的棺材丛中艰难前行的时候，则更是如此。稍不小心的话，他很快就会遍体鳞伤。还必须留意自己的光脚。提防地上的钉子。还有尖木片——有些棺材盖被撬开后，既没有斜搭在棺材上面，也没有被搬到一边，而是掉在地上，落下了许多尖木片。

棺材的状况虽然很可悲，但从自私的角度来说却不无益处。迪迪可以看到里面的情形。只要低下头，没有盖子的棺材里面便一览无余。许多棺材的盖子仍然原封未动，用钉子或铜扣牢牢固定，但盖子上有一个方形小窗口。只需弯下腰，必要时再拂开上面的灰尘，里面的情形迪迪也能看到。至少能看到面孔。

他看到的尸体有男有女，有老有少。穿戴都很齐整，而且很正式。保存也都完好。他们的脸和手——全身唯一没有被遮挡的部位——上的皮肤常常像一层干羊皮纸。面容还清晰可辨，多数是白人，而且看得出来有不少美国人。尽管表情过于丰富。往往扭曲得厉害。经过显然是非常高级的防腐处理后，皮肤变干而渐渐皱缩，从而形成一副苦脸或苦笑。不仅皮肤大多完好无损。常常还可以看到满头的头发——颜色虽然变淡，但仍然可以看出原来的褐色、金黄色、黑色、灰色或白色。而且约半数的男尸还保留着胡须。

看到这么多的男尸有胡须，迪迪起初有些不解，因为他想起自己这一代或者他父亲那一代的美国男人很少留胡须。后来他意识到，多数尸体的历史比他想象的要长得多。全都死了几十年，有的甚至是几百年。那保存完好的皮肤都一律是菜褐色，仅仅从肤色来看，迪迪无法猜出他们所属的年代。但是有其他的线索。

服装往往能显示出死者生活在什么时代。比如，左边这堆摇摇欲坠的棺材中，最上面一具里的女人穿着一件 1890 年代的有垫胸的高领长裙。还有个男人戴着扑粉假发，穿着殖民时期的衬衫和马裤。不过，有一具特别的棺材为迪迪判断大部分尸体的历史提供了他自认是最终的证据。相对于多数棺材而言，这具高度刨光的橡木棺材保存得要好得多，几乎没有任何划伤，钉得严严实实的棺材盖上有一扇几乎占据整个盖板的玻璃窗。迪迪朝里看去。里面是一位小姑娘，穿着粉红色的长裙，白袜子，脚上是一双在脚踝处系带的粉红色漆皮鞋。棺材的侧面有块小牌子，上面写着：玛莎·伊莉莎白·坦普尔顿，1922—1933。但是透过玻璃，迪迪看不出孩子有任何腐坏的迹象。她看上去栩栩如生。只是睡着了一般。也许有一点黄疸，但仅此而已。除了这令人吃惊的情景之外，迪迪粗略地扫视了一下其他标有姓名和生卒年月的棺材，（现在）还发现没有哪一具晚于1933年。而且所有的尸体都不像小姑娘的这样鲜活完好。因此迪迪判断出其他的人肯定死于1933年以前，甚至是以前很久的时候。

玛莎·伊莉莎白·坦普尔顿的棺材封得严严实实。但是他抑制不住想要触摸的冲动。在可以触摸的情况下。在几具敞开的棺材前，迪迪小心地伸出手去，抚摸着那干瘪的、落满灰尘的面孔。当然，多数棺材里只有一具尸体。旁边偶尔有一件东西。心爱的物品，或者仅仅是必要的象征物或工具。在一具衣冠整齐的男尸身边，有一支低音管。另外一具穿着褐色斜纹呢大衣、戴着米色围巾的男尸身边，则放着双拐；看不出他腿有残疾，但也许卷起裤腿就一目了然，迪迪正想试一试，但马上又住了手。他瞥见了一截白花花的腿骨。不过，更触动人心的是一位干净清爽、头发花白的老太太，仍然戴着一只很大的粉红色塑料助听器。

迪迪发现，有为数不多的棺材是双尸合棺。由于彼此相爱太深，他们无法忍受死后的别离，除了对方的怀抱，他们不肯在任何别的地方腐烂。也可能是因为双方的家人发现只买一具棺材可以省下不少钱？迪迪透过一具棺材的盖子上的玻璃窗看去，只见一对已经枯槁的年轻男女，男人向左，女人向右，侧卧着拥抱在一起。在一具没有盖的棺材里，有位穿着一袭白色的花边长裙的女人，胸前搂着一个婴儿——也穿着一件款式完全相同的小白裙。迪迪伸过手去，摸了摸婴儿的脸。婴儿的皮肤看起来很鲜嫩。但用手一摸，感觉却像报纸一样软，而不像是皮肤；并且很干，就像他在这里摸过的年纪最大的死者的皮肤一样。

有几具棺材掉在长长的过道上，迪迪不得不用光脚推，然后又用双手拖。他看到棺材的那一边有个很大的入口。他犹豫不决地停了片刻。用前臂擦去脸上的汗水，又想了想，用牙齿咬着嘴唇。

对那个没有说出的问题，答案是不。不是现在。“行事严谨的迪迪”必须循序渐进，否则就会迷路。像别的地方一样，这里也存在先后顺序的问题，迪迪最好遵守这种顺序。依次逐一查看。（现在）该按捺住单纯的好奇心。迪迪还不准备去探索新的地方，因为他想彻底看看这个房间里长长的过道两侧的区域。所以他转身回到过道，走了约五十码的距离。

迪迪再一次在这复杂拥挤的空间里穿行。在成堆的棺材中尽力为自己赤条条的身体找到一条条小小的通道；必要的时候，灵巧地从棺材顶上爬过去。迪迪的战绩不错：只有一次险些摔倒，外加右膝擦伤。而且，正如他预料的那样，他的努力取得了成效。迪迪果然发现与过道平行的两面墙上各有一个出口。由此看来，除了正前面的房间之外，这里左右两边还各有一间厢房。迪迪要看的还真不少。

厢房里同样堆满了棺材，它们比主室小得多；屋顶是平的，约十英尺高。这里还更暖和，迪迪开始浑身冒汗。不禁觉得灰尘更厚，更脏。他擦去手心、额头、上唇和脖子后面的汗水。他有什么办法吗？在这种没有七情六欲、没有家具设施、仅作存尸之用的房间里，根本不可能指望找到自动调温器。迪迪已经算是幸运了，能有这么好的光线；所有房间的墙上都安装有铁架，里面有无罩的灯泡大放光华。可他还是宁愿不要这么暖和。也许这里必须保持高温；也许是尸体保存的方法之一。对尸体而言，这种温度也许正合适。但对迪迪却完全不行：在这个物的世界里，他是个孤独的人。不过想起来还不算太糟。多亏他早在进来之前，就决定脱掉了所有的衣服。

一丝不挂可以缓和热的感觉，但无法抵御房间的肮脏。这使迪迪仍然感到沮丧。尽管就迪迪所见，所有的房间都既没有害虫也没有耗子。但一切还是肮脏不堪。不是烟尘和煤灰。不是血迹、粪便、油渍或精液。不是动物的分泌物或排泄物。也不是工业垃圾。而是时间的灰尘。不朽的灰尘。很厚很厚的灰尘。

迪迪（现在）渐渐适应了。一丝不挂也许不能减轻周围的肮脏程度，但至少可以减少他因为来到这里而不是别处而受到的惩罚。迪迪也许不喜欢自己的皮肤接触肮脏、腐烂或黏糊糊的东西。但与此同时，也不必额外承受衣服弄脏而带来的屈辱。

对这个新的空间及其复杂的地形越来越适应。学着克服障碍。新的技能往往不早不晚，而是在急需的时候来到。“易受伤害的迪迪”现在急需变成“勇敢无畏的迪迪”。就在此时此刻。因为他从来没有想到隧道会有这么大，这么复杂。（现在）他很想把它看个遍。

逐个地去所有的房间看一看。

在所有这些较小的房间里，他发现了更多的棺材。横七竖八地乱放着——跟拱顶大房间的情形一样，只是规模更小。棺材本身也同样无人照管。有的是整具棺材散了架；还有些也许曾经摆放得很整齐，后来却倒下来摔破了，露出了里面的胳膊或腿。小心！脚下别绊着了。有几个头骨搬了家，与下面的骨头两相分离。像贝壳一样的头骨。

看过这些房间，又有更多的房间。“赤条条的迪迪”（现在）从这些地方快速穿过，他脚步轻快，有时还变成一溜小跑。各个房间的情景都大同小异，因此没有必要一一细看。“巡视员迪迪”只是检查一下，看情况是否大体相同。但是要做到这一点，他就必须到每个房间去扫一眼。通常可以做到。但并非总是如此。有几次，迪迪懊恼地发现，由于太乱太挤，完全没有下脚之处，哪怕是一个人也无法通过。无法继续前行。迪迪有一个办法，就是动手为自己清出一条狭窄的通道。但是他没有。不是因为体力不够。而是为了谨慎和充分利用自己的时间起见。在一个房间的门口，许多棺材几乎一直堆到了天花板上，像一堵墙似的摇摇欲坠；迪迪不知道门的那一边是什么，觉得花大力气拆掉这堵棺材墙，然后把它们一具一具地挪开，可能不算谨慎之举。还有两次，在探索一条新的走廊时，大堆的棺材像发生过雪崩似的挡住了去路，于是他也做出了同样的决定。

那么，当密密麻麻的棺材堆得小山一般，拦住了迪迪的去路，使他完全无法通过时，他该怎么办呢？只有一种选择。有好几次，虽然不情不愿，他却只好原路返回。回到大屋。然后笔直往前走。只看中间的一溜房间。

迪迪在侦察未来。迪迪在探索自己的死亡。小心地，沉思地，不倦地。他希望去了解，也一定会了解这里所有房间的情况；即使这里是死亡之家。

片刻之前，他觉得自己听到了一列快车沿着铁轨疾驰而来的轰隆声。（现在）更近了。就算那真是火车的轰鸣，他也没有危险。迪迪置身的是最安全的地方。没有哪一列火车能追到他这里来。石板地上没有铺铁轨，也不可能铺铁轨。所以，只管让它飞驰好了。有时候，速度一旦达到某种程度，不就成了静止吗?

迪迪（现在）进了另一间大屋，跟第一间一样宽，但是更长。只是屋顶没有那么高，也不是拱顶。但还是比小房的屋顶要高出一倍多。跟此前一样，这个房间也被许多无罩的灯泡照得透亮。不过虽然光线很强，这里却凉爽得多。早已汗流浃背的迪迪不禁感到庆幸。

迪迪所进入的可以称为第二大墓室。这里的内容和摆设与他前面看过的——第一大墓室及其两边厢房——有些不同。在这里，甚至不曾有人半心半意地试着把死者塞进棺材。死者（现在）干脆你挨我、我挨你地保持站立姿势。分成三排，将四面墙壁从地上到屋顶的空间都用得干干净净。每具尸体都被两根很粗的长绳所固定：一根套在胸部，然后从两边腋下穿出去；另一根在膝部紧紧地绕了一圈。上下两根绳子把一具具尸体串在一起；每一面墙上都没有间断，甚至没有打一处结。

如果仅仅是这三排尸体，第二间大屋一定不会这么拥挤，而应该宽敞得多。但与前面一样，主宰着这整个地方的杂乱拥挤的风格在这个房间也没有例外。尽管长长的四壁上的每一寸席位都被尸体所占据，但显然有更多的候选者，墙上根本容纳不下。这些多余的尸体便三四具摞在一起，堆在灰色的石墙根下。竖在墙上的尸体虽然排列得比较整齐——起码最初在摆放的时候颇费了一番心思——但堆在地上的却完全是横七竖八。只是在方向上才唯一体现出一点秩序观念。尸体一律头朝墙，脚对着房间的中心。无需多说的是，这条规矩也被违反或忽略了许多次。

简而言之：迪迪发现这里与那些有成堆的破棺材的房间一样，缺乏妥善的看管。如果照料得当的话，这些保存尚好的尸体可能会更加完好，更加栩栩如生。说到尸体的状况，这里也是好坏不一。有些尸体比他在堆满棺材的房间里看到的要保存得更好。有些则糟糕得多。就迪迪所能见到的而言——假如所有的尸体像此前的一样，都穿着衣服的话——这里全身皮肤相对完好的更少。但皮肤本身似乎更坚韧，更耐久。是一种深黑色的皮革状皮肤，而不是像棺材里面的尸体那样，皮肤像发脆的羊皮纸。不过，那皮革状的皮肤有许多在渐渐脱落，露出了里面的骨头。墙上有些尸体几乎完全没有了这种变形的肌肤。但即使只剩下骨架，也决不全是光秃秃的骨架。总是多多少少有几块皮搭在骨头上。像棺材里的尸体一样，这里多数尸体的面部也扭曲得厉害。由于肌肉萎缩，皮面具被扭曲成各种古怪的表情。也可能是因为下颚骨已经脱落——这个理由无疑是保持站立姿势所致。产生了一种在尖声怪叫的效果。但几乎每一颗没有牙齿、眼窝空洞的脑袋上，就算没有别的东西，却都多少留有头发。一张肌肉完全掉光的面孔上，可能有一头保存完好的头发，就像假发一般。有的只剩下几缕肌肉反衬着一片片浓密的头发。迪迪发现有颗脑袋上的肌肉已经荡然无存，只留下浓密的胡须来推测肌肉原本的所在。

同样，根据服饰，迪迪总是不难看出尸体的性别，往往也能判断死者生活的年代及生前从事的职业。头发的状态和颜色也能为死者去世时的年龄提供一定的依据，尽管不是很确切。有时候，迪迪的猜测也许很牵强，但是聊胜于无。因为在他眼下所探索的这个房间或区域里，所有的尸体都没有标出姓名和生卒年月。也许什么地方有个名册。一本发了霉但是有趣的大名册，里面记载着所有尸体的情况。

仿佛是在仓库里转悠一般，迪迪开始清点起来。具体说来，这里都有些什么呢？各种尸体似乎是很随意地装在这间大屋里。男女老少都有，生活的年代也相距很远。迪迪所能发现的历史最久的尸体属于十七世纪；是一位朝圣者，戴着宽边帽和圆硬领，穿着马裤和带扣鞋。但在他旁边，有不少现代人的尸体。有一位头戴大礼帽、身穿圆角下摆礼服和条纹裤子的银行家。有一个穿着幼童军制服的男孩。有一位注册护士。还有一名纽约警察。这个房间里的尸体似乎从几百年前直到现在的都有。竖在墙上的不少尸体都晚于不幸夭折的玛莎·伊莉莎白·坦普尔顿，也即在1933年之后。比如，有位身穿1960年代的军装、左胸口袋上佩戴着一枚银质勋章的美国大兵。但就算是刚刚去世不久，那些尸体也不及玛莎·伊莉莎白·坦普尔顿那样鲜活，那样保存完好。也许她只是所有规律的一个例外。

走进接着的那些小房间时，迪迪不得不承认，这里颇费了一些心思。起码在摆放尸体的时候是这样。因为这些房间大多各有专用。尸体首先被分类，然后按类别集中存放。

比如，有间房里全部是小孩子。不足五英尺高的尸体同样被排成三排，拴在墙上；尽管这里的屋顶比大屋里要低得多。迪迪此行中，这个房间第一次让他觉得悲哀。如果被放进棺材，这些孩子至少可以抱着自己心爱的布娃娃或别的玩具。而被拴在这里，使他们看上去就像遭到彻底抛弃，无人疼爱。所有的人之间毫无关联，仿佛是在活着的时候就被抓过来绑在墙上；他们不是因为饥饿或肉体上受到虐待而死，而是因为孤独。看看第二行靠近角落的那个小姑娘，她穿着一袭上教堂穿的白裙。说到底，孩子们的动人之处就在于让人心生怜悯。

另一个房间里只有消防员。全都穿着制服，胶靴高及大腿根。许多人还戴着椭圆形帽檐的红色大帽子，那是他们的标志。帽子歪戴在头上；与其说是潇洒，不如说是别扭，因为不管是否还有皮肉和头发，那些脑袋大都向前耷拉着。迪迪（现在）的心情不一样了。成年人的动人之处就在于要么令人满足，要么使人发笑。迪迪觉得这些人很洋洋自得。而且他们明白自己为什么在这里。

另一个房间里全是牧师。迪迪在墙上四处寻找“他自己的”牧师，那位手执祈祷书、说话柔声细语的胖男人。但他怎么还认得出来呢？这里每一具身穿黑衣、满面笑容的尸体都有可能是他。不过，看一看还是未尝不可。迪迪走上前去。接着发现这些牧师——特别是身穿紫色和白色法袍的牧师——身材魁梧得简直不真实。假的吗？哎呀，没错。连这里都是如此。迪迪发现，多数尸体——或者准确地说，是骷髅——都塞了稻草，以便支撑他们那派头十足的衣服。而一旦露了馅，结果几乎就会很滑稽。当然，到头来总会露馅的，当尸体上的皮肉尽失的时候。比如那位身着主持安灵弥撒时穿的黑色法袍的胖墩墩的牧师。几撮稻草从他宽大的袖口露了出来，下面的手和手腕只剩下几根瘦骨。

还有一个房间里的尸体全都穿着南北战争的军服，蓝灰两色都有[①]。细看之下，这个房间似乎用“专用”一词还不足以形容。不仅仅是为参加过南北战争的人所保留，从死者的白发和矮小的身材来看，还是为上了年纪的老兵所专用。也许不少人才刚刚去世不久。活到了一百来岁。以葬礼的形式为共和国举行的阅兵式。

在另一个房间里，是穿着各式运动服的男人和男孩。看过一屋子塞有稻草的牧师之后，迪迪（现在）更怀疑了。会有人穿着本不属于自己的运动服下葬或入殓——用什么说法都行——吗？说到底，不可能所有的人都功成名就。但是那么多的人都希望功成名就，或者至少自以为希望这样。门边那位橄榄球运动员会是货真价实吗？他的大垫肩高高地隆起，几乎高达他光秃秃的小脑袋顶？即使在他还活着，皮肉健全，能跑会跳的时候，肯定也是颗小脑袋。那边是旧金山巨人队的接球手——如果可以相信死者的服装和头盔的话，头盔的金属罩下是一张瘦削、扭曲但保存完好的脸。迪迪很想固执一回，而不要轻易地信以为真。但是，这些死人为什么要装模作样呢？就算是死者的临终遗愿，生者又为什么要迁就呢？难道世上真有人愿意不辞辛苦，为这些尸体化装打扮，仅仅是为了满足某个随着死者心跳的停止而告终的庸俗虚荣的念头？迪迪放弃了自己的怀疑政策。决定向证据妥协；或者姑且相信尸体的真实性。比如说，穿戴成篮球运动员的那些人不可能是假冒伪劣。

---

① 美国南北战争期间，北方联邦军的军服为蓝色，南方联盟军的军服为灰色。

因为他们身材很高。聚集在这里的尸体中，最高的有七英尺七，穿着辛辛那提皇家队的队服，护膝还套在光膝盖上，看上去颇为神气。

另一个房间的尸体都穿着牛仔工装裤和汗衫或者类似的耐磨而不成形的衣服。这里不存在弄虚作假。可能都是农场主和农场工人，迪迪猜想。可能还代表着不少类型的蓝领工人：汽车厂里的铆工和焊工，缝纫工，挖沟工，电话线修理工，看门人，砖匠，码头工人，汽车修理工，等等。尹卡多纳会在这里分有一席之地吗？就在这里？拴在这个非常低矮而且不透气的房间里的某一面墙上？迪迪犹豫着，仿佛自己其实就是这里的守门人，对此掌握有决定权。看他那副模样，似乎发现尹卡多纳的申请表填写有误，似乎想借助某种行政手段将那工人拒之门外。为什么呢？是因为他觉得尹卡多纳应该有更好的安息之所，还是因为他已经把这里看成自己的地盘，而不想让尹卡多纳涉足？迪迪这样可就令人讨厌了。前者是关错了心，后者是出于敌意，不管是哪一种原因，他都应该到此为止。不要拖拖拉拉。为什么尹卡多纳就不行呢？看在上帝的分上，为什么就不能在这里？或者别的任何地方。对这种摆放尸体的奇特而不专业的方式，迪迪不会太较真吧？每当遇到有序的分类时，迪迪就喜欢胡思乱想，如果此刻触动他的不是这种习惯，那么他就不仅是报复心强，而且还很势利。他以为自己是在哪儿？这里可不是什么高级俱乐部。成员不需要有良好的品行，或者符合什么适用于自己的人生标准。唯一的条件就是已经死亡。“不愿讲民主的迪迪”。那好，把他埋了吧。迪迪后退一步，回头看了看自己刚刚进来的那道门。但迪迪不想原路返回；只要不再回到隧道，几乎干什么都行。在那里，除了尹卡多纳还有一个人。但也许哪位陌生人会为迪迪代劳。心甘情愿地跑一趟。帮一个忙。或者做一件善事。

附近难道没有别的人可以把那具沉重的尸体拖进来，竖到墙上，用绳子拴住吗？当然，是假定还有空间的情况下。假定还能为他腾出一个位置。

的确，空间已经很快地越来越成问题了。迪迪离开尹卡多纳可能的安息之所，往前探索新的房间时，发现这些房间愈发拥挤了。而且（现在）看到的尸体多数还没有开始腐烂，这是否意味着近期的死亡人数剧增，已经多得不可收拾？真是奇怪。死亡率不是大体保持稳定吗？也许不是。不管原因何在，尸体的密度显然在增加。拴在墙上的彼此挨得很紧，有时候还叠成了双层；放在地上的则越堆越高，而且不断地向房间中央发展。一间接一间都是这样。无法实现的目标就是，最终不留下任何空间。让所有的空间填满。死亡之屋形成一定的秩序。满满的全是死人。

在侦察未来，在停尸屋里清点无穷无尽的尸体时，迪迪感觉如何呢？除了感到太热之外，他身体并无不适；而且在有些房间里，天花板上挂着落满灰尘的带叶片的老式吊扇，它们缓缓地旋转，轻轻地搅动着发霉的空气。他的心态和情绪也没有太多的不适。你也许会以为，他有时或一直都感到恶心。可其实不然。那么，他是否至少为自己的所见而感到压抑呢？也没有。害怕吗？这倒是自然的事情。但还是没有。事实上，以上种种情绪与这迷宫似的房间及其展品并不相符。这一切虽然很阴森，却似乎让迪迪觉得心情轻松。尽管这里的肮脏和拥挤起初让迪迪感到非常不安，但奇怪的是，这整个地方却让他感到心宁神静。让他达到了一种几乎无情无欲的境界。

怀着这种平静的心情，迪迪继续前行。但脚步渐渐变慢。这是两种愿望折衷的结果：他一方面想拔腿飞奔，另一方面又暗中希望慢慢地磨蹭。又一种几乎难以察觉的冲突被消解。

有时候，他会两次进入同一个房间。这并不一定是他的本意。

但迪迪并非只是在东游西逛，想假装自己没有迷路。他觉得自己与其说像一位游客，虽然既没有导游也没有具体的路线图或计划，却勇敢地试图探索一座奇异的城市，还不如说更像一位朝圣者，从前辈们那里掌握了所有的情况。如果说心境已经平和，那是因为虔诚而专注所致。有待实施的已经被无数的人实施过无数次。迪迪并没有了解所有的细节。但他为什么会觉得那么自信、那么自如？为什么各种新奇的事物在他看来又那么熟悉？答案很简单。这个所发生的一切构成了一种秩序。它为什么不该延续下去呢？迪迪不可能迷路。尽管在此时此地，他进入了一种新的媒介。达到了一个新的层面。什么层面？从一方面来看，这地方是一个全景舞台，是一种戏剧表演。而迪迪可能会受邀发表观感。除非他把事情弄错了，根本就不该由他来评判。如果这地方是审判庭，也许迪迪的任务就是找到另一个人，一位法官。法官会负责审理，然后对他做出裁决。

当然，从另一方面看，审判二字与这里简直是风马牛不相及。死亡就是这么回事。人们死后都集中在这里，不管有罪还是无罪，不管是否付出过努力。想到这里，迪迪不禁笑出声来。他解除了负担，不必去定位自己或评价周围的一切。

迪迪的所见至少十分有趣。死亡 = 人生百科全书。

这地方是迪迪的噩梦吗？还是消除他噩梦的地方？

这是一个伪问题，因为其实有两种噩梦。就算不是彼此矛盾，两者的区别还是很明显。一种噩梦里有两个世界。另一种噩梦里只有一个世界。这个世界。

且慢。对于有关世界的棘手问题，也许他有答案。人生＝世界。死亡＝完全置身于自己的头脑。这些新等式能解答两种噩梦的谜团吗?

迪迪冥思苦想着这些问题，以至于好长一段时间里，他完全忘了自己是在哪里。身在何处，状态如何。即使是（现在），他的思想还在威吓他。你也许认为，他在进入这地方之前，就把思想与衣服一起扔掉了吧？可它们仍然与他在一起，用自己的琥珀保存着。

仿佛迪迪终于生活在自己的眼睛里，仅仅在自己的眼睛里。外部的眼睛负责命名和归类，内部的眼睛与思想一起搏动。

但他并不总是这么一本正经。有时几乎还很快乐。“花开堪折直须折。”在这种时候，尽管完全可以看见，他却不只是一双眶在眼窝里的湿润而易受伤害的眼睛——就像贝壳里的软体动物那样。因为在自己的体内而倍感快乐，感受着自己赤条条的美妙滋味。他的脑袋很灵敏；踏在凉爽的石板地上的双脚灵活而有力；肩膀摆动自如；小腿上的肌肉十分结实；胸部宽阔而敏感；腹壁平整而坚硬；柔软的生殖器摩挲着他的大腿根。人在孩提时代居然会放弃这样的乐趣，而同意穿上衣服，未免太不可思议了。

但有时候，他会不由自主地绷紧并抬起肩膀；他的呼吸越来越浅，脚步变得无力。依稀有一种类似于恐惧的难受之感。万籁俱寂。有腐臭的气味。他也许打算问问自己干了什么。这一切是否是一种不光彩的隔绝，一种无谓的折磨。但迪迪知道怎样对付这种恼人的时刻，不让它们摧毁自己的勇气。他想象自己会在此行的终点找到海丝特。而此时此刻，她正在远处的某个房间或画廊，正在平静地等待着他。她的作用十分清楚，而且在她力所能及的范围之内。就是拯救他，像童话里的公主那样。爱的力量把他从死神的王国卷起。“死神与少女”。

他所要做的就是继续前行。一步接着一步。不管海丝特是否在等他。

更多的房间。更多的尸体。

迪迪到达自己的目的地了吗?

死也是一件十分劳累的事情。

迪迪又一次听到火车的声音，还有模糊的喊声。有只狗在叫。

一位整洁清爽、穿着白衣白裤的年轻黑人推着一辆小车来到他的床边。散发出一股呕吐物的气味。是谁呢? 迪迪。“肮脏的迪迪”。

更多的房间。迪迪继续走着，寻找自己之死。迪迪制作了他的最终图表，画出了他的最后地图。迪迪看到了这个世界的名册。

译后记

被誉为“美国公众的良心”的苏珊·桑塔格（1933—2004）由于在文学和文化批评领域出类拔萃，地位显赫，其小说创作方面的成就在一定程度上受到遮蔽。实际上，桑塔格本人最青睐的是虚构文学，在一次接受访谈时，她宣称身为作家，自感与虚构文学有着最深刻的牵连，并且得以将散文的写法在小说创作中推到极致。桑塔格一生共发表 4 部长篇小说和 1 部短篇小说集，其中，《在美国》（1999）于 2000 年获得美国国家图书奖。

桑塔格的长篇处女作《恩主》于 1963 年问世。在 2003 年为《恩主》中文版所作的序言中，作家指出，虽然她后来的几部长篇均有别于第一部，但她的风格从第一部就已确定下来，“旅行也就此开始”，而《恩主》讲述的就是“一个旅行的故事。这是一次生命之旅、精神之旅。这一旅行以达到平和或曰宁静而结束”。

的确，在桑塔格的其他小说中，我们不难发现她在当年就已确定的风格路线。《死亡匣子》（1967）是桑塔格的第二部长篇。在这里，作家同样表现出对生命的深切关注和对旅行的高度倚重，主人公的旅行同样“以达到平和或曰宁静而结束”。不过，正如书名所示，这部作品讲述的主要是死亡的故事。

小名迪迪的道尔顿·哈伦出身于一座中等城市的一个中产阶级家庭，受过良好的教育，现年三十三岁，就职于一家老牌显微镜公司驻纽约办事处的广告部门。他性情随和，温文尔雅，循规蹈矩，克己敬业，是个“很难不讨人喜欢，连灾难也会避他三分”的人。但这位“好人”、“好好先生”却显然正经历着巨大的中年危机：婚姻失败，事业未成，缺少亲情，没有朋友，在极度抑郁和孤独中于一个月前自杀未遂后，决定重新振作，继续生活下去：继续守时敬业地上班，继续为前妻付赡养费，继续履行身位兄长的义务。《死亡匣子》的故事正是以从死亡线上退回来的迪迪乘火车出差旅行而拉开序幕，情节随迪迪意识的流动而发展，在迪迪的所思、所见、所感以及梦呓和狂想中逐渐推进。

在这部以第三人称为叙述者的小说中，为了契合主人公的职业身份和敏感气质，桑塔格创造了一种新奇、别致的手法，不妨称之为显微术式叙述。显微术原指用显微镜观察细胞和组织的技术，这里指在叙述上营造出类似显微镜观察的效果。迪迪在显微镜公司的广告部门供职多年，对显微镜的构成、种类、用途、使用方法等早已烂熟于心，在现实生活中也常常不自觉地进行显微镜式观察，希冀于平庸暗淡之中检视出意义和价值。为此，作品被附上明显的显微术式叙述标记。首先，在文字排版上，整部作品共有 44 处缩进，且常常含有多个段落，往往是对前文拆解细分，提供具体而微的说明或解释。这些缩进部分暂停了故事的叙述节奏，犹如对主人公的经历、感受、思想进行切片，然后置于显微镜下放大观察。如第 4—5

页，在“对他而言，所有的工作都已失去意义，所有的地方都不再友好，几乎所有的人都面目狰狞，所有的气候都不再宜人，所有的情形都危机四伏”之后，缩进部分用5个段落对5种“不再”逐一展开陈述。又如，迪迪在火车上无所事事，便装着漫不经心的样子打量起包厢里的另外4位乘客，紧随其后的下文便是4个缩进的段落对4位乘客分别进行细致的描述。其次，括号和有关迪迪的修饰语中引号（原文为首字母大写）的特殊使用与显微镜操作过程中的聚焦、放大等有着异曲同工之妙。迪迪依稀觉得“现在在变为过去的同时，也被一笔勾销”，并为此深感恐慌和无助。他害怕现在的缥缈和无形，希望现在能变成实在，变成永在。在作品中，“现在”一词共出现448次，其中335处使用了括号，仿佛一旦置于括号之中，就有了安全感、实在感，就能将现在推至前景，使它定格、停驻。与此同时，迪迪尽管自命“好人”、“好好先生”，但庸碌无为的生活和多疑善感的性格使他承受着无休止的身份焦虑。迪迪到底何许人也？“好心肠的迪迪”，“可鄙的迪迪”，“乐于助人的迪迪”，“占有欲强的迪迪”，“友好的迪迪”，“嫉妒的迪迪”，等等等等，这种出现在引号中的带修饰语的迪迪在作品中共出现100余次，一方面表明迪迪对自我认识和界定的强烈渴求，另一方面也反照出他的定性身份的缺位。另外，文中主语的大量省略以及独立短语的高频使用也破坏了叙述的流畅性，在凸显主人公意识的零乱、跳跃、断裂的同时，也与显微术中的标本选取、调焦聚焦等暗合。

旅途中的邂逅使迪迪与盲姑娘海丝特相识继而相恋，事后他才意识到两人命运中的奇特相关：海丝特虽然拥有上天赐予的水灵灵的肉眼，却看不见，而他自己则致力于推销一种机器眼，这种机器眼可以承担肉眼的普通功能，并努力超越它们。这是偶然的巧合吗？还是冥冥中的天意？抑或是迪迪将失明隐喻化、浪漫化、神圣化的下意识选择？对明眼人迪迪而言，眼睛是受难的器官，他所看到的一切都使他痛苦，使他不断地想象，这种想象“既牢牢黏附着对于过去所看到的一切的怀疑，又忐忑不安地凝望着未来”；而海丝特虽然双目失明，但失明不等于没有眼睛，相反，海丝特因为失明而拥有了某种特别的智慧，能看到平常人所看不到的东西，因而在德行上高人一等。因此，迪迪发起了一场“去视力”的壮举，尽力让自己“传染”上海丝特的失明，以祛除精神的晦暗与浅薄，实现德行的提升，同时由于以恩主的身份照顾海丝特的生活，私下里还可以从自己殉难般的凛然中获得感动。不过，除了为自视高尚的行为所鼓舞、所膨胀之外，迪迪是否还有不愿示人的动机或欲望呢？如果说海丝特因为失明而占据了德行的制高点，那么，迪迪有眼能看未尝不是一种优势，尤其是在海丝特面前。在火车上初次相遇时，他可以尽情打量海丝特，而无需尴尬，无需自卑，无需担心海丝特看到他消瘦憔悴的面容。看而不被看，使他得以占据视力上的制高点，从容地享受自上而下的奢侈。在他显微镜式的观察惯性魅惑下，海丝特本人，海丝特因眼睛伤残而带来的痛苦，都成为他观察的对象。在梦中，海丝特就一度是“迪迪的眼睛所观察的标本”。但以上种种都是迪迪的单边主义行为。事与愿违的是，海丝特始终保持着高度的理性，带着逆来顺受的姿态超脱于迪迪对她的失明所做的隐喻，坚决拒绝他的阐释，用迪迪的话说，就是“不当自己是盲人”。当两人在纽约安顿下来，海丝特迅速适应新的环境，表现出越来越强的独立性和自理能力时，迪迪有关德行飞升的愿望和他阴暗的窥视狂心理也日益落空，于是精神愈发萎靡，身体每况愈下，终至卧床不起。正如显微镜可以用于外科（包括眼科）手术却无法使海丝特重见光明一样，从事显微镜推销的迪迪非但未能拯救海丝特于黑暗，反而让自己深陷于黑暗之中，视野之内尽是放大的黑暗和痛苦。

迪迪在乘火车途中杀死了铁道工尹卡多纳，并要求海丝特为他作证，但海丝特坚称他根本就不曾下过火车。为了求证杀人事件的真假，约两个月后，迪迪带着海丝特第二次进入隧道，第二次杀死了尹卡多纳。这一切似乎荒诞不经，让我们不得不怀疑迪迪是否真的杀过人，甚至怀疑海丝特是否真有其人。在整个作品中，人物、事件、场景以及梦境与现实之间存在着诸多微妙的叠合。海丝特的母亲曾经将女儿视为掌上明珠，却亲手弄瞎了女儿的双眼；迪迪小时候曾经有一个心爱的却被他挖掉眼睛的玩偶，后来被他扔进万圣节的火堆，一边还与小伙伴们想象着他子虚乌有的小表妹为此而哭瞎眼睛的情景。海丝特 14 岁那年双目失明；迪迪 14 岁那年保姆离去。火车包厢里的牧师与尹卡多纳一样粗壮、庸俗；尹卡多纳的妻子 Myra 与迪迪的保姆 Mary 无论在名字还是性格和身形上都极为相像。迪迪在纽约的寓所、火车上的包厢和洗手间、火车经过的隧道、酒店的客房、医院的病房、去公司开会时乘坐的灵车一般的轿车、梦中的贝壳和狮子洞等，无一不是逼仄、幽闭的空间——也是“死亡匣子”的集合式隐喻，它们常常互为比拟，如隧道“就像是家”，狮子洞就像“隧道一般”。由于作品中的叙述时间从十月二十七日（星期天）开始，于次年一月下旬的一个星期四结束，整个故事便罩上了一层亦真亦幻、似是而非的色彩。不过，有一个人和一种气味自始至终都陪伴着迪迪：一位穿着白衣白裤、整洁清爽的年轻黑人，一种呕吐物的气味。事实上，远在叙述时间开始前的一个月，也即迪迪自杀未遂时，年轻黑人就推着洗胃泵来到迪迪身边，身上散发着呕吐物的气味。而当迪迪想象警方为尹卡多纳进行尸检时，年轻黑人再次出现。后来，迪迪由隧道拐进画廊，又闻到了呕吐物的气味。最后，迪迪在一间接一间的墓室里穿行，在“侦察未来”和“探索自己的死亡”时，年轻黑人又推着小车来到他的床边，身上仍然有呕吐物的气味——不过叙述者终于为我们解开悬念，点明那是迪迪的呕吐物的气味。另外，当迪迪第二次杀死尹卡多纳并听到海丝特尖叫时，耳边依稀还传来“醒一醒！”和“快吸氧！”的呼喊。由此看来，迪迪从十月下旬至一月下旬的阶段性生命与其说是平常的出差或返家之旅，不如说是进入冬天、进入幽闭、进入黑暗、进入死亡之旅，是被延展、放慢，或高倍数放大的弥留之际的狂想之旅。顺着这种视角，我们似乎顿悟出作品首尾对于迪迪的生与死之间的呼应：在小说的开端，“迪迪并非真正地活着，而只是有一条生命”，他只是“栖身于生命之中”，就像“没有安全感的房客”，而到故事的结尾，我们被告知“死也是一件十分劳累的事情”。纠缠于过去、留不住现在（括号里的“现在”所彰显的抑或正是“现在”的隐匿和消抹？）、走进了未来的迪迪终于找到了此行所寻求的答案：死亡并非生命的戛然而止，而是挣脱生命之前对人生的回望、反省和总结，“死亡=人生百科全书”。

从以上意义来看，我们不妨说，《死亡匣子》是通晓显微术的桑塔格为揭示推销显微镜的迪迪的生命的真实，而对他的死亡所作的显微镜下的精密探察。鉴于迪迪这样的“好好先生”在现代社会的典型性，这种探察便具有了广泛而深远的意味，主张“拒绝阐释”的桑塔格由此而为我们留下了巨大的阐释空间。

译者

图书在版编目(CIP)数据

死亡匣子/(美)桑塔格(Susan Sontag)著;刘国枝译.
—上海:上海译文出版社,2018.4(2023.11重印)
(苏珊·桑塔格全集)
书名原文:Death Kit
ISBN 978-7-5327-7567-5

Ⅰ.①死… Ⅱ.①桑… ②刘… Ⅲ.①长篇小说—美
国—现代 Ⅳ.①I712.45

中国版本图书馆CIP数据核字(2017)第216151号

图字:09-2006-223号

死亡匣子
〔美〕苏珊·桑塔格/著 刘国枝/译
总策划/冯 涛 责任编辑/管舒宁 装帧设计/张志全工作室

上海译文出版社有限公司出版、发行
网址:www.yiwen.com.cn
201101 上海市闵行区号景路159弄B座
南京爱德印刷有限公司印刷

开本 890×1240 1/32 印张 12 插页 6 字数 225,000
2018年4月第1版 2023年11月第2次印刷
印数:5,001—6,500册

ISBN 978-7-5327-7567-5/I·4631
定价:84.00元